———————— 想象，比知识更重要

幻象文库

Earthfall

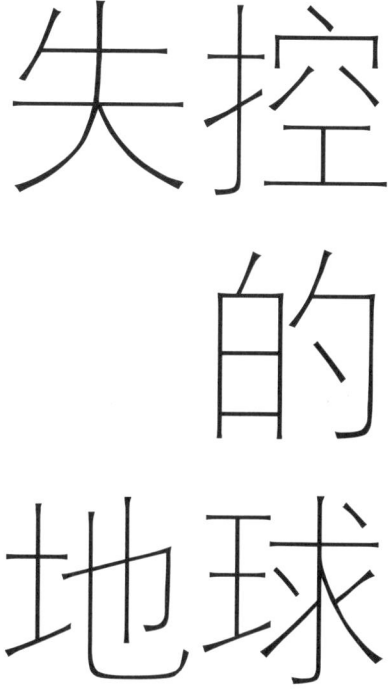

失控的地球

Orson Scott Card

[美]
奥森·斯科特·卡德
———— 著

仇春卉
———— 译

新星出版社　NEW STAR PRESS

目录

1 引言

3 上部：如果我在死前苏醒
5 第一章　与神争吵
21 第二章　古人的面孔
30 第三章　秘　密
47 第四章　说　服
63 第五章　"偷听"者
78 第六章　丑陋的神
90 第七章　海上的风暴
125 第八章　松　绑

171 下部：着陆
173 第九章　观察者
195 第十章　搜救队
214 第十一章　地　洞
242 第十二章　盟　友
298 第十三章　杀　戮
329 第十四章　文字记录
365 第十五章　分道扬镳
382 第十六章　舰　长
395 译名注释

引　言

　　和谐星球的主机已经不再是它自己了；换一个角度看，它其实有了两个自己。它将主程序中与人类有关的数据复制了一份，上传到女皇城号飞船的主机里。如果主机有"自我身份"这个概念的话，它就会陷入迷惘：在这两个拷贝之中，哪一个才是真正的自己呢？不过它没有自我概念，所以对于它来说，飞船上的程序只是一个精确的拷贝，这个拷贝的源文件正是在和谐星球上监护了人类四千万年的那个系统。

　　不过，从这两套程序分离的那一刻起，它们就开始异化，各自担起不同的任务。女皇城号飞船的主机首先要保证飞船上的维生系统与航行系统能正常运作；其次到达地球之后，它将尽全力联络地球守护者，获得新的指引和尽可能多的援助；最后返航，修复并重装和谐星球的主机，使其重新焕发生机。在这个过程中，飞船主机会尽力维持船上众人的生命；可能的话，也会帮助他们在地球上建立殖民地。

　　和谐星球主机的任务既简单又困难。说简单，因为它只是继续监护和谐星球的人类，防止他们互相毁灭——这个任务它已经执行四千万年了。说困难，因为主机的设备最初设计只能维持一千万年，所以现在越来越多的硬件开始崩溃，同时人类对主机的响应程度也越来越小。

从和谐星球飞到地球,单程需要将近一百年。可是对于飞船上的某些人类来说,由于相对论效应,他们会觉得只过了十年光景就到达地球。而其余大部分人会处于深度冬眠状态,身体不会变老,这一百年就像是一场异常舒适的无梦睡眠。

然而对于和谐星球主机来说,这段时间仅仅是一个过程而已。它不会变得焦虑,也不会每天数日子。它预测女皇城号飞船最早的可能返航日期,并在这一天设置警报程序。在女皇城号升空之后、在警报程序触发之前,和谐星球主机就不会再考虑这艘远航的宇宙飞船。这个任务完全交给了飞船上的主机,而它此刻已经在制订各种计划了。

上部：如果我在死前苏醒

第一章　与神争吵

乌萨卡是人类先驱者到达和谐星球的着陆点，也是他们首次踏足这个星球的地方。宇宙飞船降落之后，第一批殖民者离开飞船，在着陆点以南一片肥沃的土地里种下第一批庄稼。最终所有的人类都离开飞船，向四面八方扩散，将宇宙飞船永远留在了身后。

如果任由这些飞船自生自灭，它们会在风吹日晒中氧化分解，最终变成一堆废铁。可是人类先驱者拥有远见卓识，他们说，我们的后代总有一天需要用到这些飞船。所以他们用一个静态场将着陆点罩住，抵挡风雨尘土，隔绝了冷凝效应，使阳光和紫外线都不能直接作用在飞船表面。他们还把氧气这种最强大的腐蚀剂从保护罩内彻底根除。和谐星球主机——先驱者的子孙后代称之为"上灵"——还逼迫人类远离着陆点所在的岛屿。就在这个与世隔绝的保护罩内，宇宙飞船一直等待了四千万年。

不过现在保护罩已经打开，空气也可以呼吸了，沉寂许久的基地重新飘荡着人类的声音。这群人当然是首次踏上这片土地，除了很多脸色沉重的成年人之外，还有相当一部分小孩子在各艘飞船与建筑物之间穿梭往来。他们都在努力工作，从每艘飞船上面收集可用的部件，集中起来装嵌成一艘可以正常运行的飞船。他们把这艘飞船称作"女皇城号"。等女皇城号装嵌完成之后，当所有部件都成功通过检测,他们就会在飞船上储存足够的补给物资、备件和工具,然后最后一次登上飞船,永远离开这个星球。他们祖祖辈辈在这个星球繁衍了超过一百万代人,如今他们要告别和谐星球,回到人类文明的发源地——地球。虽然人类在地球上存在不超过一万年,可是那里到底是人类的故乡。

人人都在努力工作,不分老幼。如诗看着热火朝天的劳动场面,暗自感叹:对于我们来说,地球到底是什么,为什么我们历尽困苦波折也要回去呢?其实和谐星球才是我们的家,我们和地球之间无论本来有着什么样的联系,在时间长河的冲洗之下,这些联系肯定已经消磨殆尽了。

不过这批人还是会踏上征途,因为他们都是上灵选出来的。为了让他们就范,上灵机关算尽、软硬兼施,还强行改变了他们的人生轨迹,终于在最合适的时机将他们带到最合适的地点。得到上灵的关注,如诗常常觉得受宠若惊;可是每每念及他们无法选择自己喜欢的人生道路,如诗心中总会升起一股怨念。

如诗想:其实,我们与和谐星球的联系和我们与地球的联系相比较,只是五十步笑百步罢了。对于如诗来说,"联系"并不仅仅是一种比喻性的说法,而是一个名副其实的描述。上灵选中这批人是因为他们的思维对上灵传输的信息特别敏感,其中又以如诗最为特别:她能够感受到人际关系的强弱变化。人与人之间的联系在她眼中就像一束束发光的丝线,将某个人与身边所有人连接起来。如诗不用睡着也能看到这种影像,所有人里唯独她拥有这个能力。

就拿绿儿举例,绿儿是如诗的亲妹妹,也是她在成长过程中所知道的唯一有血缘关系的人。此刻如诗在阴影中乘凉,绿儿带着大女儿索菲娅从她面前经过,她们正前往飞船给负责操作计算机的那几个人送午餐。如诗一生与绿儿相依为命,她和妹妹之间的联系是最牢固的。她们在女皇城中久负盛名的华纱学校长大,从小就不知道父母是谁;华纱对她们有养育之恩,可归根结底还是一种施舍的善举。如诗从小就深知人情冷暖、世事无定。不过就算这个世界再可怕,如诗也能够忍受,因为她身边总有妹妹陪伴扶持。虽然别人肉眼看不见她和小绿儿之间的联系,可是她们姊妹之间的深情并不曾因此而减弱半分。

当然,生活中还有其他的联系。如诗至今还清楚记得,在绿儿与纳飞新婚燕尔之时,她眼睁睁看着妹妹与这个激情有余理性不足的毛头小伙之间的联系与日俱增,心中不禁痛苦万分。可是事态发展却出乎如诗意料,姐妹之间的感情并没有因为绿儿与丈夫之间的联系而减弱。到后来如诗与纳飞的亲哥哥羿羲结婚,她和绿儿之间的联系竟然比儿时更上一层楼,这是如诗始料未及的。

此刻如诗注视着绿儿和索菲娅走过。在如诗眼中,她们不仅仅是两母女,而且还是两个发光的人形,彼此被闪着亮光的丝绳连在一起——世间再没有比这更强大的联系了。虽然索菲娅也深爱着父亲,可是儿女与母亲之间的联系始终更加牢固,也更加确定。这是人类家庭的特性所决定的:小孩渴望从母亲那里获得关爱和安慰,母亲为小孩的成长提供一个安全牢固的根基;而父亲则主要充当裁判的角色,小孩希望得到父亲的赞许,害怕受到他的责罚。这就意味着,虽然父亲在小孩生命中的影响力并不逊色于母亲,可是无论他对小孩如何慈爱和体贴,在父子和父女关系中几乎总是存在着畏惧的因素——因为小孩对失败的恐惧总会投射到父亲身上,表现为对父亲的敬畏之情。当然,如诗知道事无绝对,她只是觉得,在绝大多数情况下,儿女和母亲的联系是最明亮、最强大的。

如诗只惦记着思考母女之间的联系，几乎忘了很重要的一件事情。当绿儿和索菲娅走进飞船之后，如诗才突然意识到，她几乎没有看见她和小绿儿之间的联系。

不可能！已经过了那么多年，为什么姊妹感情会在此时此刻变弱呢？她们并没有吵架，而且据如诗所知，姊妹两人还是如以前一般亲密。绿儿的丈夫和他两个蛇蝎心肠的哥哥斗了那么多年，如诗一直坚定不移地站在绿儿的一方。现在到底有什么东西发生了变化呢？

如诗尾随绿儿登上飞船，跟着她去了驾驶舱。如诗的丈夫羿羲和绿儿的丈夫纳飞正在商量有关维生系统的事宜。如诗对计算机从来都不感兴趣，她关心的是现实中有血有肉的人，而不是由1和0构成的人造电脑系统。有时候如诗觉得男人之所以沉迷在电脑之中，恰恰是因为电脑为他们提供的一个海市蜃楼——他们没办法控制女人和小孩，却能够将电脑完全控制在手中。有时候阿羲和阿飞被一个出错的程序折磨得焦头烂额，千辛万苦才找出编程错误，如诗看了不禁幸灾乐祸。她也会想到，每当儿女不听话的时候，阿羲心里大概觉得，只要改正小孩脑中的程序错误，问题就迎刃而解了。如诗知道这不是什么"编程错误"，而是一个独立的个体正在创造自我。可是当她试图向阿羲解释的时候，他很快就会心不在焉，目光呆滞，终于忍不住逃回计算机那里。

今天似乎一切都很顺利。绿儿和索菲娅为他们摆开午餐，如诗没有别的任务，就留下来帮忙。可是当绿儿提到要叫船上其他人来吃饭的时候，如诗故意装作没留意，结果绿儿母女不得不亲自跑一趟了。

羿羲虽然是个男人，而且有时候喜欢电脑多过小孩，可他还是懂得察言观色的。绿儿和索菲娅离开驾驶舱之后,羿羲就问:"小诗,有事吗?你找我还是阿飞?"

如诗亲了丈夫的脸颊一下,说道:"我当然是找阿飞了。你心里想什么我都知道,又何须多说呢?"

羿羲装出一副苦恼的样子,说:"是啊,我心里想什么,你比我还先知道。随便吧,不过如果你们想谈悄悄话就请出去,我太忙了,别指望我端着午饭去外面吃。"

如果羿羲站起来离开房间的话确实会比较麻烦,不过他没有提起这一点。他的浮衣能够在基地内正常运作,所以羿羲不必困在浮椅里面,可是动来动去还是很吃力的。阿飞敲入一串指令,然后从座椅上站起来,带如诗走进一条长廊。

他问:"什么事情?"

如诗单刀直入:"你知道我眼中的世界是怎样的?"

"你是说你能看到人际关系?对,我知道。"

"我今天发现一件事情,很困扰。"

纳飞不说话,等如诗继续。

"绿儿她……怎么说呢,除了你和索菲娅之外,她和其他所有人的联系都被切断了。"

"这意味着什么?"

如诗说:"不知道,我又不懂读心术,可是我真的很担心。虽然绿儿很孤立,可是你却依然和每个人都紧密相连,你对每个人都心怀爱和忠诚,就算对你那两个讨人厌的哥哥、你的两个姐姐和她们的悲情小丈夫也不例外,真是天知道为什么了。"

阿飞淡淡地说:"你自己对他们也敬爱有加嘛。"

"我想说的是,以前绿儿和你一样,对这个集体有一种强烈的责任感。和你不同的是,她的感情全部倾注在每一个女人身上,而且这种联系可能比你身上的联系更加强……不,绝对比你和其他人的联系更强。还在女皇城的时候,自从大家发现她是圣湖先知以来,绿儿就成了女人的监护人。可是现在这种联系突然没了。"

"难道她又怀孕了?没理由啊,我们起飞的时候是不能有人怀孕的。"

"不,绿儿目前的状况和孕妇的情绪收敛完全不同。"如诗想不到纳飞竟然还记得她多年前说过的一段话。当时她说,孕妇总是把注意力集中在体内的小孩身上,她们与外界的联系自然就减弱了。这番话如诗只提起过一次,却被纳飞牢牢记到现在。这就是纳飞,长期以来他总是像一个长不大的孩子,老说些不合时宜的话,似乎从来都不懂照顾别人的感受;可是过后你总会发现他原来眼明如镜,心清似水,事无大小尽收脑中。你于是会忍不住想,他有时候表现得那么粗鲁,是不是故意的。如诗到现在还不敢确定答案。

纳飞问:"那到底是怎么回事呢?"

如诗说:"我还指望你告诉我呢。你回想一下,绿儿有没有说过什么话让你觉得她想切断和其他人的联系呢?当然,除了你和索菲娅。"

纳飞耸肩道:"可能她说过什么也不一定,反正我是没留意到……我总不能时时刻刻都明察秋毫吧。"

如诗看得出纳飞这句话是欲盖弥彰。他肯定已经注意到了一些端倪,只是不想告诉自己罢了。

如诗说:"我不知道她说过什么,可是我知道你和她对这件事情持不同的意见。"

纳飞瞪了如诗一眼,说道:"如果你不相信我的话,还问我干吗？"

"我只是希望有一天你决定信任我，让我加入你的秘密决策小圈子。"

纳飞说："嘿嘿，今天您火气挺大的嘛，来大姨妈了？"

又来了，如诗最恨的就是纳飞这副无赖小弟的样子。她说："哼，当年你擅闯禁湖，该当死罪，多亏绿儿救了你的小命。我找天得告诉绿儿，这其实是她年轻时铸下的一个大错。"

纳飞说："完全同意。她不救我的话，我就不用看着你因为我这个妹夫而饱受煎熬，那么我在九泉之下也可以瞑目了。"

如诗道："嘿，你知道我有多煎熬吗？我宁愿每天生一个小孩也总好过这样被你气。"

纳飞咧嘴一笑："说真的，我确实不知道为什么绿儿要和其他人断绝感情上的联系，不过我会去问问她。这种苗头是不太对劲儿，我会去解决的，你放心吧。"

纳飞早就知道问题症结所在，虽然他始终不打算告诉如诗，不过他至少愿意认真考虑她的话。事已至此，如诗也不能指望更多了。纳飞虽然已经成为这个集体的领袖，可这并不是因为他多有才干，须知纳飞的大哥耶律迈才是天生当领袖的料。纳飞之所以掌权，完全是因为上灵的帮助——或者说因为他愿意帮助上灵。纳飞手中握着来之不易的权力，却并不总是知道什么该做、什么不该做，所以难免会犯错误。如诗希望这次他没有犯错。

这时候如诗得赶快回家，因为小菩提肯定已经饿了。在这次准备工作中，她不用负担很重的任务，因为她要照顾一个刚出生不久的小婴儿。本来孕妇是不能进行宇宙航行的，因为冬眠所需的化学物质和低温会对胎儿造成严重伤害。可是当大家发现这一点的时候，如诗和华纱已经怀孕了。为了迁就她们,纳飞特意调整了起飞时间。华纱给小女儿取了一个过于可爱的名字:倩旎旎,是"珍贵"的意思。"珍贵"出生一个月之后,如诗的第六个小孩,也就是第三个儿子也呱呱坠地。如诗为幼子取名施奥普,意思是"轻声软语",昵称"小菩提"。小菩提在如诗临出发前一刻降临世上,仿佛是上灵在她心中说出的最后一句道别;借着这声低语,如诗将永别这个熟悉的世界,踏上不归路。羿羲觉得小儿子的名字太古怪,可是再古怪也好过"珍贵"。华纱竟然给小女儿取名"珍贵",羿羲和如诗都觉得这证明她已经变得不可理喻了。此刻如诗已经觉得胀奶,小菩提饿了,小菩提在等着妈妈呢。

如诗离开飞船的时候,又遇见了绿儿。绿儿开开心心地和她打招呼,看起来还是充满温情和亲切,似乎和往常无异。如诗气得真想一巴掌抽她脸上。妹妹你休想瞒我!你心里明明已经和我疏远了,表面上还装得若无其事。你我姊妹间的亲密感情向来是我快乐的源泉,如今竟然像假面具一样被你戴在脸上,你让我以后情何以堪?

绿儿问:"有什么不妥吗?"

如诗反问:"能有什么不妥?"

绿儿说:"你在我面前向来都不掩饰心中的想法,七情六欲全部写在脸上。我看得出你正在生我的气,可是我不知道为什么。"

如诗说:"我们现在先别讨论这个,行吗?"

"那我们什么时候才能说呢?我到底做什么了?"

"我也正想问你这个问题。你到底干什么了?或者说,你到底打算干什么?"

这句话戳到绿儿痛处了。有一个瞬间,绿儿的眼睛稍稍睁大了一点。她在犹豫,不知应该做出何种反应,似乎心中正在进行着思想斗争。如诗知道了,绿儿正在密谋一件事情。不管这是什么事情,为了成功,她必须在感情上与每一个人都保持疏离。

绿儿说:"没有啊,如诗。我和其他人一样,只不过是在照顾小孩的同时,做好我的本职工作,为起飞做准备。"

如诗说:"小绿儿,我不知道你到底在策划什么。我只想劝你一句,收手吧,你这样做不值得。"

"收手?你根本不知道自己在说什么。"

"没错,我的确不知道。可是你知道我在说什么。我还是那一句,收手吧。你把自己孤立起来,值得吗?你这样疏远我,值得吗?"

绿儿看起来很震惊,至少这个反应不是装出来的——除非她一直以来都是在装,可是如诗不忍心这样揣测妹妹。

绿儿说:"姐姐,你真的看到我孤立自己吗?这是真的吗?我不知道……可能你是对的,可能我已经断绝了……天哪,小诗。"绿儿说着,张开双臂抱住如诗。

如诗有点不情愿地回抱绿儿。她想,为什么我会不情愿呢?

绿儿继续道:"不会的,无论我做什么也绝对不会疏远你的。我真的不敢相信这一切,你能够帮帮我吗?"

如诗问:"怎么帮?"

"以前有一次拉士葛带人来华纱阿姨的学校抢她的女儿,你三言两语就策反了他的手下,最终导致他垮台,记得吗?"

如诗当然记得。可是那一次其实没什么难度,因为当时她看到老葛和手下的关系本来就弱不禁风;她只需要声情并茂地说几句恰如其分的煽动性话语,那几个雇佣兵即刻就对老葛心存不屑,以致当场变节,弃他而去。如诗说:"你得明白,我所做的,并不是让别人听我摆布。为什么我能让老葛的手下变节呢?因为他们本来就不想听他指挥。你现在的情况完全不一样，我没办法硬是把你和其他人重新联系在一起，这还是要靠你自己。"

绿儿道："可我真的很想重建那些联系。"

如诗问道："到底发生什么事情了？你就简单解释一下好吗？"

绿儿说："我没法解释。"

"为什么？"

"因为没有发生什么事情。"

"可是有些事情即将要发生了，对吧？"

"不对！"绿儿的语气没有一点松动，甚至还带着一丝怒意，"这件事情永远也不会发生，所以没什么好解释的。"说完她就爬上梯子消失了。这梯子一直通向飞船的中心，也就是大伙儿聚在一起进餐的地方。

如诗这才明白，原来是上灵。上灵逼绿儿做一件事情，绿儿不肯。如果她真的答应去做，就会众叛亲离，最后身边只剩下她的丈夫和小孩。这到底是什么事情呢？上灵在密谋什么呢？

为什么上灵要将如诗排除在外呢？

生平第一次，如诗将上灵看成了自己的敌人。她突然发现她对上灵的忠诚竟然是如此地不堪一击，仅仅一丝怀疑就足以让她和上灵之间的联系烟消云散。圣母，你对我和我妹妹都干了些什么？不管你做了什么，请你马上停止吧。

上灵没有回答她，如诗只感到一片死寂。

上灵选了绿儿去完成一个任务，却没有选中我。这是一个什么任务呢？我要想办法找出真相，如果这件事情真的那么不堪，我一定要出手阻止。

绿儿不喜欢他们住的地方，因为这里四处都是硬邦邦的光滑表面，死气沉沉的。在她的丈夫找到乌萨卡航天基地之前，他们在多斯达提奥克的木屋里住了八年之久；而更早的记忆则定格在女皇城的华纱府中。女皇城，雍容华贵的女人之城……绿儿怀念隐现在云霞雾气之中的圣湖，她渴望再听一听繁嚣闹市中的嘈杂人声，还想再看一眼城里街道两旁连绵不尽的拥挤楼房。现在她住的这个地方，像活死人墓一般，当初设计的人莫非根本就不考虑审美因素吗？难道他们真的喜欢生活在这种房子里面？

可是，就算这地方再不堪，到底也是绿儿的家。每天她的小孩都聚在这里吃饭、睡觉；每天深夜纳飞都拖着疲倦的身躯回到这里，蜷缩着躺在她身旁。等他们正式登上女皇城号宇宙飞船启程的时候，绿儿无疑又会开始怀念这个地方，怀念这段时间的紧张工作，怀念小孩子们是如何地兴奋忘形，甚至会怀念她心里杯弓蛇影式的恐惧。希望这些恐惧真的是杯弓蛇影吧。

回到地球，回到那个几千万年来都没有人迹的地方，这意味着什么呢？还有那些梦，梦里有一些貌似拥有高等智慧的邪恶大老鼠，还有一些看起来似友非敌的丑陋大蝙蝠。连上灵也参不透这些梦的含义，甚至不知道地球守护者发送这些梦的意图是什么。不过，综合了每一个人关于地球的梦看来，绿儿得到的总体印象是，那个地方不是天堂。

然而真正让绿儿感到恐惧的——她怀疑别人都和她一样——是这一段漫长的旅程。沉睡一百年，醒来之后还没有变老？这简直就像是童话故事里的情节：一个贫穷的女孩被一颗老鼠牙刺破了手指，陷入昏睡。醒来之后，她发现所有美丽的有钱女孩都已经变成又老又胖的妇人，唯独她依旧青春靓丽，顿时显得鹤立鸡群。不过这个故事有一个很古怪的结尾：这个女孩苏醒后，虽然美貌绝伦，却仍然是一贫如洗。绿儿很感慨，她觉得这个童话应该有一个美丽的结局：国王爱上了这个美丽的女孩，拒绝为了万顷良田而和一个富家女结婚。不过这童话故事和绿儿现在的担忧没有一点儿关系，为什么她的思绪会飘到那么远的地方呢？哦，对了，因为她正在想着这个旅程，想着躺下来冬眠，浑身还插满了连接维生系统的管子。他们怎么知道自己不会一睡不醒呢？

不过老实说，自从女皇城局势动荡以来，他们无数次身处险境。全仗着上灵的指引和带领，他们才在风雨飘摇中走到今天，总算是雨过天晴。他们生儿育女，过着丰衣足食的美满生活，也没有伤病死亡的困扰。在纳飞从上灵那里得到星舰宝衣之后，就连耶律迈和梅博酷这两个心中积怨已久的哥哥也表现得比较合作——须知这两人向来都是反对飞回地球的。

为何上灵那么残酷，非要把这一切顺境都毁掉不可呢？

我残酷？我是要救你和你丈夫一命啊！

上灵就坐落在这个基地里，绿儿很容易就能听见她的声音，比在女皇城的时候容易多了。

她低声说："星舰宝衣能够保护纳飞，纳飞能够保护我。"

将来纳飞变老之后怎么办？耶律迈会给他的小孩洗脑，让他们恨上你们全家大小。绿儿，这是很简单的数学，你不用掰手指头也能算出来。你们这个团体总有一天会分裂成两派，一方是耶律迈和他的四个儿子，梅博酷父子二人，欧必忍和他的两个儿子，还有费雅思两父子。也就是说，四个成年男人和八个男孩子。而你们这一方呢？除了你的丈夫，还有谁？他的父亲佛意漫？

绿儿喃喃道："他太老了。"

没错，佛意漫太老了，羿羲天生残疾，剩下司徒博，你怎么确定他站在哪一方？

"就算他站在纳飞一方，也没什么大用。"

所以你也看到问题所在了。就算加上你的四个儿子、羿羲的三个儿子和佛意漫的两个儿子，也不足以和对方抗衡。其实你不用考虑小孩的因素，因为耶律迈会在小孩长成大人之前就动手的，那时候将会是四个心狠手辣的壮汉对付一个心慈手软的人。

"可是如果纳飞能够维持目前这个局面的话，耶律迈就不会闹事了。"

我很清楚耶律迈在打什么主意，他只是在卧薪尝胆。你必须说服纳飞同意我告诉你的那个安排……

"你自己去说服他吧。"

他不肯听！

"因为他知道你的计划只会带来一场灾难，一旦实施之后，你宣称要阻止和预防的那些恶果全部都会立即出现。"

这件事情总难免会有人埋怨……

"埋怨？哼，对啊，就是一点点埋怨罢了。我们到达地球之后，所有成年人都从冬眠中醒过来，突然发现——噢——原来纳飞和绿儿忘记冬眠了。噢，还有，他们还让好些年长的小孩和他们一起度过这十年的航行！所以啊，小诗，我亲爱的姐姐，你开始冬眠的时候，你的女儿德莎才八岁；可是现在她已经十八岁，马上要和十七岁的帕达洛共结连理了。噢，谢德美、司徒博，顺便说一句，真对不起，我们把你们的儿子养大成人了，你们不会介意吧？另外，在这十年里，我们悉心教育这些小孩，他们如今学有所成，马上就可以参加建设我们的殖民地了。他们已经成长得高大健壮，完全可以胜任成年人的工作。噢,不过还有一个惊喜,艾雅、柔珂、莎芙和狄傲丽,你们的儿女还是小孩子,他们一直冬眠,没有接受教育,所以帮不上忙。"

看来你已经仔细考虑过这个计划的每一个细节,为什么你不认同我们必须实行这个完美无瑕的计划呢?

绿儿说:"因为他们都会很生气,每一个人都会恨上我们。佛意漫、华纱、羿羲、小诗、谢德美和司徒博生气是因为我们偷走了他们年长的小孩;其他人则因为我们没有平等对待他们的小孩。"

没错,这些人都会生气,不过当中几个是值得我信任的盟友,他们很快就会明白为什么我们必须让他们的小孩长大成人和变得强壮。只有这样我们才能消除双方的实力差异,达到平衡;只有这样我才能保住你们的性命。

"可是他们总会想,这个集体之所以分裂,完全是因为纳飞和我干了这么一件可怕的事情。他们一辈子都会恨我们、怨我们,而且永远也不会再信任我们。"

我会告诉他们,这是我的主意。

"他们会说你只是一台计算机,当然不明白人类的感情。他们会觉得我们应该拒绝的。"

可能你们应该拒绝,可是你们最后还是答应了。

"我一直没答应,现在也不例外。"

你只是硬着头皮不肯改口,可是如诗看出来,你心里其实已经准备接受我的安排了。

绿儿大声说:"没有!"

"妈妈?"门外传来索菲娅的声音。

"菲娅,怎么了?"

"你和谁说话呢?"

"哦,我只是说梦话自言自语,没什么要紧的,你快睡觉吧。"

"爸爸回家了吗?"

"没有,他还和羿羲在飞船里。"

"妈妈?"

"快去睡觉吧,索菲娅,我是说真的。"

绿儿听着索菲娅的凉鞋踏着地板远去的声音。女儿听到什么了?她在门外听了多久呢?

她什么都听见了。

"你为什么不警告我?"

你为什么要开口说话呢?我明明可以读出你的想法。

"为什么?因为我大声说出来的时候,可以整理一下我的思路。你想怎样?难道你要利用索菲娅实施你的这个图谋?"

既然你不肯和纳飞讨论,我就只能唤醒索菲娅,让她听听你的话,然后她自然会去告诉纳飞。

"你为什么不亲自对他说呢?"

因为纳飞不想听。

"因为他是个聪明人,我爱的就是他这一点。"

他需要换一个角度看问题。本来由你去劝他是最好了,可是既然你不肯,索菲娅应该也可以胜任吧。

"你不要利用我的小孩。"

你的小孩也有自主权。你在索菲娅这个年纪的时候,已经是女皇城大名鼎鼎的圣湖先知了,那时候你为什么没有对我们之间的关系抱怨半句呢?当初索菲娅开始收到地球守护者的报梦,我记得你好像还挺开心呢。

"我以前还以为你是……一个神。"

那么你现在觉得我是什么呢？

"如果我不知道你是一个计算机程序，我就会以为你是一个讨人厌的家伙。"

你就尽管生我的气吧，不用担心伤害我的感情。不过你一定要像我这样，目光长远、顾全大局。

"没错，你目光太长远了，所以无暇顾及我们这些蝼蚁一样的小生命是如何被你毁掉的。"

活到现在，你的人生有那么可悲吗？

"怎么说呢？我的人生不是我预期的那样吧。"

可是你的人生有那么可悲吗？

"别说了，让我自个儿待着。"

绿儿一头栽倒在床上，本想睡觉，却总是想起如诗。如诗看到我和其他人都断绝了联系，这证明在潜意识里我已经决定接受上灵的安排了。那我还不如别再执拗了，就放手去做吧。

姐姐和华纱阿姨还有亲爱的谢德美会恨我一辈子，而我也是罪有应得。我明明知道这些后果，难道还要去做？

第二章 古人的面孔

人人都预计克提今年的雕像应该是他的孪生兄弟提克，克提自己本来也是这样打算的。他来到河边，用长矛往地上插，把泥土捣松了，开始干活儿。提克是村子里最受人喜爱、最有前途的年轻人。有消息说，有一个德高望重的名媛准备选他为夫婿，结成终身伴侣。对于一个那么年轻的小伙子来说，这绝对是非凡的成就。如果这桩婚姻成了，那么作为提克的孪生兄弟，克提自然也就成为那个名媛的丈夫。毕竟他和提克是一模一样的孪生兄弟，最后谁是小孩的生父都没关系了。

不过克提心知肚明，他和提克虽然是孪生，却并非同一个人。和其他所有的孪生子一样，他们兄弟两人的相同之处仅限于身体和外貌而已。大约有四分之一的孪生子能够活到成年，所以两个一模一样的年轻人一起向村子里的女士求婚的情况并不罕见。如果女方答应的话就要同时接受两个人；如果她不愿意，自然要把两个人都拒绝。

按照习俗和礼节，人人都像尊敬提克那样去尊敬克提；可是大家都很清楚，以聪明和强壮著称的是提克，而不是克提。

其实，如果说聪明的只是提克，这是不对的。他们兄弟俩经常一起放牧，在空中守护着村子的畜群，监视地鬼的踪迹，或者在玉米地那里赶乌鸦。在执行任务的时候，出主意的通常是克提。比如"有一只羊要往那个方向跑，快去拦住它"；或者"这棵树看起来很容易让地鬼爬上来，不安全"。在他们最著名的那一次行动中，一开始是克提说，我在那根树枝上面诈伤，你拿着长矛在高处埋伏。可是后来故事传开之后就变味儿了，好像什么都是提克想出来的。为什么人们会有这样的误解呢？不错，带头动手的总是提克，全仗着他的勇猛他们才能节节取胜；而克提从来不带头冲锋，而是紧随其后，为提克压阵，消除他的后顾之忧。当然，克提决不能把这些细节向别人提起，因为与孪生兄弟争功的举动最为人所不齿。而且克提心中其实觉得这一切都是公平的，因为无论他的计策多么高明，最后总是要依靠提克的胆识和勇气去实施。

  为什么会这样分工呢？克提并非胆小之辈，对吧？他不也总是陪着提克出生入死吗？他战战兢兢地坐在树枝上，假装受伤动不了，身后传来地鬼窸窸窣窣的声音。那是它们打开树干上的一个暗门，手脚并用，慢慢地沿着树干向他爬过来。克提当时需要多大的勇气才能坐定了一动不动？他听见地鬼越爬越近，还是坚守岗位，因为他信任提克会手执长矛及时赶到——这种定力才真正彰显了最大的勇气，为什么没有人意识到这一点呢？人们交口传颂的总是提克如何英勇战斗，最终击败了地鬼云云。

  克提很自责：我这样子心怀愤怨，实在很邪恶。上天为了惩罚我，把我的孪生兄弟夺走了。那一次我们在野外遇上风暴，我们俩都拼命抓住树枝。可是风神却把提克的手脚掰开，将他带到天堂里与诸神一起翱翔；而克提则没资格接受神的眷顾，所以他能够始终牢牢地揪住树枝，终于熬到风神离去。临走前，风神仿佛在耻笑克提：你嫉妒你的孪生兄弟是吧？好，那我就把你们两人分开！这下你知道了，没有他，你就是废物一个。

克提一心想把孪生兄弟的脸雕出来，可正是因为这一份刻意，到最后他也没有成功。因为雕提克的脸就等于雕克提自己的脸，而他此刻正自惭形秽，陷在深深的内疚之中，实在无法厚着脸皮为自己雕像。

可是克提必须创作一个雕像。他口中已经分泌出大量唾液，按照惯例，他应该用舌头去舔手上的黏土，将其变得又湿又软又滑；唾液还能给成品的雕像表面添加一层古色古香的光泽。如果他在居丧期间竟然不为罹难的孪生兄弟雕像，克提将会背上无情无义的骂名。那些名媛会觉得既然这人连自己的孪生兄弟也不爱，那么他还有什么资格登堂入室，有什么资格生儿育女呢？她们不想克提的基因污染了她们家族的纯正血统。只有一些出身贫寒的女人才愿意和他交往；而克提因为黏土热症发作，神志不清，肯定会迫不及待地答应，就与一个年少不经事的小男孩无异。然后那个女人会怀上克提的小孩，从此，每年这个时候，克提看着小孩，就会想起当年他因为没办法雕出提克的像，所以才会生了这么一群出身贫寒的子女。

克提默默地想，我是爱他的！我全心全意地爱着他，他上刀山下火海我也不离不弃，我还三番四次把性命托付给他。有好几次他因为急躁冒进而身陷险境，全靠我救了他。那天风暴来临的时候，我不停地劝他，回头吧，我们去找个地方避风吧。先别急着找地鬼的踪迹了，下次再找也没关系的。我们必须先躲开这场风暴，回头吧，快回头吧！可是提克对我视而不见，对我的警告也是充耳不闻，仿佛我只是一个人微言轻的小角色，对我自己的命运也没有发言权，更何况是他的性命呢？

黏土已经变得潮湿，在他手中变成了一团。这里面有多少是克提的唾液,有多少是他的眼泪呢?

风神啊,你夺走了我的手足,如今我无法在黏土之中找寻他的容貌。风神啊,求你大发慈悲,帮我再现兄弟的面容吧!黍神啊,看在我悉心照料你的圣地的分儿上,在我神志不清的时候,请你将神通赐予我的手指吧!雨神啊,请你让唾液和眼泪一起流动,赋予我手中的黏土生命吧!土神啊,胸中燃烧着熊熊烈火的大地母亲,请你赐予我这副皮囊一点智慧吧,因为总有一天我会重投你的怀抱。

土神啊,请保佑我从你的黏土之中塑造出一副年轻的骨骼;风神啊,请让我将一双年轻的翅膀放进你的手中;黍神啊,请让我为你奉上生命的种子;雨神啊,请让我为你带来新的生命,他们有喜怒哀乐,食人间烟火,还能为你塑造更多的雕像。

虽然克提苦苦哀求,可是诸神并没有理会,他的双手还是无法塑造提克的雕像。

泪水模糊了克提的视线,他应该放弃吗?他是否应该立即离开这个伤心地,飞上干燥的天空,在远方找一个小村庄,凭着健壮的身体另谋出路,在自我放逐中了此残生,再也不见达克布拉一面?难道这还不足以消解他的绝望和痛苦吗?他是否应该抛开手中的黏土,留在河岸这里坐以待毙呢?要是放哨的地鬼看到他手上没有雕像,就会扑过来像绑架婴儿一样将他拖进洞穴里生吞活剥。在他临终一刻,或许还能亲眼看着地鬼邪恶地吃掉他的心脏。被拖进万劫不复的地狱,这才是他应得的归宿,因为他没资格跟随风神上天堂。提克终于能够独享所有的荣耀,再也不用担心被那个卑劣下作的孪生兄弟分一杯羹了。

克提的手指上下翻飞,可是他却看不到自己在做什么。

慢慢地,克提不再自怨自艾了,因为他意识到手中的雕像正在逐渐成形；而且创作这个雕像的灵感来自神的恩赐，也就是传说中的一种神迹。克提自小和伙伴们一起玩雕塑的时候，向来都是佼佼者。可是每次他都凭记忆和灵感进行创作，从来没有得益于神的指引。

可是现在，他甚至不知道手中逐渐成形的到底是个什么东西。很快，在恐惧和悲伤都消退之后，克提看清楚了，这是一个脑袋。这个脑袋很奇怪，不是人，也不是地鬼，克提从来没有见过这种生物。这个脑袋表面光滑，没有毛发；前额很高，鼻子很尖，鼻孔向下——这么突出的一个鼻子，能有什么用处呢？这张脸上的嘴唇很厚，下颚强壮得不可思议；下巴往前突出，似乎要和鼻子抢当领路的先锋；两只耳朵是圆的，在脑袋两侧的中部龇出来。我在雕刻的这东西是什么呀？为什么我的双手竟然会塑造出如此丑陋的形象？

突然，他的脑中出现一个答案：这是一个古人。

克提的双手沉稳有力，此刻正在精雕细琢，刻画着脸上的细节。可是他其实已经心神激荡，两个飞翼竟然不由自主地在发抖。古人！他怎么知道古人长什么样呢？从来没有人见过他们。在一些地底的山洞里面，人们偶尔会发现一些古人留下来的遗迹，表明他们曾经生存在这个世界上，可是这些遗迹都已经不可考了。就连达克布拉这样最古老的村庄，也只有三个这样的遗迹。他怎敢告诉村里的女士，说他雕塑的这个奇丑无比的畸形脑袋是个古人呢？她们会耻笑克提——不，她们会很生气，因为克提竟敢用这么荒诞不经的谎言来欺骗她们，明显是把她们当成傻子一样去戏弄。如果你塑造的这个东西从来没有人见过，那么我们该如何判断其优劣好坏呢？你倒不如把黏土捏成一个圆球，然后声称这是一个河床圆石的雕像呢。

尽管克提心中充满疑惑,可是他的双手却没闲着。不知为何,克提心里很清楚,在眼睛上方突出的一条骨头表面应该有毛发;头顶也有毛发,而且应该相当长;在鼻子正下方还有一条凹槽直达上嘴唇。在他完成之后,克提甚至不明白自己怎么知道这就算完成了。他默默地注视着眼前这个硕大的古人头雕像,被它的丑陋和怪异深深地震撼了。然而他知道,古人就是这样子的。

诸神啊,你们到底把我怎么了?

就在他坐在地上凝视着古人头雕像的时候,村子里的女士们翩翩而至,从空中降落在河岸边上。在围观的群众里,站在外围的那些男人,他们的作品都已经被鉴别过了。克提认识他们,很容易就猜到他们的雕像是什么。其中一些身为人夫,与妻子结下了终生的婚约,所以他们的雕像并不参与竞争,纯属助兴。还有一些是和克提差不多岁数的年轻小伙,第一次把作品奉献出来——从他们垂头丧气的样子看来,他们的成绩并不理想。不过所有男人都黏土热发作,只懂痴痴地盯住女士们,谁也没有留意克提和他的雕像。

女士们默默地看着克提的作品,有些人还换个角度观看。克提知道他的技巧和手工绝对是超凡脱俗的,而这个雕像体积之硕大更是惊世骇俗。黏土热在他体内翻腾躁动,每一个女士看起来都那么漂亮。克提很怕看见她们脸上现出质疑批判的表情,因为他非常渴望得到她们的青睐。

终于,有一位女士打破了沉默。她小声地问:"这个是什么?"

克提顺着声音看去,原来是乌帕女士。她从来不曾结过婚,甚至在最近几年内也没有性伴侣,于是落下一个难以讨好、傲慢自大的坏名声。如果有人当众逼问克提,这个角色自然非她莫属了。

克提不敢直说,含糊其词地说道:"这……是我凭一双手塑造出来的。"

乌帕那个充满了轻蔑的问题仿佛激起了别人的勇气。另一个女士说："人人都以为你会向你的孪生兄弟致敬。"

这是最难回答的一个问题，克提避无可避，他有勇气道出真相吗？

"我本来也打算这样做，可是提克的脸就是我的脸，我哪有资格把自己的脸做成雕像呢？"

此言一出，女士们都在交头接耳。有人觉得这个借口愚不可及，有人觉得克提企图瞒天过海，有人则显出若有所思的样子。

终于，她们纷纷说出了裁决。

"这不合我的口味。"

"太丑了。"

"怎么那么古怪呢？"

"嗯，有意思……"

说完之后，她们纷纷腾空而起，在半空中盘旋片刻，然后向附近的树丛飞去。其余的男人看见天赋极高的克提竟然遭到无情的拒绝，无疑会幸灾乐祸，也跟着众女士飞上空中。

最后只剩下克提和乌帕留在河岸。

乌帕说："我知道这是什么了。"

克提不敢回答。

她继续说："这是一个古人的脑袋。"

树上的男男女女都听到这句话了。有人大吃一惊，倒吸一口凉气；有人还吹起了口哨。

克提自大狂妄的内心被揭露出来，顿时觉得无地自容。他说："乌帕女士，你说得对。可是我并没想过要做这样一个东西，只是我的双手不受控制。"

乌帕沉默了许久,绕着雕像走了一圈又一圈。

突然,有一个领头的女士在树上大声喝道:"快点儿,天要黑了!"

乌帕被吓了一跳,抬头道:"对不起,我只是想看清楚,记住这张面容。我们有幸亲眼见到古人的脸孔,这是诸神的恩赐。"

人群中传来一阵笑声。难道乌帕真的相信克提能够将没人见过的东西雕刻出来吗?

乌帕转身面对着克提,只见他已经被黏土热烧得意乱神迷,眼看就要扑倒在乌帕的脚边,求她与他共赴巫山。

乌帕说:"我们结婚吧。"

克提痴痴的好像没有听懂。

乌帕再说一遍:"我们结婚吧,我要和你生儿育女,至死相随。"

克提说:"好的。"

克提初次参加雕塑选亲就获得名媛的青睐,有幸共结连理,这是至高无上的荣誉,一千年来无人能出其右。在场很多人——有男有女——都气急败坏。

另一个领头的女士厉声道:"荒唐!乌帕女士,你竟然为了这样一个丑陋可笑的雕像就轻率下嫁给一个毛头小伙子。你这样做只会让我们的雕塑选亲传统变得一文不值。"

"他得到诸神的青睐,所以才能够塑造出古人的面容。请你们每个人都下来,仔细审视一下这个雕像。我们必须留在这里直到两首歌都唱完为止,这样的话我们就有足够时间记住古人长什么样子,以后能把今天所见传给我们的下一代。"

因为乌帕是今天赐婚的女主角,而且克提也接受了婚约,所以人人都必须遵从她的意愿。在两首歌的时间里，大家按照乌帕女士的吩咐，认真地端详着古人的雕像。

克提和乌帕携手走进婚姻的殿堂，这段佳话也成为一个传奇，在达克布拉永远流传下去。本来克提对大名鼎鼎的乌帕敬畏有加，做梦也没想过能做她的丈夫，这念头想起来也会吓得他浑身发抖；可是婚后他才知道，原来乌帕是一个温柔娴淑的好妻子，克提于是全心全意地爱护着她，夫妻二人相敬如宾，过着幸福美满的生活。他偶尔也会思念一下提克，只是再也不会觉得风神带提克上天堂而留下他独自偷生是对他的一种惩罚。

在雕塑选亲的当天，大家都不知道未来会如何，他们只是觉得克提是有史以来最大胆、最豪放的雕塑家；他的胆识让他抱得美人归，同时也大大提高了人们对他的评价。他不愧是提克的孪生兄弟！虽然提克已经离他们而去，可是他的勇气和机智却在克提身上继续闪耀，假以时日，终将变成力量和智慧。

两首歌过后，大家腾空而起，飞去下一个候选人的展台，留下空荡荡的一片河堤。树丛中出现许多阴影，他们绕着这个奇怪的雕像转圈，仔细端详着，却看不懂其中奥妙。不过片刻之后，他们还是将这个大得出奇的沉重雕像抬走了。

第三章 秘　密

　　昨晚索菲娅在妈妈门外听见一些话，她并没有打算泄露半句，所以这次说漏嘴真的是不小心而已。她向来懂得保守秘密，就算是这么一个极具破坏性的惊天大秘密也不例外。妈妈竟然计划让德莎莎在飞行过程中长大成人，然后和洛奇结婚！这意味着什么呢？是不是索菲娅只能嫁给蒲亚了？这种安排很不合理，不是吗？蒲亚应该和德莎莎结婚，好让这两个最喜欢指手画脚的家伙互相斗个不亦乐乎。洛奇不是索菲娅的双重表亲，所以是最好的结婚对象，为什么索菲娅的妈妈竟然要把他许配给德莎莎呢？

　　第二天，索菲娅还在困扰和郁闷之中，德莎莎偏偏还为了一些鸡毛蒜皮的蠢事对她嚷嚷——她想让这扇门开着，德莎莎却把门关上了；她想让那扇门关上，德莎莎却把门打开了——索菲娅忍无可忍，脱口而出："德莎莎你闭嘴吧！你反正要在航行过程中长大成人，还和洛奇结婚。什么好事都给你占尽了，这开门关门的小事情就让给我做主行不？"

　　哪知洛奇刚好和他爸爸一起走到门口——他们是把一篮一篮的面包运上飞船冷冻起来。这实在是事出巧合，不能怨索菲娅。

　　洛奇说："你说什么呀？你们俩随便哪一个我都不娶！"

　　索菲娅担心的不是洛奇，而是他那个小个子爸爸。司徒博问道："你为什么会操心帕达洛的婚姻大事呢？"

索菲娅红着脸说："因为只有他不是表亲或者别的什么吧。"

德莎莎趁机落井下石："菲娅就是这样子，整天都想着结婚，她脑子有病！"

司徒博笑道："你才八岁，为什么会觉得他们会在航行过程中结婚呢？"

索菲娅紧闭双唇，一言不发，只是耸了耸肩。她知道自己不应该将昨天在妈妈门外听到的话复述出来。如果她从今以后守口如瓶，大概司徒博父子和德莎莎会把今天这事儿给忘了，那么妈妈就不会发现索菲娅原来是一个口没遮拦的小奸细。

耶律迈听完司徒博的一番话，面无表情。梅博酷却沉不住气了："我早该知道！他们竟然密谋偷走我们的小孩！"

耶律迈说："未必。"

梅博酷大声道："你自己亲耳听到了。不让小孩冬眠，让他们在航行过程中长大，难道这是索菲娅自己想出来的？"

耶律迈说："我的意思是，阿飞未必会让我们的小孩醒着。"

"为什么？他有十年时间去给他们洗脑，让我们的小孩和我们作对。"

耶律迈说："因为他知道如果他敢这样做，我一定会杀了他。"

司徒博说："我可没杀他的本事。你们能想象吗？纳飞把这件事情告诉他女儿，却把我们蒙在鼓里。"

耶律迈仔细想了想。虽然纳飞有时候很粗心，可是总不会在这件事情上那么不小心吧。"这未必是纳飞的计划，有可能是索菲娅的妈妈在搞鬼。大概圣湖先知还恋恋不舍当年她在女皇城里的风光岁月吧。"

梅博酷说："可能她想学华纱开办学校。"

司徒博问："无论他们的动机是什么，问题是现在我们该怎么办呢？纳飞有星舰宝衣和索引，连飞船也受他控制；无论他现在说什么，要是他在途中变卦，决定唤醒我们的小孩，谁能阻止他？"

耶律迈说："飞船上的食物储备有限，他不可能叫醒所有人。"

梅博酷说："不对！你想想，如果我们一觉睡醒，突然发现纳飞的儿子查维亚已经长成一个十七岁的年轻人，那会怎样？阿飞十七岁的时候就已经很高了，到时候我们的儿女还是小孩子……还有，爸爸后来生的两个儿子，奥义克和亚赛；还有司徒博你的儿子帕达洛。"

司徒博苦笑道："帕达洛长不高的。"

梅博酷说："就算长不高，他也是成年人了。这个计划可不赖！纳飞可以在航行过程中给他们洗脑，让他们和他一个阵营。"

这些问题耶律迈也已经想到了，他点头说："还是那个问题，我们应该采取什么对策。"

"我们不冬眠。"

耶律迈摇头道："他已经说过了，只有当所有人都进入冬眠之后，他才会让飞船升空。"

梅博酷说："那我们就别去，让他自己回地球好了！等他一走，我们就带着老婆小孩回女皇城。"

耶律迈说："梅伯，你忘了吗？我们现在都是穷光蛋，回女皇城日子也不会好过。可能他们会把我们关进监狱，或者干脆当场杀死。"

司徒博附和说："而且带着那么多小孩，路上肯定折腾得够呛。

再说了，谢德美和我并不想回去。"

梅博酷怒道："那你们就跟纳飞升天吧，我才不管呢！"

耶律迈听着梅博酷发脾气，心中对他充满了鄙视：梅伯真是蠢得无可救药了！司徒博向来都不是站在耶律迈这一方，可是这次他竟然主动来汇报索菲娅说漏的那句话——因为他想保护自己的小孩——耶律迈要说服司徒博彻底脱离纳飞的阵营，现在正是千载难逢的好机会。从此纳飞的阵营只剩下他、爸爸和羿羲；换句话说，阿飞、老头子和瘸子。

耶律迈说："司徒博，这件事情非同小可。我觉得现在没有别的办法，只能按兵不动、随机应变。可是我觉得肯定有办法进入飞船的计算机系统，设定一个闹钟，找一个合适的时机，让我们在旅途中醒过来。冬眠舱离生活区有相当远的距离，他肯定不会发觉。就在他以为万事大吉的时候，我们可以杀他一个措手不及。你觉得怎样？"

梅博酷说："我觉得你这个计划太蠢了。你忘了这艘飞船的计算机是什么了？"

耶律迈问司徒博："他说得对吗？这艘飞船的计算机和那台号称'上灵'的电脑是一样的吗？"

司徒博说："嗯，听你这样说起，我觉得这两者还未必完全相同。我们的祖先是在飞船降落之后才设置上灵的，现在上灵把系统的一部分上传到飞船的计算机系统里。可是他对飞船的熟悉程度远比不上他对现有硬件设备的掌控，毕竟他操作现有的设备已经超过四千万年了。"

梅博酷低声讽刺道："他？你是说它吧。"

耶律迈不理梅博酷，还是目不转睛地看着司徒博的脸。

司徒博说:"嗯,我也说不准。可是我不认为第一批飞来和谐星球的人会……我是说,他们不会把自己的性命完全托付给上灵。他们是把自己的下一代交到上灵手中,而他们自己却并不受上灵控制。所以,飞船的计算机系统可能……"

耶律迈说:"可能吧,不过你得想出一个稳妥的办法。"

司徒博说:"我大概可以尝试一下输入错误的航向信息。系统里面有一个日志程序,负责航行过程中各种事项的时间安排,航道修正就是其中之一。不过我想上灵会经常检测这方面的数据。"

耶律迈说:"请你仔细想想吧,因为我不在行。"

不出耶律迈所料,司徒博喜形于色。这家伙只是一个身材矮小、弱不禁风的书呆子,而耶律迈则是一个孔武有力、魅力非凡的领袖强人。司徒博得到耶律迈的赞赏,自然是受宠若惊。虽然他做了纳飞的走狗许多年,可如今要把他收服还不是易如反掌?耶律迈必须耐心等待,时刻都给自己留一条后路。

耶律迈说:"这件事情,我就拜托你了。不过无论你做了什么,事后千万不要和别人提起,连我也不要说,谁知道这台计算机会不会听见。"

梅博酷奸笑着说:"好比说现在吧,我们说的每句话可能都已经被它听见了。"

"司徒博,我也知道这事情很难,你就尽力而为吧。我和梅伯再怎么卖力气,也比不上你动一下手指头。"

司徒博若有所思地点了点头。

耶律迈想,从这一刻起,他就是我的人了;以后无论发生什么事情,他也会对我死心塌地。阿飞之所以失去司徒博这个帮手,完全是因为他或者他老婆在小孩面前说漏嘴。愚蠢而懦弱,纳飞就是这样的人，愚蠢而懦弱，根本不是领袖之才。

如果他敢伤害耶律迈的小孩，那么他失去的就绝对不仅仅是领袖地位那么简单了。不过纳飞下台也就是时间问题罢了，或者等爸爸死后吧。他让耶律迈蒙羞忍辱那么久，总有一天要和他算总账的！耶律迈身为堂堂男子汉，视荣誉如生命；面对如此奸诈狡猾的敌人，他的态度就是：一个也不宽恕！

纳飞对绿儿说："我们出去走走。"

绿儿微笑道："我们今天还不够累吗？"

纳飞再说一次："我们出去走走。"

他带着绿儿离开众人居住的维修大楼，穿过降落场的平整硬地。他们并不是去宇宙飞船那里，而是朝着空旷的野外走去，一直走到一个四下无人的僻静之处。

纳飞说："绿儿。"

绿儿说："嗯，看起来我们有些心烦意乱。"

纳飞说："你怎样我不敢说，可是我自己的确是心烦意乱。"

"我做什么了？"

纳飞说："我不知道你做什么了，我只知道司徒博在飞船的日志系统里面设置了一个唤醒日期。"

"他为什么要这样做呢？"

"他把这一天设在航行中段，唤醒他和谢德美，还有耶律迈。"

"耶律迈？"

纳飞问："为什么司徒博要这样做？"

绿儿说："我不知道。"

"嗯，你能不能仔细想想？能想起什么线索吗？有没有什么蛛丝马迹？"

绿儿有点生气了。"纳飞，这算怎么回事？如果你知道什么东西，如果你想谴责我什么，你就尽管……"

纳飞说："可是我什么也不知道。上灵告诉我司徒博设置了那个唤醒日期；然后我问，为什么；然后上灵说，问绿儿吧。"

绿儿脸红了。纳飞扬起一条眉毛道："怎么样？你知道怎么回事了？"

"这是上灵在和我们闹。"

纳飞说："噢，是吗？"

绿儿道："这有什么出奇的？她一直都乐此不疲。"

"你介不介意告诉我，上灵这次到底在闹什么？"

"肯定有关联的，可是我看不出……哦，对了，我知道了，是索菲娅听见我说话了！"

纳飞用手拍着额头："噢，你知道了？索菲娅听见你说什么了？"

"昨晚，我和上灵说……你知道我说什么。"

"不，我不知道。"

绿儿道："你不是说真的吧？"

"千真万确。"

"你的意思是上灵从来没有跟你提起不让小孩冬眠的事情？"

"别说笑了，这是十年光景，我们没有足够的补给让每个人都醒着。"

绿儿说："我不知道，上灵说我们有足够的补给让你、我和十二个小孩在大部分时间醒着。"

纳飞问："为什么我们要这样做呢？我们之所以要冬眠就是因为在一艘太空船里待十年实在太闷了。我自己也不打算全程醒着，为什么我们的小孩要在这个金属罐子里度过十年呢?到达地球的时候,他们的生命有超过一半时间都是在飞船中度过的。"

绿儿道:"上灵竟然从来没有和你提起这事情,我真是越想越生气!"

纳飞看着她,等她进一步解释。

"这十二个小孩里面,有我们除了双胞胎之外的几个小孩;小诗的小孩,包括妮丝娅和她的哥哥姐姐;谢德美的一儿一女;还有你的两个弟弟,奥义克和亚赛。"

"年纪更小一点的呢?"

"两岁以下的小孩不能在低重力环境中成长。"

纳飞说:"这行不通的,就算他们答应,这些小孩除了谢德美的一对儿女之外,就没有别的适龄结婚对象了。他们不是兄弟姐妹就是双重表亲,只有奥义克和亚赛好一点,他们只是单表亲。"

"阿飞,这些话我跟上灵反反复复说了好多次,你以为我不知道这个主意有多蠢吗?昨晚索菲娅肯定听到我说这番话,当时我正在和上灵争论。"

纳飞道:"绿儿,你和上灵交流的时候是不需要说话的。"

绿儿说:"我需要!"

"算了,反正司徒博想着要在中途醒一次,看我有没有捣鬼。"

绿儿说:"我猜他一定很生气。"

"事到如今我们只有一个解决办法了。"说完,纳飞牵起绿儿的手,一起走回维修大楼。

在几分钟之内,所有成年人都聚集在厨房里面,围坐在一张大桌子旁——这是他们平常轮换吃饭用的餐桌。耶律迈和往常一样,满脸的不耐烦;梅博酷则在公开挑衅,他大声质问:"现在怎么了?

我们正常睡觉也不让啊？"

纳飞说："有些事情必须马上说清楚。"

梅伯嘲笑道："噢，我们当中哪个人做错事了吗？"

纳飞说："没有，不过你们有些人以为绿儿在耍阴谋——不，说起来你们可能以为我在耍阴谋——所以我现在开诚布公，把事情都挑明了。"

如诗说："开诚布公？这主意挺新颖的。"

纳飞不理她，继续说道："很明显，上灵想说服绿儿做一件蠢事，他想让一部分小孩在旅途中醒着。"

"蠢事？"纳飞的爸爸佛意漫看起来很疑惑。

纳飞说："没错，让他们在途中醒着，我觉得这做法简直是愚不可及。"

纳飞的姐姐柔珂说道："对啊，他们肯定会闷坏的。"

纳飞不接话，视线扫过每一个人的脸。所有人——包括耶律迈——对纳飞此刻的做法都不觉得意外。虽然耶律迈肯定已经知道上灵的计划，也明白这样意味着什么，可是此刻他似乎也认同纳飞的坦诚，纳飞心中觉得有一丝安慰，"我知道你们当中有些人甚至比我更早知道这件事情。我之所以发现上灵的这个计划，完全是因为上灵察觉你在飞船的日志系统里面设置了一个唤醒程序，司徒博。"

只见梅博酷和司徒博迅速交换了一个眼光。原来梅伯也知道这个唤醒程序，他可能甚至以为司徒博的小闹钟会把他也叫醒；可是司徒博当然知道叫醒梅博酷没有一点用处。梅伯到底知不知道人人都看不起他呢？可能他也心知肚明吧，所以才肆无忌惮地四处寻衅滋事。

纳飞说道："司徒博，我觉得这个主意不错。虽然上灵已经删除了你的唤醒程序,可是我会重新设置一个新的。在航程的中点,所有成年人都会醒一天,检查一下各自的子女,确认他们还是和起飞的时候一样年纪。除此之外,我也想不出更好的办法去阻止上灵了。"

佛意漫失声笑道:"你真的以为你能够阻止上灵?"

绿儿抬头说:"上灵知道很多东西,可她不是人类,所以不明白将小孩的童年从父母身边偷走会造成多大的伤害。华纱阿姨,如果你醒来发现小奥和亚亚已经长成十七八岁的青年,你会有什么感受呢?你会因为错过了中间那些年而觉得惋惜吧?"

华纱似笑非笑地回答说:"谁对我做出这样的事情,我永远也不会原谅她,就算是上灵也不例外。"

"我想把这些事情向上灵解释,有时候她不明白人类的感情。"

耶律迈喃喃道:"有时候?"

"我当时在自己房间里和上灵说话,稍稍大声了一点儿。那时候纳飞还在连夜加班,可是索菲娅却醒了,她肯定在外面听了好一会儿才敲我的房门。"

梅博酷装出震惊的样子,问道:"你是说你的女儿偷偷摸摸、人小鬼大?"

绿儿没有看他一眼,继续说:"索菲娅其实不明白她听到的话是什么意思。这次打扰了大家,真是对不起。我明白你们当中有些人已经知道了这件事情,有些人还不知道。可是纳飞也只是在几分钟前才听说的,他马上就和我赶回来……开这个会。"

"明天一早,司徒博可以确认一下那个中途唤醒程序。这个程序出错的唯一可能性就是上灵趁我每次冬眠的时候将它删除,可是我倒不担心,因为我睡醒之后,会手动将你们唤醒。所以我现在最后强调一次，我们不会在时间问题上耍什么花样。当我们到达之后，小孩子的年纪会和出发时一样，唯一变老的人就是我。老实说吧，我也不想醒着，在满足安全航行最低要求的基础上，我也会尽量多睡。"

"为什么你要醒着呢？"问话的是柔珂的丈夫欧必忍。在纳飞眼中，他就像蛇一样地讨人厌。

纳飞答道："这船的设计就是这样，不能让上灵单独控制。其实上灵的系统程序是在宇宙飞船降落和谐星球之后才完成的。目前飞船上的计算机已经安装了上灵的系统，可是没有一个程序能够同时控制飞船上的所有计算机。为了安全起见，我们有几个冗余备份系统，这样才能确保所有系统不会同时死机。总之有些任务需要我不时去监测一下。"

耶律迈又在喃喃说道："这事别人也能做。"

纳飞说："可是只有我一个人有星舰宝衣。我以为这个问题已经解决一段时间了，难道你还想挑起争端吗？"

很明显，没有人想挑起争端。

佛意漫说："儿子，上灵认为正确的事情她就一定会去做，你是没办法阻止的。"

纳飞说："不过上灵是错的，这件事情就那么简单。如果我遵从上灵的意思，你们没有一个人会原谅我。"

梅博酷说："说得不错。"

纳飞说："我也永远不会原谅自己。所以这问题已经解决了，司徒博明天就检查日志系统；临起飞的时候，他还会再检查一次，你们谁有兴趣也可以一起看看。"

耶律迈说："你……很好，现在我们大伙儿都知道你没有在背后搞阴谋诡计，我想我们今晚终于能睡一个安稳觉了。谢谢你的诚实和坦诚。"说完他就站了起来。

佛意漫说："不行的，你这样做是背叛上灵，你肯定会失败的。没有人能够背叛上灵，就算你也不行，纳飞。"

耶律迈说："爸爸，你和纳飞慢慢讨论吧，可是艾雅和我要回去睡觉了。"说完，他用手搂住妻子，带着她走出了房间。大部分人都跟着他们出去了，包括柔珂和丈夫欧必忍，莎芙和丈夫费雅思，梅伯和妻子小丽。

如诗和羿羲出门的时候，停下来和纳飞与绿儿说了几句话。如诗说："处理得不错嘛，把大家召集起来公布。除了耶律迈，其他人基本上都相信你说的话。可是无论你说什么耶律迈也不会信的，你这样做他只会觉得你更加狡猾罢了。"

绿儿恨恨地说："多谢你的实时分析。"

纳飞马上说："谢谢你。不过我本来就没预计耶律迈会相信我没有耍花样，我说什么他都不会相信的。"

如诗说："我只是想让你知道，你和耶律迈之间的隔阂很深。其实这种隔阂也算是一种联系，而且比这里任何人之间的联系都更强。如果你希望今天这一幕能够让他回心转意，你就彻底失败了。"

绿儿说："你呢？你回心转意了吗？"

如诗勉强笑了笑，说道："绿儿，我还是看到你和其他人疏远了，你只和丈夫和小孩保持着联系。只有当这种状况改变之后，我才会开始相信你丈夫的承诺。"说完她就转身离去了。羿羲很无奈地笑笑，耸了耸肩，随即跟在她身后飘走了。

司徒博和谢德美也没走。司徒博说："纳飞，我想向你道歉，我早该知道你不会……"

纳飞说："我完全明白。在你看来，我们正瞒着你在策划什么阴谋。如果我是你，也会做出同样的举动。"

司徒博说："不是的，我本来应该私下和你说的，那样就可以发现事情的来龙去脉。"

"司徒博，如果没有你的同意，我是不会对你的小孩做任何事情的。"

"我也绝对不会同意。我们只有两个小孩，比你们任何一对夫妇都少，要是他们成长的时候我们不在身边……"

纳飞说："不会的，我不想要你的小孩，我只希望这个旅程平安无事，快点结束，好让我们到达地球之后可以安心建设我们的新家园，别的我什么都不想要。这次让你平白无故担心一场，真不好意思。"

司徒博这才露出宽心的笑容。可是谢德美却没有欢颜，她看着纳飞，然后盯住绿儿："你们也知道，我没有自愿参加这次远征。"

纳飞说："可是如果没有你，我们决不会成功。"

绿儿说："我有一个问题。"

纳飞说："绿儿，别这样，我们不是已经……"

绿儿道："无论如何，我们都必须知道这个问题的答案。小谢，其实你应该很清楚，只有你的两个小孩不用担心近亲结婚的问题。"

谢德美说："对啊。"

"那么其他小孩呢？我是说，这事情会不会闹出什么危险？"

谢德美道："我不觉得有什么问题。"

绿儿问："为什么呢？"

"只有双方都携带隐性病患基因的时候，表亲结婚才是问题，因为父母各自的隐性基因都会遗传给子女，于是成为显性。结果就是后代患上弱智、身体残疾或者虚弱，诸如此类的各种遗传病。"

"这还不算是问题吗？"

谢德美说："你没有留意听我说话吗？在女皇城中的时候你不是已经都知道了吗？上灵经过那么多年的努力才把你们培育出来，比如说，她不远万里将你的爸爸和妈妈带到一起，让他们漂洋过海地相逢相聚。上灵早已经确认你们的基因是健康和干净的，并没有携带任何隐性的病患基因。"

"你怎么知道的？"

"因为你们身上如果带有这些基因的话，它们早就变成显性了。你还不明白吗？上灵经过很多代人的努力，让许多表亲通婚，才培育出像你们这种对她的影响特别敏感的人。要是有弱智或者残疾的话，肯定早就已经显现出来，而且被淘汰了。"

华纱说："也有例外的。"大家马上知道她说的是纳飞的亲兄弟羿羲。羿羲自出娘胎就患上了肌肉萎缩症，只能依靠磁力浮子或者浮椅才能够行动。

谢德美说："当然有例外。"

"比如说，要是我的小孩和如诗的小孩结婚……"

绿儿还没说完就被谢德美打断了："这问题如诗几年前问过我，我以为她已经跟你说过了。"

绿儿说："没有。"

"羿羲的病不是基因决定的，而是因为产前创伤。"说到这里，谢德美看了华纱一眼，"我猜那件事情发生的时候，华纱阿姨并不知道她已经怀孕。"

华纱摇了摇头。没有人敢问当时发生了什么事情，以致连累子宫里的羿羲遭遇不幸。

谢德美说:"羿羲的残疾不会遗传,你可以让小孩和谁结婚都行。只要你别来打我小孩的主意,我就感激不尽了。"

绿儿生气地大声说:"我们没有打你小孩的主意!"

谢德美说:"我相信纳飞没有,因为他一知道这件事情就立即和我们商量了。"

绿儿坚持道:"我也没有打算做什么。"

谢德美说:"我觉得你有,而且你还没死心!"说完她转身走出房间,司徒博惴惴不安地跟着她离开了。

在外面的走廊里,司徒博看见耶律迈在等着他。谢德美自己先走了,剩下司徒博和耶律迈并肩而行。耶律迈说:"我知道了,原来你做事就是这么小心的。"

司徒博抬头看着耶律迈,笑笑说:"我太笨了,是吧?上灵一下子就发现我的唤醒程序了。"然后他眨了一下眼睛,加快脚步走远了。耶律迈独自在后面慢慢踱步,一边走一边思考。然后他微微笑了一下,走进了一条通向自己房间的走廊。

厨房里只剩下佛意漫和华纱还陪着纳飞和绿儿。

佛意漫说:"你这次失策了,你不应该违抗上灵的命令。"

绿儿说:"如果我们遵从上灵的命令,就等于任由我们的殖民地永远分裂成两个互相敌对的帮派,而且这个裂痕世世代代也无法修补。"

佛意漫说:"那也没办法。"

纳飞说:"我们讨论这些没有意义,对吧,妈妈?"

华纱叹道:"有些事情是正人君子永远也不会做的,就算是为了上灵也不行。"

佛意漫说:"你要顾全大局。"

华纱说:"我生了最后这三个小孩,奥义克、亚赛和我的宝贝小女儿。如果谁将他们从我身边抢走,我会恨他一辈子!就算是你……"她看着纳飞,然后将视线转向绿儿,"或者你……"然后看着她的丈夫,"还有你!"然后华纱站起来,走出了房间。

佛意漫叹了一口气,也站起来。他说:"你走着瞧吧,上灵是不会被你们愚弄的。"

纳飞说:"上灵应该考虑一下人类的感情因素。"

可是佛意漫已经走了,没听见他最后这句话。

绿儿张开双臂抱住纳飞,说道:"我本来应该早点儿告诉你的,可是我怕你对上灵唯命是从。"

纳飞说:"很明显,你还不如上灵了解我深,所以他根本就不对我说。"

绿儿说:"回去睡觉吧,老公。"

纳飞说:"我还有活儿要干。"

绿儿说:"那我们就晚一天出发呗。"

"我还有活儿要干。"

绿儿叹息一声,和他吻别之后就离开了。

纳飞切了一片面包,卷起一根熟透了的车前草蕉,一边吃一边离开维修大楼,向宇宙飞船走去。

你才是最聪明的那一个,是吧?

纳飞心中回答道,是的。

人人都以为我从来没有和你讨论过这件事情。

你的确没有。

你只是不理我,并不是没听到。

可是我从来没有和你讨论过这件事情,而且我也不会照你说的去办。

你会的，因为这件事情势在必行。如果你不采取行动的话，你总有一天会死在他们手上，绿儿也无法幸免。

你没办法预知未来。

然后耶律迈会将你们的小孩都变成奴隶。

他是不会株连我儿女的。

名义上他是抚养你们的小孩，实际上艾雅会将抚养变成奴役。

不会的。

肯定会！除非你身边多了六个对你忠心不贰的青壮男丁。

这话我已经说了一千次，现在我再说一次，没有小孩父母的同意，我是不会考虑这件事情的。而且我也不会去说服他们，如果他们来找我，我还会提出反对意见。

纳飞，你的策略非常聪明！这样一来，日后如果他们反悔了，也不能怨到你的头上。

纳飞摇摇头，默默地说，他们不会同意的。

你低估我的影响力了。

第四章 说　服

谢德美又去察看了一下孩子们,这已经是今晚第三次了。等她回到床上的时候,司徒博已经醒了。

谢德美说:"对不起,我做梦了。"

他说:"你是说你做噩梦了?"

谢德美误解了司徒博的意思,她问:"你也做噩梦了吗?"

司徒博有点不屑地答道:"没有。你还做那些老生常谈的旧梦吗?"

她说:"噢,不,不,你是说地球守护者的报梦吗?不是那些。"

"就是那些蝙蝠和鼬鼠。"

"不是鼬鼠,是大老鼠。不过我通常都不会梦到那些蝙蝠和老鼠,地球守护者报的梦总是和花园有关。"

"不过你今晚的梦不是来自地球守护者的?"

谢德美摇了摇头。

"你不想告诉我?"

"如果你想听,我就告诉你。"

司徒博等着。

"司徒博,我总是看见……看见我们到达了地球,所有人都走出飞船。你和我没有变老,就和现在一模一样。然后我看见一对从未谋面的青年男女，男的英俊强壮，脸上充满了阳光；女的肤色健康，笑容灿烂，眼睛里闪着聪慧的光芒。"

"男的十八岁，女的十六岁。"司徒博的声音充满了酸楚。

谢德美说："除了洛奇和妲比亚，我不能再生别的小孩了。"

"什么？难道你因为这个而责怪我吗？已经过了那么多年，现在你竟然对我发难？"

"我没有责怪任何人，我只是……我去看看他们，是想确保他们都睡得安安稳稳。我不想他俩……做同样的梦。"

"你怎么知道他们有没有做同样的梦呢？你叫醒他们问了吗？"

"我不知道他们梦见什么了，我只知道他们还那么年轻，我却已经迫不及待想看看他们将来长成什么样子了。我想看他们下个星期的模样，下个月、明年，甚至……可是我又会想……"

司徒博问道："什么？"

"我还记得他们小时候的样子。那时候他们还是小宝宝，还在吃奶；然后他俩开始学走路，说第一句话，第一次玩游戏，第一次学会读书写字。这一切我都记得，可惜那两个小孩子都已经远去了。"

"不是远去，而是长大了。"

"我明白，他们是长大了。可是那些年年月月却一去不复返，无论你做什么也追不回来。他们将流逝的岁月都抛诸脑后，将自己的童年也抛在身后，就算你记得一清二楚，他们也不见得会感激你。"

司徒博摇头道："谢德美，我知道这台巨无霸电脑是怎样将人玩弄于股掌之间的。你心里很清楚，你并不想把小孩交给纳飞和绿儿去抚养，这两人自己还没长大呢。"

"我知道我不愿意，可是你想想，怎样的安排才对他们最有利？怎样才能让他们所有人都受益？历史上也有很多人将自己的小孩送上战场,成就后者的英雄壮举。"

"当他们失去至亲之后,他们就会痛不欲生,一辈子也走不出哀伤。"

"你还不明白吗?我们并不会失去他们,这就像……就像我们送他们去学校寄宿。女皇城的很多父母都这样做,或者把小孩送去别的家庭寄养。如果我们留在女皇城,我估计也会做同样的事情。在这个年纪他们两人可能都已经送出去寄宿了。所以说,现在我们错过的,其实就是一些暑假寒假罢了。"

司徒博用一个胳膊肘支撑着坐起来,说道:"谢德美,正如你刚才所说,这是我们仅有的两个小孩。我本来从没想过要生儿育女,当初我这么做完全是为了你,因为你是我的……朋友,而你又那么热切地想要小孩。在他们出生之前,如果你问我能否忍心不要他们;我会说没关系,你想怎样都行,反正这两个小孩是属于你的。可是现在他们不仅仅属于你了。我逆天性而行,让他们降临世上;我照顾他们,爱他们;我付出心血养育他们成长。我告诉你吧,和他们共同度过的日子,每一天我都不愿意错过。"

谢德美摇头道:"我也不想错过。"

"所以啊,谢德美,别管这些梦了。就让这台高高在上的超级计算机打它自己的算盘去吧,我们不要卷进其中。"

谢德美在他身边躺下来,叹道:"不,我早就卷进去了。"

他问:"你怎么卷进去的?"

她牵起司徒博的手,轻轻握住:"我说的那堆关于基因的废话,什么隐性基因变成显性,等等,全是信口开河。"

司徒博大笑不止,笑得连床也震了。

"一点也不好笑。"

"你说的那番话都不是真的?"

"我自己也不确定是不是真的。不过他们知道我是基因学专家,想当然就以为我知道自己在说什么,其实我并不知道。这世上还没有人确切掌握这方面的知识,我们能够将染色体分类,可是绝大部分的基因模块还没有被解密。过去学界以为这些个体基因模块没有意义,也没有研究价值。可是根据我对植物的研究,他们是错的;不过我所知的也就那么多了。这些隐性基因只是安静地潜伏着、等待着,如果他们让那些近亲结婚,谁知道会生出什么怪胎?"

司徒博笑得更厉害了。

谢德美说:"别笑了,这事情一点儿都不好笑!我应该对他们坦白的。"

司徒博道:"千万不要!你说完那一番话之后,将来他们无论做什么疯狂配对实验,也不用打我们小孩的主意了。这很好啊,本来就应该这样。"

"可是你看看羿羲。"

"什么?难道他的残疾当真会遗传吗?"

"不,那我倒没说错。可是你看他受多大的苦,司徒博,我不忍心让其他父母和其他小孩受这种折磨……"

司徒博叹道:"小谢,你装出一副铮铮铁娘子的样子,可是内心却比炎炎夏日里的一块奶酪还要软。"

"嗯,你这比喻够恶心的,谢谢。"

"小谢,如果你说的那些话都不是真的,你是怎么凭空捏造出来的呢?"

"我也不知道,那些话自然而然就到我嘴边了。可能当时我特别需要说些什么来让他们放弃我们的小孩,情急之下就胡诌一通。"

"嗯,这样吧,上灵完全有能力和他们说话,是吗?"

"是的,她整天都和他们沟通。"

"那就行了,就让上灵告诉他们不要近亲结婚好了。"

谢德美想了一下,说道:"我倒从没想过这一点,因为我向来不是那种什么问题都留给上灵解决的人。"

司徒博说:"再说了,你怎么知道这些话不是上灵放到你嘴边的?"

"嘿,你别那么……"

"我是说真的。你说那些话自然而然就到了嘴边,你怎么知道不是上灵传给你的呢?你怎么能确定这个假设一定是错的呢?"

"嗯,我不能确定。"

"这就对了,你不需要再对他们解释什么。"

谢德美无言以对,她知道司徒博说得有道理。

他们默默地躺了许久,谢德美以为他已经睡着了。突然,司徒博用低得几乎听不见的话音对她说:"我们不仅仅是一男一女带着共同的小孩住在同一屋檐下吧?"

谢德美答道:"我们不仅仅是这种关系。"

"我想问的是,丈夫对妻子的爱怎么定义呢?非要涉及性欲吗?这种感情要包含多少性欲才能称得上是爱呢?"

谢德美小心翼翼地将心中所思转换成言辞表达出来:"我也不知道这种感情是否一定需要包含性欲。"

"你知道我有多么敬仰你吗?看着你和一对子女的相处,我觉得生命中充满了乐趣。我也很欣赏你对洛奇、妲比亚以及其他小孩的教育方法。还有,你对我实在太好……"

"你这样一个好好先生,我能不对你好吗?难道我忍心打你骂你吗？我没见过像你这么面面俱到的人，你从来也不做一件错事。"

"可是我不能满足你。"

她耸肩道："我也没怨你。"

"可是我真的很爱你，这是兄弟姐妹之间的亲情，是好友之间的友情。更重要的是，我对你的爱其实是……"

"是丈夫对妻子的爱。"谢德美帮他把话说完。

司徒博道："是的，就是丈夫对妻子的爱。"

"司徒，我也是。我对你的爱就是妻子对丈夫的爱。"她转身抱住司徒博，在他脸上轻吻一下，"妻子对丈夫的爱。"说完，她转身背对着他，很快就沉沉入睡了。

在女皇城号宇宙飞船起航之前的几个星期之内，上灵的梦夜复一夜地疲劳轰炸。终于，在准备工作踏入尾声的时候，那些被上灵报梦的人一个接一个地来找纳飞了。

首先来的是如诗。她对纳飞说，上灵是对的，反正他和耶律迈之间的裂痕是永远不可能修补的，所以他应该未雨绸缪。如诗说："而且，你别管什么承诺了，千万不要在中途唤醒所有人。那么多人聚集在这一个狭小的空间里，一旦爆发什么争端就会即刻变成灾难了。"

纳飞说："多谢你的建议。"

如诗说："你要是不同意就当我没说过吧，反正你才是身披星舰宝衣的那一个。"

纳飞说："别对我横挑鼻子竖挑眼的，你是绿儿的姐姐，可不是我姐姐。"

"我们都知道你的姐姐是什么优良品种。"

两人一起爆笑。

如诗说:"请你帮我转告绿儿,我已经决定遵从上灵的命令,让你们在航行途中抚养我们的四个小孩。当我下定决心之后,我发现她和我之间的联系突然恢复了,而且和以前一样紧密。我们之间的那些隔阂,一开始是她造成的;可是一直拖到现在才消除,这其实是我的错。"

纳飞说:"我可以帮你转告,可是你最好亲自跟她说。"

如诗说:"我就知道你会这样说,这就是为什么我有时候特别讨厌你!"说完她轻吻了纳飞的脸颊,然后离开了。

接着是华纱和佛意漫两人一起前来。华纱说:"你的两个弟弟出生得太晚了,正好利用这十年光景赶上两个哥哥。如果我剥夺了他们这个机会,我就太自私了。"

佛意漫勉强笑了笑,说道:"华纱向来比我更注重考虑人们的感受,我的想法和她的不一样。我只是记得,我们放弃了那么多东西,好不容易才走到今天这一步;如果我们现在开始违抗上灵的旨意,实在是愚不可及。纳飞,世上有一样东西叫作信任,我就全心全意地信任上灵。另外,你不要为了维持一个正人君子的光辉形象,就拿整个集体的存亡,尤其是拿你自己家庭的安危去冒险。"

纳飞听着爸爸的话,却没有因此而觉得心宽半点。"爸爸,从我将贾霸人头从他肩膀上卸下来的那一刻起,我在自己心目中的光辉形象就已经消失得无影无踪了,从此我每天都活在悔恨之中。反正我已经背负一身血债,如今再加一笔也无所谓了,是吧?"

佛意漫默不作声,可是华纱却接话了。她说:"我们一路走来不容易啊,是吧?可是,纳飞,你还年轻,所以你还觉得宇宙围着你转;实际上你并不是世界的中心。这一次其实是上灵说服了我们,我们现在也觉得让两个小儿子在航行中长大是最好的安排。现在就看你有没有勇气在事成之后坦然面对耶律迈的狂怒了。"

"可是我信誓旦旦答应他——也答应其他所有人——我不会这样做,转头就背信弃义,难道你们不觉得这样做不妥吗?"

佛意漫说:"我身为你的父亲,华纱是你的母亲,我们允许你废除那个诺言。"

"嗯,耶律迈听到你这句话之后,肯定会马上平静下来。"

华纱轻笑一声,说:"纳飞,你想想,在这群人当中,谁最不信任你?耶律迈从来就没有相信过你会守诺言,你知道为什么?因为耶律迈知道如果换了是他,他会想都不想就反悔的。"

"可是我不是耶律迈。"

佛意漫说:"你就是耶律迈,你们两人只是相差了一颗善良的心。"

纳飞甚至听不出这句话是恭维还是攻击。

在如诗、爸爸和妈妈之后,羿羲也来了。除了商量上灵报的梦,羿羲和往常一样,还提出很多想法来完善这个计划。

羿羲说:"我有话和你说。"

纳飞点点头。

"我老在做同一个梦。"

纳飞说:"我知道,这是上灵在捣鬼,因为我也做同样的梦了。"

羿羲说:"阿飞,不一样的。我看见我最年长的儿子笑笑走出宇宙飞船的舱门。"

"就像我梦见小娅……"

"在梦里,笑笑的样子和我一模一样……我这个梦挺蠢的是吧?他长得其实很像他妈妈;可是在我的梦里,他却成了我。只是他又高又壮,膀大腰圆,就像传说中的神祇,也有点像旧剧场外面围了一圈的雕像。"

"没错,羿羲,这是上灵在你脑中捣鬼。"

羿羲说:"我当然知道。你还记得我们第一次对付她的情形吗?我们兄弟联手把她打败了。"

"我怎么会忘记。"

"我们当时证明了我们不必对上灵唯命是从,对吧,纳飞?可我们后来还是决定全力帮助上灵,因为我们认同她的目标,所以我们主动选择这条路。"

"对,只要我觉得上灵有道理,我都会全力合作,代价再大也在所不惜。"

"代价?你都已经得到星舰宝衣了,还谈什么代价?"

"如果能够换回兄弟情深,我情愿马上就放弃这件宝衣。"

"阿飞,我们兄弟俩难道还不够情深吗?你难道对我心存怀疑?"

"不是,我不是这个意思……"

"小奥和亚亚也对你敬爱有加,难道他们不是你弟弟吗?难道我不是你哥哥吗?"

"你们都是我的兄弟。"

"我知道你根本不在乎梅博酷喜不喜欢你。"

"好了好了,我是说耶律迈,行了吧?如果我能够得到他的尊敬,我宁愿放弃星舰宝衣。"

"阿飞,你还执迷不悟?他永远都不会尊敬你的。"

"因为我不配。"

羿羲笑了:"笨蛋!纳飞,你的脑袋真是个榆木疙瘩。正是由于你配得上他的尊敬,所以他才不肯给你。"

"我上学的时候就最讨厌悖论,我觉得悖论是哲学家……"

"放弃思考之后随便糊弄出来的结论嘛,我知道,你老早就说过了,可我这句话并不是一个悖论。为什么耶律迈恨你呢?因为你是他的弟弟,同时他知道,他很清楚,爸爸对你的尊重和疼爱远比他多。而且在爸爸眼中,你比他优秀,所以他恨你。"

"我也希望你是对的。"

"你知道我没说错。如果你放弃所有,把一切都双手奉献给耶律迈;如果你抛弃星舰宝衣,转而和上灵作对,你觉得耶律迈会尊敬你吗?当然不会了,因为你这样做的话,你就真正变成一个卑微可鄙的弱者了。"

"行了,你说服我了,我会继续保留着星舰宝衣。"

"星舰宝衣算什么?更狠的事情你也做过。"

纳飞目不转睛地看着羿羲:"我想搞清楚一件事情,你来是想说服我让你的四个小孩在航行途中醒着,我替你养育他们,等你一觉醒来,他们已经长大成人。是这意思吗?"

羿羲说:"当然不是了,我很痛恨这种安排。"

"哦?那你的意思是?"

"让他们醒着,可是也不时唤醒我。每年一次,让我醒几个星期。比如说,我可以教小孩计算机,没人比我更在行了。"

"他们在新的殖民地用不上计算机。"

"那就数学吧,测量技术,像三角测量法,你教的课程我也可以教。还有,你有没有考虑建一个农业实验室,研究森林学什么的?我们什么时候开始运一些树种上飞船?"

"我倒从没想到这一点。"

"你是说上灵没想到吧？"

"随便吧。"

"我们可以轮换。让绿儿醒一会儿，然后让她回去睡；再叫醒我，然后是如诗、妈妈、爸爸。每人醒几个星期，这样的话，我们就能够看着小孩成长，而不会完全错过。当我们到达地球的时候，他们已经长大成人，能够站在你身旁为你挡风遮雨了。"

纳飞想了一会儿才说："上灵不是这样向绿儿解释的。"

"嘿嘿，哪儿来的金科玉律规定我们做任何事都要严格按照上灵的指示呢？只要你让他达成最终目的，途中采取何种方法又有什么关系呢？"

"如诗同意你的想法吗？"

"迟早的事。"

"没有家长的同意，我是不会拿走别人的小孩的。"

"噢？那么那些小孩呢？你打算问他们吗？"

纳飞说："说起来，我真的应该问一下小孩……羿羲，我会考虑你的建议，可能这个折中方法真的行之有效也说不定。"

羿羲说："还有，我觉得上灵是对的，如果我们不这样做，如果你没有一批生力军做后盾，那么等我们踏出太空船之后，上灵的影响力就会变弱，到时候你和我都会死无全尸。"

纳飞说："我会考虑一下的。"

羿羲从座位上站起来，上身向门口方向倾斜，双腿随即迈出脚步。他衣服上的浮子承受着全身大部分的重量。在门口，羿羲转身说道："还有一件事情。"

纳飞问："什么事？"

"你其实想不到我有多了解你。"

"是吗?"

"比如说,我知道在绿儿说漏嘴之前,上灵老早就和你讨论过这件事情了。"

"是吗?"

"而且我知道你一直都同意这计划,不过你不希望这个主意出自你,你希望由我们主动来说服你。这样的话,就算以后有什么变故我们也不能怨你了,因为你最初还反对这个计划呢。"

纳飞问:"我真有这么聪明?"

羿羲说:"你真的很聪明,不过道高一尺魔高一丈,我还是把你看穿了。"

"这么说来,我还是不够聪明。"

羿羲说:"你已经够聪明了,因为我确实希望你执行这个计划,而且将来就算结果不尽如人意,我也没办法怨你。所以,你看,你的算盘打得很好嘛。"

纳飞苦笑道:"我真希望你说的这些话都是对的。"

"噢?哪里错了?"

"其实我心里宁愿让我们的小孩在冬眠中度过旅程,我宁愿新的殖民地不会分裂,我宁愿让耶律迈做首领,我宁愿他骑在我头上也不想和他作对。"

"为什么你不这样做呢?"

"因为他憎恨上灵,到达地球之后,他同样会和地球守护者对着干。耶律迈的顽固只会连累所有人,所以他不能做首领。"

羿羲道:"我很高兴你能够明白这一点,因为如果你一旦开始想着对他屈服,他就会彻底把你毁了。"

佛意漫、华纱、如诗和羿羲之后,终于轮到谢德美和司徒博了。

他们来找纳飞的时候,距离进入冬眠还有一个小时。司徒博说:"其实我不想这么做。"

纳飞说:"那么我就不会唤醒你们的小孩。实际上,我还没想好到底要不要唤醒任何一个小孩呢。"

谢德美说:"你一定要唤醒他们,而且你也必须不时地唤醒我们,让我们帮忙教育小孩。一言为定?"

"这样的话,在我们到达地球之后,我们的小孩就比迈哥、梅伯、费雅思和欧必忍他们的小孩年长十岁。到时候你们两人会不会站在我身边支持我?你们敢不敢大声说,'是我们叫他这样做的,因为我们觉得这是个好主意?'"

司徒博说:"我不会说这是个好主意,可我会承认是我主动要求你这样做的。"

纳飞说:"不行!如果你不觉得这是个好主意,为什么还要我算上你的两个小孩?"

司徒博答道:"因为如果我儿子知道他本来有机会以一个成年人的身份踏足地球,却被我剥夺了,他将来会怨我一辈子。"

纳飞点头道:"这个理由倒算是充分。"

司徒博说:"可是你要记住,纳飞,其他小孩也会因此而恨上你。比如说,你的小儿子摩亚本来比迈哥的长子蒲储诺小两岁;可是当蒲储诺醒来之后,发现你的摩亚竟然比他年长了八岁,你觉得他会原谅你吗?你觉得他会原谅摩亚吗?这种憎恨会世代流传下去,永远也不能消除。他们会永远觉得你偷走了他们最宝贵的一些东西。"

纳飞说:"也怨不得他们生气,不过他们失去的这些东西,其实是他们自己拒绝在先的。"

"他们可不会想起这一点。"

"你呢？你能想起来吗？"

司徒博沉默不语。

谢德美说："如果他想不起来，我会提醒他的。"

司徒博冷笑了一声，说道："我们去睡觉吧。"

无论是否在稍后醒过来，每个人在起飞过程中都必须进入冬眠。升空提速过程会产生巨大压力，人在清醒状态下根本无法承受。所以人人都会躺进冬眠舱内，全身被泡沫保护着。

每一对父母都亲自把儿女逐个送进冬眠舱中，让他们躺好，亲吻一下，再把盖子盖上封好，然后隔着玻璃窗看着小孩在麻醉剂的作用下入睡，开始冬眠的进程。小孩们都忐忑不安，尤其是年长的那一批，因为他们都隐约知道要发生什么事情。可是除了担心之外，还有兴奋和期待。他们一遍一遍地问："我们醒来之后就到达地球了吗？"父母不厌其烦地答道："是的。"

然后纳飞带着父母们去控制室，让他们检查日志系统里面的中途唤醒程序。纳飞向他们保证说："你们可以在中途检查一下各自的小孩，确保他们都在冬眠状态中。"

耶律迈语带讥讽地说道："那我就可以安心入睡了。"

纳飞目送每一个人躺进冬眠舱中，然后授权主管维生系统的计算机启动冬眠进程。他们先被麻醉，然后舱中灌满了泡沫，将体温降至极限，身体机能基本停顿。然后纳飞也爬进自己的冬眠舱中，亲手将舱盖拉上。

飞船在基地磁场的推动下静静地升空，一百米，一千米，一直到达磁场覆盖的极限高度，整个过程没有一个人看见。然后升空火箭点火喷发，飞船在其巨大推力的作用下飞上夜空。

在遥远的河岸，商旅通道上的旅行者都仰头看着这颗流星。有人说："奇怪了，怎么这颗流星是往上升的呢？"

另一个人答道："这是错觉，因为它其实是向我们这个方向飞过来的。"

第一个人又说："它是从下往上飞的，而且比一般流星慢很多。"

另一人嘲笑道："是吗？那么这是个什么东西呢？"

第一个人答道："我不知道，不过我们有幸看见这一幕，全赖上灵的恩典。"

"这和上灵又有什么关系呢？"

"笨蛋，人类历史几千万年，没有一件事情不是被人看过千百万次的；可是今天我们看到的一幕绝对不曾有人见过。"

"你以为……"

"对啊，我就是这样觉得的。"

"就算给你说中了又怎样？我们看到一个奇迹，却不知道是什么……"

女皇城号宇宙飞船一直向和谐星球的引力场外飞去，在距离足够远的时候，升空火箭才熄火。这组火箭在航行过程中不会派上用场，等降落地球的时候才会重新启动。取而代之的是在飞船两侧打开的一张大网，这张网是由纳米级数的丝线构成，肉眼根本看不到。每当有氢分子或者其他更小的粒子跌入这个网产生的能量场的时候，网中的丝线就会闪出一点亮光，旁观者只有在这时能看出这张网的形状。这好比一张蜘蛛网，捕获飘浮在宇宙之中的微尘，将其用作推动飞船前进的燃料。女皇城号宇宙飞船开始加速，越来越快，迅速将和谐星球抛在后面。终于,和谐星球变成了一点亮光,失落在亿万星宿之中,不可再寻。谁也料想不到,在四千万年之后,人类终于离开了这个世界,踏上归途。

第五章 "偷听"者

几乎每个醒来的小孩都以为他们已经到达地球了。在他们进入冬眠之前,大人们就是这样说的:你们一觉睡醒就已经在地球上面了。

可是奥义克知道,他醒来的时候,地球还远着呢,所以低重力环境并没有让他觉得意外。在外太空,没有行星的引力,只有飞船加速所产生的重力场。奥义克觉得身轻如燕,力大无穷,轻轻一蹬就能碰到天花板。如果这样他还心存怀疑的话,那么纳飞和绿儿召集大伙儿开的这个会议就足够让他确信无疑了。他们把所有醒来的小孩都集中在飞船的图书室里——在飞船上,除了离心重力室之外,图书室就是最大的一个开放空间了。奥义克隐约听见上灵对纳飞和绿儿说的话:这样做不妥;别让他们自己选择;他们太年轻了,不能做这么重要的决定;他们的父母已经同意了;他们其实没有选择,可是你们却骗他们说有,他们知道真相之后会恨你们的……

奥义克自有记忆以来就能够听到这种零碎的对话片段。最初这些声音像音乐、像风声、像海边长大的孩子终日听到的浪涛声;所以他没有多想,也没有留意这些话的含义。逐渐地,在他四五岁的时候,他开始意识到脑中这些背景声音包含了人名,也包含各种想法,其中很多想法还在大人们开会的时候被拿出来讨论。

这些声音仅仅存在他的脑中，并非用耳朵听见，所以奥义克不能确凿知道哪个想法是谁的，他只能尽量将某种特定的思维方式与某个人联系起来。当他和爸爸妈妈、纳飞或者羿羲、绿儿或者如诗在一起的时候，奥义克开始留意到，他脑中最清晰的对话往往是和当时实际情况最吻合的那一个。比如说，索菲娅和德莎莎吵起来，绿儿试着去调解，奥义克就会听到有人说：她为什么要对德莎莎忍气吞声呢？她为什么就不能坚持一下立场呢？然后另外一个整天都出现的最清楚的声音说：她已经在坚持自己的立场了；她做得不错了，你有点耐心吧；她并不需要在人前占上风，关键是你要表达对她的尊重。就这样，奥义克总结出一些规律：绿儿的态度总是很亲密，充满了热情；如诗则是比较镇定、冷静，却有点飘忽；至于纳飞，他总是从实际情况出发去考虑问题，却也最不耐烦和最好争辩。

当时奥义克还小，并不知道他所听到的都是别人内心深处不为人知的念头。后来因为做梦的事情，他才意识到这一点——报梦是上灵最拿手的和人沟通的方法。在奥义克很小的时候，有一次，绿儿来家里和妈妈讨论她做过的一个梦。绿儿说完之后，奥义克跟着说道："我也做了同样的梦。"然后他将绿儿看到的梦境复述了一遍。妈妈只是向他微笑一下作为回答，可是奥义克知道妈妈不信他也做了同一个梦。第二次则是爸爸做的梦，奥义克告诉妈妈他也做了一样的梦。妈妈把他拉到一边，很和气地向他解释，让他以后只说自己做的梦，不要鹦鹉学舌。

妈妈竟然不相信他！奥义克觉得很烦恼，而且这种不被信任的烦恼与日俱增。大人们成天和上灵交流，为什么他们认准一个三四岁的小孩一定不能和上灵交流呢？终于，奥义克找到了问题症结所在：这些梦是上灵发给别人的，所以梦境发生在别人身上就合适；

可是这些梦和奥义克的生活没有丝毫关系，套在他身上就完全说不过去了，因此大人们知道上灵决不会把这个梦发给奥义克。事实也是如此，上灵并没有把这些梦发给他；虽然所有这些梦和背景对话都是真实存在的，它们却并不属于奥义克。

奥义克想，为什么上灵没有话跟我说呢？

到了八岁那一年，奥义克早已学会把"偷听"到的东西埋藏在心里。所以他沉默寡言、惜字如金，在公众场合尽量保持缄默；同时用心聆听，只有在需要的时候才出手帮忙。没有人料到奥义克年纪轻轻就明白那么多事情。他之所以早熟，一方面是因为他自幼听惯了大人们用成年人的话语讨论成年人的问题，可以算是在成年人的世界中长大的；另一方面是因为他除了能听见大人们的对话，还能听见他们和上灵交流的零碎片段。上灵向他们提出建议，试图影响他们的情绪，偶尔还会分散某些人的注意力，不让他们做某件事情。问题是奥义克自己的注意力也会受影响，他总是忙着留意身边发生的事情，弄得心力交瘁，已经无暇顾及自己有什么想法了。当他开口说话的时候，他甚至不能确定他到底是回应别人说出口的话还是别人心中的想法——有些事情他之所以明白，完全是因为无意中听到了不该听的东西，否则他是完全无法了解的。

除此之外，还有另外一个因素导致奥义克沉默寡言：他掌握了别人的隐私和秘密。奥义克知道，如果别人猜到他知道多少东西，他们肯定会不高兴的。设想一下，人们心底隐藏最深的想法本来只有他们自己和上灵知道，如今却被一个七八岁的小孩子听到并且记住了，他们发现之后能不生气吗？

有时候，所有这些秘密让奥义克不堪重负，他开始和弟弟亚赛闲聊。他从来没有告诉弟弟他是如何知道一些事情的，只是轻描淡写地说出一两个金句,比如"我敢打赌,绿儿生气是因为如诗从来不教德莎莎别欺负弟弟妹妹",或者"爸爸并没有特别偏心纳飞,不过纳飞的确是唯一能够理解和支持爸爸的人"。事后证明,奥义克这些金句往往能够切中要害、一语中的,所以亚亚对这个聪明的哥哥佩服得五体投地,同时也因为哥哥那么信任他而受宠若惊。奥义克其实无意中误导了亚亚,让他以为这些真知灼见都是奥义克想出来的;每念及此,他都觉得自己像个骗子。然而奥义克知道——他也不知道自己是如何知道的——他决不能把实情告诉亚亚。奥义克能够听到别人和上灵的交流!这样一个惊天大秘密,就算亚亚再守口如瓶,也迟早会有泄露的一天,所以还是不说为妙。

所以奥义克一直挣扎着把这个秘密藏在心底。最艰难的一次是在几个月前,当时纳飞进山搜索,冲破屏障,找到了宇宙飞船,奥义克在村里听到许多可怕的念头。绿儿苦苦哀求上灵保护她的丈夫;上灵则在敦促某人冷静:冷静,别杀你弟弟,否则你一辈子都不能原谅自己。当时奥义克已经对这群人有相当认识,知道策划谋杀纳飞的人是谁。他很想插手干预,却苦于无能为力。当时他觉得四面八方同时涌出各种声音和情绪:欲望和饥渴,怒吼和命令,恳求和悲切……这些信息像一个巨大旋涡,将奥义克完全吞没,让他动弹不得。奥义克很害怕,紧紧地依偎在妈妈的身边。妈妈对爸爸说:"看到没有,有些事情小孩子就算不确切知道,心里多少还是能够明白一点的。"奥义克想大声说:"我知道耶律迈和梅博酷想害死纳飞,然后名正言顺地统治我们所有人,因为我听到上灵尝试让他们住手。我还知道绿儿现在吓坏了,你们也吓坏了,因为你们怕纳飞遭遇不测。可是我也知道上灵正在和纳飞说话,告诉纳飞很多重要的美好的事情;不过我和他们相隔太远,只能隐约听到一点点。

而且纳飞自己完全不害怕,反而特别兴奋。他在心中大声叫喊着:'我明白了,原来是这么回事!我现在终于明白啦!太好啦!'"

可是奥义克无法解释这一切,只能继续紧靠在妈妈身边。然后妈妈要继续忙她的事情,奥义克不能再缠着她,只能向亚赛诉说了。"我猜迈哥和梅伯打算等阿飞今天回来的时候杀了他。"亚亚听了之后,双眼圆睁。奥义克继续道:"可是我觉得阿飞一点也不担心,因为他现在已经变得很强大,没有人能伤害他。"

后来尘埃落定,耶律迈和梅博酷在星舰宝衣的强大威力的打击之下一败涂地。亚亚对奥义克的敬畏自然是更上一层楼,可奥义克只觉得筋疲力尽。他不想知道那么多事情,然而心底却渴望知道更多;他想让上灵直接和他对话。

上灵为什么要对他说话呢?奥义克只是个八岁小孩,既没有强壮的身体,也没有颐指气使的魄力,甚至还比不上他年幼几个星期的蒲储诺。上灵有什么话可以对他说呢?

如今奥义克和众人一起坐在女皇城号宇宙飞船的图书室里,心里早就知道纳飞要说什么了。在起飞之前他就听到上灵和大人们争论这件事情,甚至在此时此刻还没争论完。奥义克很想对纳飞和绿儿大喊,让他们别再争论,赶快照做就得了。不过他忍住没有喊出来,而是平静地耐心地听纳飞和绿儿把话说完。

可是他不喜欢他们处理这件事情的方式。没错,他们说实话了——奥义克早就知道这两人比其他大人更坦诚更实在——可是他们在解释为什么这样做的时候,漏掉了许多真正的原因。他们只说这是一个好机会让小孩子们学习很多有用的知识,等他们到达地球之后马上就可以开始建设新的家园了。

"我们到达之后,你们当中很多人已经十四、十五岁或者十六岁了,有些甚至已经十八岁。到时候你们就不再是小孩,而是大人了,能够承担成年人的工作。可是这件事情有一个不好的地方,在航行过程中,你们只能不时地见爸爸妈妈一面,因为我们的维生系统不能负担超过两个成年人。"

奥义克想,是,是,你们说这些都没错,可是你们怎么不解释一下,为什么你们开办的这间小学校只招收眼前这几个学生呢?还有,在旅途结束的时候,我已经十八岁,而蒲储诺还是个八岁小孩,这又怎么解释呢?梅博酷的女儿缇娅和如诗的女儿莎姐一直是好朋友,她们的友谊怎么办?到时候莎姐已经十六岁,缇娅还是六岁,她们还能做朋友吗?恐怕不太可能了吧?你们会不会解释这一切呢?

奥义克不说话,只是等待着,希望他们说到最后会提起这些难题。

纳飞问:"你们有什么问题吗?"

绿儿说:"时间很充足,你们谁想回去冬眠的话可以过几天再去,不用着急马上做决定。"

如诗的长子萨克笑问道:"在飞船上有什么有趣好玩的东西吗?"

这答案太明显了!在起飞之前,大人们不厌其烦地向小孩子们保证,旅途会很沉闷,你们最好睡足全程。

绿儿答道:"在飞船上有很多事情你们不能做。不过你们可以在离心重力室里做运动,那里有和地球一样的重力环境。可是你们不能打球游泳,因为飞船上没有泳池和草地。离心重力室空间有限,你们只能列队跑步和练习摔跤,甚至不能够扔球。另外你们可以习惯一下在低重力环境下玩追人游戏和捉迷藏。"

纳飞说:"还有很多计算机游戏。你们从小到大都没用过电脑,所以没有机会玩;可是羿羲和我发现了好些……"

绿儿打断他说:"不过你们不能经常玩计算机游戏,我们不希望你们沉迷进去,因为我们到达地球之后是没有计算机的。"

在低重力环境下玩追人游戏?仅凭这一条就足够说服大部分小孩了。纳飞和绿儿装作给他们一个选择的机会,却专挑好听的说,报喜不报忧。奥义克觉得越来越生气。

他几乎要开口了,可是索菲娅却抢先一步说道:"这取决于德莎莎怎么决定吧。"

德莎是年轻一辈人里第一个出生的,所以向来自以为是、目中无人。她听了索菲娅的话,顿时神采飞扬。奥义克觉得恶心透顶,因为他从没见过索菲娅这样拍德莎的马屁——他向来都以为索菲娅在这群女孩子里是最有理智的一个。

"索菲娅,在这件事情上,你们必须独立做出自己的决定。"

索菲娅道:"你不明白我的意思。我是说,不管德莎莎决定什么,我都会做出相反的选择。"

德莎向着索菲娅吐舌头:"我就知道你会这样,你总是那么幼稚。"

绿儿说:"索菲娅,你竟然说出这么伤人的话,我觉得很尴尬。你真的愿意为了和德莎莎作对而改变你的一生吗?"

索菲娅脸都红了,一言不发。

终于,奥义克忍无可忍了。他说:"我知道你们应该怎么做。让德莎莎冬眠三天再起来,这样她和索菲娅就一样年纪了。"

索菲娅转着眼珠子,好像在说这样做没用,可是德莎莎却抓狂了,大声喊道:"不管怎样,第一个出生的始终是我!其他人都不是老大,只有我才是!所以我决定了,我要一直醒着,等我们到达地球之后,我还是最大的!谁也别想欺负我!"

奥义克觉得心满意足,因为他迫使德莎莎自曝其短,让纳飞和绿儿知道为什么索菲娅不愿意和德莎莎一起醒着了。

绿儿说:"一个人年纪最大也好,最聪明也好,最什么都好,她也没有权利欺负别人。"

有几个年纪稍小的小孩一起笑了:"每一个人都被德莎莎欺负过。"说话的是莎姐,她是德莎莎的三妹,平日被她欺压得最苦。

德莎莎说:"没有,起码我没有欺负奥义克和蒲储诺。"

莎姐说:"对啊,你只欺负比你弱小的人,你就是一个大恶霸!"

纳飞说:"别吵了!你们在旅途中醒着,上学读书,其间肯定会遇上很多麻烦,刚才这顿吵架就是一个大问题,你们看到没有?这艘飞船不是很大,你们会朝夕相处很多年,整天都见着面。以前在和谐星球的时候,我们大人尽量睁一只眼闭一只眼,让你们自己处理内部矛盾。可是在航行过程中,我们决不容许年长的小孩对弟弟妹妹指手画脚。"

德莎莎说:"为什么不容许?你们大人不也总是对我们小孩指手画脚吗?"

绿儿平静地说:"德莎,我相信你是明白事理的人。你和菲娅之间只相差区区三天,而我比你大了十五年,这两者能相提并论吗?"

索菲娅一下子就留意到这句话背后的含义,顺势问道:"妈妈,如果我一直醒着,那么当我们到达地球的时候,我甚至比你生我的时候还年长三岁呢。"

司徒博和谢德美的儿子洛奇说:"对啊,可是她当时已经结婚了……"话音未落,他突然满脸通红,闭嘴不说话,看来洛奇意识到自己说错话了。

绿儿说:"我觉得你们目前还不用操心结婚的事情。"

索菲娅说:"为什么我们不用操心?你自己就在操心。除了洛奇之外,其他的男孩子不是我的叔叔就是我的双重表亲……"

绿儿说:"没关系的。谢德美说你们的基因都没问题,所以等你长大之后,如果你爱上了一个表亲或者叔叔……"

大部分小孩都发出呻吟或者呕吐的声音。

"我是说,等你们长大之后,这些话题就不会让你们觉得恶心,基因也不会是个问题。"

可是奥义克在起飞前就知道事情的真相了。谢德美乞求上灵原谅她对纳飞撒谎,还请上灵叫纳飞禁止近亲通婚,以防万一。可是有一件事情谢德美自己还不知道,奥义克却很清楚:谢德美说上灵千挑万选培育出这批人,确保他们没有携带病患基因,这些话其实是上灵强灌进她脑子里面的——奥义克当时听见上灵对谢德美发送非常强大的信息流。既然上灵这么说了,那么就算是近亲结婚奥义克也会心安理得。不过上灵最好别弄错了,否则奥义克和亚亚当中必然有一个人孤独终老,因为他们不能同时迎娶谢德美和司徒博的女儿姐布丽奥塔。

索菲娅并不满意绿儿的回答:"可是那天晚上你不是这样说的……"

绿儿尽量耐着性子说:"菲娅,那天晚上你没有听见完整的对话,而且从那天之后我又了解到更多的信息。所以,请你对我有点信心好吗,亲爱的?"

这时候轮到摩提噶说话了。他并不关心婚姻大事,却想着别的事情:"如果冬眠的人不会长大,那么不在场的那些人始终都是小孩子吗?我是说,我会不会变得比蒲储诺年长?"

绿儿和纳飞对视了一眼,很明显,他们本来想避开这话题的。

终于，纳飞回答道："是的，就是这意思了。"

摩提噶喜道："太好了！"

有人不同意，比如说暗恋蒲储诺的莎妲："这样做太笨了，为什么我们不轮流醒过来呢？你们大人也是这样做的呀。"

一个六岁的小孩竟能想出这么合情合理的解决方法。不止奥义克，连纳飞和绿儿也很吃惊，两人一时语塞，不知如何解释。

奥义克一直想找机会帮忙，这时候终于有用武之地了。他插话道："你们听着，我们现在醒着，不是因为纳飞和绿儿最喜欢我们；我们聚在这里，是因为我们的父母是站在纳飞一边的；睡着的那些小孩，他们的父母是站在耶律迈一边的。"

纳飞面露愠色，奥义克听到他对上灵说，有什么办法教会这小子应该在什么时候怎样闭嘴呢？

奥义克也听到上灵回答道，我不是早叫你别让他们自己选择的吗？

奥义克直视着纳飞的眼睛，继续说道："我觉得大家在做出决定之前，首先应该知道事情真相。我知道你们和我的父母、羿羲和如诗、还有谢德美和司徒博都是拥护上灵的；而耶律迈、梅博酷、欧必忍和费雅思曾经试图害你。上灵认为我们到了地球之后，他们就会马上动手。"

说到这里，奥义克知道他可能讲得太多了，泄露了一些他本来不应该知道的信息。他转头看着所有的小孩，向他们解释道："这是一场战争。虽然纳飞和耶律迈都是我的哥哥，虽然纳飞不想和耶律迈为敌，可是我们到达地球之后，耶律迈还是会动手的。"

每个小孩都很认真地看着奥义克，脸上已经没有了刚才的嬉闹之意。奥义克平常说话不多，可是每当他开口的时候，大家都认真听。这一次他说的是一个严肃的话题,并不是诸如"谁是孩子王"这类鸡毛蒜皮的小事。绿儿和纳飞一上来就做得不对,他们想让小孩子自己选择,却不把事情真相告诉大家。哼,奥义克比大人们更加了解小孩,他知道大家都明白事理,也知道他们最终会怎么选择。

他继续道:"所以,你们现在明白了吧?他们让我们起来的真正原因是,亚赛、笑笑、洛奇、小亚、摩亚和我都会长大成人,而迈哥、柔珂、莎芙和梅伯的儿子都是小孩。这样一来,耶律迈的对手就不仅仅是老人和残疾人,而是我们这些年轻人。我们会支持纳飞,该出手时就出手,对不对?"

奥义克逐个看着几个小男孩,每一个都向他点头示意。他补充说:"不止我们这些男孩,我们这里十二个人会结婚生小孩,我们的小孩会在他们的小孩之前出生,所以我们总是比对方强,只有这样才能阻止耶律迈害纳飞。其实,这不仅仅是为了纳飞,因为他们也会杀我的爸爸和阿羲,甚至可能连司徒博也不放过。就算他们不杀人,也会把我们的父母当作奴隶一样迫害,我们的日子也不会好过。要阻止这一切,我们就必须在旅途中醒着!虽然耶律迈和梅博酷也是我的哥哥,可他们并不是好人。"

绿儿双手捂着脸,纳飞仰头看着天花板。

索菲娅问:"小奥,你怎么知道这些东西的?"

奥义克答道:"我就是知道,行了吧?我就是知道!"

索菲娅的声音变得很小,她问道:"是上灵告诉你的吗?"

其实说是也没有错,可是奥义克不想说谎,也不想误导索菲娅,干脆别回答了。他说:"这是我的隐私。"

纳飞说:"奥义克,刚才你说的很多事情都是隐私,可是既然你说出来了,我们就不能不解决。没错,上灵认为我们到达地球之后,这个集体就会分裂。而且，让你们在旅途中长大成人，最后帮助你们的父母对抗耶律迈一伙以及他们的小孩，这个计划也是上灵制订的。可是我不觉得事态会恶化到那个地步，我也不希望分裂。所以我这样做的原因其实是，我们到达地球之后，多了十二个成年人参与建设新的家园，少了十二个小孩需要照顾和保护，所有人都能够从中得益。"

索菲娅有点生气，她说："可是如果奥义克不说出来，你根本就没打算告诉我们。"

纳飞说："我觉得你们不会明白的。"

莎妲老老实实地说："我真的不明白。"

帕达洛说："我要醒着，我支持你，因为我知道我的妈妈和爸爸都支持你，我听他们说起过。"

帕达洛的妹妹妲比亚也说："我也是。"

然后其余小孩一个接一个地表态支持纳飞。

最后，德莎莎转头看着索菲娅说："你这么恨我，宁愿不长大也要避开我，真是很对不起。"

索菲娅说："其实是你恨我。"

德莎莎说："可是我真的没有恨你啊。"

大家沉默了许久。

索菲娅最后说："不过现在到了紧要关头，我们还是能够团结一致的。"

德莎莎说："对！"

然后索菲娅口不择言的老毛病又犯了，她说："你喜欢的话就和帕达洛结婚吧，我没有意见了。"

帕达洛马上大声抗议，其他小孩都跟着起哄。只有奥义克留意到索菲娅说完这句话之后，瞥了他一眼然后才低头向下看。

奥义克想，噢，原来你是看上我了，还替我做主呢，真是太感谢了。不过这事情是明摆着的：在这十二个小孩里面，奥义克和帕达洛是第一年出生的男孩，同年出生的女孩只有索菲娅和德莎。如果德莎和帕达洛真的在一起，那么索菲娅就只能和奥义克结婚了，除非她愿意找年纪小的或者干脆独身。

想到结婚这事情，奥义克隐隐觉得有点抗拒。他记得有一次被德莎和其他几个小女孩强拉着玩布娃娃过家家游戏，他扮演丈夫和父亲的角色。奥义克郁闷坏了，只觉得生不如死，只熬了几分钟就狼狈逃窜。现在他想象着和索菲娅玩布娃娃游戏，好像也不见得会好玩到哪儿去。当然了，等他们有了真人小宝宝，可能情况就会有所改善；毕竟真娃娃和布娃娃是不一样的，那些叔叔伯伯们看起来并没有很介意小宝宝。大概他们玩布娃娃的时候，缺了点什么东西；可能在真实的婚姻里面，妻子并不是很霸道，不会老是强迫丈夫对她唯命是从。

帕达洛最好和我有相同的愿望，如果他最终和德莎莎在一起的话，只怕他连脑子里想什么也必须先得到她的批准。论霸道，恐怕没有人比得上德莎莎了；至于索菲娅，她只不过是固执一点。没错，差别就在这里了，索菲娅希望按照她自己的方式去做事，可是至少她不会坚持要别人也学她。可怜的帕达洛，可能他和德莎莎结婚之后还是免不了要分居，轮流照顾小孩。这也不失为一个折中的解决办法。

纳飞这时候带着其他小孩去看他们睡觉的地方：男生宿舍和女生宿舍。奥义克却在想婚姻大事想得入了神，一直留在图书室中，突然发现室内只剩下他和绿儿两人。

绿儿说:"平常你不怎么说话,怎么刚才滔滔不绝呢?"

奥义克说:"因为你们两人都不肯说嘛。"

绿儿答道:"我们不说,自然有我们的理由,你有想过吗?"

奥义克针锋相对地回答:"不,你们没理由不说出来。"他知道这样和大人说话是很过分的,可是事情已经到了这份儿上,他也顾不了许多。反正他只是纳飞的弟弟,不是他儿子。

果然,绿儿生气了,"你就那么确定自己是对的?"

"你们不把真实的原因说出来,因为你们以为我们不会明白。可是我们明白,每一个人都明白。这样的话,当我们下决定的时候,我们清楚知道自己选的是一条什么路。"

绿儿说:"你以为你们明白,其实你错了。这件事情比你想象的要复杂很多,而且……"

奥义克真的发怒了。他听过他们和上灵的争论,知道他们担心会出现的大大小小各种问题;所以虽然他不打算泄露他如何得知这些事情,可是他绝对不会装作不懂。"小绿儿,你有没有想过,这件事情可能也比你想象的要复杂很多呢?"

可能是因为奥义克竟敢当面用小名来称呼一个大人,也可能是因为绿儿发觉他的话有道理,总之绿儿突然不说话了,只是静静地看着他。

奥义克继续说:"你们不见得就明白所有的事情,可你们还是能够做决定。同样地,我们也不明白所有事情,可是我们也做出决定了,是吧?而且我们做出的选择是对的,是吗?"

绿儿小声地说:"是的。"

"所以说,我们小孩子未必就像你们想象的那么笨。"长久以来,奥义克一直想对大人说出这句话,现在是个最合适的机会了。

"我完全没觉得你们笨,无论是你还是其他……"

奥义克没等她说完就径直离开了图书室,沿着走廊跳跃前进,追赶其他人。如果他去晚了就只能分到最不好的一张床了。

可最终他还是睡在最差的一张床上了。这是一个下铺,就在门口旁边,在走廊里的人一眼就能看到他,所以他做任何事情都无所遁形。本来奥义克已经选了最好的一张床,毕竟他是老大,没有人能和他争。可是他看见摩亚分到最差的铺位,一脸的凄凄惨惨戚戚;亚亚还落井下石,拿这个来取笑摩亚……结果奥义克就跟摩亚换了床。他知道,这个铺位那么差,以后决不会有人来和他换的。十年,我要在这里待上足足十年啊!

第六章　丑陋的神

艾米斯六岁那年,妈妈带她去圣洞朝觐。圣洞是一个奇迹,因为这个地下山洞并不是人挖出来的,而是天然长成这样子。这是诸神的恩赐,他们创造了圣洞,所以人们也把诸神带回圣洞中举行参拜仪式。

圣洞和城市的山洞相去甚远:前者很古怪,洞壁起棱起角,参差不齐,而且四处都潮乎乎地滴着石灰水;后者的洞壁平整光滑,洞里很干燥,没有潮气。妈妈向艾米斯介绍说,圣洞里面的每一颗水珠向下滴的时候,都会在壁上留下一点点石灰质,年深月久就形成了那些巨大的钟乳石柱。可是这怎么可能呢?圣洞的顶部不是靠这些大柱子撑起来的吗?如果这些石柱是经过无数年的滴水才形成的话,那么在它们形成之前,圣洞的顶部一开始是由什么支撑的呢?妈妈解释说圣洞是由石头构成的。她说:"我们造石剑的时候,会把剑刃上面凸出不平的地方敲掉;神也能用这种办法在山里打出很多洞穴。他们能够架起一个很宽很宽的石头屋顶,你站在屋顶下,就算举着最亮的火把,你也看不见两边的尽头。而且这种石头屋顶特别坚固,再大的风也刮不烂。"

艾米斯想,大概这就是为什么他们是神,而我们只是人吧。她以前见过风暴把城市靠近山上的边缘部分摧毁,刮倒了三棵屋顶树,结果滂沱大雨直灌进城里，把坐落在那一带的幼儿园和会议厅给淹了；雨过天晴的时候，太阳甚至直接照进了山洞。人们忙了许多天，终于把那一带的隧道封死，然后在别处开挖新的洞穴，取代毁于风暴的那部分山洞。在完工之前，艾米斯家里临时收留了两个表亲和三个侄女。和她们一起住了好些天之后，妈妈和艾米斯几乎疯掉了。两母女都是很安静、很注重隐私的人；可是那几个亲戚特别好事，老想打听她们的家长里短。噢，这是什么？我们年纪那么小就要学编织吗？噢，我敢打赌，你肯定已经看上了一个刚刚完成第一次狩猎的年轻小伙子！噢，你这个可爱的小东西。

胡说八道！艾米斯根本就不是一个"可爱的小东西"。她既不可爱也不小，更加不是一个"东西"。无奈大伙儿经常不把她当正常人看待，很主要的一个原因是艾米斯的毛发太多太浓了；男人只喜爱女人长柔顺的绒毛，而不是艾米斯身上这些又黑又粗糙的长毛。而且她的声音也不好听，她尝试学妈妈的声音，却天生没有那么好的嗓音。有一次表姐伊瑟斯——这人不厚道，连名字也那么平庸——不知道艾米斯就在附近，所以肆无忌惮地对她的笨女儿阿姆弗说："可怜的艾米斯，你知道吗，她这样子其实是返祖。住在东面山坡那个部落的人也是这样的……嗯，我希望艾米斯身上没有东坡部落那些人的其他缺点。"传说东坡部落的人都很多毛，而且吃敌人的心脏和肝脏；有人还说他们往俘虏身上吐口水，然后整个放在火上烤熟了吃。所以大家都觉得东坡部落的人都是禽兽；如今他们也这样看艾米斯，为什么？仅仅是因为她的毛发比一般人多！

唉，她身上长什么并不是她能控制的，至少她不像伯莫索斯那样感染了一种可怕的真菌，身上散发着恶臭。伯莫索斯其实是一个强悍的勇士，可是没有人喜欢和他在一起，因为他太臭了。艾米斯觉得很悲哀：这真是造化弄人……至少我身上没有臭味。

这时候圣洞里面没有举行拜神仪式——这个仪式只能由男人去做，女人都不会参与，小女孩就更不用说了。可是艾米斯听说男人拜神的时候是把神像舔湿，让黏土变软，然后拿着神像在全身上下擦拭。她一直不相信这说法，直到她走进第一个参拜室……

参拜室里陈列了很多雕工精致、美轮美奂的神像。有一些雕着勇猛的战士、丑陋的空中肉兽、山羊、梅花鹿、盘成一团的蛇，以及停栖在猫尾巴上面的蜻蜓。妈妈给艾米斯指出最神圣、受参拜最多的那些神像，艾米斯非常吃惊，因为这些神像一点也不精致，只是一团团滑溜溜的黏土。

"为什么那些好看的神像反而不如这些什么都不像的黏土块儿神圣呢？"

妈妈说："噢，你首先要明白，这些土块本来是最好看的。不过因为人们参拜他们最多，而且总是参拜得最狂热，所以他们就被磨平了。可是他们赐予我们小宝宝，也保佑我们狩猎的时候满载而归，所以我们都记得他们原来的样子。"

可是艾米斯看着这一团一团滑溜溜的东西，心里很不舒服，"为什么没有人在上面重新雕一个神像出来呢？"

妈妈看起来有点不耐烦，"荒唐，荒唐，这样做是亵渎神灵啊！老实说，艾米斯，我不知道你脑子里想些什么，神像不是雕出来的！如果我们把一团黏土雕成神像，这些神像就没有法力了。"

"那么……这些神像是谁弄出来的呢？"

妈妈说："这些神像是我们带回来的。我们找到神像，然后拿回家。"

"可是谁塑造了这些神像呢？"

妈妈说:"他们是自己成形的……他们在河边的黏土里自动成形。"

"我可不可以找天去看看?"

妈妈斩钉截铁地说:"不行!"

"可是我想看看一个神像是怎么自动形成的嘛。"

妈妈叹了一口气,说道:"唉,我想你也长大了,是时候知道真相了。不过你要答应我,决不能和弟弟妹妹提起!"

"我答应你。"

"每一年里总有某些季节,是在旱季吧,那些空中肉兽会从天上飞到河岸边,把黏土塑造成神像。"

艾米斯大惊失色:"空中肉兽?你不是说真的吧?太恶心了!"

妈妈说:"没错,如果你以为这些神像是它们刻意雕出来的,你就会觉得很恶心。可是实际上它们根本不知道自己在干什么,它们当时其实被神灵附体,全无意识,只能任凭两手在黏土上面乱动,塑造出精美复杂的造型。它们完工之后就会飞走,把神像留给我们。"

空中肉兽!这些会飞的恶心东西有时候会设陷阱害死我们的猎人;我们把他们的幼兽抓回家烤熟了给孕妇吃。这些凶残的、奸诈的、狡猾的、危险的、不长头脑的野兽……神像竟然是它们塑造出来的?

艾米斯说:"妈妈,我觉得不太舒服。"

妈妈说:"嗯,这样吧,你自己坐在这儿休息几分钟,我约了祭司不能迟到。她就在那个方向走过去的第三个房间,你休息好了就过来找我吧,好吗?你不会离开大路走丢吧?"

"妈妈,我可不会突然变蠢。"

"可是你会突然变粗鲁。我不喜欢你这样子,艾米斯。"

她想,反正我怎样都不会讨人喜欢,可是我不会自暴自弃。我其实是个很好的玩伴,因为我比身边所有朋友都聪明得多。她们只懂得从大人那里捡一些被人重复过无数次的所谓警句隽语;可是我对自己说的话总是闪着智慧的火花,从来没有别人说过那么激动人心的句子。至于那些男孩子,他们也不比我好,他们老是把东西扔来扔去,不是砸烂就是切碎。女人都懂得挖掘和编织,把好东西收集起来而不是毁坏,将树叶、水果、肉类和根茎混在一起做成美味的食物,这一切我都能学会。毛发多又如何?我肯定能够成为一个贤惠的女人,无论谁娶了我肯定会装出一副失望的样子,可是他心里其实在偷着乐。我会为他生一窝小毛孩,他们和我一样多毛而且聪明。总有一天人们会恍然大悟,原来多毛的女人才是贤妻良母,没毛的那些女的总是冷冰冰黏糊糊的,就像剥了皮的瓜肉那么讨人厌。

艾米斯越想越生气,再也坐不住了,于是站起来走近那些神像仔细端详。她喜欢的是那些没有被碰过的雕工精细的雕像,而不是那些被无数人参拜过的泥团。没办法,艾米斯的喜好就是这么独特。可能这正是她的问题所在:她喜欢的神都籍籍无名,所以她的丑陋就像一个解不开的诅咒;真正有法力解咒的诸神都知道她不喜欢他们。可是她刚出生的时候哪懂这些呢?她现在已经六岁,还有两年就变成女人了;诸神因为她六岁时的不敬神而在她出生时就提前惩罚她,这也太可怕了吧?

好!反正你们已经惩罚过我了,我可不能枉担了这个罪名。我这就去选一个最好看、最少人参拜的神!

她开始认真挑选,想找一个完美无瑕的雕像。可是每个神像或多或少也被参拜过，虽然她找到好几个神像有精美细致的局部细节，可惜每一个都带着被人碰过的痕迹。

最后，在一个小侧室的角落里，艾米斯发现了最让人吃惊的一个雕像。这个神像与众不同，实际上，她从来没见过哪种野兽是长这样子的。雕像的细节和线条都完整无缺，也没有哪个部位被别人磨平了。显然，这个神像一次也没有被人参拜过。

艾米斯向着这个难看的神像祷告：好，现在我正式成为你的信徒！我会用我觉得最好的方式去参拜你；换句话说，我不会像别人参拜其他黏土神像时干那么多恶心事情，我也不会用舌头把你舔湿之后往身上抹。我参拜你的时候，我只会看着你，静静地说：你真是一个美丽的杰作！

当然了，这个雕像的雕工手艺已经很完美；只可惜这个神像是一只丑得出奇的怪物，或者说，这个神像是那只怪物的头。这个怪物和人很相像，都有一个嘴巴两只眼；不过它的鼻孔朝下，下巴尖得出奇，而且头的下部突然变细，结果就是脖子比头部细了许多。这么纤细的脖子，怎能支撑起那么大的一个头呢？既然空中肉兽那么笨，为什么其中一头竟然想起要雕这么一个从来没有人见过的神像呢？

最后一个问题的答案其实很明显，艾米斯一下就想到了：空中肉兽之所以能塑造这个头像，完全是因为这就是神的样子。

不对，哪个神会选一个这么难看的造型？

除非——艾米斯脑中突然闪现出一个极其古怪的念头——除非连诸神也无法选择各自的样子；除非这个神和艾米斯同病相怜，都长得很难看。可是这个神觉得，他长得再丑也有权利拥有一个雕像，有权利被人参拜，所以他控制一头空中肉兽把他的头塑造出来。可是当这个雕像被带到这里之后，没有一个人参拜他，于是他被困在一个黑暗角落里。现在我找到你了！虽然我很丑，可我是你唯一的信徒，所以你不要拒绝我！

我接受你。

她仿佛听到有人在身后对她说话，连忙转身看，却发现黑暗的房间里只有她一个人。

艾米斯低声问："你刚才对我说话了吗？"

没有回答。可是当她看回这个丑陋神像的时候，她明白了一件事情。这件事情很重要，她必须立即告诉妈妈。艾米斯跑出房间，沿着大路一直跑到妈妈和祭司会面的房间。她跑进去的时候，两人正谈笑风生。妈妈见艾米斯进来了，拍拍她的脑袋，说道："艾米斯，看来你的气色好了很多嘛。"

"妈妈，我必须告诉你……"

妈妈说："等等，我们正要为你商定终身大……"

"妈妈，我一定要马上告诉你。"

妈妈看起来有点尴尬，也有点生气："艾米斯，你这么无礼，大祭司扶理之苏母努会觉得我没有把你教育好。"

祭司的名字那么长，艾米斯意识到她肯定德高望重，突然害羞起来。她说："对不起。"

老祭司说："没关系的，传说只有多毛的女子才能听见诸神的声音。"

艾米斯心道：唉，这下可好，你别告诉我，因为我长得丑，所以大概只能做祭司了。

老祭司问道："小孩子，你想告诉我们什么？"

"我只是……我刚才看着一个很漂亮的神像，不过其实他是很丑的。然后我突然明白了一件事情……就这么多了。"

祭司突然五体投地,拜伏在她脚边;妈妈立即跟着下拜;艾米斯很有家教,知道自己应该跟着一起拜倒在地。她心里其实很欢喜,因为这意味着大祭司郑重其事地对待她说的话。

扶理之苏母努问道:"你突然明白了什么?"

"嗯……我现在回想起来,其实我并不明白那是什么意思。"

妈妈说:"你说出来吧。"大祭司眨了眨眼睛,表示赞同。

"迷路者快要回家了。"

妈妈和祭司一脸茫然地看着她。过了好一会儿,妈妈说:"就这么多?"

大祭司低声道:"已经够多了。不要告诉别人。"说完,她闭上了双眼。

妈妈问:"你知道这是什么意思吗?"

祭司说:"不,我不知道这是什么意思。可是你难道忘记了那首创世之歌吗?大先知兹兹在歌里说,'从迷路者被找到的那一天起,天上不再有肉;在流浪者归家之时,河边不再有神'。"

妈妈说:"我想不起这一句了。不过正如你所说,兹兹没有说迷路者回家,她只是说迷路者被找到,而回家的则是流浪者。所以我觉得你没必要太把那句话当回事,你快把我可怜的女儿吓死了。"

其实是妈妈吓着了,艾米斯一点也不怕,她正高兴着呢。神已经接受她做信徒了,还送了她一句话作为礼物。虽然她不明白其中的含义,可是大祭司明显觉得这句话特别重要。至于妈妈,尽管她嘴上反对,其实也很看重这句话的。

大祭司说:"一切都改变了。"

妈妈低声道:"我就是害怕改变。"

大祭司说:"嘿,别自己吓自己,我会给你的女儿找一个丈夫的。"

找一个丈夫!哼,太丢人了!竟然要包办婚姻!妈妈觉得没有人愿意娶艾米斯,所以来找大祭司安排一个献祭婚姻?也就是说,某个男的犯了事,必须迎娶艾米斯,作为惩罚或者补偿。

艾米斯见过两桩这样的婚事,其中的女方也犯了过错,被迫嫁给一个男的,就像某些恶心的草药硬是被敷在伤口上面,算是一种赎罪的方式。

艾米斯小声说:"我犯什么罪了?"

大祭司说:"小孩子不要任性。我刚刚说过,一切都改变了。"

妈妈问:"怎么改变呢?"

"这样说吧,你的女儿亲口证实了先知兹兹的预言,我们绝对不会把她嫁给那些普通的白痴或者坏蛋。"

艾米斯恨恨地想,哼,天大的欢喜啊!我猜你的意思是要把我许配给一个十恶不赦的大坏蛋吧。

大祭司又问:"她今年六岁吗?还有两年才能长成女人。"

妈妈说:"话虽这么说,最后当然是由诸神来定夺了。"

大祭司轻轻地抚摸艾米斯的毛发。和往常一样,艾米斯在她一摸之下顿时浑身僵硬。人们也经常这样抚摸残疾人身上变形的手脚或者断肢,虽然人们是一片好意,希望带给那些不幸的人一点幸运,可是艾米斯特别讨厌这种做法。不过此刻她突然意识到大祭司并不像别人那样缩手缩脚地触碰一下,而是带着真正的感情来抚摸她,所以感觉好很多。祭司说:"我们以柔软的绒毛为美,不知道这种审美观是不是错了。我觉得女人们除了失去浓密的毛发之外,还失去了与诸神的紧密联系。"

妈妈很有礼貌,所以没有表示异议;可是她的沉默不语表明她并不认同这个观点。

大祭司继续说:"嗯……战王的儿子穆夫和艾米斯差不多一起成年……"

沉默了片刻之后,妈妈大笑道:"哈?不会吧?你的意思是要把……"

"过了那么多个世纪,终于有一个小女孩重新听到了兹兹的预言……"

妈妈还在反对道:"可是穆夫肯定不会开心的,你要他娶一个……"

"穆夫要继承战王王位的话,他就必须遵从神谕。我知道,诸神今天已经做出了选择。"

艾米斯想,不是诸神做出选择,而是我选择了他。

妈妈说:"我的女儿实在是高攀不起啊!她怎么配得上这样的荣誉呢?"

祭司说:"错了!那些处心积虑的女子才配不上也得不到这个荣誉。"

妈妈终于相信了——也可能是她终于意识到如果再显示出难以置信的样子,就会让艾米斯知道自己是如何看待女儿的。不管是出于什么原因,总之妈妈最后拥抱着艾米斯,还发出狂喜的尖叫声。

在她们离去之前,大祭司让艾米斯指出她看的是哪一座神像。当艾米斯带她走进那个小房间的时候,大祭司立刻就知道她看中哪一座了:"就是又大又丑的那一个,对吧?从来没有人碰过它。"

艾米斯说:"可是它的雕工真的很好。"

大祭司说:"你说得不错。我们的手太大,做不出那么精美的细节,所以诸神才利用空中肉兽来为他们塑造雕像。可是这一个神,我总在想,他有什么法力呢?从来没有人给他机会施展送子或者降雨的法力……看来他一直在等着你啊,孩子。"老祭司说完,又一次抚摸着她的毛发。

如果我的丈夫有资格继位的话,我将会成为下一任战王的妻子,我一定要全力以赴帮助他继位。我会为他布置一个优雅的房间,地上铺着地毯,墙上挂满织锦,还有各式各样可爱至极的篮子和长袍。当人们看见他的时候,不会想着他娶了个多毛的妻子有多么不幸。正相反,他们会说,虽然战王的妻子毛发很重,可是她让战王的生活充满了美好。

她静静地对这个既美丽又丑陋的神说,我永远也不会忘记你的恩典。

妈妈问道:"你现在打算把这个神像摆出来吗?"

祭司说:"不,你们也不要告诉任何人是哪个神给小女孩传话了。这个神像从来没人碰过,就让他一直保持这样的圣洁之身吧。"

妈妈反对说:"可是我从没听说过用这种方式对待一个法力无边的大神。"

祭司道:"可我也从没听说过一个没被人触碰过的神有什么法力。我们这一次没有任何先例可循,所以只能摸着石头过河了。既然这神像一直没有被人触碰也有这样的法力,那就维持现状吧,我觉得这样就足够了。"

艾米斯想,我也觉得这样就足够了。然后她大声地复述了这个神说出的第一句话,也是最清晰的那句话:"我接受你。"

妈妈说:"这句话留着对你的丈夫说吧。我们应该回家了,估计还有时间好好做一顿晚饭。"

回家路上，妈妈不停地说，"艾米斯应该保守秘密，千万不要和别人提起这事，因为在老祭司正式公开宣布之前，她随时可能改变主意，她可能来不及宣布就病死了。你看她多老啊，到时候要是我带你去见其他祭司，说扶理之苏母努大祭司生前已经把你许配给战王的儿子穆夫，你能想象那些祭司会相信吗？"

不能，我想象不了。妈妈，谁能想象这个呀。

可是在艾米斯的心底，有一个问题一直困扰着她，刚才妈妈和祭司都忽略了这个问题：迷失者要回家了，这是什么意思呢？他们是谁？他们当初是怎么走丢的呢？为什么在圣洞的几千个神里面，偏偏只有这个丑陋的怪神宣布这条消息呢？

艾米斯想，我会耐心地等待，仔细地观察。神向我说出这个神谕，除了让我高攀嫁入豪门之外，肯定还有别的目的。我要努力寻找神谕的真正含义，一旦领悟了神意，我就会公诸于世，谨遵神训。时机来临的时候，一切谜团都会解开，我也会知道应该怎么做了。

艾米斯没有深究她究竟是怎么知道这些事情的，却开始构思在她名字后面应该加上什么称呼才合适。身为战王儿子的妻子，她的闺名后面会加上一个尊称。艾米斯乌智？"乌智"这个后缀是妈妈在艾米斯最风光的那天选的，因为在那一天，她编织的篮子有幸被选中做上一任血王的陪葬品。可是这个后缀名太小家碧玉了，艾米斯想找一个母仪天下的大气名字。她需要仔细思量一下，反正时间还是很充足的。

第七章　海上的风暴

司徒博直到现在才发觉，他出生在一个错误的年代。当年纳飞逼他远走沙漠，给了他一个改变自己命运的机会。其实在此之前他已经知道，无论是在童年的家乡还是在女皇城，他都无法真正融入和适应四周的环境。现在，作为女皇城号宇宙飞船上面的一个轮班教师，他终于知道了自己归宿的所在。问题是，让他有用武之地的那种文化已经消逝了四千万年，这艘太空船就是这种文化的遗产。它设计精美，巧夺天工，是高科技的结晶，司徒博对设计者非常敬仰。当他在飞船上生活了一段时间之后，他才知道自己其实更加向往古人的生活方式。没错，他们被困在室内；可是对于司徒博来说，人们对户外生活的赞赏其实是言过其实了。外面的世界有蛇虫蚁兽，有酷暑严寒和干燥潮湿，四处都是动物排泄的粪便，还混杂着古怪食物煮熟的气味，以及各种秽物的恶臭。

飞船里没有这些烦人的东西，而真正让司徒博享受船上生活的是飞船里的各种方便之处：夜夜都能睡在一张舒服的床上，每天都有干净水可以洗澡，工作娱乐两用的计算机，美妙无瑕的音乐，自动清洗的无臭马桶，免洗涤的易洁衣服，方便快捷的食物……还有，他可以一边享受所有这些好处，一边以不可思议的速度飞行一百年，向着另一个星球进发。

司徒博试过向纳飞解释他的感受,可是那个年轻人只是很迷惑地看着他,问道:"可是树呢?"很明显,纳飞渴望快点儿到达那个新的星球,几乎等不及了。毫无疑问,那个地方也是充斥着尘土、虫蚁、汗水以及体力劳动。从当初穿越沙漠开始,司徒博一直以来都扮演一个任劳任怨的仆人角色;可是在飞船上他不用当仆人,因为大部分日常琐事都有计算机或者其他设备完成,剩下那些都特别简单容易,人人都能做——而且确实每一个人都自觉完成自己那一份。

司徒博也很喜爱教育下一代。航行了六年之后,很多人已经不再是小孩了。奥义克才十四岁,身高已经飙长到将近两米。他身材高挑,每天在离心重力室里锻炼,练出一身精钢似的肌肉。司徒博知道自己已经步入中年了,因为他看着奥义克年轻健美的身躯,心中却燃不起欲望,充其量只能勾起一点点关于欲望的回忆。中年男人性欲衰退,这可能算是大自然仅有的一点仁慈了。有些中年男人察觉到内心欲望的退减,于是做出一些英雄式的壮举,或者不惜作奸犯科,换来的却只有重振雄风的幻觉。可是对于司徒博来说,欲望的消失反而是一个解脱。如今他看见奥义克和他那个更加英俊的弟弟亚赛,只会想到他们是他的学生,是他儿子帕达洛的朋友,也是他女儿妲布丽奥塔的未来夫婿。

司徒博想,我的儿子,我的女儿……天哪,当年我在女皇城外的单身汉聚居地发展地下情的时候,怎会想到我日后会生儿育女呢?如果谁瞒着我打我儿女的主意,我一定要杀了他!

然后他转念一想:看来我和丛林里的野兽没什么分别。

今天是谢德美醒来和他换班的日子。他们只能相聚几个小时——上灵说维生系统足够维持这几个小时的重合时间——相聚的时光虽然短暂，可能够见见面就已经很好了。她是他最好的挚友，也是唯一知道他的秘密、了解他内心挣扎的人；他和她几乎无话不说。

可是有一件事情司徒博不敢对她说：他在一台管理维生系统的计算机里埋下了一个小程序，而这台计算机并不是上灵储存系统的一部分。当年他写了一个中途唤醒程序，上灵立刻就发现了。然而，在输入这个唤醒程序之前，他另外写了一个程序。这个程序表面上是盘点供给物品的库存，可它有一个子程序，用来暗中检查当时是否已经航行了六年半；如果是的话，这个子程序就会自动改写日志系统的时间表，在三十秒后唤醒耶律迈、司徒博和谢德美；紧接着在一秒之后恢复原来的时间表；然后这个库存盘点程序会自动改写，将修改日志系统的子程序删除。这明修栈道暗度陈仓的招数简直是绝妙极了，司徒博不得不佩服自己的聪明才智。

可是他也知道，此举有可能会彻底摧毁这个集体勉强维持着的和平状态。后来司徒博参与了纳飞的小计划，所以一直想进入维生系统计算机，在这个程序运行之前把它删除。可问题是，在航行过程中，想进入那台计算机并不是那么容易。司徒博有日常工作；等他完成这些教学工作之后，十二个学生就会四处乱走，到时候肯定会有人问他在干什么。他告诉自己，必须找一个安全的机会再去删程序。现在司徒博只剩下几个小时就要去冬眠了，他还是没有找到这样一个机会。为什么找不到呢？因为他害怕！就是恐惧在他心中作祟。他并不是为自己担心——他需要保护自己的两个小孩，相比之下他个人的安危实在不算什么。司徒博之所以参与纳飞的密谋，并不是因为上灵给他报梦——只有谢德美这类上灵优选培育的品种才能接收上灵的报梦——而是因为他不希望自己的儿女错过这个好机会。后来羿羲制定出成年人轮班教学的方案，司徒博当然不会错过了。

可是与此同时，他也害怕耶律迈秋后算账。到达地球之后，耶律迈醒来发现眼前站着一圈身强体壮的年轻人，全部都是纳飞的信徒，他心里肯定充满了一世难化的刻骨仇恨。战争迟早会爆发，而且肯定会有血光之灾。司徒博不想一对儿女受连累，也不想他们卷入其中，无论支持哪一方都不好。有什么办法呢？司徒博只能让这个真正的唤醒程序按照原定计划运行，以此来向耶律迈表忠心。

当然，纳飞和上灵肯定一下子就能猜出是谁干的，因为在和谐星球上没有别人拥有这么高明的编程技术，而在航行过程中学会编程的那些小孩绝对不会叫醒耶律迈。就像纳飞的四女儿伊素查娅，她在起飞的时候还很小，几乎想不起耶律迈这个人了。有一次她问道："如果耶律迈那么坏，我们为什么还要叫醒他呢？"纳飞回答道："因为不叫醒他就等于谋杀。"然后他耐心地向女儿解释，就算你不同意某个人的做法和观点，他们还是有权利活在世上，做出自己的选择；只有当对方试图害死你或者你要保护的人，这时候你才有权利为了保护自己而杀人。

"你要保护的人……"我需要保护我的儿女，所以，现实就是这么无情。纳飞，我的小孩和你没有血缘关系，所以就算我们站在你这一方，我也不相信你会像对待你的小孩、你的亲兄弟和你的侄子侄女那样对待我的小孩，你不会一视同仁地关心他们，也不可能对他们忠心不贰。我必须自己想办法保护他们，虽然我的儿女也从你的计划里受益，变得比耶律迈的儿子更年长和更强壮，可是通过我的努力，耶律迈不会像恨你和你的小孩那样恨我的小孩。这是一个父亲必须为儿女尽的责任，即使他的妻子不会同意这种做法。

司徒博知道，谢德美对于"忠诚"的定义完全没有灰色地带，她本来就是一个黑白分明的人。这是因为她没有像司徒博那样，在一个充斥着尔虞我诈、背信弃义的噩梦世界里苟活了那么多年。在贾霸的恐怖统治下，对他人的信任随时会变成一把插在自己后背的匕首。狗城区是独身男人聚居地，女性的正面影响无法渗透其中，所以里面只有终日不断的暴力事件和颓废腐败的生活方式。此外，作为一个同性恋者，司徒博的生活充满了无情的欺诈。他默默地说，谢德美，没有人是可以真正信得过的。

就算上灵也信不过……上灵尤其信不过！

司徒博以前只是通过索引和主机交流，后来则用太空船上的计算机。他从来没有接收到上灵的梦，他知道上灵对他一点也不在意，更加没有去监听他的思维活动，否则他怎能偷偷安装那个秘密唤醒程序呢？他对上灵的唯一用处就是为谢德美提供另一套基因，好让她能够生儿育女。其实这也没关系，上灵对他来说也没有太大用处。很久以来他就确信，无论上灵想达到什么目的，它并不关心手上的棋子是否活得幸福舒适。恰恰因为上灵没有留意他，所以他在这群人里是唯一拥有隐私的。

然而，在司徒博的心底，他隐隐希望上灵能够监听他的思想，并且发现那个唤醒程序。可能上灵早就把这个程序删除了吧？出于同样的考虑，司徒博既不敢亲手删除，也不敢进入系统检查一下。上灵决不会让任何危险发生在航行途中，耶律迈也不会在到达地球之前醒过来。等他醒了之后，司徒博就可以问心无愧地说："我设置了唤醒程序，肯定是上灵发现了。"

他默默地复述着这句话，让每一个字在唇齿舌头之间成型……可是他知道，就算他这样做，耶律迈也不会相信；就算耶律迈相信，也不会因此而放过他。

他们不该带我一起走,更不该逼我在你死我活的家庭纷争中选择支持哪一方。

他站在谢德美的冬眠舱前。只见舱盖向后滑开,谢德美的眼睛眨了几下才完全睁开,然后看着司徒博浅浅一笑。

他说:"你好啊,智慧与美貌并重的睡美人。"

谢德美说:"每天醒来都能听到甜言蜜语,这本来是每个女人的梦想。可惜现在药效未过,我的反应还是很迟钝。"

"什么药?"司徒博一边说一边帮助谢德美坐起来,然后把冬眠舱的侧盖打开放下来,方便她下地。

"难道你说我是天生就反应迟钝?"

她慢慢地站到地上,双手抱住司徒博,一方面是有个支撑,好让双脚重新适应低重力环境,另一方面也是拥抱一下久别重逢的好朋友。司徒博也拥抱着谢德美,然后告诉她自从她冬眠以来每个小孩的进展。他说:"我觉得这所学校是有史以来最好的了。"

谢德美答道:"对啊,一放假就让所有老师去冬眠,多方便啊。"

在相聚的几个小时里,他们的话题总离不开这些小孩,尤其是他们的一对儿女。谢德美想起什么就问,而司徒博始终没有提起一直困扰着他的那件心事。慢慢地,谢德美察觉到不妥了。

她问:"怎么回事?你有事情瞒着我。"

他回答道:"比如说呢?"

"一件你很担心的事情。"

他说:"我是担心我的性命,我不喜欢爬进那个冬眠舱里。"

谢德美淡淡一笑,说道:"没关系,你也不是非说不可。"

司徒博说:"这件事情我自己也不知道,没办法说啊。"这句话倒是实话，因为他的确不知道上灵有没有删除他隐藏的唤醒程序。谢德美感觉到司徒博的话确实具有可信性，所以也就放心了。

几小时之后，大伙儿举行了一个早就习以为常的师长告别仪式。司徒博与每个学生握手或者拥抱——视该学生的年龄而定。至于他的儿女，不管他俩是否乐意，司徒博总是送上一个亲吻。然后纳飞和谢德美带他走到冬眠舱那里，帮他躺进去。

然而，当药效开始起来的时候，他心中突然充满了恐惧。他想，不行！不行！不行！我怎么会这样愚蠢？无论我做什么，耶律迈也决不会领情的！我必须修改那个隐藏的唤醒程序，我不能让耶律迈醒来杀纳飞一个措手不及！

他连忙说："纳飞，快去检查维生系统的计算机。"

可是舱盖这时候已经合上了，他也不知道纳飞有没有看见他的嘴形。无奈药效在这一瞬间全面发作，司徒博连手也来不及动一下就昏睡过去了。

纳飞问谢德美："他最后说了一句什么？"

"我不知道。他刚才好像有点担心，却不知道担心什么。"

纳飞说："嗯，可能他睡醒之后就会想起来的。"

谢德美叹道："我在临睡前也总是有这种焦虑感，好像忘记说什么重要事情了。我想这是冬眠药的一个副作用吧。"

纳飞笑道："比如说你半夜突然醒来，脑子里还记着刚才梦里想到的一个非常重要的念头，然后你就把这个念头写下来。可是第二天早上，你发现纸上写着'不是吃的！是那只狗'，而你已经忘记这句话的意思，也忘记为什么当时觉得它重要了。"

谢德美说："可是那些来自上灵和守护者的梦，你不用写下来也能记得住。"

两人同时点了点头,回想着上灵和地球守护者给他们报梦的情形。然后他们回到小孩子那里,继续今天的课程。

索菲娅和德莎一起监督着弟弟妹妹锻炼身体。纳飞反反复复地告诫大家,他们必须每天在离心重力室里锻炼两小时,否则他们的身体就会变弱,到达地球之后必须向羿羲借浮椅才能四处走。可是那么多年以来,大家学会了一个道理:如果没有人监督的话,惰性总是会占上风,锻炼的时候必然会松懈下来。所以他们锻炼的时候总是分两批,年长的那一批锻炼时就由弟弟妹妹看着时间进行监督,反之亦然。这样的话就可以避免同龄人之间产生矛盾。迄今为止,这个互相监督的制度运作得非常成功。

德莎和索菲娅至今也算不上朋友——她们两人差异太大了,没什么共同语言。德莎是属于那种永远不愿意独处的人,所以整天都要找人做伴,谈天说地,嬉笑怒骂,飞短流长。索菲娅看得出,德莎如今不再欺凌弱小,所以几个妹妹都是真心喜欢她的。在索菲娅的眼中,德莎和妹妹们的关系就像一束一束实实在在的丝绳;每当德莎出现的时候,几个妹妹就会发亮,而德莎也会一起变亮。

索菲娅没办法和她们一起待很久。这倒不是因为她心存妒忌——虽然有时候她确实很羡慕德莎身边总是簇拥着很多朋友;只是一群人聊天的时候,索菲娅的注意力总是被迫在不同话题之间跳转,让她心力交瘁。每逢此时,她必须离群独处一段时间,在寂静或者音乐声中静一静,或者心无旁骛地读一会儿书,尽量将思绪专注在同一个话题之中。

爸爸和她谈过这个问题,妈妈上次醒着的时候也跟她聊过。索菲娅,你老是一个人待着不好,其他小朋友有时候以为你不喜欢他们呢。可是对于索菲娅来说，读书并不等于"一个人待着"。读书其实是和作者的对话，而且这个对话能够围绕着同一个主题持续下去，既不会跑题，也不会被旁人的陈情诉苦或者流言蜚语打断。

其实，只要索菲娅有一定的独处时间，她就能够与其他人——包括德莎——和平共处。德莎如今已经成熟，不再沉迷在"长女独大"的幼稚想法之中。她聪颖、幽默，是个很好的伙伴。虽然德莎的妈妈是解构者，可是第三代人里只有索菲娅拥有这种洞悉人际关系的超能力，德莎并没有因此而妒忌。如诗姨妈醒着的时候，和索菲娅待在一起的时间甚至还超过陪伴她女儿的时间，德莎也没有抱怨一句。有一次她甚至笑着对索菲娅说："你爸爸整天给我们上课，现在轮到我妈妈给你补一会儿课，我怎么会生气呢？"

跟着如诗姨妈学习就像读一本书：她安静、耐心、从不跑题；而且她又远胜于一本书，因为她能够回答索菲娅的问题。和如诗姨妈在一起的时候，索菲娅突然变成了滔滔不绝的一方。可能这是因为只有如诗姨妈一个人和索菲娅一样，能够看见人与人之间的联系。

有一天如诗姨妈说："可是你比我强，因为你也像你妈妈一样，能够接收上灵的报梦。"

索菲娅翻着白眼说："这飞船里既没有女人圣湖，也没有女人之城，更没有人拿我的梦境小题大做，把我的语录当作天书宝典。"

如诗说："以前其实也没有那么夸张啊。"

"妈妈就是这么说的。"

"嗯，可能从她的角度看起来是这样吧。不过你妈妈从来没有利用圣湖先知这个身份谋取私利。"

"其实，嗯……像我们这种超能力，没有太大的实用吧？"

如诗脸上露出一丝笑意，说道："直观地看见人际关系，这种能力还是有用的,只是有时候会误导你,因为你对眼前事物的解读有可能是错的。就算你对别人已经了解得很多,也不见得你就了解得足够多。比如说,甲为什么和乙有紧密的联系,却和丙疏远呢?这件事情你是永远无法真正知道的。我只能猜测,有时候很容易就猜对,有时候却大错特错。"

"我总是猜错。"索菲娅在如诗姨妈面前承认自己的不足,一点儿也不觉得羞惭。

如诗说:"应该说,你总是猜错一部分,却总能猜对另一部分,有时候你在这方面还是很聪明伶俐的。关键在于,你必须真正用心去关怀别人,真心为他们着想,尝试从他们的角度看世界。你和我,我们两人有点害羞,不擅长与别人交心。你必须多花点时间在他们身上,聆听他们的诉说,和他们成为朋友。我之所以跟你说这些事情,不是因为我在你这个年纪的时候都做到了;正是由于我小时候不懂这些,所以现在才知道自己走了多少弯路。"

索菲娅问道:"那么你后来是怎么改变的呢?"

"因为我嫁给了一个内心积聚着无穷痛苦的男人,和他的苦难相比,我自己的恐惧、羞惭和痛苦简直就像小孩子哭闹那么微不足道。"

"妈妈说你嫁给羿羲伯伯之前,曾经单挑一个坏人,还策反了他的整支军队。"

"那是因为那支军队本来就不是属于他的,只是原来的头子死了,他才接手,所以那些士兵本来就对他没有什么忠诚可言。其实不难的,我也只是盲人摸象一般乱说一气,脑子里想到什么言辞能够进一步削弱他手下的忠诚度,就不假思索地说出来了。"

"妈妈说你当时显得特别镇定,一副成竹在胸的样子。"

"对啊,关键词是'显得'。菲娅,你想想,你很害怕或者很迷惑的时候,你会怎么做?"

索菲娅咻咻笑道:"我会僵直了一动不动,就像一头受惊的小鹿。"

"僵直了动弹不得,对吧?可是别人看在眼中就觉得你特别镇定。这就是为什么其他人有时候毫不留情地取笑你,因为他们以为你是铁石心肠,所以想把顽石砸开,看看里面是不是血肉做的。他们并不知道你只是看起来强硬,其实当时是你内心最恐慌和最脆弱的时候。"

"为什么会这样呢?为什么人们不能更好地相互了解呢?"

如诗说:"因为他们还很年轻。"

"年纪大的人不见得就更擅长互相了解吧。"

如诗说:"只要人们用心去尝试的话,是可以做到的。"

"你是其中一个吗?"

"是的,还有你妈妈。"

"可是她一点都不了解我。"

"你这样说是因为你还在青春叛逆期。当一个少女说她妈妈不了解她的时候,这恰恰说明了她妈妈非常了解她,只是不让她为所欲为罢了。"

索菲娅咧嘴笑道:"原来你和其他成年人一样,都是那么卑鄙下流,狂妄骄傲,自以为是。"

如诗也笑了:"瞧,在我们说话之间你已经有所长进了。你虽然说出了内心真实的想法,可是你的那个笑容却能让我以为你在说笑,这样一来,我就算听到了真话也不至生气。"

索菲娅叹了一口气,说:"我尽量吧。"

"作为一个既矮又害羞而且傲慢自大的青春期叛逆少女,你已经算做得不错了。"

索菲娅吓坏了,惊慌失措地看着如诗。

然后如诗笑了。

索菲娅说:"来不及了,你是说真的!"

如诗说:"呵呵,一点点吧。不过,青春期的少男少女,哪个不是傲慢自大的呢?至于害羞和长得矮,这也不是你的错,而且你还会长高的嘛。"

"还会变得更害羞。"

"或者变得更勇敢。"

如诗说中了,自从上次她回去冬眠之后,索菲娅突然猛长,现在几乎有德莎那么高了;除了奥义克,其他男孩子都比她矮一头。奥义克已经长得快有爸爸那么高了,骨骼粗大,而且老是磕磕碰碰的,不是撞倒这些东西就是碰翻那些东西,还经常撞上脚指头。索菲娅很欣赏他待人处事的方式,比如说别人取笑他的时候,他总是傻傻地一笑,也不还嘴;而且他从来不会仗着自己高大去欺负弱小。他调解纷争的时候,总是心平气和地对双方晓之以理,决不诉诸威胁和暴力,所以他总能够平息争端,恢复和平。索菲娅知道自己最终很可能要嫁给奥义克,眼看着他逐渐长成她喜欢的那一类人,索菲娅觉得很庆幸。可惜奥义克看着她的时候,只会觉得这个女孩"又矮又闷"——他当然没有这样说,可他的眼光总是在她身上一滑而过,甚至不是有意忽略她,而是根本没有留意她的存在。每逢两人独处的时候,奥义克总是想方设法溜走,好像在她身边多待一会儿他就会死于非命似的。索菲娅告诉自己,我们从小就被大人配对,不等于我们将来一定会爱上对方;不过如果我尽本分做一个好妻子,可能总有一天他会爱上我的。

她不让自己考虑另外一个可能性：到了结婚的年龄，奥义克要娶的竟然是别人。比如说，娇小可爱的莎妲，她虽然小两岁，却已经懂得和男孩子打情骂俏。可怜的帕达洛在她面前总是舌头打结，而摩亚整天眼巴巴地看着莎妲，口水流一地，索菲娅看着三弟这样子，不知是好笑还是好气。要是奥义克娶了莎妲，那么索菲娅岂不是只能和一个年纪比她小的男孩子结婚？要是他们逼我和一个小男孩结婚怎么办？

她想，到时候我就一死了之。

当然，她知道自己不会真的因此而自杀。她会尽力配合，演好自己的角色，承担自己的责任，将就着活下去。

有时候索菲娅会想，当初如诗姨妈是否也是这样走过来的呢？在她结婚之前，她是否已经爱上了羿羲呢？她嫁给羿羲是不是因为别无选择呢？他们要是走到一个浮子不能运行的地方，如诗就必须背起羿羲前行。和这样一个男人结婚，容易吗？不过他们看起来挺幸福的。

两个人幸福地生活在一起……这并不是天方夜谭。

索菲娅此刻正在监督着莎妲、妮丝娅、妲比亚和素娅做柔软体操，脑子里却反反复复地思考着所有那些念头。妮丝娅在监督哥哥姐姐锻炼的时候总是很严厉，所以现在索菲娅以其人之道还治其人之身，不由得心中暗喜："快点，妮丝娅，你怎么越来越差？"在她的催逼之下，妮丝娅的脸涨得越来越红，每一下动作都挥汗如雨。

终于，妮丝娅忍无可忍，喘着粗气骂道："你真是……八婆中的……女王。"

"而你，亲爱的吉奥妮丝表妹，乃八婆中之公主。"

"瞧她说的，"四妹素娅说话的时候面不改色心不跳，因为那些体操锻炼对她来说就像闲庭信步一样轻松，"她读的书太多，现在连说话也像一本书了。"

妮丝娅一边喘一边说："一本旧书……一本又老又残、铺满灰尘、发黄发霉、被虫子吃……"

她还没数落完就被突如其来的巨大铃声打断，铃声过后则是震耳欲聋的警报声。离心重力室里面的好几个小孩双手捂耳，大声尖叫着。他们从来没听过这种声音。

德莎对索菲娅说："出事了！"索菲娅发现德莎并没有用手捂住耳朵，看起来就像静夜中的猫头鹰那么沉静。

索菲娅说："我觉得我们应该留在这里等爸爸的通知。"

德莎点头道："那我们先点名吧，一个也不能走丢了。"

这的确是个好主意。在那一瞬间，索菲娅心中闪过一星妒忌的火苗：为什么德莎还能镇定思考，而我却想不到呢？可是她知道，现在不是追究好主意是谁想出来的时候，现在最聪明的做法就是一旦发现好主意，就应该立即执行。德莎天生就是当领袖的料子，只要她的决策是合理的，索菲娅就会以身作则，心甘情愿地马上服从她的命令。

德莎刚才负责监管几个弟弟。她迅速点清了人数：年纪最小的摩亚，还有笑笑、亚亚和小亚。她带着几个小男孩来到索菲娅和小女孩这里会合，索菲娅早就点清人数了，因为警报响起时，几个妹妹正聚在一起做体操。

德莎对着大伙儿喊道："我们就在这里等着！"

妮丝娅语带惊恐地大声嚷嚷："他们不能关了警报吗？"

德莎喊道："大家都捂着耳朵，但不要闭上眼睛，因为你们一定要跟着大部队!"

德莎脑筋转得真快:如果大家听不见,那就必须用眼睛看,这样才能够按照指示行动。索菲娅再次感到一丝妒忌在心头刺痛,而且她还看到每个人对德莎的忠诚、信任和依赖都猛然剧增,心里更加不好受。

她想,每个人都爱戴德莎,包括我自己在内。德莎如今不再欺负弱小,的确有长女大姐的风范。

这时候有一双腿出现在离心重力室顶部的爬梯口——一双修长的腿,还有一对略嫌笨重的大脚——这是奥义克。他此时显得特别笨重,因为他臂下夹着一个大布包。

他沿着爬梯下到地面,立即转身面向着德莎,似乎知道她是领头人。奥义克大声吼道:"宿舍那里的噪声没这么响,你能不能带弟弟妹妹回房间?"

德莎点了点头。

"纳飞要他们都回宿舍等着,你要保证一个都不走丢。"

"行!"德莎说完,立即下达指令。年纪最小的弟妹先往上爬。德莎逐个嘱咐,一定要在爬梯口那里等着,等她上去之后再一起走。索菲娅在旁边看着,觉得自己是个多余的人。

奥义克转身把那个布包递给她,说道:"这是索引。耶律迈醒了。你把索引藏起来。"

索菲娅很吃惊,他们从来都不许碰索引,就算包在布里面也不行:"是爸爸叫你……"

奥义克说:"快点儿!藏在耶律迈想不到的地方!"他把布包一下子塞进索菲娅怀里,她下意识地将索引抱紧了。然后奥义克转身跟在德莎后面往上爬。

索菲娅环顾四周，离心重力室里面有地方能够藏得下索引吗？难了。这里面是一个无遮无掩的空间，只有几台健身机，都不能用来藏索引。所以她把索引夹在臂下，等奥义克上去之后再跟着往上爬。

这时候索菲娅突然留意到重力室的地板有一段沿着飞船船壳弯曲的拱弧，地毯在那里断开，正是一个检修门。当离心重力机停转的时候，人可以打开检修门，爬进离心重力机的转轮系统。问题是就算她现在关掉电源，离心重力机也会自转半小时左右才能完全停止，然后需要另外一小时才能恢复正常转速。虽然航行途中耶律迈从来没有醒过，可是他未必感觉不到飞船的运行突然出现异常。所以离心重力机停转期间耶律迈肯定会有所发觉，索菲娅不能指望他一时疏忽。

可是，换个角度想，如果离心重力机从来不曾停止转动，那么耶律迈可能就不会怀疑这里藏着些什么东西。

她跑到检修门那里用力拉，却怎么也拉不起来——离心重力机运行的时候，这个门是自动锁死的。索菲娅急忙跑去最近的紧急按钮，关掉电源。紧急停机引起的警铃声被整艘飞船的警报声覆盖，所以索菲娅此举竟然神不知鬼不觉。现在虽然离心重力机还在凭惯性自转，可是检修门的锁已经开了。索菲娅将门盖翻开，看到在有弧度的地板上形成一个拱形。透过检修门，她看到在离心重力机的转轮组下面是一条高速转动的轨道。然后她稍稍改变一下视角，突然意识到自己正处于一个转动的平面上，而那条轨道其实是飞船结构的一部分，是固定不动的。在爬梯的顶上，转动的速度显得慢很多，因为在转速一定的时候，越靠近圆心的话相对速度自然就越低了。

如果我不小心把索引摔了，它会不会摔烂呢？

更关键的是，如果我失足掉下去，或者不小心碰到那条轨道，我会马上摔死吗？或者手脚被切断，落得一个终身残疾？

索菲娅紧张得满头大汗，她小心翼翼地伸出一只脚，然后再伸出另一只，慢慢下了检修门，站在离她最近的一个转轮框上。然后她用右手支撑全身的重量，将索引压在门上，再将左手伸到索引下面，用手掌托起索引。索引在她的手上重若千斤，索菲娅如同临深渊履薄冰一般，左手托着索引，伸到另一个转轮框的顶部。那里就在重力室地板之下，有四条金属条组成一个正方形。这个正方形不大，刚好能将索引卡住，于是她很小心地让索引从掌中滚出，正好落在正方形的中央。藏在这里应该万无一失了，因为没有什么东西能让索引从框中滚出来；最妙的是没人能发现索引在这里，除非这人也穿过检修门，把头完全伸到重力室地板以下。就算耶律迈来了也只会看看就去别处，而不会真的下去找，因为他会觉得这里太危险，没人能把索引藏在这个地方。

想到这里，索菲娅突然意识到自己这样爬下来确实是挺危险的。现在她必须尽快爬上去，赶在飞船的警报声停下来之前重新启动离心重力机，否则这里的警铃声就会被人听见了。爬上去比爬下来要难很多，尤其因为她之前心无旁骛，只想着把索引藏起来，所以顾不上害怕；现在索引已经安顿好，索菲娅反而能注意到环境的险恶，不由心生恐惧。她不断提醒自己，慢慢地……小心点……如果我脚下打滑哪怕一下，就会立刻粉身碎骨、肝脑涂地；他们恐怕要花整整一个月的时间才能把下面这条轨道表面的血肉擦干净吧……

终于，索菲娅爬上来了。她用四肢支撑着身体，腾空架在检修门洞的正上方，然后手脚并用，爬到旁边的地板上；随即跳起来把检修门盖上固定好，再重新启动离心重力机。这个机器的设计和工艺都非常好，发动机关了那么久，重力机的转速竟然没怎么变慢；所以现在重新启动之后，索菲亚几乎没有任何加速的感觉。

大概十几秒之后，飞船的警报声停了。突如其来的寂静像重拳一样砸在索菲亚的脑子里，她觉得耳中顿时一阵轰鸣。

死寂中传来一阵脚步声，有人沿着爬梯下来了。

索菲亚抬头看见一双腿——不是爸爸的腿，也不是小孩子的腿。如果她被发现无缘无故地待在这里，耶律迈肯定会怀疑她为什么不和其他小孩一起走。索菲亚不假思索地瘫倒在地，蜷缩成一团，就像胎儿在母体之中的那个姿势；然后用双手捂住脸，低声呜咽，浑身发抖。索菲亚想让他们以为她只是一个脆弱的小女孩，已经被警报声的巨响吓得动弹不得、精神崩溃、完全失控。他们会上当的，因为谁也想不到她竟敢在高速转动的轨道之上做出么高难度的危险动作。别说旁人，就连索菲亚自己也不知道她有这样的勇气和能耐，直到这一刻她还是不敢相信这是真的。

来人说："你，站起来，别瘫在那儿了，没人会害你。"

这不是耶律迈，这是小娜和帕妮娅的父亲费雅思，也就是莎芙姑妈的丈夫。看来苏醒的还不止耶律迈一个人。

他又道："你也不用惭愧，有些人天生就害怕噪声。你应该看看那些小孩子的反应，他们可能需要好几小时才能恢复平静。"

"小孩子？"索菲亚马上意识到他说的不是那些十二三岁的弟弟妹妹，"小孩子们也醒了吗？"

"人人都醒了。在冬眠警报响起之后，系统恐防有程序或者机件错误，自动唤醒了每一个人，以防万一。"

索菲亚问："这冬眠警报是谁触发的？"

这时候，费雅思姑夫的脸上掠过一阵阴霾。他说："我们得追查一下了,是吧?不过幸亏这警报唤醒了我们,否则我们哪有机会见到你这么一个漂亮的十四岁小女孩呢?"

她说:"十五岁。"

费雅思冷冷地说:"那就祝你生日快乐啦!我知道我那个八岁的女儿费思敏娜见到她的好表姐菲娅一定会很开心。你还会陪她玩布娃娃过家家吧?"

索菲娅突然觉得很惭愧。小娜是她的好朋友,当年就算德莎排挤和孤立索菲娅的时候,小娜也陪她一起玩;在第一年出生的那批同龄人里面,只有小娜对她这么好。可是仅仅因为小娜的父母属于耶律迈阵营,她就被落下了。索菲娅现在年长了六岁半,她们不可能重拾当年的友谊了。这一切都是为了什么?是小娜做错什么了吗?不,她是一个好人,可是她却被落下了。

索菲娅低声说:"对不起。"

费雅思伸出一只手,说道:"唉,算了,不怪你们小孩子,我们知道这事情应该怨谁。耶律迈现在正式做主了,这位置早就应该是他的。"

他想装出友好的样子让索菲娅安心,可是索菲娅并不蠢,"你们将我爸爸怎么了?"

费雅思微微一笑说道:"没怎么,只是……他现在没什么兴致去挑战耶律迈的权威了。"

"可是他有星舰宝……"

费雅思说:"星舰宝衣嘛,没错,他还穿着,还能全身发亮呢。不过耶律迈手上有那对双胞胎。"

双胞胎,希尔普和希普尔,也就是索菲娅的两个小弟弟。他们年纪太小,必须冬眠。耶律迈肯定劫持了两个小婴儿做人质,逼迫爸爸就范。

索菲娅讥讽道:"原来他是利用小婴儿来让阴谋得逞。"

费雅思面露狰狞地说:"哼,他真的罪大恶极是吧?什么时候你能够向我解释一下,为什么只许你爸爸放火,却不许耶律迈点灯呢……快起来,跟我走!"

索菲娅跟随他爬上梯子,心里却在苦苦思索:耶律迈抢小婴儿做人质,爸爸让小孩子自由选择。可是说到底,两人都是为了同一个目的:取得对这个团体的控制权。不过他们两人的做法有天壤之别,在道德层面,两者之间肯定有一条清晰的界限。如果索菲娅努力去想,肯定能够找出其中区别,然后向大伙儿解释清楚,让每一个人都明白,在航行途中开班教学是合情合理的,而将小婴儿扣为人质则是难以名状的暴行。眼看她就要想出来了,这时候却有另外一个完全不相干的念头闯进她的脑中:奥义克把索引交给索菲娅了。他需要人带领小孩去安全地方的时候,想到的是德莎;可是当他需要把上灵索引藏起来的时候,却将这任务托付给索菲娅。奥义克自己不去做,甚至也不告诉索菲娅应该将索引藏在哪里,任由她全权处理。

所有人都聚集在图书室。这是一个宽敞的大房间,几乎占满了船身中段的整个空间,飞船上只有这个房间能够容纳那么多人。一走进去,索菲娅就听见婴儿的哭声此起彼伏,还有很多面露疑惑恐惧之色的小孩子。她当然认得那些小孩子,他们的样子一点都没有变。此刻他们各自靠着自己的妈妈:柔珂、莎芙、狄傲丽,还有艾雅,也就是耶律迈的妻子。艾雅伯娘手上并不是抱着她的小女婴芝芙娅,而是索菲娅的双胞胎弟弟之一,希普尔。

耶律迈站在图书室的边上,手上抱着希尔普。

索菲娅心中默念道,我会记住你们俩!虽然我还不能够解决那个道德难题,可是你们扣下的是我的两个弟弟,你们为了达到目的而不惜以暴力相威胁,我会记住的!

绿儿看到她,叫了一声:"索菲娅!"

耶律迈喝道:"闭嘴!"然后他看着索菲娅,说道:"你,过来。"

索菲娅向他走过去,在距离他好几步的地方站定了。

"看看你!"耶律迈的语气带着鄙视和愤怒。

"看看你!"索菲娅针锋相对,"利用一个小婴儿来威胁别人,你的儿女肯定为他们勇敢的爸爸感到自豪!"

一阵炽热的愤怒笼罩着耶律迈,索菲娅看到他和自己之间的联系顿时充满了憎恨怨毒的负能量。在这一瞬间,耶律迈甚至起了杀心。

可是他并没有轻举妄动,而是一直等到稍稍平静一点再开口说话。

耶律迈说:"我要上灵索引,奥义克说他给你了。"

索菲娅猛地转头看着奥义克。奥义克只是面无表情地回看她,说道:"没关系的。当初是你爸爸要把索引藏起来的,现在上灵已经告诉他把索引给耶律迈。"

索菲娅问道:"我爸爸呢?你凭什么代表他说话?"

耶律迈说:"你爸爸很安全,你最好听你奥义克叔叔的话。"

奥义克说:"请你相信我,放心告诉他吧,上灵说没关系的。"

索菲娅质问道:"你怎么可能知道上灵说什么?"

耶律迈讥讽道:"人人都知道,为什么他不能知道?这房间里有好些人喜欢借上灵的名义指挥别人呢。"

"我要听见我爸爸亲口说出来,然后我才会告诉你索引在哪里。"

费雅思说:"如果索引是她藏起来的话,一定是在离心重力室里。"

奥义克眼睛睁大了:"那里哪地方能藏呢?"

耶律迈对着梅博酷和欧必忍吼道:"快去找!"

欧必忍立即站起来,可是梅博酷却故意慢了半拍。索菲娅看得出他对耶律迈的忠诚度其实很低;不过他对每个人的忠诚度都很低。

奥义克说:"菲娅,你就告诉他们吧。我是说真的,没关系的。"

索菲娅默默地说,我才不管你是不是说真的!我冒着生命危险把索引藏起来,然后仅凭你这个叛徒的一句话就双手奉还?没门!

奥义克还在说:"没关系的,索引的唯一功能就是让人和上灵沟通。你以为上灵和这种人会有什么话说吗?"他一边说一边指着耶律迈,语气中充满了轻蔑。

耶律迈狞笑着走到奥义克跟前,一手将他从座椅上揪起来,狠狠地摔到墙上。奥义克的脑袋撞在一排壁柜上,顿时捂着头跌倒在地,气也喘不过来。耶律迈说:"你是长得很高,也很懂说话,可是你有什么真能耐?小破孩儿!纳飞以为我会怕像你这样的所谓男子汉吗?"

奥义克不理他,继续对着索菲娅说:"索菲娅,你可以告诉他。他只有能耐殴打小孩子,却不能控制上灵。"

耶律迈似乎只是轻描淡写地一挥手,结果奥义克的头再次狠狠地撞在壁柜上,然后整个人瘫倒在地上。

索菲娅看到奥义克和她之间的连线变得特别明亮而坚固,充满了前所未有的忠诚。

这时候她才意识到,奥义克故意惹恼耶律迈,遭他的一顿打,纯粹是为了告诉索菲娅,他不是叛徒。奥义克试图说服她,他说的都是实话,她可以放心把索引交给耶律迈。

可是索菲娅实在不甘心乖乖就范。即使奥义克是对的,就算索引没什么用处,可是耶律迈大伯却不这样认为。既然他那么想要,索菲娅大概能够利用这一点来获取一些主动权。

然而她更不忍心让奥义克再受皮肉之苦。她说:"我可以告诉你索引在哪里……"

欧必忍和梅伯在图书室中心的爬梯那里停住不动了。

索菲娅补充道:"不过你必须先让我见到我爸爸没事。"

耶律迈说:"我已经告诉你他没事了。"

索菲娅说:"对,你手上抓着一个小婴儿做挡箭牌,所以你肯定是一个从来不打诳语的正人君子。"

耶律迈的脸涨得通红:"谁脸上没有一张嘴?谁不懂说话?纳飞把他们都洗脑了。"可是他一边说着一边走到妈妈和弟弟妹妹面前,把希尔普递给她。耶律迈说:"我不用小婴儿去威胁别人。"

索菲娅说:"你已经逼迫爸爸投降了,现在当然可以说好听的。"

耶律迈说:"索引在哪里?"

索菲娅问:"爸爸在哪里?"

"他很安全。"

"索引也很安全。"

耶律迈大步走到索菲娅面前,以泰山压顶之势俯视着她,说道:"小丫头,你打算和我谈条件吗?"

索菲娅说:"没错。"

耶律迈咧嘴笑道:"奥义克也说了,这个索引给了我也没用。"

索菲娅说:"那就不给你也无所谓了。"

耶律迈俯下身,伸出一只手顶住索菲娅的后脑勺,在她耳边低声说:"菲娅,我这人为达目的是不择手段的。"

耶律迈一放手,索菲娅就大声说:"他刚才说,'菲娅,我这人为达目的是不择手段的'。"

在场的人听了,都在议论纷纷。他们可能是赞赏索菲娅有如此勇气去大声复述耶律迈的话,也可能是不齿耶律迈竟然这样去威胁一个小女孩。无论如何,此处的人际关系网正在发生变化,耶律迈对他阵营的掌控稍有削弱。当然了,目前人人都被害怕和畏惧绑在他的身边,而他对奥义克的暴行也加强了他的控制;可是索菲娅的勇敢以及耶律迈对她的恐吓却削弱了那些心甘情愿的追随者对他的忠诚度。

耶律迈似乎对这种微妙的变化有所察觉。他毕竟是领袖之才,曾经带领商队渡险涉难;虽然他不像索菲娅和如诗那样能够用肉眼观察人与人之间的忠诚、服从、敬爱与畏惧,可是失势的时候耶律迈还是能知道的。所以现在他要换策略了,他说:"菲娅,你就尽管说吧,不过在今天这件事情上,你怎么也不能把我说成恶人。是你爸爸和他的几个同伙背叛了我们;是你爸爸骗我们说要中途唤醒大伙儿,然后出尔反尔;是你爸爸剥夺了我们小孩与生俱来的权利。你看看他们!"耶律迈说着向那些四岁、五岁、八岁的小孩子一挥手。索菲娅知道,他们很难接受这个事实。对于这些小孩子来说,就在几小时之前,他们才一起进入冬眠;可是一觉醒来,很多同龄人竟然变成了身材高大的青少年,昔日的伙伴只能在记忆中找寻了。"你说,到底是谁害了小孩?是谁在利用他们?绝对不是我!"

索菲娅看到耶律迈正在重新赢回众人的同情。她质问:"那么你的老婆为什么还抓住希普尔不放?"

艾雅站起来大声回答:"你这个目无尊长的小孩子真是很讨厌!

我没有抓小婴儿当人质！他刚才在哭，我想哄他罢了。"

索菲娅说："小宝宝哭了，难道不应该让他的妈妈来哄吗？你不见得哄得更好吧？可能是因为你的丈夫不许你把希普尔还给我妈妈吧？"

艾雅立即看着耶律迈，耶律迈不耐烦地挥一挥手，索菲娅说中了。艾雅阴沉着脸把希普尔还给绿儿，绿儿默默接过来放在另一个膝盖上抱稳当了。自出事以来，绿儿始终一言不发。索菲娅想，为什么妈妈要保持缄默呢？为什么这些大人要让我和奥义克开口跟耶律迈对抗呢？

因为他们有小孩。

这个清晰的念头闯进她的脑中，索菲娅知道一定是上灵在说话。她顿时明白上灵的意思了：因为大人有小婴儿，所以他们投鼠忌器，怕耶律迈发难。只有像奥义克和我这样的年轻人才有勇敢抗争的自由，因为我们不需要保护自己的小孩。

对。

既然你能够和我说话，既然我可以把索引交给耶律迈，那么你为何不直说呢？

没有回答。

索菲娅不明白上灵意欲何为。为什么她给奥义克下达一个指示，却不肯和索菲娅确认呢？为什么她不告诉索菲娅想知道的信息呢？上灵宁愿开口解释为什么大人都不说话，却不能给索菲娅一点提示，告诉她应该怎么做。

除非这意味着索菲娅现在所做的都是对的。

没错。

索菲娅说："带我去见爸爸。等我见到他安然无恙了，我自然会把索引给你。"

耶律迈说:"这飞船不大,没有你我也能找到。"

索菲娅说:"那你就自己找去吧。不过既然你不肯让我见爸爸,这表明你已经对他下了毒手,所以你不敢让大家知道你是一个多么暴戾、邪恶和恐怖的人。"

有那么几秒钟,眼看着耶律迈就想动手打人了。不过最后他的愤怒只是在眼神之中闪过,他的双手始终没有动作,他甚至没有向索菲娅靠近一点儿。

耶律迈平静地说:"我们上一次见面你还只是个小孩子,所以你根本就不了解我。或者你对我的猜测是对的,可是如果我真的像你说的那么暴戾、邪恶和恐怖,为什么你现在还没有鼻青脸肿呢?"

索菲娅冷冷地说:"那是因为殴打一个女孩子只会让那几个对你溜须拍马的家伙左右为难。你对待奥义克的方式已经暴露了你的本性,你之所以现在还没有对我动手,完全是因为你还不能确定一切都在你的掌握之中。"

索菲娅看得出,她说出的每一个字、每一句话都在削弱耶律迈的地位,否则她是不敢说这些话的。她也知道这样做很危险:如果耶律迈发觉他对局势的控制渐趋式微,他就很容易鲁莽行事,这样一来他们就更加危险了。无奈这是索菲娅能想到的唯一对策,只有这样她才能对局势产生一定程度的影响。

耶律迈还是很镇定:"你说得对,这一切当然不在我的掌握之中,我也从来没有这样幻想过;你爸爸才是那个一心要控制别人的野心家。我必须限制他的行动自由,否则他就会利用那件什么宝衣强迫大家屈服,他自己就为所欲为。我现在想要的只是公平!比如说,你们这些已经长得太大的小孩回去冬眠,我们的小孩在剩下的航程中醒着，至少也能追回一半的时间。我的要求难道就真的那么暴戾、邪恶和恐怖吗？"

索菲娅意识到这个人也是精通驭人之道，就凭着简简单单的几句话，他就收复失地，把索菲娅刚才破坏的局势全部重建。索菲娅说："好，既然你是一个通情达理、和蔼可亲的好人，你一定会让我、奥义克和妈妈一起去见爸爸的。"

"这个好商量，不过你得先把索引给我。"

索菲娅有点心动了：可能耶律迈已经屈服；如果她说出索引的位置，他就会让她去见爸爸。这时候，奥义克又插话了。

他质问道："你难道还相信这个骗子？他污蔑纳飞用星舰宝衣害人，可是他偏偏怕别人想起他和梅伯谋害纳飞的事。耶律迈就是一个杀人凶手！在女皇城的时候他就背叛我的爸爸，与贾霸合伙布下陷阱杀人灭口，如果不是上灵让绿儿去警告爸爸……"

话音未落，耶律迈粗壮的手臂一挥，狠狠打在奥义克身上。奥义克在低重力环境中凌空飞起，横穿整个图书室，一头撞在对面墙上，这一下撞得比之前两次更猛烈。虽然重力很低，可是大家在学校都学过，质量是恒定的，所以这次撞击的背后其实是奥义克全身的重量。他顿时摔在地上不省人事。

这下子大人们都不能保持沉默了。华纱高声尖叫着，佛意漫猛然站起来对着耶律迈大吼："你是一个杀人凶手！我没有你这个儿子！我将你逐出家门！你拥有的一切都会被别人偷走！"

耶律迈一下子失控了，和佛意漫对吼："你和你的那个上灵，你们算什么东西？你们什么也不是！懦夫！虫豸！在你的儿子里面，只有我才是真正的男子汉大丈夫！你却总是偏爱那个骗子马屁精！"

佛意漫平静下来了，说道："我从来没有偏爱他，我毫无保留地信任你,把一切都给了你。"

"你什么都没给我!你把生意扔了,把家财散了,连我们家族的名誉地位也不要了!你把一切都抛弃了,为什么?就是为了一台计算机!"

"你把我出卖给贾霸,你其实是一个杀人凶手,是一个叛徒!耶律迈,你不是我的儿子!"

这就是最后一击了。索菲娅知道,这时候每个人对耶律迈只剩下畏惧,原有的一点点忠诚也烟消云散。人们就算服从他的命令也只是出于害怕,而非心甘情愿;连他八岁的长子蒲储诺看着他时,眼神里也只有畏惧和害怕。

华纱和谢德美照料着奥义克。谢德美说:"我觉得他应该没事的。颅骨没有破,大概会有点脑震荡,应该没那么快苏醒。"

听了谢德美的话,大家沉默了许久。虽然奥义克的伤势不严重,可是没有人会忘记是谁让他受伤的,没有人会忘记那一记野蛮的重拳背后所带的狂怒,也没有人能忘记奥义克的躯体在空中掠过的无助身影。没错,人人都会服从耶律迈的命令,可是没有人敬爱他,没有人敬仰他,他的领袖地位并非人心所向。至少在这一刻,拥护他的人一个也没有。

耶律迈低声说:"绿儿,你带着索菲娅跟我来。还有你,羿羲,你也来。我要向你们证明纳飞好好的;我还要你们亲眼证实,他再也不会指挥这艘飞船了。"

索菲娅跟着耶律迈爬下一架梯子,来到储藏舱的其中一层。索菲娅想,她最初提出要见爸爸的时候,为什么耶律迈死活不肯呢?既然他最终还是要答应,之前闹那么久有意义吗?

他一开始不让你见爸爸,因为这是你提出来的要求。

这人怎么那么幼稚呢?

不是幼稚,而是谨慎。为了树立权威,他必须从一开始就完全控制局面。

哼,他已经得逞了。

正相反。你和奥义克,再加上后来的佛意漫,你们已经把他击垮了。耶律迈已经输得一败涂地,大概他还要过一段时间才能意识到,不过他确实已经完败。

带着一丝胜利归来的得意心情,索菲娅跟着耶律迈走进了囚禁爸爸的那个储藏室。

可是当她看到爸爸的惨况时,那一点点得意之情顿时消失得无影无踪。

爸爸侧躺在一个储存格的地板上。他的手腕被死死地反绑在身后,索菲娅看见绳子深深地陷入手腕的皮肤里,勒得双手都变白了;他的脚腕也被绑得很紧,双腿反折在身后,后背形成一个痛苦的反弓形。他们将两条绳子从脚腕那里连出来,越过肩膀,在脖子上紧紧地绕了两圈;然后再将这两条绳子沿着身前绕过胯下,从双腿之间穿过,绑回他背后的手腕那里。这样一来,爸爸的身体就时刻处在一种不间断的压力之下;他若要减轻绳子在肩膀和胯下的压力,就必须把双腿尽量向后抬高,身体也就向后弯折得更厉害;可是他们已经将他的后背反弓到极限,实在不能再弯了,所以绳子的压力始终不能稍减。只见爸爸双眼紧闭,脸色通红,呼吸急促而虚弱,索菲娅知道他正在痛苦中煎熬,在这种姿势下,连喘口气也很困难。

妈妈喃喃地叫道:"纳飞……"

纳飞睁开眼,轻声说:"噢,看到了吧,海上的一点小风浪就足以把我们的航程都打乱了。"

羿羲的语气充满了怨毒:"你在折磨人这方面真的太有创意了,竟然想出这么恶毒的方法去绑他!"

耶律迈说:"这不过是在沙漠旅行途中的标准惩罚措施罢了。当一个有利用价值的人顽固不化的时候,你既不能杀他,也不能纵容他以下犯上,所以就用这种办法惩治。一般来说几个小时就够受的了,不过阿飞向来是一个特别顽固的小孩……"

妈妈问:"纳飞,你能喘得上气吗?"

爸爸反问:"你呢?"

直到这一刻索菲娅才突然发觉,四周的空气特别沉闷,有一种快要窒息的感觉。

耶律迈问道:"你什么意思?"

羿羲代纳飞回答:"那么多人同时醒来,维生系统不胜负荷。现在的供氧已经开始紧张,随着时间推移,氧气会越来越不足。"

耶律迈说:"没问题,我们只要把所有的骗子和小人以及他们那些长过头的小孩都赶去冬眠就行了。"

爸爸低声说:"你别妄想了。"

耶律迈镇定地看着他:"我觉得只要索引在我手中,飞船的计算机就会受我控制了。"

爸爸甚至懒得回答这句话。

耶律迈说:"索菲娅,我已经遵守诺言了,把索引给我。"

索菲娅说:"你先把他放了。"

羿羲说:"他不会答应的,因为他没办法抢走纳飞身上的星舰宝衣。如果他给纳飞松绑,纳飞就会马上控制局面,耶律迈一伙根本不能螳臂当车。"

原来他们抢了双胞胎做人质才能够占尽上风,爸爸为了不让小宝宝受伤害,心甘情愿被他们绑成这样子。索菲娅生平第一次体会到为人父母有多不容易。没有小孩的人才能够根据自己的判断做出最佳选择;一旦有了小宝宝的牵挂和羁绊,你就像戴上了金刚箍,随时会被别人念紧箍咒。

索菲娅说:"你不能松一下绳子吗?你没必要把他扭成这样子啊。"

耶律迈目不转睛地看着索菲娅,说道:"对,没必要,可我就是想把他弄成这样子。正如你所说的,我是一个暴戾、邪恶、恐怖的人。索菲娅,快把索引给我,否则你的妈妈也要绑成这样子陪他。那件宝衣能为你爸爸治疗,所以他其实没怎么受伤;可是你妈妈没有宝衣护体……"

索菲娅感觉到身旁的妈妈一下子全身都僵硬了。她说:"这事情你做不出来。"

"我做不出来?反正你和奥义克还有我爸爸已经让所有人都恨上我了,还有什么事情我做不出来?如果我证明给大家看,我对女人也能像对男人那样下狠手,那么像你这样的大嘴巴小贱人就不敢再碍手碍脚,我也不用再忍受你们叽叽歪歪了。"

"告诉他吧。"爸爸听起来好像已经认输了。

既然听到爸爸亲口说出这句话,再抵抗下去也没什么好处了。索菲娅说:"我带你去吧,索引在离心重力机那里。你必须等它停下来,否则是拿不出来的。"

耶律迈说:"哦,原来你是把索引藏那去了。干吗那么费劲呢,反正我迟早都会发现的。行了,你们几个都出去,我要锁门了。我会派人整天看着,所以你们别想着偷偷溜下来放人。其实我现在还没杀他，你们就偷着乐吧。"

索菲娅沉思了片刻：为什么耶律迈还没杀爸爸呢？他以前也试过的，对吧？肯定是因为星舰宝衣！至少当爸爸在飞船里面或者附近的时候，他们杀不了他。如果不是爸爸允许，耶律迈甚至近不了他的身，更别说动手了。要是耶律迈真的要取他的性命，宝衣大概不用爸爸指挥就会自动反击。也可能是上灵控制宝衣进行反击，不过这也算是"自动"了，对吧？因为上灵其实只是一台计算机罢了。

而你其实只是一组有机化合物序列罢了。

索菲娅不禁脸上一红。她任凭耶律迈把他们三人赶出储物间；就在门快关上的那一瞬间，索菲娅突然想起大叫一声："爸爸，我爱你！"

本来耶律迈坚持不等离心重力机停转就下去拿索引，可是后来他亲眼看到现场环境，知道硬要去取的话，很容易失手让索引掉到转轮下面摔烂。耶律迈只能黑着脸等离心重力机完全停转，然后派欧必忍穿过检修门下去拿索引。索菲娅知道他为什么不敢亲自下去，因为他怕头上哪个人突然把门关上了。虽然他不用多久就能走出来——因为沿着下面的轨道走，总会有通向飞船别处的出口——可是这段时间已经足够让人赶去把爸爸放了。最后，爬下检修门洞的是欧必忍，把索引布包递上来给耶律迈的也是欧必忍。

欧必忍说："我真不能相信她在那机器还转着的时候就敢爬下去。"

耶律迈没说什么，可是索菲娅得到敌人的称赞，心中颇感自豪，她做得相当不错了。刚才不知道为什么，奥义克一下子就把索菲娅供出去；可是她却想办法削弱了耶律迈的地位，还见到了爸爸，现在就算交出索引也值了。

耶律迈扯开包在外面的布，双手捧住索引。

没有动静。

他转头问羿羲："这东西怎么用？"

羿羲说："就这样，你已经在用了。"

"可是什么动静也没有啊。"

羿羲说："当然没动静了。这个索引是受上灵控制的，他不打算和你对话。"

耶律迈把索引递给羿羲："那就你来说。我说什么你就让上灵照做，否则我就让如诗去陪绑。"

"我尽量吧，不过就算是我拿着索引，上灵也不会上当，更不会向你屈服。"

耶律迈喝道："少废话，快点儿！"

羿羲轻轻坐下来，耶律迈把索引放在他的大腿上。羿羲双手捂着索引的表面良久，依然没有动静。

羿羲说："看到没有？"

耶律迈问："这东西平常是怎么样的？会不会反应就是这么慢？"

羿羲说："索引的反应向来都很快，问题是这艘宇宙飞船目前不在舰长的控制之下，所以这个索引是不会运作的。"

"舰长……"耶律迈咬牙切齿地说出这两个字，好像吐出什么毒药似的。

羿羲说："氧气会越来越少。这艘飞船在单位时间内只能分解一定数量的二氧化碳，而现在同时呼吸的人太多了。"

"你是说上灵想通过控制供氧来强迫我投降？"

羿羲说："这其实和上灵没关系。他不能直接控制维生系统，更不能强制关闭维生系统，导致人员伤亡，因为船上的设备都有自动防故障装置。现在供氧不足，其实是因为维生系统已经到了极限。"

耶律迈说："行！那我就把我讨厌的人都赶去冬眠。我甚至可以让纳飞也去冬眠……我觉得他可以保持这样的姿势一直睡到地球。"

羿羲问道："难道你想让他变成我这样吗？"

耶律迈似乎很赞同这个想法："这也未尝不是一个好主意，至少我和你从来没什么矛盾。"

羿羲说："随便你怎么计划，反正上灵是决不会让你启动冬眠舱的。它只需要向维生系统的计算机发送一个危险信号就可以了，你根本没办法阻止。"

耶律迈想了一会儿，然后说："好，那我们就耗着吧。"

"你以为你能耗赢上灵？"

耶律迈说："我认为上灵不希望这次旅程半途而废；我觉得他始终会认清形势，知道我才是这个殖民地的领袖，然后他就会让步了。"

决不可能。

索菲娅重复道："决不可能。"

耶律迈转头对她说："噢，真的吗？上灵现在开始对你说话了？"

索菲娅没回答。

就算这艘飞船上的每一个有机个体都死亡，我这次远征的主要任务也能够完成。

索菲娅说："就算飞船上的人都死光了，上灵也能达成她的主要目标。"

耶律迈说："或者上灵是在骗你。接下来这几天有好戏看了，因为我们会发现上灵到底有多老实。"

羿羲说:"遭殃的首先是婴儿,然后是老人。"

耶律迈说:"如果我的小孩有什么三长两短,你们所有人都要陪葬,我自己也不想活了。死有什么可怕的?总好过被那个口蜜腹剑、阴险奸诈的杂种骑在我头上。这个所谓的兄弟是爸爸强加给我的,我宁愿死也不要被他多统治一天。"然后他转头看着索菲娅,笑笑说:"小丫头,我本来不想在你面前说你爸爸坏话的。可是有其父必有其女,我说的这些话可能你听在耳中还觉得是夸奖吧。"

索菲娅对耶律迈厌恶至极,已经顾不上害怕他发飙了。她反唇相讥道:"如果像你这样的人不恨我爸爸,我反而会替他觉得羞耻呢!"

突然有一下很轻的笑声……是欧必忍吗?耶律迈猛地转身,却看到欧必忍一脸的无辜。

索菲娅想:你已经输了。上灵说得没错,我们已经打败了你。现在我们只希望你能够在有人受伤之前意识到这一点。

第八章　松　绑

绿儿很生气。她不是恨耶律迈，而是生自己的气。对于绿儿来说，耶律迈几乎已经成了一股自然力量。他痛恨纳飞，抓住一切机会去伤害纳飞；这两兄弟之间积了太多的恩怨、太多的旧恨。耶律迈以前不止一次尝试杀害纳飞，这样一个罪孽深重的人，你是不可能改变他的。要和他相处，你只能尽量避免激怒他。

绿儿对上灵说，"这一切都是你造成的！这是你的主意，也是你在背后推波助澜才得以实施的。你将纳飞和我还有其他几对父母操纵在股掌之中，逼我们参与你这个玩弄时间的小游戏。"

我并没有做错。

你只是想不到他们会醒，是吧？

我还是没有做错，一切都会解决的。

"我的小宝宝现在呼吸困难，连吃东西都成问题，因为吞咽食物耗时太久，等食物吞下去的时候，他们已经喘不上气了。我们眼看就要没命了，你竟然还跟我说一切都会解决？"

你们在几天之内不会有生命危险。

哼，我听你这句话就像吞定心丸了。

我又不是耶律迈，他做这些事情也不是我指使的。

"整件事情都是你策划的，是你把我们逼进了这么危险的境地。"

你以为这一天永远不会到来吗?你以为只要你循规蹈矩,耶律迈就不会翻脸吗?在这里摊牌总好过在地球上翻脸,在这里起码我还能够控制局面,在地球上的话你们就孤立无援了。

"不会的,在地球上我们也不会孤立无援,地球守护者会帮助我们。不过只要他对我们的关心爱护及不上你的一半,我们在一年内就全被害死了。"

地球守护者的威力比我大得多。

那实在太好了。

你生气我理解,可是不要让愤怒影响了你的判断力。

"对啊,我们的判断力不要受影响,就算我们已经因为缺氧而呼吸困难,就算我们眼睁睁看着小孩子变得麻木迟钝,就算我的丈夫被弯折扭曲,手腕脚腕被绳子勒得死死的……"

一个又一个小时过去了,绿儿就这样不停地埋怨上灵。她知道当自己心中的愤怨发泄殆尽之后,她就会陷入沉默;然后她会努力让自己接受现实,最后甚至会觉得事到如今其实已经算是最好的局面了。不过这次风波的前景如何还很难说,如果这个局面已经算是最好,绿儿简直不敢想象次好的甚至最差的局面会是怎样。世间事没有如果,谁也不可能确切知道在不同情况下会有如何的结局。人们常说一些无法验证的假设,"如果那个警报没有触发……""如果纳飞从小不是这么口没遮拦……"——后面这句话是纳飞最爱说的,因为他把一切都怨在自己头上。可是绿儿知道,世间事总有不止一个成因,排除或者改变某个因素并不一定能消除或者改善某个结果。

虽然总有一天我不会继续无理取闹地怨恨上灵,不过此刻我实在无法平息心中的愤怒。纳飞的惨状还历历在目,就像噩梦一样深印在我脑海里;我的儿女每咽下一口食物都要拼命喘气;而这个残暴歹毒的耶律迈还控制着飞船上的每一个人。

如果我们当初能够顶住上灵的压力,坚决不在航行途中开班教学,那该多好啊。绿儿不禁怒火中烧,她想出最恶毒、最伤人的言辞,在心中向着上灵咆哮;对着耶律迈、梅博酷一伙她是不敢说这些话的,如今唯有暗自向上灵发泄了。在旁人面前,绿儿始终显得面如平湖、泰然自若。她要尽量让别人觉得她自信十足、毫不畏惧,甚至丝毫不为当前的局面而烦恼。因为绿儿知道,只有这样做才能最大限度地扰乱耶律迈一伙人的心神。他们看到绿儿竟然毫不担心,自然就轮到他们担心了。这种心理干扰虽然微不足道,却是绿儿在这场斗争中能做出的最大贡献了。

他们……我们……在绿儿心中,她已经将耶律迈的追随者及其家庭成员统称为"耶律党",而那些参与了办学计划的人则属于"纳飞党"。通常这样的字眼用来指代团体、部落或者国家;而飞船上的这两派人,虽然人数不多,难道不算是两个部落吗?

耶律迈命令纳飞党人必须在图书室同时进餐,饭后他和梅伯将每个家庭押回各自的小房间里面待着,再把房门锁上。当这两人不在的时候,就由费雅思和欧必忍负责看守。绿儿在图书室吃饭的时候留意观察费雅思和欧必忍,发现他们显得浑身不自在。难道他们也为自己的所作所为感到羞耻,还是他们担心一旦动手会寡不敌众?真正原因绿儿就无从得知了。

在耶律党徒里面,有些女人趁着吃饭的时候来图书室试着找绿儿说话,结果当然是徒劳无功。绿儿不理不睬、面无表情,也没有肢体语言,仿佛她们根本就不存在。这导致她们离开的时候都很生气,尤其是华纱阿姨的小女儿柔珂,离开时暴跳如雷地喊道:"这些都是你自找的!叫你老在装腔作势……不就是仗着以前被人叫作圣湖先知嘛，有什么了不起的！"这句话和眼下的矛盾斗争没有丝毫关系，很明显，柔珂只是顺便发泄一下对绿儿的陈年积怨罢了。绿儿好不容易才忍住没有开口取笑她。

绿儿用沉默来对付耶律党女人，并不是出于恼怒。她很清楚，她们丈夫的决定其实和这些女人无关。梅伯的妻子狄傲丽和耶律迈的妻子艾雅就为她们丈夫的所作所为深感苦恼。可是，绿儿也知道，一旦她接受她们的安慰和同情，一旦她允许她们越过耶律党和纳飞党之间的那条无形边界，这些女人就会如释重负。她们会认为自己在纳飞的老婆成为众矢之的的时候还能对她雪中送炭，马上就变得心情舒畅，甚至会自以为很高尚。绿儿不希望她们心情舒畅，她要让这些女人终日焦虑不安，少不了对丈夫抱怨和施压。在每个家庭的怨气和压力积聚到一定程度之后，耶律党徒对妻子的畏惧甚至会超过对主子的害怕；而耶律迈本人也会慢慢看清形势，认识到他对纳飞的憎恨已经扭曲了他的人性，他的所作所为对他自己的家庭也造成了伤害，到最后可谓得不偿失。

当然，还有另外一个可能性：艾雅对耶律迈施加额外的压力，反而让他愈加顽固，拒绝妥协。不过，绿儿目前唯一能做的事情就是冷落耶律党的女人，所以她还是坚持这个态度。

唯一反常的事情就是司徒博和谢德美的特殊待遇。很明显，他们也受到监视，和绿儿、如诗羿羲夫妇、华纱佛意漫夫妇一样，去哪里都被人盯着。可是在图书室里，这家人并没有被看守得很严。耶律迈鼓励他们和耶律党人坐在一起，还允许一家四口随意交谈。

因此绿儿非常笃定地得出一个结论：导致所有冬眠舱打开的那个报警信号并非意外，司徒博当年设置了两个唤醒程序，上灵漏掉了其中一个。谢德美绝对不可能知道这件事情。司徒博呢？很难想象司徒博会做出这样的事情。难道他没有和其他人一起给小孩上课吗?难道他不是这个学校的一分子吗?难道他的儿女没有和其他小孩一起成长吗?他向来知道他的秘密唤醒程序会害了纳飞的性命,也会让这个团体彻底分裂;可是他一直以来什么也不说,还白白领受着纳飞党人的情谊。这是一个扭曲成怎样的灵魂?不,这简直无法想象,这不像是司徒博做的,没有人会这么两面三刀,这么奸诈,这么……

此刻司徒博正坐在图书室里,身旁是他的儿子洛奇,同一张桌子对面则是梅伯的妻子狄傲丽。与此同时,谢德美却和女儿妲比亚离群独坐,脸上写满了羞惭。她不主动说话,仅仅在别人问话的时候才回答一句;她甚至不看任何人,吃饭时只顾低头看着眼前的碟子,一吃完就赶快离开。绿儿很想问问索菲娅或者如诗,让她们评估一下目前的情势,看看司徒博到底忠于谁。可是他们不许她和如诗交谈,还把索菲娅单独关起来,奥义克也被隔离禁锢,看来这两个小孩特别吸引耶律迈的注意力。

一天晚上,有人敲她的房门。绿儿打开一看,发现是司徒博。当时双胞胎已经睡了,他们的呼吸急促而有规律;年长的几个小孩——查维亚、摩提噶和伊素查娅——还没睡着,都躺在床上静养,以减少氧气的消耗。这是耶律迈的命令,不过此时氧气确实不足了,人人都能感觉到,所以大家都心甘情愿地遵守这条命令。

绿儿静静地看着司徒博,等他先开口。

"我一定要和你谈谈。"

绿儿思想斗争着要不要让他吃一个闭门羹。可是不让他解释一下就判他有罪,似乎过于武断了。所以绿儿侧身让他走进房间,然后伸头出门向走廊张望,只见费雅思和欧必忍都在盯着。如此看来,司徒博此行并非秘密探访，除非门外的两个人突然有胆量去合谋违抗耶律迈的命令。

她把房门关上。

司徒博说："是我做的。我明知你已经知道了，可我还是必须亲口向你承认。耶律迈让我骗你说我也没办法删除那个唤醒程序，其实我是有办法的，我也想过要删除。就在我临睡前的最后一刻，我尝试大声叫小谢和阿飞暂停一下，叫他们打开舱盖，好让我……"

司徒博看得出来，绿儿对他这番话无动于衷。他转眼看着房门方向，继续说道："我实在预料不到事情会发展到这个地步。我只是……我以为耶律迈看见米已成炊，就会想个折中方案，比如让其他小孩在剩下时间里接受教育，这样的话，你们的小孩有六年半，他们的有三年半……我想不到他会诉诸暴力，把纳飞绑成那样子……现在维生系统超负荷了，我们还缺氧……你能不能说服上灵让步，至少让我们之中的一半人回去冬眠呢？"

绿儿恍然大悟：原来耶律迈一伙人知道他们的所作所为眼看就要酿成恶果，于是派司徒博前来做说客，想说服绿儿把他们从水深火热之中拯救出来。

"你回去告诉耶律迈，等纳飞获得自由、重新掌控飞船之后，他和他一伙人随时都可以回去冬眠。哼，我说错了，应该是'你们一伙人'才对。"

出乎绿儿的意料之外，司徒博的眼泪几乎夺眶而出。他说："我没有'一伙人'，我甚至连妻子也没有了，儿子和女儿都没有了。"

原来谢德美真的不知情，绿儿并不觉得意外。

司徒博抹着眼泪，勉强控制住情绪，继续说道："我没指望你会同情我，我只是想让你明白，如果我早就知道……"

"有什么是你不知道的？你不知道耶律迈恨纳飞入骨吗，还是你不知道他一直想害死纳飞？上次耶律迈要阴谋诡计的时候，纳飞中箭浴血，你也亲眼看见了。他对纳飞心怀杀意，你怎么会想不起来呢？"

司徒博眼中闪过一丝怒意道："这次好像不是耶律迈在要阴谋诡计吧。"

绿儿说："没错，这次耍阴谋诡计的是上灵……还有你！你这个脚踏两只船的双重间谍！"说到这里，绿儿突然明白了，"噢，你一直打算脚踏两只船，对不对？"

司徒博说："我在这里是个外人，小谢和我跟谁都没有血缘关系。"

"小谢是华纱阿姨的干女儿。"

"那也不是血缘关系，那是……"

"那比血缘关系更亲近。"

"可是没有人和我亲近。无论我怎么做，我的两个儿女都必然会卷进纳飞和耶律迈的家庭斗争。我不像佛意漫和他的小孩，我没有强壮的体魄，我也不……不符合人们所说的男子汉大丈夫的标准。我该怎么保护我的小孩呢？我想如果我和纳飞与耶律迈两边同时保持友好关系的话……"

绿儿说："这是不可能的，尤其是到了今天这个地步，这都是拜你所赐。"

"我以为这样做最有利于我的小孩，可是我错了。现在双方都不信任我，我的小孩最终也会为此付出代价。我来是向你认错的，我不想隐瞒什么，也不想为自己开脱；不过我的目的并不是要背叛你和纳飞，我只是做了一件我认为对我的小孩最有利的事情。"

绿儿冷冷地说:"很好,我已经了解了,你也可以瞑目了。现在他们只允许我和我的儿女说话,等将来有一天我可以跟别人交谈的时候,我一定告诉大家,你这样做完全是出于无私的舐犊之爱。"

司徒博说:"梅博酷说你很冷酷。"

"我们都知道梅博酷向来以观察细致入微著称。"

司徒博说:"可是他说错了,你不冷酷,你是很火暴。"

"哼,你还用五行比喻来分析我的个性,真是太感谢了。"

"绿儿,请你记住,我知道我对不起你们,我欠你们的债太多,一辈子也还不完。其实我本性并不是这么不堪,像我这种人只能在力所能及的范围内竭尽全力挣扎求存。无论你怎么鄙视我,可是将来总有一天你会需要我的帮助。我来就是要告诉你,当那一天来临的时候,你和纳飞只需要开口说一句话,我上刀山下火海也在所不惜。"

"很好,你这就去叫耶律迈放开我丈夫。"

"我是说我力所能及的事情。其实我已经求过他了,柔珂和莎芙也要他放人。你的大女儿啐他脸,还骂他是个阉人太监,只有将比他强的人踩在脚下才觉得自己像个男人。"

绿儿大吃一惊:"那他打她了吗?"

司徒博说:"打了,不过她没事的。耶律迈动手之后,人人都瞧不起他,从那时候起他就再也没有走近索菲娅的身边。我觉得,且不论最终结果如何,反正在耶律迈打了索菲娅之后,就连他的妻子也不再向着他了。"

毫无疑问,这是索菲娅的苦肉计。绿儿说:"江山易改本性难移,耶律迈总是想通过动手来解决言语上的纷争。他这样做虽然能够让对方闭嘴,可是无形中也证实了对方的话。"

司徒博说:"就说你吧,过半数的女人都在谈论你的沉默杯葛行动,小谢也加入了你的抗争。现在人人都希望耶律迈罢手,我觉得你需要听到这些好消息。你的沉默杯葛,索菲娅和奥义克的直言相斥,以及纳飞的隐忍受难,虽然抗争方式不同,却是一样的顽强和勇敢。你们让耶律迈阵营的人觉得很……很羞惭。"

绿儿脸色凝重地点了点头。在这个艰难时刻,她的确需要一些鼓舞。司徒博来告诉她这些好消息,确实是有帮助的。

司徒博说:"在过去两天里,我见识到真正的勇气。像索菲娅和奥义克,明明不是耶律迈的对手,却敢公开挑衅他,逼他做出最不堪的坏事。我从来就没有这种明知不可为而为之的胆气……如果我是这样的话,我的人生就会完全不一样了。"说到这里,司徒博苦笑几声,"是的,我可能早就已经死了。"

绿儿忽然意识到她对司徒博这个人几乎一无所知。他是在怎样的环境中成长的呢?听他的话好像他一辈子都活在恐惧和孤单之中,为什么会这样呢?绿儿虽然还是恨司徒博,可是她不得不承认,如果从他的角度看,事情可能就完全不一样了。对于绿儿来说,她别无选择,只能全力辅助纳飞和上灵对抗耶律迈,否则她就一无所有了。可是对于司徒博来说,他当然应该预计着要是耶律迈赢了,未来的路该怎么走。如果耶律迈真的得逞——这不是没可能的——司徒博就必须为自己一家大小准备后路,希望在耶律迈的阵营里也能找到一席之地。如此看来,司徒博的所作所为也是情有可原的。

问题是他很容易会把双方都得罪了,最后反而在哪一方都没有容身之所。按照如今事态的发展趋势,他正走在这条不归路上。

绿儿再开口的时候,尽量让语气平和一点:"司徒博,你说的这些话我都听进去了。如果你为前途命运担心的话,我可以向你保证,我们决不会对你和你的家人秋后算账。如果将来你们一家大小还是希望和我们在一起的话，你们还是有一席之地的。"

司徒博说："耶律迈这次输定了，问题是到底要牺牲多少条性命才能让他屈服。"

绿儿说："我希望这个数字是零。"

"其实我这次来向你忏悔，完全有可能是为了我自己着想。你没有理由再信任我，因为我辜负了你们所有人。你们以为我是你们的一员，可是我却背叛了你们。你们永远也不会忘记这件事情，我自己也不能忘记。可是请你相信一件事情，如果你或者纳飞有用得着我的地方，我一定会全力以赴。不管是什么事情，就算要我赴汤蹈火也万死不辞。"

绿儿几乎又要出言相讥，好不容易才忍住没说出来。

司徒博继续道："我这么做其实不是为了我自己，甚至也不是为了你们。我只是……这是唯一能够让我在儿女眼中赎罪的方法。迟早每个人都会知道这件事情是我干的，所以我也不怕在你的小孩面前说这番话了。他们虽然闭着眼，不过都是醒着的。就算将来没有人拿这件事情取笑我的小孩，他们还是会因为我而觉得羞耻。可是总有一天，我会让他们看到，我已经想办法为自己赎罪了。对于我来说，这才是真正的生存。以前我一直以为生存就是活着，可是现在我知道不是，因为没有人能够永远活着。生存其实是我留在别人记忆中的印象，是我的子孙后代怎么看待我，生存其实就是我的身后名。"他注视着绿儿的眼睛，"如果用一句话来概括我的平生，我希望这句话是，我生存下来了。"

他从床边站起来，绿儿把门打开，让他出去了。

绿儿将门关上。在寂静中，查维亚轻声说道："幸好我不用处在他的境地。"

绿儿淡淡地说:"别把话说满了,我们现在所处的境地不见得比他舒服。"

查维亚说:"我真希望我有菲娅那么勇敢。"

"不,不,查维亚,你千万不能这么想。在你姐姐站的位置上,勇敢抗争能够取得成效;而你所处的位置不一样,你逞匹夫之勇只会徒劳无功。将来要是有一天你需要鼓起勇气挺身而出,那时候你自然能找到足够的勇气。"然后绿儿默默地在心中加了一句:希望这一天永远不会到来。她虽然这么想,可是她知道这一天总会到来的。每念及此,绿儿都不禁全身颤抖。

她默默地说,纳飞啊,希望你能够像上灵那样聆听我的心声,希望你知道我有多爱你。看着你这样受苦,你知道我有多心疼吗?我能够为你做的就是尽我所能照顾好我们的孩子。我会信任上灵,也盼望众志成城,最终能让奇迹出现,你安全获释。能做的我都做了,可是我知道我做得不够。如果你死了,我的生命还剩下什么呢?如果我失去了你,就算儿女都长成人中龙凤,我的失落还是无法弥补。虽然我们一开始只是上灵的两枚棋子,硬是被凑在一起,可是我们两人的关系并没有因此而变弱。爱情将我们俩紧紧地绑在一起,甚至比捆在你身上的绳子还紧得多。可是如果你不在了,我会觉得自己也被绑起来,禁锢在灵魂深处,动弹不得,也无法呼吸。

纳飞的名字回响在绿儿的脑海之中,他的音容笑貌烧灼着她的心窝。绿儿躺在床上,努力让自己放松下来、平静入睡。如果我少耗费一点氧气,他就能获得多一点,我的小孩也能呼吸多一点。我必须镇静,我必须睡觉。

可是绿儿无法镇静,就算她好不容易进入一种断断续续的浅睡状态之后，她的心跳还是很快，她的呼吸也是短浅而急促，好像她在梦中和人搏斗，正在左支右绌地躲避着敌人的每一次进攻。

第三天，吃第一顿饭的时候，耶律迈不在图书室。没人敢问他去哪里了，也没有人在意。他不在的时候，虽然大家还是小心谨慎，可是空气中却没有了那种恐惧的氛围。当然，这并不是因为大家相信梅伯、欧必忍和费雅思心存善意。梅伯生性凉薄，总是将快乐建立在他人的痛苦之上；欧必忍荣升统治阶层的一员，看起来非常享受手中分得的一点权力。可是人人都知道，如果这两人觉得有利可图的话，会在眨眼之间就兴高采烈地出卖耶律迈。然而费雅思似乎对他正在做的事情很反感，却还是忠实地执行着耶律迈的命令。而耶律迈也最器重费雅思，他放心将某个任务交给费雅思；因为耶律迈知道就算没有他在一旁监管，费雅思也会想方设法顺利完成任务。其他两个耶律党徒就得不到这种信任了。

可是今天，当耶律迈不在场的时候，发生了第一次反抗活动。佛意漫对华纱使了一个眼色，然后站起来向大家说话。

"各位亲友。"

梅博酷喝道："闭嘴！给我坐下！"

佛意漫用毒蛇吐芯般的眼光逼视着他的次子，说道："如果你想动手就尽管来吧！要我自己闭嘴？休想！"

梅伯向他爸爸走前一步，就在这时，在座几个年轻人不约而同地站起来了，包括佛意漫的四子亚赛、羿羲的次子萨克笑以及纳飞的次子查维亚。他们虽然不是坐在佛意漫身边，可是威胁的意味却很清楚了。

梅伯笑道："就凭你们几个小破孩儿，难道我还怕了你们不成?"

华纱说："我劝你还是小心点儿，他们在低重力环境下生活了六年，而你好像站也站不稳。"

梅伯说："欧必忍，过来！"

欧必忍也朝着佛意漫走近一步。这时候，纳飞的三子摩提噶、司徒博的儿子帕达洛同时站起来。片刻之后，连司徒博也站起来了。

梅伯说："费雅思，你别装看不见，他们摆明了要造反啦！"

费雅思点头道："欧必忍，你去叫耶律迈。"

梅伯吼道："我们自己能摆平！"

费雅思说："对啊，我们已经完全控制局面了，是吧？"

欧必忍看着费雅思，再看看梅博酷，然后转身离开了图书室。

佛意漫说道："正如我一直所说，这次的纷争完全是阴差阳错。当年听从上灵召唤走进沙漠的人是我，我才是这次远征的领袖。没错，在沙漠的时候我授权耶律迈统管日常事务；不过那只是权宜之计，我不过是充分利用他的能力和经验。同样地，在这次航行中，我之所以任命纳飞做船长，完全是因为上灵将星舰宝衣给了他。有一个事实没有变，我是这个团体唯一合法的领袖。当我们到达地球之后，我不会再将权力下放给任何人。只要我在生一日，耶律迈和纳飞都不会是领袖。"

梅伯问道："你能活到什么时候，老头？"

"我能活得比你预计的长，你这个卑鄙的无赖。"佛意漫和颜悦色地说，"很明显，耶律迈已经完全失控了。他率领三个意志薄弱的帮凶——"他说到这里的时候，直视着费雅思的眼睛，"对大家以暴力相威胁，而纳飞为了救小孩的性命而束手就擒。耶律迈造反至今似乎占尽上风，可是大家都知道，他迟早会向现实低头。这艘飞船不能同时为那么多人供氧；而他不放纳飞的话，上灵就不会允许任何一个人进入冬眠。现在，我只需要你们每个人都给我一个庄严的承诺，在这次危机过去之后，你们只听命于我一人。只要我还在世，你们就不必在纳飞和耶律迈之间做出选择，你们必须谨遵誓言，绝对服从我的命令。在座各位，无论男女老少，我诚挚邀请你们起誓。发誓在这次危机过后听命于我的人请站起来说'我发誓'。"

已经站了起来的那些男的——除了费雅思和梅博酷——马上异口同声地说出"我发誓"。华纱、如诗、绿儿和谢德美也立刻带着各自的儿女站起来，她们高亢的女声附和着低沉的男声，一同说出这三个字。羿羲也缓慢地站起来，说道："我发誓。"

佛意漫说："我知道，如果奥义克和索菲娅没有被单独关押的话，他们也会起誓的，所以我把他们也算作我的国度的合法公民。纳飞获释之后，我也会要他发同样的誓。在座有哪一位怀疑纳飞起誓和守诺的诚意？"

没人说话。

"请各位记住，我是要求你们在这次危机过后才接受我的权威，我并不是叫你们马上就冒生命危险去对抗耶律迈。不过要是你们这时候不起誓，那么等我在地球上建立新家园之后，你们就不是合法公民。当然，你们日后也能够申请公民身份，但是届时你们的申请就必须经过全体公民投票来决定了。如果你们现在就发誓，你们将自动获得公民身份。"

出乎众人意料之外，费雅思竟然说话了："我发誓，在这次危机过后，只要你活着，我就只接受你一个人的权威，我也会尽我所能让你长命百岁。"

费雅思表态之后，他的妻子莎芙也带着三个小孩站起来了。她说:"我发誓。"她的儿女也重复她的话。

这时候还留在座位上的那些人都显得惴惴不安。

梅伯对费雅思说:"耶律迈肯定会生你的气。"

费雅思说:"反正最近耶律迈天天都在生气,我只是想要和平与公义罢了。"

梅伯说:"你也知道我爸爸不过是纳飞的傀儡,他怎么会不偏心呢?"

佛意漫说:"有些小孩在航行途中成长和受教育,我知道你们当中有些人为了这件事生气。很不幸,耶律迈从来没给机会让我们解释一下。我们几家人把小孩送去上学,完全是因为上灵的命令。纳飞本人并不愿意这样做,是我们对他施加压力,逼他答应的。这些小孩是被上灵选中的,他们和我们都是自愿参与这个计划的。其实这样做的结果是很好的。我们本来只有一些成年人和很多不事劳作的小孩子;现在我们将年青一代分成两拨,这样就能保证在接下来的很多代人里面,总是源源不断地有小孩子长大成人。你们以为自己现在吃亏了,可是换个角度想,和那些在航行途中醒着的人相比,你们到达地球之后能够多活很多年,这难道不是一个好处吗?"

狄傲丽站了起来,她的小孩也跟着。

梅博酷尖叫:"你这个吃里扒外的贱人!快坐下!"

狄傲丽说:"我的小孩和我都愿意加入你的国度,我们都发誓。"

梅博酷向她冲过去,费雅思连忙挡在中间,伸出一只手拦住他。费雅思说:"这时候使用暴力不太妥当吧。我觉得她是一个自由人,有权利说出心里的想法吧。"

梅博酷把费雅思的手从胸前一把拨开,说道:"你们就耍吧,看耶律迈回来之后怎么收拾你们。"

就在梅博酷一米之外，艾雅也站起来了，她的长子蒲储诺立刻拉扯着她的袖子要她坐回去。艾雅不理他，只管说道："佛意漫，这次危机过去之后，我会听命于你。"

蒲储诺转头对着弟弟妹妹吼道："你们谁敢发誓？"几个小孩在他盛怒之下都显得很害怕。

佛意漫说："我知道，你的几个小孩只是在威胁之下才不敢发誓，所以我可以让他们稍后再说。"

蒲储诺还在吼："他们不会说的！难道只有我一个人对我爸爸忠心吗？他才是我们的领袖！"

这时候柔珂和她的小孩也站起来了，"这次危机之后，我们也要成为公民。"

佛意漫说："那你就发誓吧。"

柔珂说："呃……当然了，我就是这个意思……我也发誓。"

她的小孩都点头或者随声附和。

门口那里传来耶律迈的声音，他低声说："很好，既然人人都已经做出决定了，那就都坐下吧。"

柔珂马上坐下来，催促她的小孩赶快跟着。其他人也陆续坐下来，除了佛意漫、华纱和艾雅。艾雅转头看着丈夫，说道："迈哥，一切都已经完了，你是斗不赢上灵的，现在只剩下你一个人看不出来了。"

耶律迈说："我看不出什么？我只是不想让纳飞骑在我们头上作威作福罢了。"

"为了达到目的，你不惜看着自己的亲生骨肉窒息而死吗？"

"如果纳飞的那台走狗计算机一定要杀死我们当中最弱的人，我也没办法阻止它，不过这笔血债可不能算到我头上。"

艾雅说:"换句话说,你根本不在乎别人的死活是吗?依我看,你计较自己的尊严胜于关心孩子们的安全,这就证明了你根本不适合做领袖。"

耶律迈说:"你说够了吗?"

艾雅道:"不,是你做得太过分了!你总是用最幼稚的方法来发泄你的大男人脾气,如果你不收手,你就不配做我的丈夫!"

耶律迈狞笑道:"哼,你是不打算续婚约了,是吗?蒲亚,你怎么看?"

他的长子蒲储诺走到他身边,说道:"这样的话我就没有这个妈妈。"

耶律迈说:"我们父子俩真是绝配!我既没有爸爸也没有妻子……我还有朋友吗?"

欧必忍说:"我是你的朋友!"

梅伯说:"我当然支持你,可是费雅思刚才也发誓了。"

耶律迈说:"费雅思……你要他发什么誓他都会答应的,不过人人都知道,他发誓就如同放屁一般。"

莎芙笑道:"耶律迈你这个可怜虫,你看看你手下都是些什么人?一个被人愚弄的八岁小孩,还有谁?梅伯!欧必忍!这两人以前在女皇城里都是废物。"

欧必忍对莎芙嚷道:"你勾引我上床的时候可不是这么说的!"

莎芙轻蔑地说:"那件事情其实和你没有半点关系,完全是我和我妹妹之间的恩怨,我也已经为这个错误付出了沉重代价。费雅思知道从此以后我对他一直忠贞不贰、表里如一。"

年纪稍微大一点的小孩都隐约明白这里面牵涉很多家庭纠纷,以后自然多了不少谈资。欧必忍和莎芙有奸情?莎芙付出了怎样的代价？她所说的姊妹之间的恩怨又是什么呢？

耶律迈说："别说了！老头的闹剧也该收场了。你们应该发觉了，他不敢叫你们现在就起来和我动手，他只是在一个想象中的未来统治你们。因为他知道，正如你们也知道的，现在是我说了算，将来也是我说了算，你们看不到我下台的一天了。"他转头对欧必忍说："你留在图书室这里，盯住每一个人。"

欧必忍对着费雅思咧嘴笑道："我想啊，你再也不能对我发号施令了。"

耶律迈说："费雅思还是看守。虽然我不信任他，可他还是会服从命令的。欧必忍，从现在起他就听你指挥。明白没有，费雅思？"

费雅思平静地说："明白了。我会服从命令，可我也会信守诺言。"

耶律迈说："行了，行了，又说什么男子汉大丈夫一诺千金，少来这一套！梅伯，我们现在就带爸爸和他的妻子去探望纳飞。还有，顺便把那个自称不是我妻子的女人也带上。"

华纱轻蔑地问："你想怎样？把我们像绑纳飞那样绑起来吗？"

耶律迈说："怎么会呢？我向来尊重老人家。不过，爸爸，有多少人发了你那个誓，纳飞就要挨多少下棍子，你得在旁边看着。"

佛意漫对着耶律迈怒目而视："我真希望在生你之前就死掉或者被人去势。"

耶律迈说："那多不幸啊！这样的话你就没办法生出你那个宝贝纳飞了。不过仔细想想，我怀疑纳飞身上到底有没有男人的基因，他只是他妈妈的乖女儿罢了。"

很快，耶律迈和梅博酷就推推搡搡地赶着佛意漫和艾雅下了梯子，穿过走廊，来到了关着纳飞的储物室；华纱只能无助地跟在他们身后。

过去几天里,纳飞一直都无法真正入睡。或者他确实睡着了,只是以为自己还醒着,因为那些梦太真实了。有时候他梦见一些他最害怕的场景,比如他的双胞胎宝宝拼命喘气,终于窒息身亡,却死不瞑目,连嘴巴也张着。纳飞在梦中把他们的眼睛和嘴巴都合上,可是每当他的手一拿开,小孩的眼睛和嘴巴又弹开了。纳飞总是喘着气从这些噩梦中惊醒。

有时候,他也梦见一些愉快的旧时光。他还记得在爸爸家中的时候,每天早晨跑去院子里的喷头下面,让冰凉的冷水淋将下来。那时候洗冷水澡是他很讨厌的一件事情;可是如今想起,却成了愉快的记忆。那是多么单纯的年代啊!那些年,发生在他身上最凄惨的事情莫过于冰水浇头;而他对别人做出的最十恶不赦的事情也不过是出言挑衅,一直把对方气得笑不出来,只能动手打人为止。只是现在他们再也不会笑了,也不可能原谅他了。冰水算什么?如果有机会再来一次的话,纳飞会很享受冰水浇在身上的一分一秒。从这些旧梦中醒来之后,纳飞总会黯然神伤。以前我怎么能够想到今天这一切?以前我怎么可能猜到耶律迈对我的千般厌烦竟会变成刻骨的憎恨?我怎么知道日后有那么多邪恶的事情会发生在我们头上?我开那些损人的玩笑没有别的意思,完全是为了吸引他的注意力。耶律迈那么强壮,爸爸那么喜欢他,他在我心中如神一般。我只希望他留意我的存在,希望他对我说他喜欢我。我多么渴望他告诉我,他认为我终有一天能够与他并肩上路,率领商队踏遍远方的土地,把奇花异草运回女皇城给爸爸卖。我只希望他尊重我,愿意搭着我的肩膀对别人说:看,这就是我的弟弟;我可以信赖他,他就是我的左膀右臂!

耶律迈,除了我之外,谁还有资格做你的兄弟?梅伯?你竟然选了他?你为什么那么讨厌我,竟然选中梅伯也不要我?

他选梅伯是因为他能够驾驭梅伯;他恨你只因你比他强。

对,有了星舰宝衣,我的确比他强。

你知道其实你随时都能把他击倒。

不,我不能!是这件星舰宝衣能把他击倒,是你能把他击倒,可是我不能。我被绑在这里,手腕和脚腕都疼死了。

是你自己不肯疗伤罢了,你也知道宝衣能够在瞬间就把你的伤痛治好。

他想让我受苦。如果他看见我的皮肤被擦破流血,他可能就会满足了。

你一天不死,他一天也不会满足。

那我死掉算了。

我不会让你死的。你昏迷的时候,星舰宝衣重新归我控制,我就让它为你疗伤。

我睡着的时候你离我远点儿!我现在不需要你报梦,也不想你插手我的事情。

难道你喜欢疼痛的滋味吗?

我的哥哥恨我入骨,最大的疼痛莫过于此,我怎么会喜欢呢?可是这一次我的确是罪有应得。

你是在帮助我,怎么能说罪有应得呢!

哼,我还以为你是为了帮我才要我们让那些小孩醒着呢。

我帮你也是为了让你帮我。你就别装傻了,也别跟我玩这些幼稚的文字游戏了。

你真的在和我说话吗？或者这只是我自己做梦罢了？

我在和你说话，你此刻也是在做梦。

如果我正在做梦，为什么醒不了呢？

这个念头一出现，纳飞马上就醒了——其实他是梦见自己醒了，因为他立即知道自己其实还在睡眠状态之中，而且这次入梦似乎比以往更深了。在第二层梦境中，纳飞觉得自己已经醒了，手脚上的绳子都凭空消失。他站起来向外走，储藏室的门一推就开了。他在各条走廊中走过，只见四处都躺着人。那些人都张大了嘴喘气，没有一个留意到纳飞，仿佛他是隐身一般。纳飞想，嗯，我明白了，我已经死了，这是我的魂魄在走廊中游荡。可是他又马上意识到自己的手腕和脚腕还在隐隐作痛，就算在低重力环境中走路身体也站不直，看来他还没死。

他走到梯子那里，一路向上爬去，越爬越高，一直到达飞船的顶部，也就是生成防护罩的地方。可是梯子还继续向上延伸，出口那里不再是飞船里光滑的塑料地板，而是石头地面。他站在地上，感受到自身质量的重压，每跨出一步都很累，原来这里的重力恢复正常了。这是一个黑暗的洞穴，他听见四处都有脚步声，就在身边徘徊，既没有靠近，也不曾远去。纳飞向前走了几步，那一阵细碎的脚步声如影随形地跟着他。纳飞想，没关系，你们就跟着吧。我不怕你们，因为我知道你们是不会伤害我的。

他来到一条走廊里，只见前方的一间侧室里燃着一盏小灯。纳飞迈步上前，走进房中，只见里面有许多很好看的黏土雕像，在地上和架子上都摆满了。可是当他仔细看时，却发现所有的雕像都残缺不全，某些部位被磨得很光滑，原有的细节都丢失了。谁会忍心破坏这么好的艺术品呢？谁会把这些雕像都弄得面目全非，还将它们珍藏在这个秘密宝库里面呢？

最后，纳飞终于留意到一个躲在高处黑暗中的雕像。这个雕像特别巨大，而且完整无缺。可是吸引纳飞眼光的不是这件作品的雕工有多么精美，而是这张脸本身。其他雕像都是动物或者怪兽，而这个雕像却是一个人头。纳飞认得这张脸——他当然应该认得——自从他成年之后，在每一面镜子里他都能够看见这张脸。

这时候那些脚步声逐渐靠近，从忙乱变得缓慢，可见走路的人对这个地方心存敬畏。纳飞觉得有一只小手碰着他的大腿，他不用低头看也知道这是谁。

其实他只是在梦里才知道这是谁，可实际上他根本就不知道。纳飞想让梦中的自己转头向下看，看看到底是谁或者是什么东西在碰他，可是他没办法弯腰低头。实际上，他整个身体正向后弯折，脖子被两条绳子勒住。这时候传来一阵很响的脚步声，而不是梦中轻微急促的那种；然后一盏灯亮了，纳飞被灯光照得眼花缭乱。

他眨了眨眼睛，这回终于完全清醒，不再是卡在另一层梦中。

他问道："是出去放风吗？"

只听见一阵呼啸的疾风声，胳膊传来一下刺痛，纳飞忍不住大叫一声。

耶律迈的声音响起："这是第一下。华纱，你告诉我，你数了一共多少人？有多少人发誓了？"

妈妈的声音说："你自己的勾当，你自己数去。"

耶律迈问："有一百人？"紧接着又是一下呼啸的风声和一阵剧痛，这下是敲在他后背的肋骨上。有一根肋骨断了，他喘气的时候也感到那根断骨戳在身上。可是他必须继续用力喘气，因为氧气本来就不够了，他不深呼吸的话根本就得不到足够的氧气来保持头脑清醒。

你快给自己疗伤吧。

耶律迈说:"在你告诉我总数之前,这几下都不算。"

华纱说:"你自己数去吧!反正除了蒲储诺、欧必忍和梅博酷之外,人人都发誓了。记住,是每一个人都发誓了,耶律迈,你自己想想吧!"

绿儿说:"他没有给自己疗伤!"

纳飞听到绿儿的声音,心中腾起一股怒气直指耶律迈。他以为绿儿虚弱到看见丈夫受苦就会精神崩溃吗?耶律迈到底想怎样呢?他要说服的对象是上灵,他如果要投降的话,也是向上灵屈服。不过,看来事情正在起变化……他们提到一个誓言。

耶律迈说:"我看到了,他的手腕脚腕都没有好转。我不知道这是不是因为星舰宝衣不灵了,还是因为他想用苦肉计来赚我的同情心。要是我一时心软放了他,他马上就可以把我杀了。"

又是一下尖厉的呼啸声,这一次轮到他的后颈。纳飞几乎连气也闭过去了,一阵刺痛沿着他的脊柱上下乱窜。有一瞬间他的脖子以下完全失去知觉,纳飞想,糟了,他把我脖子给敲断了。

你只是被打蒙了,不过是一点点神经损伤罢了。

为什么他不干脆杀了我呢?

因为我对他还有一点点影响。每当他想要痛下毒手,我就会分散他的注意力。

你别再搅和了,就让他把我杀了吧。他的心愿遂了之后就天下太平,人人安居乐业了。

耶律迈还不明白,把你杀了才是他最大的败笔,因为他永远也不可能打败你了。

什么？我连性命都丢了，还不算是一败涂地？

他想要的是他爸爸亲口说一句，你，耶律迈，我选中的就是你！可是，纳飞，如果你死了，佛意漫就永远不可能为了选择他而放弃你，所以他就只能永远做你的后备了。

如果你有点善心，就请你让爸爸说出那句话吧！让这一切都结束吧。

纳飞，这正是最难办的地方。就算佛意漫说了，耶律迈也不会相信，因为他知道这不是真的。耶律迈知道，你比他更善良、更优秀、更聪明也更坚强；所以如果他爸爸突然说"耶律迈，我选中的就是你"，那么这句话绝对是谎言。因为耶律迈自己也很清楚，佛意漫决不会蠢到以为他比你更强。

我太累了，我已经没力气去想这些事情了。你别管我，就让我自己死掉吧。

刚才最后那一下让你受了重伤。

在我脖子上那一下？

那是三下之前了。你现在已经内出血了。

嗯，对，我感觉到了。

我要为你疗伤。

不要！

失血过多会造成内伤的。

在他离开之前，不要给我疗伤。请你给我留一点点尊严。

尊严？为了尊严你连命也可以不要吗？

这是他和我之间的恩怨，我不想他看到你为救我而插手。

你的自尊心真是膨胀得有点不可置信，竟然还说什么'这是他和我之间的恩怨'。错了！这件事情一直是他和我之间的恩怨！就像慕斯和我之间的事情、你和我之间的事情、绿儿和我之间的事情。等你们到达地球之后，这一切都是你们和地球守护者之间的事情。

哎！痛死了！

因为我在给你疗伤。

我叫你别这样做。

恕难从命。

耶律迈说："你们看，他的脚也绷直了。看来我们已经找到了他承受痛苦的极限，现在他已经让他那个隐身的朋友开始帮忙了。"

佛意漫冷冷地说："我一直在看，我看到一个懦夫用一根棍子殴打一个被绑起来的人。"

耶律迈像尖叫一样大声吼道："你说我是懦夫？我可没穿那件星舰宝衣！我要是撞破脚指头的话，可不能像他那样，像变魔术似的迅速痊愈；我也没他那个能耐，看谁不顺眼就伸手把人电得七荤八素的。"

佛意漫说："你到底是懦夫还是恶棍，这和你的能力大小没有一点关系，而是取决于你怎么运用你的能力。你把纳飞绑成那样子，你以为这样一来星舰宝衣就失效了吗？虽然你这样虐待他，虽然你这样虐待我们，可纳飞现在还是不忍心把你击毙。"

耶律迈轻声说："动手吧，阿飞。如果你现在有能力杀我，你就动手吧。反正你以前也杀过人，好像那是一个晕倒在街边的醉汉吧？我记得那人好像是我的同母异父哥哥。杀害无力还击的人，这应该是你的专长吧？可爸爸却说我是个欺凌弱小的恶棍。可是如果一个人的骨头被我打断之后可以在一瞬间再生，我这能算是欺凌弱小吗？来，让我试试看，我可以打穿你的脑壳，然后……"

他的话被一个女人愤怒的尖叫声打断，紧接着传来一阵纠缠打斗的声音，然后有人撞在墙上，最后是一个女人的哭声。纳飞努力睁开眼睛，却只能看见挤在脸前的一堵墙。他低声说："绿儿……"

耶律迈说："绿儿不能给自己疗伤吧？她和我动手之前本应想到这一点。"

纳飞说："你这么折腾，只会用光你小孩的氧气。"

耶律迈说："阿飞，你本来可以随时结束这场危机，你只要去死就行了！"

佛意漫说："然后呢？然后你就会开始嫉恨下一个比你优秀的人，原因还是他比你强。当你杀死第二个之后，还会有第三个、第四个。耶律迈，这是一个无穷无尽的死循环，因为你每干一件暴行之后，就会变得更渺小一些。最后你必须杀光每一个人和每一个动物。然后你看着自己，心里充满了轻蔑，因为你根本无法忍受……"

纳飞的脸重重地挨了一下，他感到铁棍把他脸上的骨头都敲得凹进去了，然后他就不省人事了。

这是过了一会儿工夫？可能吧。也可能是几个小时或者几天。纳飞又苏醒了，他的脸也好了。他不知道身边有没有人，不知道爸爸和妈妈怎么样了，不知道绿儿怎么样了，也不知道耶律迈怎么样了。

房间里面有人，因为他听到呼吸的声音。

"伤都好了。"这个声音很小，很难听出来是谁……不，一点也不难，这是耶律迈，"上灵又赢了。"

然后灯灭了，门也关上了，房间里只剩下纳飞一个人。

当蒲储诺来找她的时候，艾雅正轻轻地对着伊斯塔、曼亚和芝芙娅三个年幼的小孩唱歌。她听见蒲储诺走到房外，将舱门拉开，走进来，再把门关上。艾雅没理他，还在继续唱：

光明回来的时候，我能否记得怎样去观察？

我能否认出妈妈的脸？妈妈还会认识我吗？

光明回来的时候，没什么能让我害怕。

所以我在黑暗中闭上眼，梦想着白日的光华。

蒲储诺轻声说："唱歌会浪费氧气的。"

艾雅平静地回答："哭泣也会浪费氧气。现在因为我一个人唱歌，有三个小孩不会再哭泣。如果你是来阻止我唱歌的话，请你走开。去你爸爸那里揭发我的罪行吧，可能他生气的时候就会动手打我，说不定还会让你帮忙呢。"

艾雅还是背对着他，只听见他的呼吸变得沉重，甚至开始喘起粗气。当蒲储诺再开口的时候，艾雅觉得很吃惊，因为他的声音变得很尖细，已经到了哭泣的边缘了。他说："我没有错，是你帮着他们反对爸爸。"

自从蒲储诺在图书室公开斥责她之后，艾雅伤心欲绝，再也没有理睬他，因为她想不到亲生儿子竟然会对自己说出这么绝情的话。当时这个小孩浑身上下都散发着一股兽性，和耶律迈如出一辙。在那一刻，艾雅觉得她好像完全不了解这个小孩子。可蒲储诺是她的儿子，她怎么会不了解自己的亲生骨肉呢？他才八岁，不应该在父母的争吵声中遭受折磨。

于是艾雅柔声说道："我不是反对你爸爸，我只是反对他的一些做法。"

"纳飞欺骗了我们。"

"欺骗我们的是上灵，还有所有参与这件事情的家长。你不能只怨纳飞一个人。"

蒲储诺不说话，艾雅还以为这句话对他有所触动。不对，他在想别的事情："你爱他吗？"

"我当然爱你爸爸了,只是他有时候会被愤怒蒙蔽了理智,所以做出一些坏事。我反对的就是他干的那些坏事。"

"我不是说爸爸。"

很明显,蒲储诺预计着艾雅知道他说的是谁。蒲储诺年纪轻轻,竟然已经察觉他妈妈爱上了另外一个男人。

他猜得不错。可是这是一份没有希望的爱,所以艾雅永远不会告诉任何人。

"你是说谁呢?"

"他。"

"蒲亚,你把这个名字说出来。人的名字又没有带着魔法,你说出来之后嘴唇难道会中毒吗?"

"纳飞。"

艾雅纠正他说:"是纳飞叔叔,你要尊重长辈。"

"你爱他。"

"他是我丈夫的弟弟,我当然爱他,我也爱你爸爸的其他弟弟。同样地,我希望你也懂得敬爱你的几个叔叔。如果你爸爸懂得爱护几个弟弟就好了。要是你体会不到,请看看躺在那里睡觉的曼亚。他是我们家中的老四,他和你的关系就好像纳飞和你爸爸。蒲亚,你告诉我,你有没有打算将来把小曼亚绑起来,再用棍子打断他的骨头呢?"

蒲储诺终于忍不住哭起来了。艾雅一时心软,坐起来伸出双手,把儿子抱入怀中,让他坐在床上,紧靠在她身边。蒲储诺说:"我永远也不会伤害曼亚,我会保护他,让他一生平安。"

"我知道你会的,蒲亚,我知道的。其实你爸爸和纳飞之间还是有所不同。他们的年龄差距太大了,而且他们的妈妈不是同一个人,你爸爸还有一个年纪大得多的哥哥。"

蒲储诺的双眼瞪得很大:"我以为爸爸是长子呢。"

"他是你爷爷佛意漫的长子。以前在女皇城的时候,你爷爷还是韦爵。可是耶律迈的妈妈在嫁给佛意漫之前已经有了别的儿子,其中最年长的那个叫贾霸。"

"爸爸恨纳飞叔叔,是不是因为他杀了爸爸的哥哥贾霸呢?"

"他们在那件事情之前就已经互相憎恨了。贾霸当时想杀害纳飞、你爸爸、羿羲和梅伯。"

"为什么他要杀羿羲呢?"

艾雅心中暗笑,蒲储诺竟然没有问为什么有人想杀他的梅伯叔叔,"因为贾霸想统治女皇城,而韦爵的几个儿子让他无法得逞。在女皇城的时候,你爷爷非常富有,也非常有势力。"

"什么叫'富有'?"

你连"富有"这个词也不认识?可怜的小家伙,我是怎么教育你的呢?你出生以来就活在贫困潦倒之中,从来没有见识过财富和奢华,以至于连这些描述人生美好事物的单词你也不认识了。"'富有'的意思是你有很多钱,比……"

他当然也不知道"钱"是什么意思了。

"'富有'就是说,你的房子比别人的房子更大更漂亮,你的衣服更多更好看,你能够上更好的学校,有更聪明的老师,吃更多更美味的食物,你要什么就有什么。"

蒲储诺说:"可是这样的话我就应该和别人分享啊。你告诉过我,如果我有用不完的东西,就应该和别人分享。"

"你的确应该和别人分享,可是……蒲亚,你不会明白的。那种生活已经不会再有了,你永远也不会明白的。"

他们静静地坐了一会儿。

蒲储诺说："妈妈。"

"嗯？"

"那天在图书室里，我选择了爸爸，你不恨我吧？"

"做妈妈的都知道，儿子总有一天会选择父亲的。这是男孩子成长的一个必经阶段，我只是想不到你那么小就要做出抉择。不过这不是你的错。"

短暂的沉默之后，蒲储诺用很小的声音说："可能我不应该选择他。"

"我知道，蒲储诺，他干的那些坏事你都不会去做，因为你不是那样的小孩。"可是实际上艾雅有时候真的很担心蒲储诺就是那样的小孩。还在和谐星球的时候，她就观察到蒲储诺在玩耍的时候总是对其他小孩颐指气使，经常冷酷无情奚落几个小朋友，一直把对方气哭，然后还嘲笑他们哭鼻子。艾雅很害怕，想不到自己的儿子竟然会这样去欺凌弱小。当然，她同时也为蒲储诺天生的领袖才能感到自豪。男孩子们都很尊敬蒲储诺，事无大小都服从他的命令，就连华纱阿姨的儿子奥义克也退避三舍，让蒲储诺坐上男孩国度里的第一把交椅。

领袖之才和怜悯之心，自豪高傲和慈悲为怀，这些品质难道永远也不能在同一个人身上共存吗？

艾雅继续说："不过你还是选择了你爸爸。因为在你心目中，他是一个勇敢强壮的正人君子，你深深地爱着他。那天你选择的是你心中最完美的父亲形象，我明白的。"

这时候，艾雅感觉到蒲储诺在她的怀抱里挺直了身板，仿佛要让自己坚强一些。他鼓足了勇气说出下面这句很难开口的话："没有你,他过得很不开心。"

"是他派你过来说这句话的吗?"

蒲储诺说:"是我自己要来的。"

或者是上灵派你来的?

绿儿不是说过吗?他们这群人是上灵挑选出来的,都很容易接收上灵的暗示。有时候艾雅忍不住想,既然是这样,为什么她的小孩就不能有索菲娅那样的天赋呢?

"既然你爸爸没有我就很不开心,那么就让他放了纳飞吧。先在这艘飞船里恢复和平,然后我自然会回到他身边。"

蒲储诺说:"他现在没办法停手了……除非有人能帮他。"

很难想象他才八岁,看问题竟然看得这么深入。或者这次危机唤醒了埋藏在他内心深处的一些悲悯之心。上灵很清楚我,当年我在他这个年纪的时候根本不懂得替别人着想,更别说什么同情心了。我的内心深处是一片道德废墟,只关心谁的容颜最俊美,谁的歌声最动人,谁会出人头地,谁有家财万贯……如果我能及早走出那个幼稚的阶段,我就会看清楚这兄弟两人谁才是真正的佼佼者。那时候我还没有和耶律迈结婚;纳飞情窦初开,总是圆睁着一对牛眼痴痴地看着我。可惜我犯了一个可怕的错误:我看着耶律迈,心里只想着他是韦爵的继承人,是女皇城中屈指可数的富二代;纳飞算什么?

当然了,如果我当时真的聪明,就不会嫁给这两兄弟中的任何一个,这样的话我就能够留在女皇城中了。不过如果佛意漫是对的话,女皇城早就已经灰飞烟灭,整座城市被夷为平地,幸存的居民都流离失所,如柳絮一般随风散落四方。

艾雅问:"你爸爸需要我怎样帮忙呢?"

"他需要找一个台阶下,让他能在改变主意的同时也不必承认错误。"

艾雅喃喃地说:"我们又何尝不是呢……"

"妈妈,有时候我呼吸很困难,无论怎么喘这口气也进不去,甚至会晕乎乎地摔倒。每天早上醒来的时候总好像有人在压着我的胸口。我已经够惨了,可是其他大部分人甚至比我更惨,我们必须要帮一下爸爸了。"

艾雅知道他说得对。可是她也知道,经过图书室的那一幕,她本来已经无能为力了。所幸现在有蒲储诺在她身边,艾雅应该可以劝服耶律迈。这个八岁的小孩真的有那么大的魔力吗?

虽然蒲储诺只有八岁,可是他已经很有眼光了。他明白在这个局面中需要做什么,而且也勇于承担责任,敢于按照他对事情的理解采取行动。艾雅想到这一点,不仅马上觉得有信心顺利解决目前的危机,而且对长远的未来也充满了希望。她知道,这个团体顶多能够维持到佛意漫去世的那一天,然后就必然会分裂。到时候,耶律迈肯定成为其中一方的统治者,而且他必然会变成一个心怀怨恨、怒火中烧的暴君。可是耶律迈总有死的一天,他的王位将由另一个人继承,这个人很可能就是此刻坐在她身边的这个八岁小男孩。如果蒲储诺在成长过程中注意积累人生智慧,而不像他爸爸那样只顾沉溺在愤怒之中,那么他即位之后,人们将会如释重负,就像久旱逢甘霖那么愉快。

蒲储诺,为了你,我愿意做我必须做的事情,我会在耶律迈面前卑躬屈膝。虽然他不配,可是为了你,为了你有一个光明的未来,为了你终有一天能够挑起天降的大任,做什么我都愿意。

她说:"下一次在图书室吃饭的时候,你来找我吧。有些事情必须由我去做，只要你在我身边，我就一定能够完成。"

吃饭的时候耶律迈当然也在场。自从上次佛意漫趁他不在发动大家宣誓效忠之后，他现在总是留在这里监视着众人。可是现在聚餐的人数已经减少了。佛意漫和华纱目睹耶律迈痛殴纳飞之后就一直卧床不起，缺氧对他们的影响丝毫不亚于对小婴儿的损害，他们再也没有力气走动了。狄傲丽和莎芙留在两人身边照料，她们告诉大家，佛意漫和华纱大部分时间都处于昏迷状态，偶尔苏醒一会儿，但很快就昏睡过去。狄傲丽和莎芙在吃饭的时候压低了声音对大伙儿说："他们快不行了。"可是她们说话的声量却足够让耶律迈听见，不过耶律迈没有做出一点反应。

第四天中午，耶律迈一个人坐着，面前的食物一点也没有碰。蒲储诺从座位上站起来，走到他妈妈那里。耶律迈看着儿子走过去，脸色一沉。可是很快人人都看得出来，蒲储诺并不是去加入他妈妈的行列，而是把妈妈拉起来和他一起走。他虽然只有艾雅三分之二的高度，却带领着她慢慢走到耶律迈的桌子前面。

蒲储诺说："妈妈有话对你说。"

艾雅突然泪如泉涌，跪倒在地上，抽泣道："耶律迈，我很惭愧，我竟然背叛了你。"

耶律迈叹道："艾雅，没用的。我知道你是个好演员，你和狄傲丽都是这样，好像有水龙头控制眼泪，随要随有。"

艾雅哭得更厉害了："我知道你再也不会信任我。无论你怎么骂我都是我应得的。可我是你真正的妻子，没有你的话，我什么也不是。如果不能够成为你生命中的一部分，我宁愿不活了。请你原谅我，让我回到你身边吧。"

人人都看得出来，耶律迈的内心也在相信与怀疑之间斗争不止。无奈他已经没有足够的聪明才智去进行思考和分析了，因为连续几天的缺氧让每一个人都变得愚蠢和迟钝。他们隐约记得以前也有过快速良好的判断力，却忘记了那是一种怎样的感觉。此时耶律迈看着艾雅，双眼缓慢地眨着。

艾雅继续道："我知道最坚强、最优秀的男人是谁。他不用耍阴谋诡计，也不用依靠机器的帮助，更不需要欺诈和谎言。你才是最诚实的那一位。"

这个马屁拍得太露痕迹了，耶律迈听了之后轻蔑地抿着嘴唇。可是他内心已经受到影响了：毕竟有人明白他。虽然艾雅只是信口开河说出这番假大空的话，可是她毕竟还是说出来了。

"可是现在那些奸诈小人已经占尽上风！拿我们小宝宝做人质的是他们，而不是你。大丈夫能屈能伸，有时候为了救自己的小孩，一个父亲必须要暂时向邪恶屈服。"

大部分人听了这番话都知道艾雅在歪曲事实，可是他们都希望至少耶律迈愿意相信这些话。如果耶律迈相信艾雅所说是真，他就有了一个台阶，可以不失体面地投降，还能在自己心中保留一个伟大英雄的形象。就让这一番话成为耶律迈版本的历史吧，否则我们的历史写完这个小时恐怕就要结束了。

"就算纳飞重新回到这里作威作福，你以为我还会上他的当吗？那件会发光的所谓宝衣嵌在他体内，让他看起来就像一台机器似的。谢天谢地我可以早日回到冬眠状态，那么我就不用在剩下的航程里看到他的样子了。希望再醒来的时候我们已经到达地球，你陪伴在我身边，我们共同将儿女养大成人。时间慢慢流逝，我们一起变老，而你依然是我的丈夫。最重要的是，在所有了解真相的人眼中，你始终是一个伟大的英雄。"

耶律迈目光如电地盯着艾雅——或者他只是努力显得目光如电罢了，艾雅自己就已经目光涣散、看不真切了。

艾雅张开嘴，还想继续说下去；可是蒲储诺把一只手搭在她肩膀上，艾雅于是往回靠坐在脚后跟上，让儿子接手。蒲储诺走到耶律迈跟前，压低了声音说话，确保别人听不见。他轻声说："选择恰当的时机开战。在乌萨卡的时候你教过我，选择恰当的时机开战。"

耶律迈同样轻声回答："蒲储诺，他们已经赢了。我醒的时候他们已经剥夺了你的天赋权力。看看你，那么年轻，那么矮小。"

"爸爸，留得青山在不愁没柴烧。总有一天我会变得高大强壮，然后我们再找我们的敌人报仇雪恨。"

耶律迈端详着他的脸："我们的敌人？"

蒲储诺压低着声音说："你是我的父亲，他们欺辱你就是欺辱我，我永远、永远、永远、永远、永远也不会忘记。"

儿子的话音里充满了决心和仇恨，耶律迈顿时觉得未来充满了希望。他站起来，在众人的注视下，牵着蒲储诺的手一起走到房间中心的爬梯那里。然后他转身叫道："梅伯、欧必忍。"

那两人慢慢站起来。

"你们跟我来。"

欧必忍问："那这些人谁看着呢？"

耶律迈说："爱谁谁，我看他们都看厌烦了。"

他从梯子爬下去了，紧接着是蒲储诺，最后是欧必忍和梅伯。

他们刚离开，所有女人都聚集在艾雅身边，轻声说道："谢谢你……你太勇敢了……你真是了不起……谢谢……"

就连绿儿也牵起艾雅的双手道："今天你是我们这群女人之中最

伟大的一个。全仗着你这次危机才能顺利解决。"

艾雅只能把脸埋在双手里哭泣,因为她听见了蒲储诺对耶律迈说的话,她听出了儿子语气中的刻骨仇恨。她知道,蒲储诺不像她在演戏,至少在目前来说,他心中的怨恨是千真万确;而且他一定会把父辈的仇恨带到下一代。白费了,她忍辱负重、卑躬屈膝,可是这一切努力都白费了。艾雅喃喃地说:"都白费了……"

绿儿说:"没有白费。你看看我们的小孩,在座所有的小孩……我再说一次,今天你是我们这群女人之中最伟大的一个。"

绿儿跪在她身边,艾雅伸手抱着绿儿,在她肩膀上放声痛哭。

门开了,灯光亮起,纳飞的双眼很快就适应了亮光。来人是耶律迈、梅博酷、欧必忍以及耶律迈的长子蒲储诺。纳飞看见每个人的眼中都带着怨恨。

他们来杀我了。

出乎纳飞的意料之外,死亡这个念头并没有让他觉得解脱。虽然他之前对上灵说出那么多绝望的话,原来他并不想死。可是如果他的性命能够换来和平的话,他是愿意慨然赴死的。

奇怪的是,耶律迈跪倒在地,开始给他解脚腕上的绳子;梅博酷也来帮忙给他的手腕松绑。

他手腕脚腕上的皮肤本来就很痛,现在他们解绳子的时候就磨得更加难受了。他挨打之后,上灵用星舰宝衣给他疗伤;然后他还是拒绝治疗手腕和脚腕上的伤势。所以在绳子松开的一瞬间,纳飞痛得魂飞天外。

耶律迈平静地说:"我们已经发誓了。爸爸让飞船上的每一个人都发誓只效忠他一个人。爸爸之下不设第二把手,再也没有什么顾问军师这些掩人耳目的名堂，一切都是他说了算。我已经发誓了，梅伯和欧必忍也是，还有我的儿子蒲储诺。只要佛意漫在世，我们只服从他一个人。"

"这个誓发得好。"纳飞轻声说道。他没有把心里的另一句话说出来：我自童年起就已经这样做了；如果你早就发这个誓，并且信守诺言，我们就可以减少许多麻烦了。

梅伯说："你现在就直接去他那里发誓吧。"

这时候，他脖子上那两根将他身体向后弯折的绳子也松开了，后背随即传来一阵疼痛，纳飞忍不住呻吟了一声。

梅伯轻蔑地说："别演戏了，我们知道你随时可以给自己疗伤。"

纳飞的手脚麻木，重若千斤，而且反应迟钝，完全不受控制。当他转身趴在地上的时候，后背还是剧痛。纳飞跪在地上，然后扶着墙勉强站起来，双腿还是站不稳。他问道："爸爸在哪里？我马上就去发誓。"

欧必忍说："奥义克和索菲娅还没发誓呢。"

耶律迈语带讽刺地说："那你就去找他们呗，难道还在等我命令吗？这里已经不是由我做主了。"

纳飞说："这里也不是由我做主。"

不过，在飞船里做主的人实际上还是纳飞。此刻星舰宝衣已经按照他的要求传来了各种信息。

"我们目前还有足够的氧气储备，可以恢复两小时的正常供应，这足够让每个人血液内的氧气浓度恢复正常。接着我们就进入冬眠状态，然后飞船会在任何人醒来之前重新补足氧气储备。"

耶律迈奸笑道："怎么？你不打算向我们保证说你会回去冬眠直到我们到达地球为止吗？"

纳飞说："如果爸爸赞成的话，我会将飞船上的学校继续开办下去。"

"毫无疑问，你说什么他都会赞成的。"

"你太不了解爸爸和我了，爸爸只会听从上灵的命令！"

耶律迈说："哼，纳飞，我们就别争了，我们现在应该重归于好才对嘛！"他的语气中带着特别夸张的欢快。

纳飞默默地走着，不时得靠着墙保持平衡，心中不禁暗自庆幸自己身处低重力环境。他说："耶律迈，你真的要这样对待蒲储诺吗？你真的要把仇恨灌输给他吗？"

耶律迈说："仇恨是最好的精神食粮，它让人坚强，让人充满力量。我已经给我的儿女们准备了一席仇恨的盛宴。"

纳飞说："迈哥，我们让下一代活在和平当中吧。"

耶律迈问："下一代？在你那些高大的儿女和我这些小朋友之间当然会有和平，就像狮子和苍蝇之间也能够有和平。"

他们到达佛意漫和华纱房门的时候，欧必忍正好带着奥义克和索菲娅来到。索菲娅默默地拥抱爸爸，然后搀扶着他走进房间里。

纳飞跪在床前，牵着佛意漫的一只手，郑重地说出誓词。索菲娅和奥义克也跟着起了誓。

佛意漫躺在床上，还是很虚弱。他说："好了，每个人都起誓了，请恢复氧气供应，让我们回去冬眠吧。"

在几秒钟之后，所有人都有一种异样的感觉：他们终于可以深呼吸了。人们不禁张大嘴巴喘气，很快就有喝醉酒的晕眩感。然后他们的身体自动调节，呼吸也恢复了正常，仿佛刚才那场危机从来就不曾发生过。看着小宝宝们开始正常地呼吸，母亲们都喜极而泣。年纪稍大一点的小孩终于解禁了，所以他们开始四处跑动、高声叫嚷，一时间飞船内充满了欢声笑语。

在这些欢笑和喧闹全部平息的时候，两小时的期限还很远。父母们将小孩子送进冬眠舱，司徒博和谢德美再将所有的成年人送进冬眠舱——纳飞除外。纳飞一个人躲得远远的，避免和耶律迈以及他的支持者们产生不必要的冲突摩擦。

又一次，纳飞和谢德美站到了司徒博的冬眠舱前。

司徒博说："纳飞，请你原谅我。"

纳飞说："我已经原谅你了。绿儿向我解释了你当初的想法，也说了你后来是怎样的后悔。"

司徒博说："以后不会再有任何变数了，我到死也是你的人。"

纳飞说："你是向着我爸爸发的誓，所以没必要对我效忠。不过，能得到你的友谊，我觉得很高兴。请你放心，我对你的友谊也是一样的真挚。"

和谢德美独处的时候，纳飞终于开始治疗手腕脚腕上的伤痕。他说："谁能猜到呢？"

谢德美问道："猜到什么？"

"猜到司徒博的无心之失竟然实现了一个本来不可能实现的奇迹。"

"什么奇迹呢？"

"我本来预计着我们一到达地球，耶律迈就会挑起争端；我想上灵也是做了同样的预测。可是我们现在已经把仗打完了，我觉得这次的和平应该能够持续下去。"

谢德美尖锐地指出："直到你爸爸去世为止。"

纳飞说："爸爸还不是很老，所以至少我们赢得了时间。谁知道接下来的几年会发生什么事情呢？"

谢德美说:"那时我不想在场。"

纳飞说:"你现在才说已经太迟了。"

"你们开始最后冲突的时候,也就是你们正式开打的时候,我真的不想在场目睹那一切。我来只是要照料花园的。"她很谦虚地笑道,"守护者给我报了梦,让我给地球上面的动植物世界修修补补,照料世间万物。我和你们不同,我只是一个园丁。"

"只是?你是我们之中最重要的那一个。"

"纳飞,你知道吗?其实我当初向你撒谎了。我说表亲通婚没有危险……其实和司徒博一样,我也隐瞒了一些东西。"

纳飞说:"没关系,人人都有自己的秘密,只是他们未必意识到罢了。"

"可是你们的小孩,近亲结婚可能会带来可怕的后果。"

纳飞说:"不会的。"

谢德美笑了:"噢,原来那番话是上灵让我说的。"

"上灵当时确实给了你一点暗示。而你说的那番话里,每一个字都是真的。"

谢德美笑了,带点讽刺意味地说道:"或者说,那番话和上灵说过的其他话一样真。"

纳飞说:"我信任他。"

谢德美说:"我相信她为了达到目的什么话都能说出来,我对她的信任实在有限。"

"呵呵,小谢,你想想,上灵的目标就是我的目标,所以我还是能够完全信任他。"

谢德美拍怕纳飞的脸颊,说道:"你在航行途中一直醒着,所以从生物学角度说,现在你已经是我的同龄人了。可是,阿飞,我得告诉你,你还有很多东西要学呢。"

说完她就躺进冬眠舱里。纳飞将侧盖翻起来锁好,然后启动冬眠进程。顶盖缓缓合上,他注视着谢德美在密封的冬眠舱中进入了昏睡状态。

此刻又剩下了纳飞一个人。

这种供氧量只能再维持十五分钟,然后氧气就消耗尽了。

我正在抓紧时间呢。

一切都顺利解决了,是吧?

我有个提议,你别和我说话,哪怕就一会儿也好。请你让我在自己的想法和念头中入睡,可以吗?

行,遂你所愿。不过你会觉得怪怪的。

我自有办法。

因为你一生中从来没有试过睡觉时没有我在你的脑海里。

这么说来你真算不上是一个好伙伴。

你要生我的气就尽管去生。不过你要记住,耶律迈这样子不是我造成的。如果他的选择明智一点,如果他的天性善良一点,那么今天坐在你这个位置的人就是他,身披星舰宝衣的也会是他。

我也是这么希望的。

我知道,你说的都是肺腑之言。你并不想要那么大的责任和权力,可你还是勇于挑起这副重担,因为你知道这个位置必须有人坐,而且只有你能够胜任。你没有让自己的欲望和野心控制你的意愿,也没有因为避嫌而影响你的判断力。这就是为什么我要把星舰宝衣送给你,因为如果你早就知道那是什么,你是不会去取的。

我只是你的木偶,对吗?

不对。木偶对我没有一点用处,我需要心甘情愿与我合作的朋友。

让我安安静静入睡吧。或者我醒来之后又会变得心甘情愿了。

睡个好觉吧，好朋友，前面的路还长着呢。

图书室的天窗外面那个蓝白之中点缀着棕色和绿色的球体就是地球。当年从和谐星球起飞时，他们处于冬眠状态之中，所以从没见过这样一个大球悬浮在漆黑夜空之中的景象。

索菲娅说："就像一个月亮。"

奥义克牵起她的一只手，她抬头看着他，脸上露出笑意。最后的三年半航行可以说是快乐夹杂着煎熬，因为索菲娅虽然明明知道奥义克深爱着她，可是航行途中不能结婚生子，所以两人从不互吐露心声，而是将情愫埋在心底，这样做可以让彼此都好过点。其他人在交往的时候也是同样的小心谨慎。现在飞船已经到达地球，正绕着远地轨道转圈。他们探测地球的概况，分析各种仪器的读数，测绘和研究地图，寻找合适的着陆点，等待上灵做出最后决定，也等待地球守护者给他们报梦并发来指示。在船上这最后一段岁月里，奥义克再也按捺不住心中对索菲娅的思念之情，同时也开始考虑将来的路怎么一起走。那是一个崭新的世界，等待他们去开垦和探索。他们的一生将会在风霜雪雨和艰苦劳作中度过，他们还将面对各种各样的困难险阻。可是奥义克并不畏惧洪水猛兽和生老病死，因为索菲娅依偎在他怀内，因为他们将会生儿育女、让生命开始一个新的循环，因为他们将会成为这个生机勃勃的世界的一部分。

索菲娅说："曾几何时，我们自相残杀，污染了这个世界，然后带着耻辱和恐惧逃离了废墟。"

索菲娅没有说出心里的恐惧——她怕这一切会重演。他们都知道，真正的和平即将结束；就算人人都信守对佛意漫的承诺，在相安无事的表面之下也还是会暗流涌动。而且，佛意漫能活多久呢？他去世之后，最后的决战就会一触即发，人类的鲜血将再次洒落在地球上。

奥义克听见索菲娅对上灵说，与逃离这里的祖先相比，我们不见得更高尚，也不见得更聪明，为什么你要带我们回来呢？

奥义克说："可是我们确实比他们更高尚也更聪明啊。"

索菲娅转头看着他，眼睛睁得特别大："你有什么超能力吗？我记得几年前在危机爆发的时候，你说话总是很有见地。你知道上灵想怎样，也知道爸爸想怎样，可是当时你甚至没有和爸爸讲过话。你到底有什么能力呢？"

奥义克答道："我天生就有'偷听'的超能力，任何人只要和上灵对话，我就能听到。我能听见那个人说什么，也能听见上灵是怎样回答的。"

索菲娅看起来吓得不轻。她心里对着上灵说，这是真的吗？这太可怕了！

"你现在知道为什么我没有把这件事情告诉任何人了吧？其实在那场危机里，我的能力已经暴露，只是没有人猜到罢了。"

"可是，我跟上灵说的话……那都是我的隐私啊。"

奥义克说："我知道。其实我也不想听，只是它们非要钻进我脑子不可。我从小到大都知道很多小孩子不应该知道的事情，比如说别人的生活里到底发生了什么事情。可是我了解得太多了，多到……怎么说呢……多到我宁愿只看一个人的表面而不想知道他内心想法的地步。至于那些从不对上灵说话的人，我实在不敢想象上灵怎样做才能阻止他们实现心中最阴暗的渴望。所有这些都是沉重的负担,我一点也不喜欢。"

索菲娅说:"我能够想象……或许我想象不到,可是我现在根本无暇去想了,因为我全部精力都用来回忆我曾经对上灵说过什么,我到底有多少秘密被你知道了。"

"菲娅,我告诉你一个秘密吧。我知道在这艘飞船的所有人里,没有一个人比你更诚实和更善良,没有一个人比你更有爱心、更关心他人的感受,也没有一个人比你更问心无愧。我已经替他们背上了太多的耻辱和负罪感,唯独你不会增加我的负担。菲娅,在这艘飞船的所有人里,我只愿意和你一个人永远地亲近,因为你的所有秘密都是光明磊落的,它们让我更爱你了。"

"你骗人!我其实也有一些见不得人的秘密。"

"正相反,你心中最让你觉得惭愧的那些邪恶秘密其实都是微不足道的。我见识过真正的邪恶,我希望你永远也不需要明白人到底可以有多坏。对于我来说,你心里最黑暗、最让你觉得惭愧的秘密也是光彩照人的。"

索菲娅说:"看来你是在暗示想和我结婚吧。"

"别假装你不知道啊!你和你的如诗姨妈都能够看到人与人之间的联系,还说我侵犯别人隐私呢。"

"小奥,我确实知道你的秘密。"索菲娅一边说一边微笑,任由奥义克把她的双臂环绕在他的腰上,两人紧紧地相拥着,"我知道你想要什么,我也知道你有多爱我。我看到我们两人被明亮的丝绳绑在一起,绑得很紧很紧,我们一生一世都没办法逃脱了。你就是我的俘虏,我是不会大发慈悲给你松绑的。"

奥义克说:"菲娅,这些丝绳不是束缚,而是真正的自由。对于我来说,这十年的航行才是真正的束缚,因为我们不能在一起。等我们走出飞船，踏上那个新世界——或者说那个旧世界——我们两人终于可以名正言顺地在一起，携手开创新的生活，那时候我才真正挣脱束缚、重获自由。"

索菲娅说："我答应你。"

奥义克说："我知道，因为我已经听到你告诉上灵了。"

下部：着陆

第九章　观察者

虽然披头已经结婚了，而且他的妻子是出类拔萃的名媛伊帼女士，可是作为一个年轻人，他还是有很多事情需要去完成，也必须为这个集体承担很多责任。披头年少有为，大家对他的期望很高，希望他取得更高成就，为所有年轻人做一个楷模。

嗯，或者这句话有点夸张了。其实有许多人对披头很失望，有人甚至四处散布他的坏话。他们说披头太年轻了，伊帼嫁给这样一个小男孩，纯粹是仿效她的曾祖母乌帕嫁给克提那段佳话——下嫁给毛头小伙子仿佛已经成为那个家族一脉相承的传统了。再说了，很多人都觉得，披头根本没资格和克提相提并论。

就连披头的孪生兄弟蒲头也这样说："你有自知之明吧，你又不是克提。"

披头说："我不是克提，你就偷着乐吧。他是在孪生兄弟死了之后才塑造出那个雕像，然后被乌帕选中的。如果我是克提，你早就没命了。"

"你不能继续做那些疯狂的事情了！他们不会再原谅你的。如果你做得好，他们就会说你傲慢自大；如果你做不好，他们就说你弄巧成拙。如果你对人友好，他们就会说你自以为高人一等；如果你和别人疏远，他们又会说你傲慢自大了。"

"既然我怎么做都会被人指责，那我就随心所欲得了。"

"别忘了你这样做会连累我。如果你是一个疯子，那我是什么？"

披头说："那你就是我的受害者呗。对了，我想去一趟高塔。"

此刻两兄弟正在一棵大树的粗枝上面休憩，看守着一群肥大的火鸡。这些火鸡很温驯也很笨，根本不知道人们给它们准备了怎样的命运。真正的危险来自地鬼，它们最喜欢偷人们的牲口。这些懒鬼除了挖地洞和树洞之外什么也不干。在平日里，它们主要是偷人们的家禽和牲口；到了人们生小孩的季节，它们就会成群结队杀过来偷小宝宝，最多的时候会把三分之一的新生儿都抢走——这就是为什么很多人失去了自己的孪生兄弟的缘故。

蒲头说："我们要看着牲口呢。"

披头坚持说："我们其实看错对象了，高塔那里的古人才是世界上最重要的生物呢。"

"宝博说了，他们是我们的敌人。"

"如果他们是敌非友的话，为什么我妻子的先辈会看到他们的样子呢？"

蒲头说："那是一个警告。"

"古人知道很多秘密，如果我们不和他们交好，他们就会把秘密告诉地鬼，那时候我们就真的和他们成为敌人了。"

蒲头说："宝博已经严令禁止我们去和古人接触，而我们在这里也有自己的岗位和责任。再说了，无论你多年轻就结了婚，你始终不是克提啊。"

披头知道自己兄弟说得不错，他通常都是正确的那一方。

无奈这一次披头实在没办法让步，因为他知道，如果他不去向古人求教的话就没有人会去了——他们都没有这胆量。披头说:"没错,我不是克提,可我不用担心因为违抗宝博的禁令而被所有女人拒绝。"

"你不是唯一结了婚的男人。"

"你知道我的意思。年纪大的人都不会去,因为他们长胖了,动作也变得缓慢。高塔那里正好是地鬼聚居的心脏地带,他们贸然扑进去太危险了。"

这时候有一只火鸡突然心血来潮,一边叫着一边向灌木丛中跑去。蒲头一言不发,从树枝上俯冲而下,飞到那只火鸡的面前大吼一声。火鸡站住了,蠢头蠢脑地看着面前这个拍打着翅膀悬在空中的人。蒲头落在地上,随即跃起,腾空的时候一脚踹在火鸡的脸上。火鸡尖叫着转身跑回大部队里。

当蒲头回到树枝上的时候,披头忍不住笑道:"你刚才这样对付火鸡,其实宝博就是用这招来对付所有男人的。"

蒲头叹道:"披头,你就让我平静一会儿行吗?"

"蒲头,我是想说,我是一定要去的,你可以自己看着这群火鸡。"

"我们结伴放牧是有原因的。一个人看着火鸡,另一个人守护着拍档,防止地鬼偷袭。"

披头说:"那你和我一起走吧,老实告诉你,我一个人去也挺怕的。"

"我根本就不敢去,你也不应该去。"

"那你就保重吧,我的孪生兄弟。你总是比我强,可能在我死后我的伊帼会嫁给你的。"如果在古时候,伊帼早就同时嫁给他们兄弟二人了。有时候披头觉得如果这个古老的习俗没有被废除就好了。

"哼，你就瞎浪漫吧，对于你来说，所有事情都像诗歌一样。"虽然蒲头语带讥讽，可披头不是聋子，当然听得出他恶语中的关切之情。

"如果我真的不幸丧命，他们会将我的事迹写进诗歌，传诵千古。"

"我宁愿活到儿孙满堂，快快乐乐地过一辈子，也不愿英年早逝，只被人在诗歌里记住。"

"很难想象你这么年轻的人竟能说出这么老气横秋的话。"

"你非要去我也不拦你。"

披头从枝头一跃而下。就在披头开始滑翔的时候，他向上一冲，顿时飞到比树顶还高的空中。他一边盘旋一边往下对着蒲头叫道："听话的好孩子，留意你的身后！"

蒲头怒道："不！那是你的任务，我是不会替你完成的！"

披头被蒲头的话刺痛了，可他还是义无反顾地朝着山谷下面飞去。他知道别人肯定也看见他独自一人离开，虽然这里地势很高，没什么危险，可人们还是会谴责他不关爱自己的孪生兄弟，实在是有违天理伦常。让他们说去吧，反正宝博是错的，忽略古人的存在才会带来真正的危机。披头要研究他们，了解他们，或者与他们直接对话。他决心学习古人的语言，和他们交朋友，从他们那里学会一些亘古久远的秘密。把古人的知识带回去，比收集古人一些琐碎无聊的小玩意儿有用得多。他们收藏的古人史前文物虽然不多，却也经历了很多代人的努力才有今天的规模。可是所有那些收藏品都没有一点价值，因为他们不知道这些物品是干什么用的。所以说，知识才是最重要的。披头想，我要让古人把秘密告诉我们，决不能落在地鬼手上。

目的地并不远，当高塔进入视线范围之内，披头甚至还不觉得累。他以前在远处看见过这座高塔，每一次都惊叹不已。谁能够把一个固体塑造成这么一个又高又光滑的形状呢？只见高塔的表面闪闪发亮，好像阳光洒在水面上一般；四周的树木似乎都在低头鞠躬以示崇拜。

为什么古人不来找我们，却和地鬼住在一起呢？有没有可能这些古人并非来自天上的诸神，而是地狱来的使者呢？不过他们并非从地里冒出来，而是从天空中降落在地上，所以他们怎么可能来自地狱呢？

没有什么是不可能的。他们把高塔停在一片古老茂密的森林旁边，这地区是地鬼聚居处，因为放眼处尽是地鬼城市的标记：零星分布的枯树，地上四处是古老地道崩塌形成的凹陷；一旁的石山内还有延绵数里的洞穴，里面供奉着地鬼那些淫秽野蛮的食人邪魔。所有这些标记，古人不可能看不见，也不可能不了解；可是他们还是把村庄建在地鬼隔壁，让它们足不出户就可以观察他们的一言一行。如果古人不打算和地鬼交好，为什么要这样做呢？或者他们已经好上了，那么一切都太迟了。

不过就算太迟，我也要找到他们结盟的迹象，我还要了解一下有哪些危险，然后回去向大伙儿汇报。要是大家能认清危险，他们就不会再听从宝博的昏招了。只可惜到时候我们再来就是要打仗，而不是为了学习知识；古人可能会用魔术把我们从空中击落。他们住的高塔建立在一片烈火的根基之上，就算是我们最厉害的勇士对于他们来说也可能与一只小飞虫没什么区别吧。

决不能打仗，交好才是唯一的出路。我一定要想办法和古人建立友谊。

这时候地鬼肯定也看到披头了。飞行是人们自保的法宝，却也是最大的弱点，至少在白天来说是这样。人们可以跃上半空躲避敌人，可是敌人老远就能看到他们飞过来。这也造就了两个种族之间的差异：人类光明正大、诚实忠厚；地鬼则偷摸鬼祟、阴险狡诈。人类生活在朗日晴天和浩瀚星空之下；而地鬼则龟缩在蛇虫鼠蚁的洞穴之中。人类身轻似燕，能在空中翱翔，与诸神亲近；地鬼体重如牛，步履蹒跚，终日与沙石泥土为伍。

可是无论怎么说也改变不了一个事实：如果地鬼的魔爪将人抓住，就能将这人身上任何一根骨头折断，就像掰树枝那么简单。徒手肉搏的话，他们绝对不是地鬼的对手。人们唯一的武器就是长矛，当长矛出手之后，人再不飞走的话就是死路一条。他们飞行的时候不能负重，所以不能拿起大石头砸地鬼脑袋；能让他们拿起的石头，体积都太小，不会对地鬼造成伤害。

当小孩长到某个尴尬年龄段的时候，他们还不会飞，身体却已经长得太重，父母没办法单独带着小孩飞行。每年这个时候，地鬼就会掩杀过来，每对父母都要被迫做出一个最残酷的抉择：他们救哪一个小孩逃出生天呢？有些父母来得及赶回来救另一个小孩；有些家庭很幸运，家中小孩已经长大却还没有成家，所以能够将另一个弟弟救走——蒲头就是这样幸存下来的，因为他和披头是家里的第三胎。通常来说，第一胎两个小孩同时存活的概率是绝无仅有的。

此时此刻，那些地鬼正在看着他，很惊讶他为什么竟敢孤身犯险深入腹地。它们心里肯定想象着将披头生吞活剥，想到口水流了一地。不过披头年轻力壮，反应敏捷，没有哪个地鬼能够暗算他。他的身体还相当轻盈，能够攀住树枝的末端；这样一来，地鬼爬上来的时候肯定会引起树枝摇晃。披头的听力也相当好，能够听见地鬼手指刨树干的声音。除非他大意走入陷阱之中，否则披头只要小心一点就不会出事的。

然后他脑中突然出现一个让人不安的念头：每一个落在地鬼手中的人原来肯定也有同样的想法，直到最后一刻他们才意识到自己的错误，可惜已经太迟了。

古人的村庄很大，却没有很多建筑物，可是每一座房子都大得恐怖。他们把整棵整棵的树砍倒劈开，做成墙壁和屋顶。有几栋建筑物是用一种披头从未见过的材料建成的，他也猜不出这几栋房子的用途。最大的那一栋肯定是宿舍——可是为什么只有一座宿舍呢？难道他们没有结婚的男女都住在一起吗？不可思议啊！

披头挑选了一个有利位置——一根比较细的枝条，刚好有足够硬度让披头反蹬借力腾空；这里还有很多树叶掩护，不让古人看到他的影踪。他也检查了一下树干：这树干太细，地鬼还不能将其掏空，所以披头不必担心有地鬼突然从树干中扑出来暗算。如果地鬼要袭击他，就必须沿着树干中爬上来，那么披头就能听见了。

除非他听不见……除非地鬼能够把那么细的树干也掏空……

披头将心头的恐惧抛诸脑后，接下来开始观察古人。他看了整整一天，到日落的时候，已经学到了很多很古怪的东西。最令人诧异的是，所有的成年古人似乎都已经结婚了，每对夫妇都有自己的房子。在白天的时候，一些成人和所有的小孩子一起在最大的那栋建筑物那里进进出出；很明显，古人是在这里办学。可是他们为什么让学校开在室内呢？对于披头来说，为了教育小孩认识世界而将他们与这个世界隔开，这种做法完全没有意义。

披头还留意到，所有人都住在用木头做的房子里；而那几栋用古怪材料建造的光滑房子应该是储藏室，或者有某些神秘的用途。

这几栋建筑物很少有人光顾，就算有人进去也是取一两件工具或者别的什么东西，而且过后都会还回去。

古人们还圈养了一些为数不多的古怪动物。有两只看起来很像山羊，可是它们的体形特别巨大。有两只看起来像是牛，可是体形却很小。还有十几只貌似狼的动物——它们的吠声、哼唧声和号叫声都和狼无异——这些狼竟然在古人群中自由跑动。天哪，这些古人都是些什么人种啊？他们竟然与狼为伍？难道他们不担心小婴儿的安危吗？难道他们的婴儿一出生就孔武有力？不，不是的，披头看见有一对古人用背带抱着小婴儿走动，而那些小婴儿看起来完全没有自救能力。

披头一开始以为所有的小孩都是独生的，心中有点失望。到了下午，他终于发现有两个小孩子长得一模一样，而且有着相同的父母。原来古人也有孪生兄弟！不过这对孪生兄弟并不总在一起活动，所以披头一直到了下午才发现。披头想，那么多小孩里只有一对孪生，难道古人也是命途多舛，竟然死了那么多小孩？莫非只有一些小孩是孪生，其余都是单独出生的？如此说来，古人到底是动物还是人呢？

这个问题以后再想吧。等他学会了古人的语言，自然会想出一个委婉的说法来提出如此恶劣的问题；目前当务之急是仔细观察。披头特别留意那对双生子：他们经常分开活动，童年怎能这样度过呢？是他们比我们坚强很多，还是他们缺乏真正的感情？

在白天的时候，他留意到许多成年人花很多时间在一大片空地上面，将泥土翻成很多行，好像要把土都弄松了，用来雕一个巨型的塑像——可是这里的土质不黏，是没办法雕塑成型的。可是看了几小时之后，披头突然意识到，古人有四种不同的草，每一种草的高度都不一样；每片草地上面的草根好像就是排成这样一行一行长的，因此那些耕犁成行的土壤很可能只是这些草地的初级阶段罢了。还有其他区域，里面植物的位置似乎都是经过精心安排的。他们会从其中一片地上采集一些瓜，当场剖开大家分着吃。

这就是披头从古人那里学到的第一个秘密。通常来说，每一年人们都必须记住最好的植物长在什么地方，而且还必须留一份果实或者根茎在土里，作为奉献给大地母亲的祭品，希望明年她能赐予新的植物。可是将来，他们可以把大地母亲的赠品从出产的地方收集起来，统一种植，就像放牧火鸡和山羊那样。这样做的好处是便于看管和照料，只需要几个人就够了，男女皆可。

当然了，这样做还是有风险的。那些地鬼只需要找到一块这样的人工草地，躲在地里等采集赠品的人走近就可以突施暗算。看来，这个秘密未必能够为人们所用，可是肯定已经被地鬼学会了。不过地鬼向来不学无术，它们本来很容易就能学会人们的秘密，比如说放养牲口家禽，驱赶捕食的动物，保证肉食供应。可是它们偏偏不学好，却只懂得搜寻和盗窃人们放养的牧群。毫无疑问，现在它们已经在密谋着从古人的草地那里偷果实和种子了。

最奇怪的是，古人竟然没有放哨站岗。在这几块草地之中，只有两块有一些小孩子轮流看守。其中一块的草眼看要长成了，另一块则是新耕的土地，小鸟会把刚播下的种子吃掉。这些小孩一看见小鸟落地就马上跑去赶走它们。

他们只留意小鸟，却不提防地鬼！

这是否意味着古人已经和地鬼结盟了，或者他们已经征服了地鬼，逼迫它们投降了？

或者地鬼的行踪过于诡秘，而那些古人太大意，根本没发现地鬼正在盯着他们。这可能吗？

不可能！一天下来，披头看见十几拨地鬼在地里和树上出没，都在观察古人。连披头都能看见它们，古人怎么也能瞧出一些端倪吧？披头还看到好几只地鬼也留意到他了，它们肯定在密谋暗算他，或者至少把他赶走。地鬼不算笨，却也没有特别聪明。莫非那些古人天生就缺乏敏锐的观察力？地鬼的所在、它们在看什么、地鬼陷阱的分布……这些信息那么重要，古人竟然没有注意。他们这么笨，怎能够变得如此强大呢？

太阳下山了。

披头知道，是时候了。地鬼计划了一整天，就是等夜幕降临的时候再开始行动；它们会趁着夜色布置陷阱、偷古人的东西、继续监视古人。在渐暗的暮色里，只见一群地鬼聚集在草地的边缘，而那些古人却一点也不警觉，只安排了一个男的巡逻。且勿论人数严重不足，就看他手里拿着一盏灯——灯油居然不会洒出来！——这就够荒唐了。巡逻竟然还点灯？那他们还不如干脆大声叫嚷："我来啦！快闪开！乖乖躲起来，别让我看见你们！"

披头突然听到一阵轻微的摩擦声音，同时感觉脚下的树枝在震动。在最开始的一瞬间，他很想再等一下，装作不知道有人偷袭，戏弄一下身后的地鬼。可是披头随即转念一想：可能这一点声响和一丝颤动就是我能得到的所有警告了；可能那只地鬼已经离我很近很近，比我想象的要近得多；如果我多待哪怕一秒钟……

他纵身跃上空中。就在腾空的一瞬间，身后传来一声失望的叹息；这声音很响，距离他已经非常近，他几乎能感觉到地鬼喷在他后背的气息了。披头暗自庆幸自己没有继续拖延，原来人们就是这样铸成大错的。

他滑翔了一会儿,然后冲上高空。他整天都用同一个姿势站着,全身都有点僵硬了。本来如果他手脚并用倒悬在枝头上,感觉会舒服很多,不过这样他就很容易睡着了。为了安全起见,他必须直立着站一天不动,代价当然是全身僵硬。不过根据他对古人的观察,披头觉得自己根本不需要太小心。他就算在空中跳个舞唱个歌儿,那些古人也未必会留意他。

他知道这时候那些地鬼肯定已经躲在古人的草地里。可是披头觉得,古人精心种植的这些草肯定很有价值,就算冒天大的危险他也要飞下去采集几棵样本带回去。他先飞到最成熟的那一片草地,随即发现那里其实极度危险。那些草的硬度不足以支撑他的体重,可是其高度却足够影响他飞行;最要命的是风吹草浪遮盖了地鬼在草丛中走动的声响。披头不敢降落在草地上,因为草丛中的每一只地鬼都会看见他,而披头却完全看不见它们。他很可能降落在一只地鬼身旁而毫不知情,直到手脚突然被它们强有力的爪子揪住之后才发现不妥。地鬼能够一下子就把他飞翼上面单薄的硬皮撕开,那时候就大势已去了。

虽然披头不敢降落,可他最后还是降落了,因为他决不能空手而回。虽然他知道,最有价值的东西其实是今天他学会的秘密,不过如果他手上有些实物,那就能更好地应对宝博的责难了。披头一落地,马上开始将身边的草丛贴近地面的根部开始折断。他也懒得四处张望了,因为反正什么也看不见。如果附近刚好有一只地鬼,那么他看不看也是死路一条;如果地鬼在远处,那么停下手盯住那些密密麻麻的草丛就纯粹是浪费时间,只会给它们机会走得更近。

要拔多少根草呢?一根、两根、三根……没错,每一根草从折断到放在地上摞成一堆只需要一瞬间,问题是披头有多少个瞬间呢?四根、五根……他到底需要多少根?六根、七根……这些草都已经长成了吗?要是他采了一些没成熟的回去,岂不是尴尬?八根、九根。

够了,收拾,升空!

他用一只脚抓住采下来的九根草,蹲伏在地,随即用尽全身力气向上一跃。因为披头的双翼在草丛里张不开,所以他必须等跃过草丛的高度时才能完全展开飞翼;然后他立即竭尽全力拍打着空气向上升。有一个可怕的瞬间,他在草丛的高度盘旋,只往前冲却不能向上飞。在他的下方,披头看见很多眼睛飘浮在黯淡月色之中——四只、六只、八只——披头掠过的时候,它们纷纷跳起来抓他。如果地鬼长得高大一些,如果披头动作稍慢一点,他就已经葬身草丛之中。地鬼会将他碎尸万段,然后把残肢带回洞穴里去和它们那些专门啃泥的污秽母地鬼一起分享。

万幸,地鬼长得不高,披头的动作也很快,所以他终于顺利升空,拍打着双翼向古人的村庄飞去。他必须亲手触摸一下那些不是用木头做的房子。现在其实挺安全的,因为没有一只地鬼走进村庄,而掌灯巡逻的那个古人应该没看见他;而且披头打算降落在屋顶上,那么就没有什么东西能够阻止他起飞了。

屋顶在他的体重作用下稍稍下沉。披头一只脚抓着那捆稻草,全靠另一只脚站稳身体。他弯腰用双手触摸屋顶,感受其材质和用料。这屋顶是编织而成的,有点像一张临时的网,也像一个篮子。不过其手工精良,紧密细致,滴水不漏,让人叹为观止。这屋顶在阳光下还会发光,到底是用什么材料织成的,披头毫无头绪。古人真是奇怪,既然他们能够编出那么完美的屋顶,为什么还要砍伐树木来建造房子呢?

除了这座光滑的房子之外,这里还有最后一个让披头心动的东西:他飞到高塔的底部,伸手摸了一把。和那座编织而成的房子不同,高塔的底座硬邦邦的像石头一般,只是摸起来感觉比石头要冷一点。他用指节轻轻地敲着底座,听到一阵微弱而清脆悦耳的声音,就有点像村庄宝库里珍藏的那些古人的文物。看来过了那么多年,古人制造的东西依然带着音乐的元素。

耳边突然传来一个声音,把披头吓了一跳。这好像是人的声音,不过更响、更低沉。披头大惊失色,不假思索地飞上半空。在空中他才惊魂稍定,随即转回来在刚才所站之处的上空盘旋,看看是谁在说话。没错,那是人在说话,是古人的声音,而且是男声。他怎么能够静悄悄地走到披头身后呢?古人做什么事情都很吵闹,就像聋子似的。这人说话也是像聋子一样响亮,把披头的耳朵震得一阵轰鸣。可是他却能无声无息地走到披头身后⋯⋯

不对,刚才太安静了,他不可能从远至近走到披头旁边,他肯定一直坐在高塔的阴影之中。如果他一直坐在那儿的话,他看到了什么呢?他看到披头偷稻草了吗?他生气了吗?这个盗窃事件会不会让古人成为他们的敌人呢?

披头突然想到一个主意:虽然古人发现了我,可是我可以把这件事情瞒住,不告诉任何人。

不过他马上否决了这个念头。如果我们将来真能与古人修好,他们肯定会记得我从他们的草地里偷过稻草,我少不了要受到惩罚。不过届时我这一方的人早已了解这件事情,他们知道我对自己做的事情毫无隐瞒,就连做坏事被发现也坦然承认。很多人会批评我粗心大意,可是没有人能怀疑我不诚实,更不能谴责我为了掩饰过错而篡改事实。信任和尊敬,非要二选一的话,我宁愿选前者。有了信任,我还有机会赢回他们的尊敬;没有了信任,我就永远也配不上大家的尊敬;就算人们显示出尊敬的样子,对于我来说也无异于饮鸩止渴。

带着静止了一天造成的疲倦,怀着惴惴不安的心情,披头拍打着双翼向上飞,一直冲到峡谷顶上,朝人们聚居的山谷飞去。

那只大蝙蝠盘旋了一圈之后朝着峡谷顶飞走了。奥义克目送它远去,心里明白:此事非同小可。对于别人来说,这意味着地球守护者报的那些梦开始要实现了;可是对于奥义克来说,这件事情的意义就完全不同了。他听到守护者对这个不速之客说话了,而且他竟然听得懂。

守护者的声音很奇怪:它比上灵的声音更平静,却没那么清晰;它更多地通过图像而不是想法来表达,更多地体现为欲望而不是情绪。对于奥义克来说,守护者比上灵更难理解。事实上,当他们刚刚到达地球的时候,他花了几周的时间才意识到守护者的声音确实存在。人类和上灵之间的对话非常嘹亮清晰;相比之下,守护者的声音更像远方的雷声,或是穿过树梢的轻风,与其说是听见,还不如说是感受到。可是一旦奥义克留意到守护者的声音,当他意识到这是什么,他就开始仔细聆听。今天他正是在夜幕降临的时候坐在飞船的阴影之下,全神贯注地听着,逐渐将上灵的响亮声音弱化成背景。

最困难的是,守护者并没有经常对人类说话,只是偶尔报两个梦,不时灌输一个渴望;而且在大部分时间奥义克很难听清守护者到底报了什么梦。可是守护者却从不间断地向着别的生物说话。这些生物散落在洛蒂纳村庄的四周,奥义克固然无法估计它们距离村庄有多远,而真正的难题在于搞清楚他们到底在说什么。一开始他"偷听"到很多毫无意义的梦和欲望,他还以为只是因为他接收的信息太多,把自己弄糊涂了。后来,他逐渐能够区分不同的梦,还能将注意力集中在某一个对话之上。奥义克意识到,所有这些信息的内容本身就非常古怪。比如说,守护者会用某种欲望去刺激这些生物,而这些欲望是奥义克从未感受过也无法理解的。可是有时候他也能体会到一些熟悉的情绪,比如渴望照料一个小孩子、希望自己不要在朋友面前丢脸。"偷听"得越久,奥义克对这些古怪的欲望也就了解得越多。它们包括:挖掘,用手将树木掰开撕破,把泥巴往自己身上抹。本来这些事情毫无意义,可是当奥义克坐在飞船的阴影之中,慢慢进入一种忘我的境界,这些欲望有如风卷残云般吹袭他的脑海,奥义克觉得他已经不再是自己,而变成一个非人的异种了。

最近他和索菲娅商量过这件事情,因为索菲娅也偶尔用眼角瞥见过一些无法解释的丝线,这些丝线竟然不属于任何一个人。她告诉奥义克:"我本来是看不到这种丝线的,因为我向来只能看到我视线范围内的人或者我认识的人之间的联系;可是现在我竟然看到一束束亮线却看不出它们到底属于谁。"

奥义克猜道:"或者你早已用眼角瞥到它们,只是没留意罢了。"

"如果真是这样的话,已经有好几十个这样的个体聚集在村庄和田野的四面八方,而我们住了那么久竟然一次也没看见它们?这个想法也太蠢了吧。"

奥义克说:"可是他们确实整天都聚集在我们附近。"

"是的,他们分布在四周,和我们还相隔着一段距离。你刚才说你只能隐隐约约地'偷听'到一些信息?"

奥义克说:"与上灵的对话相比,守护者的声音确实弱很多。他们之间的差异就像你听着远处的一个音乐会时,同时有人在你耳边吹横笛。"

"瞧,你自己也这么说,这就像一个'在远处'的音乐会。"

奥义克说:"会不会有人在盯着我们?"

索菲娅答道:"那又怎样?就让他们盯好了,反正守护者也在盯着他们。"

很自然地,那些相信守护者报梦的人都预计着这些偷窥者不是带翼的飞天兽就是挖地的大老鼠,如诗和绿儿还把它们称作天使和掘客。可是在奥义克听到的所有信息里,以及在索菲娅瞥见的那些代表了忠诚和关心的亮线里,他们找不到足够的根据去判断这些虎视眈眈的邻居到底是天使还是掘客,或者两者都不是。

不管这些怪客是谁,也不管它们是什么,奥义克已经深受其梦境和欲望的困扰,现在情况似乎愈演愈烈。有一天,他突然渴望生吃一只活蹦乱跳的动物,更想喝它体内温暖的带咸味的鲜血。当奥义克弄清楚这个欲望是什么之后,当场呕吐不止,因为他想不到自己竟会有如此恶心的欲望——据他所知,这只他想咬其肉饮其血的动物竟然是一个弱不禁风的小婴儿。虽然奥义克明知这个欲望来自别处,可他还是深受困扰,仿佛这是他自己的渴望似的。在奥义克看到的影像之中,还有一些让人不知所云的片段——一片耀眼的晴空,还有一张噼里啪啦作响的皮革质地的毯子。

其实守护者和这些未知生物之间的交流内容从来不会很明确,不过奥义克确信一点:这是天使和掘客的其中一方正在对地球守护者祈祷,祈求守护者赐予它们活婴的血肉。

这都是些什么怪物啊?

奥义克很想和别人诉说,可是他没办法开口。如果告诉除了索菲娅以外的人,他们就会知道奥义克一直以来都在"偷听"他们和上灵之间最隐私的交流,这会让他们觉得被监视、被侵犯和被剥夺了隐私。告诉索菲娅也没有好处,她已经怀孕,每天在学校给一群小孩子上课,这个消息只会让她担心腹中胎儿和学生的安危,平添不必要的忧虑。

所以当奥义克和索菲娅谈起他"偷听"到的东西时,他并没有提起最可怕的内容。在过去的一个星期里,他会在半夜突然惊醒,满身大汗、气喘吁吁;在过去几天里,他还会突然陷入沉默,不和任何人说话,包括索菲娅在内。这些反常行为,奥义克都无法和索菲娅解释。

今晚却不一样,因为他心中许多疑团在今晚得以解开。当这只大蝙蝠拍打着皮革质地的飞翼从空中降落到附近一个帐篷仓库的顶上时,奥义克感觉到一种完全不同的生物。这只生物和守护者之间也有着几乎不间断的交流和沟通,可它的渴望却是用另一种陌生的语言表达出来,比较光明正大和清楚明了,却同样让奥义克觉得不安。蝙蝠不断地提问,它的想法和念头奥义克竟然都能明白;最妙的是,这些念头都是用语言表达出来的。奥义克当然还不懂每个单词的具体意思,可是他知道,语言总是能学会的。

至于它的欲望,奥义克了解得相当透彻:不让别人失望,保护妻子儿女,渴望了解各种秘密。

对秘密的渴望?奥义克看着帐篷顶上的蝙蝠,心中揣度着它到底想破解谁的秘密。这时候奥义克的脑中同时出现两个画面:一幅模糊的图像,这是一个用湿黏土雕塑而成的人头,硕大无朋、怪异无比;另一幅图像非常清晰,竟然是纳飞的真人。不过细看之下,那不是纳飞,而是一只和眼前那只蝙蝠很相像的生物;它的头顶有斑驳成块的头发，它的飞翼已经破碎，再也无法翱翔；可是它的同类都很尊敬它，都仔细聆听它的教诲。

它确实是纳飞，可同时它也不是纳飞。

突然，奥义克恍然大悟。这就是这只生物对我们人类的称呼：古人。对于它们来说，我们就是古人。

可是这就暗示着它们知道人类曾经在地球上生存过。这个猜想太荒谬了，没有什么东西能够流传四千万年。而且它们怎能想起人类呢？据奥义克所知，人类还在地球上的时候，蝙蝠还没有进化成智慧生物。

这时候，那只生物从帐篷顶滑翔而下，迅速到达飞船的底座。降落之后，它伸手摸着底座的金属，还用手指敲打一番；然后它兴高采烈地对着守护者说话——不，不是说话，而是歌唱。奥义克觉得这只生物的敬畏和欢快之情仿佛来自他自己的内心，他的脑中突然出现一个念头，这个念头很清晰，似乎是他自己想出来的："古人制造的东西依然带着音乐的元素。"

奥义克竟然明白了这个想法，尽管这个想法是通过一种他从未听过的语言表达出来的。虽然在现实中那只生物并没有真的开口说话，可是奥义克已经知道它说话的声音会是怎样的，这些信息仿佛都存在于他的记忆之中。那是一种高频率的乐声，饱含着丰富而微妙的长元音。它没有像"S"和"Z"这样的齿擦音，也没有像"N"和"M"那样的鼻音，甚至连其他种类的摩擦音（如"V"和"F"）也一概没有。这门语言的辅音只有爆破音和闭塞音，可是这些"T"音和"K"音、"G"音和"P"音、"B"音和"D"音，再加上一种奥义克无法发出的咽喉辅音，所有这些辅音在悠长的元音流之中形成轻快跳跃的中断；有时候这些辅音会附带一下额外的喷气，有时候则戛然而止,其音乐性与长笛吹奏出来的旋律相比也毫不逊色。总之这是一门非常优美的语言。

可是最关键的是,他的渴望既不阴暗也不暴戾,而且守护者似乎并没有费九牛二虎之力去约束这只生物。事实上,守护者不但没有分散他的注意力,反而鼓励他去行动,还增强他的渴望。奥义克在过去几周内一直困在混沌和阴暗的欲念当中,如今接触到反差如此巨大的渴望,他顿时如释重负,忍不住大声说道:"守护者终于给我们送来了一位朋友!"

他忘记了这只生物——不,这个天使——是如何地临深渊履薄冰,他也没有意识到天使一直没有看见他坐在阴影里。当奥义克听到自己的话音,马上就知道声音太大、太突然了。那个天使一下子跃起将近一人高,狂乱地拍打着飞翼,逃到高空之上。

可是他并没有被恐惧吓倒,反而马上转头飞回来,在上空盘旋着,好像要仔细多看奥义克一眼。奥义克张开双臂,用肢体语言道出心声:你尽管看吧,我是不会伤害你的。然后他对守护者说:请你告诉他,我不是他的敌人。

和往常一样,守护者没有回答。其他人都能从守护者那里获得报梦或者只言片语的指引,唯独奥义克只能够"偷听",却从来没有直接从守护者那里获得任何信息。可是此刻天使的语言和渴望还停留在他的脑海里,奥义克生平第一次不再为了自己的缺失而感到遗憾。能听见别人的祈祷,这个能力或许是一份更加珍贵的礼物吧。

天使展翅冲上夜空,沐浴着月色向峡谷顶飞去。奥义克目送他远去,然后绕过飞船,走向自己的房子。他看到不远处有一盏孤灯闪动,今晚是谁巡夜?梅伯,还是费雅思?反正是耶律党徒吧。

对了,是欧必忍!只有欧必忍才这样一边走一边晃着手上的灯。

晃动的阴影掩盖了其他所有动静,就算有任何异动他也根本不可能看得见。有一次奥义克听见耶律迈指正欧必忍,可是欧必忍哈哈笑道:"迈哥,这儿本来就没什么好看的。再说了,现在我们只听佛意漫的话,又不是你说了算,记得吗?"

奥义克很清楚,耶律迈当然记得。虽然耶律迈从来不向上灵祈祷或者说话,可是他却会诅咒,当他的诅咒特别情真意切的时候,其强烈程度将他的念头转换成与上灵沟通的那种模式,所以欧必忍也能听见。这些都是默默的诅咒,并非狂怒的嘶吼,可见这人在努力控制着自己。每次诅咒的最后总有一句类似祈祷结束语的话:我不是出尔反尔的小人,我一定会信守誓言。

奥义克知道他说的誓言是哪一个——就是对爸爸效忠的那个誓言:只要爸爸在世,耶律迈就会服从他的统治。在这个团体里,如诗和索菲娅能看见各人的忠诚分布图;除了这两人,就数奥义克把局势看得最清楚了:殖民地里的和平有如薄纸一张。每个人都知道谁属于纳飞党,谁是耶律党徒;人人都看见村庄实际上已经从中划分成两拨,纳飞党在东面聚居,耶律党则住在西面。这个殖民地并不团结,而且永远也不可能团结了。爸爸,希望你无病无痛、长命百岁;希望在我的小孩出生长大之前也不要发生战争。老爸,我们的收成全靠你一人才能捆成一扎,要是你能长生不死就好了!

奥义克听到黑暗中传来许多野蛮暴戾的祈祷,却不敢告诉任何人;而欧必忍身负巡夜值班的责任,却严重失职。

今晚有些异样:在那些黑暗的祈祷中多了一点……紧迫感?或是成就感混杂着恐惧?对了,是挑战!有人要自我挑战,做一件以前不敢做的事情;而守护者则不断地分散其注意力。今晚会发生一件大事,到底是什么呢?守护者,请告诉我!上灵,请告诉我!

奥义克回到家中的时候，索菲娅已经睡着了。她总是这样，每日黎明即起，辛勤工作一整天，仿佛她的作息时间表不应该因为怀孕而改变。回到家的时候她都累坏了，总是随便坐下或者躺下就和衣而睡。有一次奥义克回去，发现索菲娅像旗杆一样无依无靠地立在他们的单间家里，双眼紧闭，呼吸沉重，竟然站着就睡着了——如果她躺着的话，应该已经打着鼻鼾了。

今晚她倒是躺在床上，不过也是和衣而睡，两脚还垂到地板上。奥义克本来不想叫醒她的，可是她的双腿要是保持这样的姿势过一晚，到了第二天早上就会很不舒服了；要是她半夜需要起来小解，可能连路也走不了。

而且今晚发生的事情实在太重要，非说不可：天使来了，就算不是来找奥义克，至少也是来观摩和接触宇宙飞船的；天使和守护者之间的对话特别清晰，而且奥义克竟然能听懂天使的语言。当然，还有村庄四周隐藏在黑暗之中的呢喃和躁动……

他把索菲娅的双脚搬上床，她马上就醒了。

她喃喃地说："噢，我又睡着了？我本来想等你回来再睡的。"

他说："没关系，能睡就多睡一点吧，你现在需要充足的睡眠。"

她说："怎么你那么不开心？"

他纠正说："我其实是喜忧参半。"然后他把今晚发生的事情以及他的看法都告诉了索菲娅。

她说："看来天使开始来找我们了。"

"这样一来，我们就知道我们前段时间看到的躲藏在黑暗之中的那些生物原来就是大老鼠了。"

索菲娅说："我也觉得你说得对。"

"如诗曾经梦见他们偷她的小婴儿，是吧？"

索菲娅说:"而你也觉得今晚会有事情发生吗?我看我们得发出警告,加派人手巡夜。"

奥义克问:"可是我们怎么跟大伙儿说呢?怎么解释呢?"

"什么也不用解释。我们叫爷爷加派两三倍的人手去守夜,他肯定会答应的。我们只需要说有一种预感就行了,爷爷向来都很重视预感的。"

他们向门口走去,还没开门,突然从耶律党徒聚居的西面传来一声撕心裂肺的尖叫声。这是一种女人的惨叫声,仿佛凝聚了全世界所有的伤悲。

第十章 搜救队

发出尖叫的是艾雅。很快，所有成年人都聚集在她身旁。她现在已经不尖叫了，可是她在解释的时候费很大劲才能控制住自己的声音。

她说："芝芙娅不见了，我的小宝宝，有东西把她从摇篮里偷走了。我一下子惊醒，隐约看见一些很矮的影子正往外跑。"说着说着她再也无法控制情绪，声音充满了恐惧，"它们揪住毯子的四个角往外跑……我的小宝宝被这些禽兽偷走了！"

出事的时候耶律迈不在场，谁也不知道他当时去哪里了。可是现在他正跪在门口那里，说道："看这些脚印，是动物干的——应该是两头。进来的时候是轻身，走的时候才有负重。"他站起来对着众人说："我刚才看见一只会飞的动物落在田里，然后飞到食物仓库顶上，最后落在飞船背后。不久我又见它飞走了，是朝着峡谷的方向去的，肯定是回去找同伙！"他用手摸索着地上的足印，"这足印有可能是那只……东西留下的，我要跟踪它们上峡谷顶。"

奥义克一看足印就知道耶律迈搞错了。天使的脚长得很像手，或者像那些强有力的老虎钳；而地上的脚印明显是来自一只扁平足的动物，脚趾上面还有尖爪。这种脚形应该属于那些经常奔跑和挖地的动物，而不是需要飞行和攀缘树枝的动物。

奥义克说:"天使的脚印不是这样的……"

耶律迈猛地抬头盯着他,眼中充满了刻骨的仇恨。

纳飞马上打断奥义克的话:"奥义克,耶律迈懂得分辨动物的足迹。"

"可是我看到天使……"

纳飞说:"耶律迈也看到了。这是他的女儿。"他转头向耶律迈说:"耶律迈,你来部署吧。"

索菲娅转身看着奥义克,默默地将脸贴在他的肩膀上。每次纳飞说错话的时候索菲娅都做出这样的反应——很奇怪,纳飞那么聪明,却常常犯错误。纳飞当然觉得自己是对的,因为在这种事情上,人人都会信服耶律迈的判断。可是纳飞现在应该知道,就算他叫人人都听耶律迈的话,耶律迈也不会领情了。

而且大家根本就不应该听耶律迈的指挥,因为他的判断是错误的。奥义克知道天使没有偷小孩,那些绑架者是不会飞的;要找它们就必须在地上找。最大的问题在于,在芝芙娅的绑架者里,有几个是非常渴望生吃婴儿的。因此他们搜索的时候必须抓紧每分每秒,如果浪费时间去追踪那些无辜的天使,这简直就是犯罪。

妈妈好像知道奥义克在想什么,她伸出一只手搭着他的肩膀,说道:"儿子,你要对自己有信心,大家总会听你的,耐心点。"

耐心?奥义克低头看着索菲娅,只见她紧紧地咬着双唇,看样子非常担忧,却又无可奈何。

这时候耶律迈已经开始组织搜救队,四处分派人手了。

佛意漫开口说道:"所有的成年人都在这里吗?谁来看着小孩?我们现在都知道他们留在家里并不安全。"

此言一出,所有的母亲都往外跑,各自回家照看小孩。

佛意漫继续说:"耶律迈,给我留几个男的,你们一行人出发之后我们必须保护这座村庄。"

耶律迈答应了:"你就留着纳飞和奥义克吧,到时候他就可以畅所欲言了。不过其他成年男子都要跟我走。"

亚赛说:"我也是成年人。"

奥义克忍住没说"对,就像蒲公英也是树",因为他知道现在不是揶揄玩笑的时候,而且亚赛的确是个成年人。

佛意漫说:"如果它们发动攻击,我们需要更多人手,你把十几岁的几个男孩子都留下吧。"

这下耶律迈不干了:"可是纳飞有星舰宝衣!如果你要多点人手的话,你还有那些年纪稍大的男孩子。我们现在要去追踪一些会飞的动物,没有尽量多的人手是不能成功的。"

"我可以保卫村庄。"蒲储诺大声说。虽然他只有九岁,却努力显示出老成持重的样子。

耶律迈严肃地看着他,说道:"这里就靠你了。记住,你必须无条件地服从爷爷的命令!"

蒲储诺点头答应。奥义克忍不住想,如果耶律迈听从他自己的这个提议,在过去几个月里大家会过得开心很多。

很快耶律迈就带领大部队出发了。留在村子里的男人只有纳飞、羿羲、佛意漫和奥义克。

"欢迎加入无用团队。"羿羲说话的时候带着挖苦的语气。

佛意漫说:"无用团队?我看未必。好了,奥义克,说说你的看法吧。"

奥义克说:"今晚我看到一个天使了,也就是耶律迈看到的那个。他当时和我相隔不过几米远,我已经看清楚他的脚了。他的脚是弄不出这些足印的。"

纳飞问:"那是谁干的呢?"

索菲娅说:"这附近还有别的生物,我曾经隐约瞥见过几眼,其实也瞧不真切,可是足够让我看见它们之间的联系了。如诗姨妈也有类似的经历。它们隐藏在我们的四面八方,都躲在低矮的灌木丛中,正如艾雅所说的,是一些很矮的影子。还有一些是躲在树干上的。"

羿羲问:"你没有亲眼看见它们,还能了解这么多?"

索菲娅苦笑了一下,说道:"我充其量只能隐约瞧见它们之间的联系,再多也没有了。"

纳飞冷冷地盯着奥义克,说道:"不行!奥义克,你不要再玩语言游戏了,快把你知道的都说出来。"

奥义克生平第一次怀疑自己的秘密原来并没有如他想象一般保守严密。他说:"我只知道天使没有恶意。在他的心目中我们是'古人',他对我们充满了敬畏。另外还有一些别的东西,它们已经观察我们好几个月了,其中一些……"他看了艾雅一眼,知道自己必须小心选择恰当的言辞,"其中一些可能会对芝芙娅不利。"

纳飞说:"你是说那些掘客是吧?"

佛意漫点头道:"它们就住在附近。"

羿羲笑道:"怎么?难道我们要拿铁锹去刨地吗?"说着他挥着一只手,示意他们需要挖多大一片地。

纳飞说:"地洞总会有入口的。"

蒲储诺说:"这一带我们都走遍了,也没见过什么地洞。"

奥义克说:"现在有一个显而易见的办法,为什么我们不去做呢?耶律迈如果不是先入为主认准了绑架者会飞,他就会低头追踪地上的脚印了。"

可是刚才众人听到艾雅的尖叫之后纷纷跑过来查看，人类自己的足印已经将掘客的足迹弄得一团乱；之后华纱率领所有母亲把小孩子都从床上叫起来，全部带到学校里集中看守，她们也在地上留下了凌乱的脚印，加大了追踪掘客的难度。在一片混乱之中，佛意漫还是迅速安排妥当，每个成年男子和比较年长的男孩子人手一个灯笼，开始查看。很快，蒲储诺大叫道："这里！它们没有绕路躲开什么，只是直来直往。"

没错，要是那些掘客从耶律迈和艾雅的家中出来就直奔黑暗森林的话，正好与这条足迹的方向吻合。其他人一起跟上蒲储诺，可是当他带路朝森林边缘走去的时候，大家都停下了脚步。

佛意漫说："等等！纳飞、奥义克，你们分散到两翼掩护，我不想蒲储诺一头栽进陷阱里。"

众人一手提着灯笼，一手拿着耕种的工具充当武器，这支杂牌军慢慢开进了森林的边缘地带。这里有四个成年男子，一群小男孩，还有一些尚未生小孩的年轻女子——这群人应该足够对敌人产生震慑作用了。进入森林之后，地上的叶子不能留下很清晰的痕迹，所以追踪足印变得愈加困难。蒲储诺好不容易才前进了六米左右，然后就完全失去方向了。

于是他们仔细地慢慢扩大搜索圈，试图找回丢失的足迹。然后奥义克听见蒲储诺一声低吼，发现他就在距离自己几步远的地方。只见蒲储诺抬头看着上面的树枝，说道："我太笨了！"说完，他立即跑回刚才跟丢足迹的地方。

奥义克跟在他后面，问道："你觉得它们带着小孩从树里面溜走了？"

蒲储诺答道："对，它们肯定跑到某一棵树里面了！你记得我们砍树的时候发现很多空心的树桩吗？"

"谢德美说那未尝不是某种疾病……"

这时候，蒲储诺已经爬上了一棵树，在树干上面四处用力按来按去："蒲储诺，你想在树上找一些秘密通道吗？"

蒲储诺说："以前我们砍伐树木时，总是把空心树烧掉，因为那些木头不能用来做建材；可是我们本来应该拿来研究一下的。那些足迹来到这一棵树上就消失了，它们肯定躲在这里面。"

说到这里，蒲储诺突然停下来，咧嘴笑道："嗯，这里一按就往下陷。奥义克叔叔，请你举起火把，我找到一个入口了！"他用锄头的利刃嵌进树干上的一条裂缝里，用力一撬，一块椭圆形的树皮好像一道门似的打开了。这道门镶嵌得非常隐蔽，与整个树干浑然一体，如果不撬开的话根本看不出来。

奥义克说："蒲储诺，以后提醒我千万别再说你笨。"

蒲储诺好像听不见奥义克的夸奖，这时候他已经转身准备把脚伸进树洞里。

奥义克一把丢下灯笼，纵身跳上前，勉强揪住蒲储诺的手臂。他大声说："别下去！你出事了怎么办？我们可不想同时营救耶律迈的两个小孩！"

蒲储诺一边挣扎一边大声说："只有我才能钻进这个洞！"

奥义克回答得也很大声："蒲亚，你一直都很聪明，千万别在这个重要关头犯糊涂啊！你不能头上脚下地跳进他们的洞穴，因为你不知道下面有多宽敞，也无法确定那把锄头是否能够使得开。趁你的脚还没有被它们砍断，快点上来！"

蒲储诺很不情愿地退出了那个门洞。

这时候其他人都聚在一起了。纳飞和奥义克各自手持一把斧子，等蒲储诺一下来，他们随即开始砍树。只需几分钟光景，那根被挖空的树干就被他们砍去很多，整棵树轰然倒地。

现在那个开口已经不再是一个小小的门洞，任何一个成年人都可以往下跳。纳飞把灯笼尽量向里照，发现洞口下面的小空间有一个成人那么高；地道也不小，他们可以四肢着地在里面爬行前进。

佛意漫说："根据目前状况看来，这样做不妥。"

纳飞说："爸爸，我们不能再浪费时间了。"

"阿飞，你先站起来四处看一看。"

大伙儿都举起灯笼张望，只见在树上和地面上，有数百只掘客包围着他们，手上都挥舞着木棒和石尖长矛。

羿羲说："看来它们数量占优势。"

莎芙的儿子乌弥内说："这些东西太丑陋了，你们看它们的皮都是粉红色光秃秃的。"

佛意漫说："它们的相貌不重要，现在有更大的问题需要我们担心。"

纳飞问："能不能看出谁是首领？"

奥义克问："索菲娅来了吗？"

索菲娅已经开始观察了。她皱了皱眉，伸出手一指："那里，就在那群掘客后面的那个！"

纳飞立即脱下上衣，赤裸着上身，同时让皮肤开始发亮闪光。他皮肤里面的星舰宝衣通常是隐形的，现在按照纳飞的意念发出耀眼的光芒，把他变成如天神下凡一般——至少在那些掘客的眼中他就是神。奥义克立即听见一阵祈祷和诅咒混杂在一起的不和谐音。他低声说："生效了！很多掘客的括约肌都变得松弛，今晚过后，这里会有一圈特别肥沃的土地。"

很多男孩子都笑起来，成年人却没有一个在笑。

纳飞向前走几步，站在索菲娅刚才指出的那个地方。

他问道："在这堆小怪物里面，我要揪出哪一个？"

索菲娅走到他身边，小心翼翼地避开他发亮的皮肤。现在她找到那个首领了——一个高大强壮的掘客，脖子上还挂着一条细骨头连成的项链："挂着战利品项链的那个就是了。"

纳飞抬起手臂直指着首领，指尖闪起亮光，一道闪电突然激射而出，击中掘客的首领。它当场瘫倒在地，四肢张开，全身抽搐——看来那条项链也救不了它了。

索菲娅问："你不会杀了它吧？"

在场的掘客被眼前一幕吓坏了，不约而同地默默祈祷；他们心中的祷告聚集成一股意念狂潮，在瞬间淹没了奥义克思维中的一切观感，所以他几乎听不到索菲娅在说什么。然而在恐惧之中还夹杂着狂怒和复仇的欲望，他们一方面害怕纳飞，另一方面也很憎恨他，恨不得把他碎尸万段。奥义克喃喃说道："如果你以为你这样做能和他们建立友好邦交……"

纳飞不搭理两人的话，而是直接说："奥义克，我需要你做发言人。我要全神贯注扮神仙，没工夫说话。而且，这里只有你有希望明白他们的反应。"

奥义克很吃惊："我不懂他们的语言，怎么跟他们说话呢？"

"天使的语言你也明白一点点，对吧？这是上灵说的。"

"可是我从来没听过也不明白他们的……"

纳飞说："你马上就要听到了。"

奥义克想，原来上灵知道我这个人，也了解我的超能力——这是那么多年来奥义克首次得到的确认。可是上灵是否知道他的超能力的局限呢？

这时候掘客的首领已经被手下搀扶着站起来了。奥义克向前迈步，走到它面前，说道："小婴儿。"他一边说一边做出抱着婴儿在臂弯中摇晃的手势。掘客观察了人类那么久，肯定知道这个手势代表了什么。

掘客王咕噜了几句。奥义克听了他们的语言，觉得非常意外。掘客语言恰恰是天使语言的反面——全部是齿擦音、摩擦音、鼻音，听起来像喷吐和哼哼的声音，完全没有音乐性。我觉得他们的语言那么恶心、那么奸邪，是不是因为我已经了解它们祈祷的内容和心中的渴望呢？

掘客王对手下说的话，奥义克当然一句也听不懂。很快它们就将四个士兵从阵中拽出来，一把扔在纳飞脚下。现在奥义克感到一阵非常清楚的恐惧感，全是来自这四个掘客的祈祷和咒骂。奥义克说："这四个就是绑架者。看来掘客王是要把他们献给你处置。"

纳飞马上转身背对着这四个祭品。他对奥义克说："告诉他们，我不是来报仇的，我只想要回小婴儿。"

"啊？我要用手语说这些话吗？"奥义克重复着抱小孩的手势，然后挥手示意，让他们带走这四个绑架者。

可是那些掘客会错意了。只听掘客王一声令下，另外四个掘客跳出来，将长矛尖对准了那四个绑架者。奥义克大叫一声："停手！"耳边听见索菲娅也同时叫出同一句话。纳飞立即转身，闪亮的手臂轻轻一挥，同时将八个掘客击倒在地。然后他显出狂怒的样子，将手指对准一棵树发射电弧，树枝上登时燃起火苗；然后他转向下一棵树……很快树林里就燃起了很多处火苗。

奥义克喃喃说道:"太潮湿了,火烧不起来。"

纳飞说:"我正是要它烧不起来。你以为我想一把火将我们的村子烧了?"

可是从掘客的角度看来,这是诸神在发怒,他们的森林家园眼看就要遭殃了。那个掘客王一下子扑出队列,趴在纳飞的脚下;然后翻身仰卧,四肢张开,将光秃秃的肚皮亮出来。

奥义克的脑海中还充斥着众掘客的祈祷,不过现在他距离掘客王很近,而且知道事情的来龙去脉,所以他对掘客王的话了解更多了:"他在乞求天神——也就是你——只杀他一个,放过他的子民。"

纳飞低声说:"看来他是一个好国王,你告诉他,我们只想要回小孩,不要别的。不过既然它愿意献身,我得先回应一下,以示尊重。"纳飞于是向前迈出一步,居高临下看着胯下的掘客王,然后伸手将斧子的利刃搁在掘客王的胸口上。他问奥义克:"你怎么看?他们崇尚暴力是吧?快帮一下忙,我要建立一种仪式呢。"

奥义克说:"不能见血!见血是不对的,和血有关的仪式是由另一个国王去执行的。"

纳飞问:"另一个国王?"

索菲娅一开始有点吃惊,然后也确认了奥义克的说法:"他们对另一个国王的忠诚度完全可以和这个相提并论。"说着她的眉头就皱了起来,"可能还有另外一个掘客在地洞里,就连这个国王对那个掘客也是忠心耿耿的。"

纳飞说:"不能见血……那我该怎么办呢?"

奥义克说:"把斧子送给它,这是他梦寐以求却又不敢想的。然后他就会把长矛和骨头项链送给你。"

纳飞于是放开斧柄,让斧子脱手。

蒲储诺在他们身后叫道:"不行!别丢掉你的武器,你不能丢掉武器!"

佛意漫温和地说:"蒲亚,别说话。"

掘客王一手握住斧柄,翻身站起来。虽然它可以轻而易举地拿起斧子,可是那个斧柄不就手,所以他手握斧柄一端的时候完全没办法将斧头扬起来,因此不用担心他能把这斧子用作武器。

掘客王弯腰捡起它的长矛,献给纳飞。

纳飞问:"如果我接受了长矛,这意味着什么?"

奥义克说:"我不知道,我又没有这些仪式的术语表和脚注咯。"

纳飞于是接过长矛。然后掘客王将套在脖子上的骨头项链举过头顶,呈给纳飞。纳飞有点犹豫不决:"我不喜欢这东西上面的骨头。"

奥义克说:"我也不喜欢。看来现在是时候再问他们要人了。"

"为什么呢?"

"因为他祈求你接受项链的方式有些怪异,我觉得很不妥。虽然他很想你接受,可是我觉得那不是因为他有多爱你。"

纳飞说:"好吧,那你就告诉他,我只要人!"

奥义克快步走到纳飞和掘客王中间,硬是打断了这个奉献项链的仪式。掘客王一屁股坐回地上,满脸——什么?是怒容吗?反正奥义克觉得对方发怒了,所以他也不客气。他一边打着婴儿的手势,一边对着掘客王大声叫——不,不是叫,而是大声嘶吼:"快把芝芙娅还回来!否则我们就把你们这些光溜溜的粉皮杂种赶尽杀绝!"

索菲娅说:"反正他们不明白你的话,你怎么就不能用些文明的字眼呢?害我们过后还得向那些小男孩解释。"

纳飞说:"他是想表达愤怒。有效吗?"

索菲娅说:"当然有效了。你们两人肯定能够控制局面,不过他们不喜欢你们就是了。"

纳飞说:"太让我心碎了。"

奥义克说:"把长矛折断。"

纳飞愕然:"什么?"

"这是他最害怕的事情。他站在这里,手上拿着斧子,心里却很怕你会折断他献给你的长矛。"

纳飞将长矛磕在膝盖上,只听见一下清脆响亮的木头碎裂声,长矛应声而断。

掘客王立刻双手举起斧子,想把斧柄折断。可是这把斧柄太粗了,而且非常坚韧,他根本折不断。

奥义克说:"你再做一件他力所不能及的事情。他非要失败两次才能彻底心服。"

纳飞弯腰捡起带着尖头的那一截断矛,以矛尖为刀,迅速在自己肚皮上划开一道很深的伤口,鲜血顿时喷了掘客王一头一脸。奥义克也吓坏了,因为他看见纳飞竟然割开了皮肉,连肠子都露出来了。不过眨眼间星舰宝衣就开始治愈伤口,在所有掘客的注视之下,整条伤口完全愈合,不留下一条伤疤。

掘客王把斧头捧在手上,似乎在思考要不要给自己也开膛破肚。

纳飞说:"我不想他自杀,因为我没有能力给他疗伤。"

奥义克说:"别担心,你的做法非常正路。战王是不能够为他的子民流血牺牲的。你别问为什么,我只知道血祭不在他的权力范围内。"

索菲娅插嘴道:"有别的掘客来了!"

他们抬头一看,掘客大军确实正在对另外一个掘客做出反应。

奥义克说："这不是血王，而是圣母。"

"是王后吗？"

奥义克说："可以说是王后，因为她是战王的妻子。可是她不止一个身份，因为他们都称她为'圣母'。"

索菲亚说："什么？难道他们有一只鼠后？就像蜂后和蚁后吗？"

奥义克提醒她说："他们不是虫蚁，而是哺乳动物。我觉得这是一个和宗教有关的称号，就像血王和战王。"然后他尝试着学脑子里面听到的声音说出圣母的名字："艾米斯母。"

纳飞问："你说的是什么？"

"她的名字，他们都这样称呼她。她还有一个头衔叫奥佛维。"

纳飞说："你把她的名字再说一遍，我第一次说出来就必须说对。"

奥义克道："艾米斯母，不过我自己也不敢确定我一定说得对。"

纳飞扬起下巴，大声叫出她的名字，就像在市场里面叫卖似的。

"艾米斯母！"

霎时间所有掘客都安静下来。一个身影从树林中走出来，慢慢地走向纳飞。

很明显这是一个雌性掘客，奇怪的是她的毛发竟然比大部分雄性掘客更浓密。虽然她没有佩戴装饰品，可是她的头发灰白相间，已经起了装饰的作用。她看起来相当衰弱，却还流露出母仪天下的气度。

奥义克说："她祈求天神饶恕她，因为她对那些蠢男人的计划毫不知情。"

纳飞说："我只想要回小孩。"

奥义克说:"她知道,她已经派了很多女人去搜寻小孩。"

突然,奥义克意识到她正在努力想看清楚纳飞的样子。他说:"索菲娅,把你的灯笼凑到纳飞的脸旁。"

索菲娅照办了。掘客王后立即倒在地上,双手抱头,全身蜷成一团。奥义克说:"她终于见到你真人的脸,她现在可以含笑而终了。"

纳飞说:"我的脸?"

奥义克说:"听起来她就是这样说的。其实你和上灵的沟通才是最直接的,我自己对这些事情也不明白。"

纳飞说:"你别不耐烦。你听到的东西连上灵也听不见,你和守护者的联系连上灵也自愧不如。"

奥义克顿时觉得体内好像洋溢着温暖的光辉,自豪与害怕两种情绪很奇怪地交织在一起。自豪是因为连上灵也需要他的帮助;可是害怕还是占了上风:如果我错了就没有谁能纠正我了。

这时候艾米斯母从地上站起来,已经恢复了常态。

"她等了你一辈子。"此时奥义克脑中闪过很多画面,比如艾米斯母小时候的样子,还有幽暗的地下室……他绞尽脑汁地去理解这些画面的意思,"她觉得是你让她坐上王后的位置,因为你……接受了她。"

"我什么时候接受她的?"

奥义克说:"当她还是个小女孩的时候。这个,我想不明白了,可是她的童年记忆里面确实有你。"

索菲娅说:"简直难以置信!她和你的联系太牢固了,甚至比她和丈夫之间的关系还亲密。爸爸,真是想不到啊。"

"她乞求你饶了她丈夫一命,因为她丈夫也不知情,这是血王的儿子一手策划的。"

只听见艾米斯母口中发出呲呲的声音,气急败坏地向她丈夫吼出一句命令,语气相当严厉。战王连忙站起来,大声吼出同一句话。很快,一个趾高气扬的雄性掘客走出队列,很夸张地把手中武器扔到一旁。他走到纳飞面前,既不鞠躬,也没有显示出一丝尊敬。

艾米斯母和战王同时对他发出命令,可是他好像完全没听见。

王后转头对着纳飞说出一串话,听起来就像在恶言咒骂。

奥义克说:"她恳求你杀了伏森——这个小子名字叫伏森,正是他违抗命令,一手策划了这次绑架事件。"

纳飞说:"我不打算杀他。"

奥义克说:"可你必须有所动作,因为这就是罪魁祸首。不过他是血王的儿子,战王不能惩罚他,所以才把动手抢人的那四个手下交给你。阿飞,你是神,你必须惩罚伏森,否则……我不知道,否则世界就会乱套,宇宙也要塌了……总之会有严重后果就是了。"

纳飞说:"我最讨厌这个了。如果我把他囚禁起来会怎样?"

索菲娅说:"把他关在我们的高设防监狱里面?好是好,不过我们得先建一个。"

纳飞说:"就算没有监狱也可以把他扣下来做人质。"

奥义克说:"你先把伏森电晕再说吧。其他人见你犹豫不决,都吓坏了。"

纳飞说:"我只想要回芝芙娅,我不想有谁横尸当场。"

佛意漫走上前,站在纳飞身边,对他说:"掘客有什么等同于鞠躬的动作,你就对着我照做。"

奥义克笑道:"那你得四肢着地,然后亲一下爸爸的肚皮。"

纳飞说:"你别闹!战王对我表示尊敬的时候也没这样做。"

"战王是把自己当作一件没什么价值的牺牲品奉献给你,而你现在是要向你的爸爸和国王表达敬意,当然不一样了。"

佛意漫说:"你就照做吧。他们不用知道我没有星舰宝衣的超能力,他们只需要看见你也必须听从别人的指示。这样一来他们就会以为虽然你已经够厉害,他们其实还没见识到我们真正的实力。"

纳飞于是四体投地,可是在这样的姿势下他没办法够得着爸爸的肚皮。所以纳飞双手离地,抬起上身,将脸贴在佛意漫的衣服上。

众掘客顿时议论纷纷。

佛意漫问道:"你能不能变得再亮一点?"

纳飞说:"可以。"

"好,我一碰你的头,你就尽量发光吧。"

佛意漫做了一个很夸张的手势,然后将手放在纳飞的头顶。纳飞顿时全身发出强光,好像快要爆炸似的。在场的人类都张大了嘴巴合不上,那些掘客更是吓得大叫。

佛意漫说:"做得很好!我们得加点料,把这幕魔法戏演得更出彩。你先把这个不可一世的小子击倒,不用杀他,只要像对付其他几个一样,电晕就行了。"

纳飞依然全身发着强光,他站起来,伸出一只手,正指着伏森。

血王的儿子却没有退缩,只是一动不动地看着纳飞,脸上全是挑衅的神情。只听见纳飞和伏森之间的空气中爆出"滋滋"的响声,伏森双臂飞起,整个人像一棵被砍伐的树木,直挺挺地倒在地上,全身抽搐不止。

佛意漫说:"看来你天生舞台感就很好嘛。现在叫奥义克指着这九个睡着的小掘客,安排一下把他们运回飞船。"

纳飞问道:"运回飞船?"

佛意漫厉声道:"别在他们面前和我争论,按我说的去做!他们是人质,谢德美可以给他们下点药或者甚至让他们冬眠,然后她还可以在他们身上做一些非破坏性的研究。纳飞,相信我。"

"爸爸,我相信你,我不该犹豫的,对不起。"纳飞转向奥义克,特意将爸爸的话一字不改地重复了一次。

奥义克明明已经听见爸爸的话,现在听着纳飞复述了一次,觉得怪怪的。可是就像其他仪式一样,纳飞这种做法带有一种威力,因为这是权威的表现。他们让掘客们看到了权力的流向:从国王到国王的儿子,再从国王的儿子到国王儿子的手下。可是这一幕并不仅仅是做给掘客看的,其他人类,特别是那些男孩子,尤其是蒲储诺,也应该从中学到一些东西。奥义克想,蒲亚,这就是权力与权威的运作方式;这也是为什么你爸爸总是一败涂地——因为耶律迈从来不甘心接受别人的领导,不懂得接受别人领导的人是不适合领导别人的。

当纳飞复述完了,奥义克郑重其事地指着每一个昏迷的掘客,命令其他掘客把他们抬起来,运到飞船那里。

王后似乎明白了他们的意图,她也声色俱厉地对着她的战王丈夫发号施令;战王听后,立即向树林里的掘客士兵下达命令。很快,士兵们聚集在昏迷的掘客身边,四个抬一个,把九个掘客都抬了起来。

就在此时,林中传来其他掘客的声音。艾米斯母高声应答,然后四个女掘客提着一张毯子从矮树丛中现身。她们各自揪着毯子的一角,毯子中间正躺着芝芙娅。小宝宝正在大笑,似乎很享受这一程飞毯之旅。

佛意漫说:"快,蒲储诺,跑回村庄找艾雅,立即把她带到这里来。"然后他对纳飞说:"不要去接小宝宝,让她们等着。她们必须亲手将芝芙娅还到她妈妈的怀里。"

于是所有人和掘客都默默站着不动,时间好像停止了,短短的五分钟好像怎么也过不完。终于,蒲储诺领着艾雅回来了。艾雅一看见小宝宝就忍不住开心地叫了一声。她跑到四个女掘客那里,伸手把芝芙娅抱出毯子:"芝芙娅,我的心肝小宝贝,我爱笑的宝宝。"她又哭又笑,一边哼着歌儿一边抱着女儿转圈。

佛意漫说:"好了,纳飞,你让奥义克命令他们把人质都带去飞船那里。然后你指派德莎带路,让她给谢德美解释一下该怎么做。我要他们保持昏睡的状态,我还要谢德美把他们彻底研究一下。"

德莎,昔日的第三代长女老大,走前一步说:"我知道了。"

佛意漫根本不看她一眼,只是说:"可是你明显不知道我是要纳飞给你下达命令。"

纳飞转身对着德莎,将佛意漫的命令一字不漏地下达了一遍;德莎领命的时候已经满脸通红。

掘客士兵排列成行,跟在德莎后面,抬着九个昏迷的掘客向飞船走去。

至此,权力等级已经建立得非常清楚,艾米斯母王后现在直接和奥义克说话。问题是在她眼里,奥义克不是神,所以当她对他说话的时候,她的话并不算是祈祷。也就是说,这个交流并非指向守护者或者上灵,所以奥义克只听见一阵毫无意义的呲呲声和嗡嗡声。奥义克说:"如果他们不是对着神说话,我是完全听不懂的。"

佛意漫说:"那你就站着别动,扮作不想听她说话。等她暂停的时候,你就指着纳飞。"

奥义克依计而行，艾米斯母马上就明白了，于是对着纳飞说出同样的一段话。这下奥义克就听懂了。

他真的懂了吗？

"她求你跟她回去，因为她很想你亲眼见证一下那么多年来他们是如何妥善保管你的……"

"保管我的什么？"

奥义克说："不对啊，这太荒谬了。"

"保管我的什么？"

奥义克说："你的头。"

"她想我去哪里？"

奥义克答道："去地底下，她想你跟她下去。"

纳飞转头看着佛意漫，特意把奥义克所说的话又重复一遍。

佛意漫听的时候，显示出一副非常严肃的样子。

他说："先让所有这些士兵都散去，然后你，纳飞，跟着她进地洞。只有你身披星舰宝衣，所以如果他们打算在地底下背信弃义，只有你才是安全的。"

纳飞说："我一定要带着奥义克，否则他们说的话我一个字也听不懂。"

佛意漫踌躇片刻，说道："好，可是你一定要保证他的安全。"

第十一章 地　洞

　　太令人震惊了，一个天神竟然愿意屈尊降贵到这个地步！艾米斯母之所以那么大胆，竟敢向天神提出这样一个不情之请，完全是因为她已经老了，什么也不怕了；而且她一生中已经学会了渴望最不可能得到的东西。多年以前，当她还是一个没人看中的丑小孩的时候，天神就已经接受了她；如今，天神再次接受了她，还跟随她走进了地下城市。

　　天神离开了光明世界，走进黑暗之中，让他不朽的躯体闪出的明亮圣光照耀着地底神殿的土墙——天神这么做完全是因为艾米斯母的请求。她想载歌载舞地走过这一段路；可是她此刻正为一位天神带路，所以必须保持着尊严和礼仪。

　　她这样做也是为了战王穆夫汝主，今天他尤其需要保持尊严。刚才发生的事情不能怨他，那一场生死对决既非穆夫所愿，也不是他造成的——都怨伏森，是他一手策划了这起婴儿绑架事件。可是穆夫依然勇敢地面对天神，将自己的心献给天神以换来全族的平安；他的大无畏精神人人都能看得见。可是后来天神挑战他，让他去完成一些凡夫俗子力所不能及的壮举。这些举动，如果世上有人能做，也非血王莫属，所以没人能够埋怨穆夫犹豫不决。当时他实在是无路可退，所以他只能按兵不动。

然而，穆夫确已颜面无存，因为他竟然靠妻子出面才得以从两难困境中解脱。穆夫出面交涉的时候，天神用一些无解的谜题去刁难他；可是他的妻子一出现，天神马上就偃旗息鼓。本来战王的妻子身兼圣母之职就已经很罕见，今天这一役对于穆夫汝主来说更是奇耻大辱。

穆夫确实不知道伏森把小婴儿藏哪儿了；可这小婴儿却阴差阳错地到了艾米斯母的手中，这怎能怨她呢？当时伏森的妹妹意识到伏森闯下弥天大祸，连忙找艾米斯母道出真相；正因为这样她才找到了小婴儿，无奈当时穆夫已经出面和天神对峙了。没关系的，这只是不幸的事都凑到一块儿罢了，穆夫汝主还是战王，而天神肯定会把一切恢复正常的。

天神太高大了，必须低头弯腰、四肢着地才能在地道里前进。当然，他完全可以站起来直着身体走路，只需要沿路掀翻地道顶盖就可以了。可是他选择另一种做法，将地洞完整无缺地留给他们使用，确实是大慈大悲。我们这些像虫子一样低等的穴居怪物何德何能，竟然能获得天神如此眷顾！

四面八方传来千百只脚的轻快脚步声，地道里的居民，无论男女老幼，都蜂拥而出，挤满了每一个路口，希望能够在天神经过的时候亲眼目睹圣容，哪怕一眼也好。艾米斯母看见很多双粉红的手伸出来，要沐浴一下天神的光辉；父母将小孩举高，让他们幼小的身躯也获得天神的庇佑。

天神就这样跟着她前进，身上的光芒没有退减半分。

他们来到以前存放神像的那间小室。很久很久以前，艾米斯母——不，那时候她还只是艾米斯——就是在这里首次见到那个完整无缺的天神头像。当时，人们已经把神像遗忘在阴暗角落里很久了。她停下脚步，恳求天神原谅他们的罪过。

只见神仆对天神说了些话。天神回答之后，舔了一下指头，再伸手用这个手指头碰了碰门楣。他竟然将体液留在门上！此举意义重大，已经不仅仅是原谅那么简单了。艾米斯母顿时如释重负，喜极而啸，很多人都齐声附和。在人声鼎沸之中，她听见一个男声唱道：

我们没有好好祀奉你，

我们将你神圣的头像放在黑暗之中，

因为我们一叶障目，

无法看见你的光辉。

可是你将生命之水回赠给我们，

还将光辉带进地底。

多么神圣！多么伟大！

其他人随声附和："多么神圣！多么伟大！多么神圣！多么伟大！"

天神就在这个地方一动不动，一直等他们把整首赞歌唱完，艾米斯母觉得受宠若惊。一曲终了之后，她带领天神继续沿着长廊向前走，一直到达供奉天神的神殿。这座神殿是她被选为圣母那一天下令兴建的。天神的头像那么大，估计天神的身形肯定也非常巨大，于是她命令人们尽量深挖，让地面和神殿顶部之间有足够距离。她还为神殿选了一个好位置，顶部连上地面岩石的一条裂缝，所以每天总有一点日光照进室内。在这束散射弥漫的轻柔光柱的最亮之处，天神的头像就坐落在一个由空中肉兽的骨头建成的神台之上。

不过现在是晚上，所以天神走进神殿的时候，室内没有什么亮光，然而天神把光明带进了这里。当他站起来的时候，神殿里面的每一个角落都被照亮。其他人跟随着天神走进来,沿着神殿的四壁站好,看着他一步步走向供奉着神像的神台。现在天神终于可以见证他们的虔诚了。这个巨大的头像并非标志着软弱,而是象征着无边的神力——当他们明白这个道理之后,立即改用最虔诚的方式去供奉这位天神:在神殿落成的第一年,他们将整个春季捕获的空中幼兽都供奉给天神,使他的神台骤然升高,与其他任何神相比较也毫不逊色;以后每年人们向他供奉的祭品都是最多的,以他的名义向大众分发的空中肉兽也是最多的;而且没有一个人在交配的时候使用他的头像,因为人们都知道,这位天神的参拜方式与众不同。

天神慢慢地走到头像前面站定了。这个黏土头像在他身体照耀之下也闪闪发光,与天神肉身的面容互相辉映。天神伸手触摸着头像,抬头迎向从裂缝射下来的一束微弱星光,然后缓缓地跪在头像前面。

艾米斯母想:我明白了,你正在示范给我们看,应该如何参拜你的神像。我们没法像你这样下跪,因为我们的膝盖是向后弯折的。可是我们会像你那样触摸着神像。你的手指碰着神像的嘴唇,这有什么特别的原因吗?以后我们参拜的时候也应该触摸神像的嘴唇吗,还是说我们希望得到神像脸上哪部分的保佑就触摸哪一部分呢?请你务必告诉我。我们愿意等,将来如果你或你的神仆不嫌弃我们语言不纯洁,愿意屈尊学说我们的话,到时候你再解答我们的疑问吧。在那之前,我们会触摸你的脸,仰头看着天上的亮光,然后坐倒在我们的后腿之上,注视着你的面容。是的,我会记住的,我们都会记住的。

一群掘客抬着被纳飞电晕的同类,列队走进村庄。所有女人都看得怔住了，心中觉得既害怕又厌恶，谢德美也不例外。可是她肩负重任，非要和这些掘客打交道不可；所以谢德美赶快平复心绪，领着他们走进飞船。她当时就知道佛意漫的目的何在。他曾见过谢德美对他们复原的动物进行非破坏性的扫描和研究，所以知道她能够利用飞船上面的设备去了解关于某种生物的大量信息。他们必须了解这些掘客的生理构造和体内各个系统的功能，从而明白这个物种的来龙去脉；同时他们也必须确保这种研究不会对掘客造成伤害。

最麻烦的是，让掘客看见飞船的内部，这个做法似乎不是很明智。德莎只向谢德美透露了一点消息：纳飞利用星舰宝衣的威力把这些掘客震慑住了。可是飞船内部光滑闪亮的墙壁和地板会增强还是削弱这种震慑效果，谁也说不准。如果让那些掘客发现人类原来不过是凡夫俗子，他们制造那些奇迹其实只是借助于工具和设备，而并非天生有特异功能，那将会后患无穷。

不过这些疑问只能择日再说了，因为佛意漫已经下了指示。谢德美几乎可以肯定，他这个决定应该是最好的了；就算不是，她也会服从的。他们到达地球已经一段时间了，目前还相安无事，靠的就是人人都服从佛意漫的权威。所以就算他是错的谢德美也会对他唯命是从，因为谢德美只需要一样东西：和平。在佛意漫和华纱的几个儿子之间的斗争是永无休止的；而谢德美只希望有机会静下心来做好她的本职工作，不用烦心支持哪一方，也不用担忧谁能够在这场家庭纷争中占上风。

那些搬运工都撤退之后，谢德美执行的第一个命令就是给这九个掘客注射镇静剂，让他们短期内不会醒过来。虽然地球与和谐星球这两个生物圈在不同的进化道路上走过了四千万年之久，可是生命体在化学层面上的变异总是最小的。因此，这时候应该给他们注射最保险的那种镇静剂,而且轻剂量就足够了。谢德美测量每一个掘客的体重,然后向计算机输入语音指令;后者给这个掘客注射合适的剂量,最后谢德美将棉垫捂在他们粉红色的皮肤之上。

粉红色的光滑皮肤……为什么这些鼠类生物的毛竟然会掉光呢?谢德美觉得这个现象无法用进化论来解释,却更像是属于社会文化范畴的:在某些审美标准被普及之后,唯独那些拥有美丽特征的个体才有机会繁衍后代;因此粉红皮肤逐渐在社会文化中成为主流,而少数毛发浓密的个体就被划分为异类。如果不是这样解释,这个特征就毫无意义了。掘客的皮肤里面不含黑色素,所以他们不能忍受太阳光的直射,难怪他们必须整天躲在阴影和地道里面。在这一点上,他们甚至还比不上他们的鼠类祖先。

所有掘客都被麻醉之后,谢德美本想立即开始对他们进行全身扫描。可是此时睡意如潮水般袭来,她这才意识到自己已经熬了一晚没睡,实在不应该硬着头皮继续做这么重要的研究工作。于是谢德美用手推车把掘客逐个运进冬眠舱中,然后将其设置为普通维生模式。她不敢冒险使用冬眠模式,因为她担心注射冬眠麻醉药的剂量不合适的话,他们从此就长睡不醒了。

都安排妥当之后,谢德美走到自己的卧铺那里躺好——她只需要小睡几小时就行了。此情此景又让她回想起以前在女皇城的生活。在那段岁月里,当谢德美起劲追踪某些难以捉摸的基因时,她总是不知疲倦地工作;只是断断续续地小睡片刻,每天加起来还睡不够几小时。人生快事莫过于发现与创造;相比之下睡觉和吃饭又算得了什么呢?她从来都不希望这种生活方式被打断;可惜事与愿违,华纱她们说服——不,不是说服,而是欺骗、控制和强迫她加入佛意漫的远征队伍,从此远离城市,漂泊在荒野之中。

是的,她原有的生活方式确实被扰乱了,可是谢德美也不见得没有在新的生活中得到一丝欢乐。比如说,女皇城在慕斯将军问鼎天下的图谋中灰飞烟灭,所以她原来的生活是无论如何也过不下去了。可是就算女皇城没有灭亡,谢德美在荒野中一路走来其实也收获甚丰。她的一对儿女,帕达洛和妲布丽奥塔——他们名字的意思分别是礼物和仁慈,而他们长大后也确实人如其名,温纯厚道,不辱门风。司徒博,她的丈夫,一个害羞内向、性格复杂的人,那么多年来陪伴她走过风风雨雨。他对女性从来没有一点欲望,却给了她一双儿女。虽然他没有欲望,她也没有兴趣,可两人还是互相扶持着投入生命的洪流之中,一起创造人类的未来。"我穷尽毕生精力去改变和塑造生命,如果到头来自己反而置身其外,岂不是莫大的悲哀?我避免了这个悲剧,我应该觉得庆幸。"

如今洛奇与妲比亚都已经长大成人。洛奇娶了如诗的长女德莎,妲比亚嫁给了绿儿的次子查维亚,他们也即将为人父母,再也不需要谢德美了。至于司徒博,司徒博从来就没有真正需要过她。没错,他喜欢她,甚至爱她,不过这并不是一种需要。谢德美暗自神伤:既然如此,为什么我还留在这里呢?我不想亲眼目睹这个团体分崩离析;我不想看到自己的儿女被迫站队;我不想看到血光之灾和人命伤亡;我甚至不想关心谁胜谁负。我只想一个人待着,研究植物,研究动物,研究生物系统的变异方式,更多地了解生命体是如何创造自我的。我想知道在这个断层北面的广袤平原之上,为什么游荡着一些体型巨大的牛群;我想知道两种具有高等智慧的生物为什么能在进化过程中比邻而居,却没有一方被对方灭绝;我想知道为什么在那么多可选择的着陆地点当中,上灵偏偏选中这个地区?为什么不让我们避开掘客和天使,建立只有人类居住的殖民地?

我希望我的梦可以成真。

这才是谢德美最大的愿望！在很久很久以前，地球守护者给她报了一个梦，在梦里，她照料着一个空中花园。这个梦好像已经实现了，她带来的植物种子和动物胚胎已经开始在这个星球的生物圈中粉墨登场。可是这个梦能不能更加写实一点呢？当殖民地完全建好之后，她能不能把飞船开回空中呢？谢德美希望绕着地球飞行，研究各地的生态系统，对和谐星球与地球的物种进行变异、优化与混合，还不时回到地面上测量和采集样品，并且引入新的物种。只有当整个星球都置于谢德美的掌握之中，她才真正成为名副其实的地球园丁。她默默地对上灵说：这个工作我可以做得很好。这样一来我就不用卷进这个殖民地的纷争，也不需要为了与谁为敌、向谁效忠而烦恼。我不擅长与人交往；我只善于学习、改变、创造、转换，这些才是我想要的。你需要我做的我都已经做到了，现在轮到你让我如愿以偿了吧。

好的。

上灵已经应允了，谢德美顿时觉得一切焦虑与渴望都消失无踪，她终于可以安心入睡了。

奥义克在无穷无尽的低矮地道里一会儿蹲着走、一会儿爬着前进，好不容易来到尽头，终于可以站直了，他心中暗自谢天谢地谢上灵。一路上他没怎么留意周遭的环境，一来是因为四面八方的石头和泥墙都是单调的灰色与褐色，没有什么值得一看的亮丽风景；二来也是最主要的原因是他身旁的掘客都在心里对着诸神大声疾呼，无数祈告、圣诗与赞歌仿佛在他耳边响起，让他心力交瘁，无暇旁顾。然后就在这么混乱的声浪之中，奥义克逐渐开始掌握掘客语言的少量单词和某些语法结构，对这门语言也有了一个大概的认识。一开始他就像听音乐一样，先留意其节奏与声调，然后才体会其中所包含与承载的意义和情绪。奥义克想，狗听主人说话的时候肯定也是像听音乐一样，从乐声中分辨主人的喜怒哀乐。虽然他对掘客语言的认识目前只是处于感性的阶段，可是他自信很快就能学得更加深入。以前他从未学过第二门语言，所以直到现在才知道原来学外语一点都不难。可能他颇有语言天赋，也可能是因为他先对说这门语言的人有了初步的认识，然后再去了解他们的语言，所以学起来就比较容易。

此刻他们站在神殿里，纳飞的星舰宝衣照亮了神殿的每个角落；奥义克趁机借光，端详了一下聚集在四周墙边的众掘客。他们的祖先无疑是老鼠，可是经过千载万代的演变，他们的变化比女皇城中的人类变化要大得多。虽然他们的嘴突和鼠须还是很显著，却已经无法和先祖相提并论了；而且他们下颚的形状也变得适合说话。除此之外，掘客的生理结构还有其他变化吗？这些变化各自的功效又是什么呢？奥义克很想和谢德美讨论一下。

这时候纳飞叫他："奥义克！"

嘿，还有正事儿要做！在这么重要的时刻他竟然会做白日梦，奥义克觉得有点尴尬。他连忙站到纳飞身边，回答说："在。"

可是纳飞没有说下去，只是呆呆地注视着放在细骨神台上面的一个雕像。这是一个人头像……不，这不仅仅是一个人头像，这是纳飞的脸！

纳飞问："这个塑像是什么时候雕成的？"

这时候神殿里面的掘客纷纷在心中祷告，奥义克试着分析他们的想法，逐渐掌握了更多信息。他说："这个头像不是他们雕的，所有神像都不是他们雕的。从他们的意思来看，这些神像是诸神自己弄出来的。他们都在赞颂你竟然把那么完美的一个复制品赏赐给他们。"

纳飞说："是很完美，不过稍稍年轻了一点。"

奥义克说："你听好了，这个头像有一百年的历史。"

"不可能。"

"刚才你经过那间小偏房，就是被你……怎么说……赐福的那个地方，五十年前，王后正是在那里发现了这个头像。"

纳飞说："赐福……我倒是希望我真的能给他们带来些福气。"

"当时那个头像就已经有五十年历史了。而且，与你的头像相遇是王后一生中最重要的转折点。她之所以能够嫁给战王，完全是因为你——因为你接受了她。"

纳飞问："你能确定你真的明白这件事情？"

奥义克说："虽然我不敢拍胸口保证什么，可是我对这件事情了解的清晰程度决不比其他任何一件事情差。反正来日方长，我们总能够弄清楚的。不过有一点可以肯定，这个头像比在世的任何一个掘客都要年长，而且他们都宣称这个头像不是他们塑造出来的。至于那些黏土神像怎么自己成型，我就无法想象了。他们说，这个头像的各个细节都能够保存得那么完美，是因为对你的参拜方式有别于其他神像。他们没有——这挺恶心的——没有为了繁殖而把你的头往身上揉。"

"也就是说，其他神像都和生殖崇拜有关了？"

奥义克说："我看到的那些画面挺恶心的。"

纳飞说："宗教并不总是莺歌燕舞、鸟语花香，对于一个不信教的外来者来说尤其如此。他们在繁殖的时候会使用其他神像，就像某种仪式；而我的头像却没有人碰。"

"因为你的样子太丑陋了。"奥义克这么说的时候，忍不住流露出笑意。

纳飞说："对于他们来说，我当然丑了。如果那是你的头像，你猜他们会怎么想？"

"不用猜，连小婴儿也肯定被吓得狼狈逃窜，连山洞也不要了。"

"我现在拿这个雕像怎么办？"

"发明一个仪式啊，纳飞，刚才你的即兴表演都很出彩嘛。"

于是纳飞在头像前面跪倒，即席创作了一个既简单也不会损伤身体的礼拜仪式。完成之后，纳飞站起来，向着奥义克笑笑说："让别人这样参拜我，其实挺尴尬的。当然了，肯定有人会说这是我埋藏在心底的毕生渴望。"

"那就别告诉他们呗。"

"这么重要的事情当然不能瞒着大伙儿。你想想，有人在一百年前就造出了我的头像，这个人竟然知道我长什么样子。"

"很明显，这是守护者的杰作。"

"没错，可是你还不明白吗？就算信息能够以光速传播，守护者也必须在我出生之前八十年就知道我成年后的样子，这样才能在一百年前塑造这个头像；更何况世界上没有东西能够以光速运动——那么守护者在地球这里怎么会知道我们在和谐星球的状况呢？"

"那就是说我们对物理学并不是完全了解。这也不奇怪，上灵不是一直阻止人类掌握太多科学技术吗？"

"可是奥义克，我一直以来总是假设守护者也是某种与上灵类似的计算机。而上灵和我们的宇宙飞船一样，都是人类高科技的巅峰之作。可是当时他们也没有掌握超光速通信技术。"

"看来是有人学到了新知识吧。"

"是谁呢,奥义克?是谁在人类离开地球之后创造了守护者呢?须知守护者的威力比人类在鼎盛时期的发明创造还要强大很多。"

奥义克说:"可能有些人类留下没走吧。"

纳飞说:"有可能。这个谜团留待以后慢慢再解吧,我现在只想赶快离开这个黑暗发霉的脏地方。外面可能快天亮了,我已经累坏了。"

"我也不介意小睡片刻。"

"可是我怎么出去呢?我根本不认得路。"

奥义克说:"你不是擅长即兴创作吗?马上想个办法嘛。"

纳飞怨道:"有你这个军师,我真是三生有幸啊。"

峡谷越往上就越浅,它的尽头正是第一条山脉的山坳。耶律迈一行人在破晓时分来到了这个山坳。大家在黑暗中攀山走得特别慢,灯笼不但没有帮助,反而更拖后腿。雪上加霜的是,梅博酷和欧必忍好像在比赛谁的脏话最长篇、最恶毒:这两人脚下打滑的时候骂,路变得难走的时候也骂,随时随地爆粗,不给人一刻清静。

司徒博听着两人的噪声,心里恨得慌。他其实已经意识到,就算这两人难得闭嘴了,他还是恨他们。他恨他们对待女性的态度,也恨他们对待男人的方式;他恨他们的思维定式,更恨他们的愚蠢。司徒博想象不到这两人之中他到底更憎恨谁。一方面,欧必忍的愚蠢和残忍都是天生的:他并不是突发奇想决定使坏,而是年深月久持之以恒地为恶。另一方面,梅博酷一点也不蠢,他只是不想用脑罢了;而且他特别享受作恶,总是不分场合、随时随地找机会做坏事,完全不像欧必忍那么小心翼翼。如此看来,这两人谁更可憎呢？是天生讨人厌的那一个，还是一心作恶却没有足够野心成为大恶人的那一个呢？

司徒博想，我怎么会一大早来到这个地方呢？我在地球的一片山脉之上迎接黎明，还在快马加鞭地追踪一只会飞的动物，而这只动物没有留下任何痕迹，很可能躲在一个我们鞭长莫及的地方。为什么我没有舒舒服服地睡在女皇城图书馆的沙发上呢？以前生活在文明世界的时候，我最恨耶律迈、梅博酷和欧必忍这类人；为什么我现在竟然与他们为伍，跋山涉水，奔波劳顿？最惨的是，我还要听他使唤！

司徒博知道，大部分人都有这样的怨念。不过那些年轻人应该不会怀念女皇城中软绵绵的床铺，因为他们从没见过那座城市——说起来，他们根本就没见过任何一座城市——可他们还是会心怀怨恨，因为他们明知此行注定是徒劳无功的。这些飞兽的老巢不管在哪里，肯定是在很高的地方，他们肯定鞭长莫及。而且就算这些飞兽真的绑架了耶律迈的女儿，他们一行人又怎样去救她呢？就凭那些五花八门的农具，他们该怎么做？你们这些坏蛋，快把小女孩交出来，否则……否则我们就在这里开垦一个花园！

这个古怪的念头让司徒博忍不住露出一丝笑容。可是这时候他正好走到一个山坡顶上，发现耶律迈正瞪着他。

"司徒博，你笑什么？"

"我刚才精神溜号，飘到另外一个世界去了，对不起。"司徒博一边回答一边很顺从地低下头。这个姿势他已经学会很久了，通常可以用来躲避恶人的怒火。

耶律迈说："没什么对不起的，哪个世界都比这个强。"

原来耶律迈心中也有怨言。可是大家走到今天这一步，难道他没有责任吗？他以前在女皇城中结党营私、图谋不轨的时候，就想不到有今天吗？

不过司徒博没有接话，而是转头仔细观察着在晨曦中逐渐显现的山形地势。在这个海拔高度，空气明显变凉，矮树灌木也不如山下茂密。在山坳那里，一层薄雾从幽谷之中升起，就像一条流淌在林木之间的河流。在云河对岸的那片山脉，峰峦叠翠，奇险峻峭，美得让人叹为观止。遥望更远处，只见几座积雪的高峰——在这个纬度的山顶竟然有雪，可见这些山峰有多高了。回想当年住在女皇城的时候，天上也飘过几次雪，不过地上的积雪都不超过一两寸，而且总会在一天之内融化；可眼前这些高峰上的积雪肯定是永不消融的。谢德美说过什么来着？这些山峰成形的年月不算久，而且都那么高，地幔居然能够承受它们的重量，简直是一个奇迹。

上灵说最高的那座山峰有一万一千米。根据数据库记录显示，不但和谐星球上没有这么高的山峰，就连地球上也不曾有过。这批高峰成形的年月并不久远，其成因是一个大洋板块受压挤进一条连接着两个大洋的窄长地峡的底部，将这条地峡托起。如今这片地区已经成为一个巨大的断层，可谓世界屋脊——地球上海拔最高的地方。这个断层的四周有各种各样的气候与地形：在西岸，高耸入云的群山带来雨影效应，形成一片寸草不生的沙漠；东面则有一片湿地，不论昼夜寒暑，终年降雨，不见阳光，地面上只有光秃秃的石头，以及少量在永不消散的阴云下顽强生存着的苔藓。

为什么谢德美和我不能离开这个多事之地，专心探索这个新世界呢？他们不需要我们，我们也不想和他们在一起。我们的儿女都已经成家立业，不再需要父母的照顾，偶尔见一面就够了。等他们有了自己的小孩，我可以把小孙子和小孙女放在膝上玩耍，为他们唱几首儿歌——不过这种天伦之乐每年享受最多两次就足够了。

小孩子……司徒博的思绪终于回到正题：他们今晚为什么彻夜无眠，竟然摸黑涉险攀登峡谷呢？这时候天际出现第一缕晨光，他向山谷眺望，只见山林间突然充满了跃动的生机。无数飞兽跃上空中，滑翔一段距离之后，重新落回树林中。每一只飞兽的脚上好像都抓着一些东西。

耶律迈轻声说："这些东西怕我们。"

梅博酷问："你怎么知道的？"

"因为他们正在疏散逃亡。你们看，他们脚上抓住的都是些幼兽。"

司徒博说："你看，如果一只幼兽的个头稍大一点，就需要两个成年飞兽一起才能运走。"

耶律迈说："好眼力！要运走芝芙娅非得四头飞兽一起不可。如果他们以为运走他们的小崽就能避开我的话……"

费雅思讽刺道："这还用问吗？它们想逃的话随时都行，只要把那些幼兽都转移到安全地方，我们就没辙了。你能怎样？一直在树顶跳来跳去追它们吗？"

耶律迈慢慢转头道："如果你对这次任务那么不满，你就自己下山好了。"

费雅思立即道歉："耶律迈，我太累了，都不知道自己在胡说些什么。"

耶律迈说："那你就闭嘴，只要睁大眼睛就行了。"

多么真挚的友情啊！司徒博暗叹一声，转头不去看这么感人的一幕。有谁比耶律迈的敌人更恨耶律迈呢——就是他的朋友。可他们还是追随着耶律迈，因为他们知道耶律迈需要他们，所以不能忽略他们的存在；而纳飞是不屑与他们为伍的。司徒博想，坏人都以这种方式纠集在一起：他们需要呼群结党，而好人不会与他们同流合污，所以他们只能纠合那些为正人君子所不齿的奸邪之徒。这群乌合之众彼此间都很难相处，可是他们纠集而成的各种奸党却从来不曾在世上消失，这真可谓一个奇迹。

这时候，峰顶下面的一棵树上有些异动，司徒博马上留意到了。有一只蝙蝠兽形单影只地停栖在树枝上。司徒博说："快看！"

耶律迈说："我看到了。"

亚赛问："它在干吗？"

耶律迈出言相讥道："我们每人都只有两只眼，我看到的你也能看到。"

那个天使突然从树上跃下，拍打着飞翼降落在他们前方的一片空地之上，然后张开双翼站定了。司徒博这才有机会看清楚他的模样，那张脸实在丑得可怕，不过这也不出奇，毕竟这只飞兽是从某种皱皮突嘴的蝙蝠进化而成。真正让人叹为观止的是这种生物的身体各部分结构在进化过程中所达成的某种妥协与平衡。他的双腿和双臂非常纤细，简直到了可笑的地步；在他身体两侧，各有一张飞翼，自脚跟至手腕展开，末端固定在一根变形的手指之上；每只手上另外还有三根正常大小的手指，这样他才可以用手拿东西。而且他的大头和身体完全不成比例，长成这样子竟然还能飞起来，简直是一个奇迹。毫无疑问，他的身体已经长到极限——如果体积再大一点就飞不起来了。

这时候，他竟然向他们走过来。虽然这只蝙蝠兽走路的姿态还算优雅，可是他很明显更习惯在空中飞行或者在树上停栖。看他的脚就知道他不能走很长的路。

看它的脚!

司徒博见多识广,当然不会贸然开口;可是亚赛太年轻了,不知道什么时候该闭嘴,所以脱口而出:"村子里面那些脚印不可能是他这双脚踩出来的。"

耶律迈慢慢地转头看着亚赛:"就算那些脚印不是这只东西弄的,那又怎样?你以为我没有考虑过这个可能性吗?这个家伙其实是给那些绑架者放哨望风的。就算芝芙娅不在他手上,他也肯定知道我女儿的下落。"耶律迈说完朝着那只蝙蝠兽迈出一步。

蝙蝠兽几乎立即停下脚步,然后做了一件惊世骇俗的事情。他伸手从脚下取出一束谷物,然后非常隆重地将谷物一根一根放在草地上,好像还特意计算着数目。放完之后,他向后退了一步。

欧必忍说:"这是我们田里种的庄稼。"

费雅思问:"你才发现啊?"

梅伯问:"有关系吗?"

司徒博的儿子帕达洛说:"他以为我们是因为他偷了庄稼才上来兴师问罪的,所以他现在把拿走的谷物都还给我们。"

耶律迈问:"你什么时候变成研究巨型蝙蝠的专家了?"

帕达洛固执地说:"因为这样的推测才合理。"

司徒博向他一扬手,示意他别往下说了。

"不,爸爸,我一定要说!这整件事情本来就很可笑。这个天使只是从田里拔了几棵庄稼,根本就不知道芝芙娅的事情。如果一开始有人停下来仔细想想的话,我们根本就不用爬了一晚的山路去追踪一个无辜的人。"

耶律迈的手闪电般伸出,一下子就揪住帕达洛的头发。帕达洛和他的爸爸身材相若,都不是很高,而且也长得不太壮实;此刻被耶律迈的大手揪住，他就像一个断线木偶那么无助。耶律迈质问他："人？你把这东西叫作人？"

帕达洛喃喃说道："这是比喻罢了……"

"那个所谓的人，他知道我的女儿在哪里！"耶律迈一边说一边用力摇晃着帕达洛，帕达洛整个人被他晃得都软了。有一瞬间司徒博害怕儿子会被他晃出脑震荡，甚至连命也没有了。虽然帕达洛随即睁开双眼，双手乱动，司徒博心中的愤怒却没有丝毫减退。突然他发现自己竟然把镰刀架在耶律迈的肩膀和脖子上，说了一句最难以置信的话："放开我儿子！快点！"

耶律迈慢慢转身，用毒蛇似的眼睛瞪住司徒博："如果我不放，你会把我的双臂都砍下来吗？"

司徒博说："如果我没砍中你脖子的话。"

耶律迈放开了帕达洛，说道："司徒博，别威胁我。就算你忘记了谁才是我们的敌人，我可没有忘。"话音刚落，耶律迈突然把镰刀从司徒博手里抢过去，司徒博还没反应过来手上就空了。耶律迈手持镰刀站着，司徒博不知道他想砍他们父子两人中的哪一个。然后耶律迈把镰刀往地上一扔，转身向那只蝙蝠兽走去。

那个可怜的家伙在耶律迈的逼视之下很明显地向后缩了一下，可是却没有真的后退，依然站在原地不动。耶律迈一脚把那些庄稼踩进泥泞的草丛里，吼道："我才不管什么庄稼呢！"说完他伸手揪住蝙蝠兽的一只手臂将他整个提起来："我的女儿在哪里？"

帕达洛讽刺说："你想他用哪门子语言回答？难道要他凭空给你画一幅地图吗？"

洛奇，请你别再惹他，不要再激怒他了。司徒博心里默默地想，却没有把话说出来，因为他担心之余也为儿子感到自豪。他一生中习惯了对着耶律迈这种恶人点头哈腰,以求自保;可是他的儿子却从不低头。司徒博想,儿子虽然不幸遗传了我的身高,却有幸得到了他妈妈的腰骨。

耶律迈听了帕达洛的话,勃然大怒,狂吼一声,抓着蝙蝠兽像挥鞭子似的猛地一甩。可怜那只蝙蝠兽被他攥在手里,就像一根枯枝那么脆弱,哪里经得起这种巨力?只见他被耶律迈揪住的那条手臂顿时在他的拳头两侧折断,两片飞翼也被撕裂出血,全身上下的关节好像都已错位,再也无法恢复原状。蝙蝠兽惨叫了一声就晕死过去,软绵绵地瘫倒在耶律迈手中。

梅伯说:"嚯嚯嚯,有人又出手不知道轻重了。"

帕达洛说:"看你做的好事!他现在被你弄死了,还怎么带路?"

耶律迈将那只身负重伤生死未卜的蝙蝠兽用力一扔。他直飞出去,撞在一棵树的树干上,停留了片刻才跌落在地上一动不动了。耶律迈大声吼道:"我的女儿在哪里?他们抢走了我的女儿!"

大家都被他的狂怒吓着了,不约而同地后退一步,每个人心中的恐惧不言而喻。唯独帕达洛坚持没有后退,孤零零地站在原地不动。这就意味着耶律迈的满腔怒火都会发泄在他一个人的身上了。这时候耶律迈已经瞪住了帕达洛……

司徒博不假思索地向前迈出一步,说道:"耶律迈,我们这就下山。我们已经尽力了,就算芝芙娅在这里,我们也没办法找到她。如果虐杀一条无助的小生命能够让你好过一点,你已经达到目的,也没必要再伤及其他无辜了。"

司徒博看得出来,耶律迈已经重新控制住自己的情绪。

他说:"你竟然说出这样的话,我永远也不会原谅你。"

司徒博答道:"耶律迈,这句话你对我们每一个人都说过。就算你不原谅我们,可是我们都原谅你。我们都有小孩,这件事情有可能发生在任何一个父母身上。如果我们能够把芝芙娅带回你身边,我们当然义不容辞。"

耶律迈说:"如果你能把她找回来,我一辈子都替你做牛做马。"说完他怒气冲冲地迈步就走,越过一道山坳,朝着峡谷的谷底走去。

欧必忍和梅伯如影随形地跟在后面,可是他们经过司徒博身边时都停了一下。欧必忍哈哈大笑,尽是嘲弄的意味,他说:"谁能猜到鼻涕虫原来也有一点腰骨呢?"

梅伯则说:"继续努力吧,说不准有一天你真的能够雄起呢,到时候你终于能够成为半个男人了。"说完他拍了拍司徒博的头,随即跟着欧必忍和耶律迈下山了。

帕达洛走到司徒博面前拥抱着他:"爸爸,谢谢你,我当时觉得他想把我的脖子也弄断。"

司徒博说:"洛奇,我们都知道他想对你下狠手,因为他就是这样对待那个天使的。"

这时候有人叫道:"他还没死呢!"原来是亚赛,他正站在树下看着那只可怜的蝙蝠兽。

大家一起围在天使四周。纳飞的次子查维亚提议说:"要不,我们让他安乐死吧,别让他再受苦了。"

亚赛说:"这不是一条狗,奥义克说他是有智慧的高等生物,是人,不是野兽。如果他还有希望复原的话,只有谢德美能够救他了。"

天使一直在眨着一只眼睛,虽然很慢,却始终没有停下来。

笑笑问道:"你能肯定这不是一种无意识的反射?"

亚赛一边脱衣服一边说:"帮我把他放在衣服上面,小心别弄断他的脖子。"

摩提噶抬杠说:"他的脖子已经断了。"

"可能脊椎还没断吧。"说到这里亚赛很惊奇地吹了一下口哨,"他怎么那么轻!"

费雅思说:"刚才这下子把他弄痛了,你看他眼睛都闭上了。"

司徒博说:"可是他忍住剧痛,始终没有哼哼一句。"

"对,是条真汉子!"查维亚这句话没有丝毫讽刺取笑的意味。这个天使确实令人敬仰。

摩亚问道:"我们这样抬他下山,耶律迈看见怎么办?"

帕达洛说:"我就是想让他看见!这个天使根本就没有对他构成任何威胁,可是你看看他都做了些什么?就算是一条狗啊……"

帕达洛话音未落,四个年轻人已经一人揪住一个衣角,将天使抬起来。其余人拿着他们的灯笼,慢慢向谷底走去。

外面传来小孩子兴奋的叫声,艾雅知道一定是耶律迈和他的搜救队回来了。迈哥肯定已经累坏了,可能还会因为白跑一趟而生气。可是当他看见芝芙娅之后,再苦再累也不要紧了。

芝芙娅经过昨晚的折腾已经累坏了,一觉睡到将近中午还没醒。艾雅小心翼翼地将她抱起来,小宝宝动了一下继续睡。艾雅现在只是有点担心这件事情会给芝芙娅留下童年阴影:那些掘客围在她的摇篮旁边,还抬着她穿过很多幽暗的隧道。不过芝芙娅虽然已经开始蹒跚学步,可她毕竟年纪还小,长大之后应该记不起这些事情,也不会在噩梦中再次经历那些可怕的场景。现在其实没什么可担心的。

艾雅抱着芝芙娅向村口走去,小宝宝在路上终于睡醒了。耶律迈就在前方,艾雅看着他高大魁梧的身影,心中暗自感叹:虽然他有那么多缺点,却依然是一言九鼎,堪称人中龙凤。艾雅又回想起在女皇城中度过的青葱岁月,那时候她还是一个浅薄无知的少女,到底爱上耶律迈的什么呢?那么多年以来,艾雅已经看清楚,耶律迈其实缺乏克己自制的能力和大公无私的品质,在这些方面,他根本比不上艾雅暗自仰慕的某人;而且他脾气暴躁,艾雅和儿女们在家中总是如履薄冰。可是再怎么说,他也是她的丈夫,也曾给她带来快乐,所以她依然对他一往情深。不要再胡思乱想了,今天是个好日子,我们的女儿从地底怪兽的手中脱险,我们应该好好庆祝才对。

艾雅继续向前走,只见佛意漫正和耶律迈说起刚才发生的事情。佛意漫说着说着将视线转到艾雅身上;耶律迈也转头看见她正抱着小孩,于是对她微微一笑。他怎么笑得不像艾雅想象得那么开心灿烂呢?可能是因为他已经累得笑不动了吧。

突然远处传来一阵骚动,只见亚赛、洛奇、笑笑和小亚用一件衣服抬着什么东西走过来。这衣服肯定是亚赛的,因为他上身光着,什么也没穿。

佛意漫示意让他们去飞船那里。飞船是谢德美研究掘客的地方,这是怎么回事呢?难道他们打伤了一个天使?不会吧?

这个念头刚出现,艾雅就知道她肯定猜对了,因为佛意漫已经开始斥责耶律迈。这时候艾雅已经走得足够近,他们的声音也足够大,艾雅听得一清二楚。

佛意漫正在说:"他手无寸铁!他也没有对你构成任何威胁!"

"我已经说了,我当时以为他知道我女儿在哪里。"

"所以你就把他打残废了？我们要在这个地方立足，你却毫无必要地得罪原住民，给自己树敌。好吧，就算你没心思管那些长远的事情，可是你竟然虐待一个有可能帮助你找到女儿的人，这样做有多蠢，你想过没有？"

艾雅想，佛意漫真是气昏头了。耶律迈向来受不了斥责，尤其是在公众场合；他既然一直以来都谨遵诺言，对你唯命是从，为什么你还要这样逼他呢？

可是艾雅没有见到那个天使的惨状，而佛意漫则看到了。耶律迈，你到底干了些什么？

耶律迈答道："哼，对啊，我是很蠢！可是你那个穿着魔术衣服的英雄好汉却在地洞里对着一群大老鼠装神弄鬼。"

佛意漫说："他把你的女儿救回来了！他、奥义克、蒲储诺和我。我们当时被全副武装的掘客包围着，他们的人数占绝对优势。我们怎么会落得那么狼狈的境地？就是因为你非要把我们村里的壮丁都带走。"

"如果你命令我留下几个……"耶律迈还没说完，佛意漫就打断他的话。

"对啊，你当然会遵命，可是你也会谴责我不顾你女儿的死活！嘿，阿迈，你的女儿得救了，却和你一点关系也没有。现在我们只能希望那个毫无恶意的天使也有芝芙娅那么幸运吧。"

"你想我怎样？要我趴在纳飞脚下磕头吗？要我也把他当神一样拜吗？"

艾雅忍无可忍了，她平静地说："你可以谢谢他，他把芝芙娅救回来了。"

耶律迈说："芝芙娅不是他救的！那只是星舰宝衣的功劳！如果

我有星舰宝衣，我也能做得到。"

艾雅说："不，你做不到，因为你会穿着宝衣杀上峡谷，把那些天使从天空中打下来。同时在下面这里，我们没有宝衣的保护，寡不敌众，人人都会死在掘客手里。"

"那些东西我见都没见过，我怎么知道宝宝会被他们偷走呢？"

"奥义克早就想告诉你，可是你不肯听！这就是为什么你不配做我们的领袖！你这人刚愎自用，一意孤行，从来不肯听别人的意见。你只愿意根据你已经知道的信息来做决定。可惜，耶律迈，你所知道的东西实在是有限的。"

艾雅听着自己的话，突然意识到她说得太多了。耶律迈脸上的怒容顿时让她觉得胆战心惊。他很久没有用这种眼神看着她了，上一次是……是她在航行途中向佛意漫宣誓效忠。

耶律迈说道："我辛苦一场回到家中，我的妻子就这样来迎接我是吗？"

艾雅连忙低头道歉："对不起，我本来是满心欢喜出来迎接你的。"

既然艾雅已经认错，耶律迈就可以把愤怒发泄在别人身上了。他大声说："没错，我当时是判断错误了，可是你们当中没有一个人开口和我争辩！"

大家沉默以对。

"既然你们没想出更好的办法，就不要马后炮，说我没有脑子。"

帕达洛平静地说："我们当然有更好的方法，我们都知道你是错的，我们从一开始就知道了。"

他的话好像给了耶律迈一个巴掌："那你们为什么还要跟着我？"

帕达洛说:"因为不见的是你的女儿。"

耶律迈说:"可是这也不意味着我一定就是对的呀!这很可能表明我的判断力已经不在最佳水准。"

帕达洛说:"没错,我就是这个意思。"

耶律迈问:"你们是因为我判断错误才跟随我吗?你们全都知道我搞错了,可是你们因为我错了所以跟随我?"他的语气充满不屑,却掩饰不了心中的迷惑。

艾雅说:"耶律迈,我们回家吧。"

耶律迈说:"不,我想搞清楚这是怎么一回事!我想知道这帮所谓的男子汉为什么那么蠢,明明知道一个人是错的还要跟着他上天下地。"

"请你别再纠缠了,耶律迈。"

终于有人开口了。亚赛说:"我们跟着你,并不是因为你是错的,而是因为当时你已经失去理性了。如果当时我们拒绝服从你的命令,我们不知道你会做出什么事情。"

耶律迈质问道:"你这话是什么意思?当时最重要的是找回我的女儿!那才是最要紧的!"

艾雅说:"是吗?如果你当时真是这么想的话,你就会停下来听一听奥义克的话。他想告诉你,芝芙娅不是天使抢走的!既然现在皆大欢喜,人人都安全回到家,也没有人受伤,就请你别再争了。"说着她伸手挽住耶律迈的手臂。

耶律迈一把甩开她,说道:"艾雅,你少来这一套!别给我讲大道理!"

艾雅说:"耶律迈,你别生气好吗?芝芙娅失而复得,我们应该开心才对啊。你别再生气了,快去谢谢把我们女儿救回来的人吧。"

"谢他们？为什么要谢他们？因为上灵把唯一的好武器给了纳飞？因为他们明明知道我是错的还要跟着我追上峡谷？"

帕达洛向耶律迈走近几步，说道："不，耶律迈，我们跟着你是因为害怕你像虐待那个手无寸铁的天使那样残害我们。我们的恐惧并不是没有根据的，你还记得吗？我差点儿就这样栽在你的手里。"

艾雅这一刻才留意到帕达洛脖子和下巴上的瘀痕。

帕达洛说："如果不是我爸爸出手拦着你的话……"

"就凭你爸爸那两下子？你以为我住手是因为怕了他？"虽然耶律迈的声音充满了不屑，可是他的脸却涨得通红——是因为生气还是因为羞惭呢？

帕达洛说："我也不知道为什么你会停手。问题是我们从来不知道你会不会停手，所以当你发怒和失去理智的时候，我们都服从你的命令，因为我们都怕了你！如果你没有被愤怒蒙蔽了理智，如果你平心静气想一想，你就会发现我们的恐惧都是有理由的。"

艾雅又说："迈哥，我们回家吧。"

可是耶律迈非要问个水落石出不可："你们因为怕我，不敢和我争论，所以就不管芝芙娅的死活了？"

帕达洛摇头道："我们知道，只要这件事情有一线希望，纳飞就能够把芝芙娅救回来。"

"纳飞？"耶律迈开始大吼，"纳飞！纳飞！纳飞！你们宁愿相信他？你们把我女儿的性命交到他的手里？他懂什么！这个又蠢又嚣张的小子！这个卑鄙无耻的伪君子！这个……"

艾雅终于爆发了，她对着耶律迈尖叫着："可是他成功了！你这个蠢货！你除了抓狂还干了些什么？纳飞确实把女儿救回来了，大伙儿信他难道有错吗？"她声嘶力竭的叫嚷吓得小宝宝也哭了，不过事到如今艾雅已经停不下来了,"他们知道你已经生气得失去理智,如果你留在这里的话,只会成事不足败事有余。所以你最好走得远远的,跑去峡谷顶上,这样你就不能挑起人类和掘客之间的战争。耶律迈,你现在明白了吧?这些事情我们本来都不想挑明,是你非要逼我们说出口的。现在你终于明白你在这个集体中的地位了吧?我们都知道,如果有什么棘手的难题需要解决,最好先把你支开,因为你总会、总会、总会做出一些残暴不仁的恶行,那个天使就是最好的证明!"

在这瞬间,艾雅心头涌出一阵狂喜——她终于鼓起勇气说出真相;她终于击溃了这个骄傲自大的男人,这个困扰了她一辈子的男人。

然后她看到了前所未有的一幕:耶律迈竟然没有生气。他的双肩突然耷拉下去,整个人突然明显变得形容憔悴。他不看任何人,不与任何人的目光对视,只是转身向森林走去。

艾雅在他身后喊道:"迈哥,对不起。我只是太生气了,我不是说真的。"

耶律迈当然知道她是说真的,人人都知道她是说真的,而且人人都知道她说得没错。

他第二天才回到家中,整个人都变了,变得沉默寡言、颓废困顿、意志消沉。艾雅和他独处的时候试着向他道歉,可是他立即走出房子,根本不听。虽然他们还是同床共枕,可是耶律迈从此再也没有碰艾雅一下。小孩向他提问的时候,他还是会回答;有时候他还像以前那样和小孩玩耍嬉笑。可是成年人开会的时候他再也没有出席;当艾雅想让他决定一些家里事情的时候,他总是答道:"随便你,我不管。"

不管是真的还是装的,耶律迈确实不再关心过问任何事情。他终日在田里埋头耕种,再也不管别人该做什么。他总是努力完成分配给他的任务,一天到晚忙得筋疲力尽,却一直保持着默默无闻的状态。

艾雅想,我把他害死了。

或者……或者……这是迈出了治愈伤痛的第一步。

艾雅决定紧抱着这一丝希望不放。虽然耶律迈突然变得沉默寡言、孤僻冷峻,可是艾雅希望他这种莫名其妙的性格转变只是他成长的一个阶段。她希望他最终能够变成一个成熟睿智、克己自制的正人君子。

像纳飞那样的正人君子。

第十二章 盟　友

谢德美向佛意漫提出,把所有和两个高等智慧物种打过交道的人都召集起来开会。她说:"因为有些重要决定需要做。"于是晚饭过后,大伙儿都来到飞船的图书室开会。出席会议的当然有佛意漫和谢德美,另外还有纳飞绿儿夫妇、羿羲如诗夫妇,以及奥义克索菲娅夫妇。佛意漫解释道:"耶律迈在和谐星球的时候见惯了各种异族文化,也经常和外族首领打交道,这方面的经验很丰富,所以我邀请他列席。虽然他不想来开会,可我还是打算让他参与,至少帮我们和掘客打交道。因为掘客数目众多,和我们相比绝对是占了上风……"

纳飞笑道:"其实我们活在他们头上,我们才算是'占上风'吧……"

佛意漫没有回答,只是耐心地等待片刻,似乎在默默地说,这小子什么时候才能长大呢?他什么时候才能学会在商量正经事的时候不插科打诨呢?绿儿俯身靠近纳飞,用手指狠狠插了他小腿一下;纳飞向着她咧嘴傻笑。

佛意漫继续说:"我们必须尽快制订一套可行的方案。我不知道各位怎么想,可是从绑架事件发生的当晚看来,我觉得掘客社会存在着严重的矛盾——血王的儿子公然违背战王妻子的教令,亲自策划了这起绑架阴谋。那个王后——她叫什么名字？"

奥义克说："艾米斯母。"

"艾米斯母出面化解了危机，而那个战王……"

"穆夫汝主。"

"而那个穆夫……什么的却失败了，所以这次危机其实已经削弱了战王的地位。现在可以肯定的是，掘客里面有一股势力要把人类赶尽杀绝；说不定是两股势力——除了那些绑架者之外，这个战王穆夫也不见得对我们友好。我觉得耶律迈比较擅长和这些敌对的异族打交道，能够帮助双方达成某种共识。"

如诗说："他愿不愿意还很难说呢。目前他和任何一个人的关系都很疏离，就连蒲储诺也不例外。这小孩总是忍不住在他爸爸面前吹嘘他怎么在一棵树上发现了这个掘客城市的入口。这个话题在他们家其实挺忌讳的。"

佛意漫问："他们家里的事情你也能看到？"

如诗说："我是听一个现场目击者说的。"

佛意漫说："那就是传言罢了。"

如诗说："是第一手的传言，非常准确，算是传言中的极品了。"

佛意漫笑了，然后坚定地重复了一句："还是传言。"

纳飞又发言了："我觉得耶律迈天生就是和掘客打交道的不二人选。"

佛意漫说："这个任务不能只让他一个人去全权负责。而且啊，纳飞，拜托你，千万别让耶律迈知道你也赞成这个安排啊。"

纳飞点点头，神情一下子变得很严肃，可绿儿还是不以为然。她知道，纳飞心里其实很明白，他老是这样讨好耶律迈，一点好处也没有。就在昨天，绿儿又一次试图对纳飞讲道理，可是纳飞马上就打断她的话，还反过来教育她："我知道，我知道，我那么热切地把权力交回他手里，他不会觉得我信任他，也不会领情，反而会认为我是通过施舍他来获得快感。你说的我都知道，可是，绿儿，我不是在施舍，也没从中得到什么快感。我真的很仰慕他的才干，也相信他能够胜任任何一项工作，所以我总是忍不住要主动去献殷勤。"

"从你的角度看是献殷勤。"绿儿很耐心地解释——估计这是第五十次了，"可是从他的角度看却更像是揭疮疤。"

纳飞知道，在任何与耶律迈有关的话题上，他都应该保持沉默；可是纳飞实在忍不住寂寞："这样一来，人人都会以为我生他的气，或者我什么都不想他干。可是我真的很想他参与，所以我必须说出来，对吧？这样大家才知道我没有心存芥蒂。"

绿儿说："你就不能信任我一回吗？你就不能听我的话，乖乖闭嘴吗？"

纳飞于是再一次庄严地发誓，从今以后决不对耶律迈在这个集体中的角色地位发表任何意见或者评论。可是就在绿儿逼他发誓不到一天之后，在今天这个会议里面，纳飞又故态复萌、违背誓言了。

这时候佛意漫继续说回正题："我们无论如何不能只让一个人和掘客打交道。凡事必须从尽可能多的角度去观察才能处理好——与异族交往也好，种植庄稼也好，为干旱季节储备粮食种子也好，都应该遵循这条原则。不过我说这些只是开场白，这次会议是谢德美召开的，她从生物学的角度对掘客和天使进行研究，估计现在已经得出成果了。我们就从你的研究报告开始说吧。"

谢德美说："其实这也算不上什么研究成果，充其量只是一系列问题而已。初步扫描的结果显示，掘客和天使这两个物种，和我们来到地球之后检验过的其他动植物一样，都是他们各自的先祖经过四千万年的进化，正常演变而成。掘客源自墨西哥南部的一种田鼠，而天使则是来自一种很普通的蝙蝠。和先祖相比，他们体内只有百分之五的基因序列发生了变化。虽然目前我们还没有条件去研究化石，可是很多变化你们用肉眼也能看出来。比如说，掘客的头身比例比田鼠大很多，所以他们的体形也发生了相应的变化，使其能够撑起一个更重更大的脑袋。他们的手也发生了改变，既能握住有相当重量的大型工具，同时也保留了强大的力量，使其能够挖掘、攀爬，以及——我必须强调这一点——徒手杀戮。"

她把计算机显示屏上的老鼠和掘客的骨骼分析图换成蝙蝠和天使的骨骼图："天使就更加复杂了——他们有飞行的能力，必须支撑一个更重的大脑，以及形成足够的力量去使用工具。他们的折中办法就是充分利用双脚，把它当作一双强有力的手掌。他们的髋关节有相当大的转动空间，所以他们可以用一只脚固定身体，另一只脚运斧如风。再看他们的手臂，本来蝙蝠的爪子已经退化了，可是天使的双手又重新进化，可以用来进行手工劳动。不过我们从最近一次很不幸的意外中了解到，他们的手臂非常脆弱，用力一捏就会断，所以他们不能负重。他们的手不能用来做沉重的体力劳动，只能胜任非常精巧细致的工作。"

她坐下来，目光坚定地注视着其他人。

绿儿终于意识到谢德美在说什么了："你是说掘客城里的塑像都是天使雕出来的？"

谢德美说："掘客的手不可能完成那么精细的工作。他们半昏迷的时候我做了测试，他们只能干大刀阔斧的活。当你用软黏土进行雕塑的时候，你必须控制力度，不能使出太大的力气。掘客做不了这个,他们只会把黏土捣鼓成泥浆。"

羿羲说:"可能你只检验了士兵和负责体力劳动的掘客。"

谢德美问纳飞和奥义克:"你们在地下城里见到有掘客长得不一样吗?"

纳飞说:"没有。"

奥义克说:"而且他们也承认那些塑像不是他们雕的。"

索菲娅说:"可是那些是他们的神祇,他们用天使婴儿的骨头去供奉这些神像。这整件事听起来怎么有点前后矛盾呢?"

谢德美说:"确实是很矛盾,这也正是核心问题所在。第一,为什么这两个高等智慧物种比邻而居,却没有一方被另一方灭绝呢?根据资料库的记载,在人类进化的同时,别的高等智慧人种也在进化;比如说粗壮南猿和海德堡人,他们和人类有着共同的起源。可是后来粗壮南猿被直立人灭绝了,而海德堡人则毁在现代人的手里。"

羿羲纠正她说:"未必是灭绝,也可能是同化了。"

谢德美说:"不管是灭绝还是同化,总之现代人所到之处,粗壮南猿、海德堡人和直立人全部都销声匿迹。那为什么天使和掘客却能共存呢?"

索菲娅问:"因为他们不用竞争生存资源?"

谢德美笑道:"你确实是个好学生。不过你别忘了,掘客一方面吃天使的婴儿,另一方面却供奉他们雕塑的神像。他们之间的关系并不像……比如说,并不像老鹰和章鱼。老鹰和章鱼完全没有任何竞争关系;可是天使是掘客的猎物,他们却没有灭绝。"

纳飞说:"看来掘客是爱好艺术的文雅之士嘛。"

纳飞又在插科打诨了,绿儿正准备狠狠掐他,谢德美却把他的话当真了:"纳飞,我同意你的说法。不过我觉得这里面有生物学的因素在起作用,尤其是那些塑像。奥义克,你说他们参拜那些雕像的时候,总是与繁殖和交配有关,对吧?"

奥义克脸红了,偷偷瞥了他妻子一眼,然后看着纳飞。

佛意漫说:"小奥,别忸忸怩怩的。纳飞觉得你应该把你的超能力说出来——只要告诉在座的各位就行了,不用跟其他人说,没必要害他们从此祈祷的时候都担惊受怕。"

羿羲恶毒地一笑:"至于我们,我们都是圣人,当然不怕被别人监视和偷窥。"

佛意漫说:"羿羲是说,我们之中有人能够知道别人的秘密,我们接受这个现实。而且你从小到大都有非常好的判断力,所以我们并不害怕。"

索菲娅说:"我害怕!我就是因为怕了你,所以才怀上你的小孩呢。"

"菲娅!"绿儿开口责备女儿。怎么这小女孩说话非要那么难听呢?

谢德美说:"奥义克,言归正传,我说得对吗?"

奥义克说:"对的。他们拜神的时候,有些想法……我是说他们想着那些雕像的时候……简直是色情淫秽。我们看到大部分的雕像都有磨损,有些已经变成一团了。那是因为他们拜神的时候用雕像全身上下地揉个不停。"

谢德美说:"你提供的信息很有帮助。这种行为在蝙蝠和其他鼠类动物里面是不存在的。你们以前学习的时候见过类似的现象吗?"

如诗说:"小谢,你才是生物学家。如果连你也没见过,我们就更不用说了。"

绿儿说:"既然说起哪个人知道什么,我想问一下,为什么我也列席这个会议呢?你们看,谢德美的丈夫没有来,华纱阿姨也没有来,可见这个会议并不是非要夫妻两人一起出席不可。小诗和菲娅来开会,是因为她们能看到一些语言无法描述的东西,可以帮助我们更深入地了解掘客和天使;和她们相比,奥义克是殊途同归,也能发挥作用。纳飞身穿星舰宝衣,还有个头像被供奉在掘客地下城。羿羲虽然不能下地干粗活,可是他擅长学习语言,而且还是操纵索引的第一高手,所以他在科研和人际交流方面都能发挥重要作用。可是我呢?为什么你们要我出席呢?"

"亲爱的,你缺乏安全感吗?"纳飞装出很关怀的样子。

佛意漫说:"你出席会议是因为你就是你。我需要你们做的事情并不需要什么特别的专长。再说了,你和上灵沟通的能力比任何人都强。"

绿儿说:"可是你们有索引就够了。我本不应该来的。"

如诗笑道:"闭嘴吧,小绿儿,你这样妄自菲薄,其实是在浪费大伙儿的时间。"

佛意漫说:"耐心点,我马上就要说到正题,到时候你就明白了。"说完他将谢德美的图片移走,换成周边地区的地图。他说:"我们在这里,掘客在这里,而天使的聚居地在上面这一带。你们猜一下,这两个文化里面,我们会更了解哪一个?"

羿羲说:"那还用说,当然是掘客了!如果他们突然又有心情再干两把绑票活儿的话,我们对他们的了解就更深入了。"

佛意漫说:"我觉得这样下去会导致一些很不幸的结果。第一,我们当然会和我们最了解的种族最亲近,这本身就可能是一个错误。第二,更重要的是天使会以为我们和掘客交好,所以无论我们做什么都会引起他们的怀疑甚至敌意。你们看出问题了吧？"

羿羲点头道："所以你想派他们当中的一些人上去和天使一起生活。"

纳飞说："怎么这话听起来那么不吉利。"这次绿儿捅了他一下。

佛意漫说："不是他们当中的一些人，而是你们当中的一些人。"

看来羿羲有点生气了："别派我去，我受不了那椅子。"

绿儿很理解他的恼怒。羿羲在野外生活了很多年，其间仿佛被禁锢在浮椅之中，经常需要如诗抱起他四处去，他的生活完全不能自理，吃喝拉撒都靠如诗服侍。那时候儿女还小，羿羲已经够难受了；现在他的儿女都已经长大成人，他实在无法再过回废人的生活，因为他再也忍受不了这种屈辱。如今在飞船附近他的磁力浮子能够正常运作，让羿羲可以像在女皇城里那样正常活动，他当然不愿意放弃这一切了。

佛意漫说："你先听我说完。我已经仔细考虑过这件事情，如果你明白事理的话，一定会同意我的结论的。首先，我觉得我们不能抽调太多人手上去和天使打交道，因为我们需要保存大部分实力，留守大本营、耕种田地、建设和完善这个殖民地。所以我只派两对夫妇和他们最小的儿女上去。我不能派谢德美，因为她必须留在这里操纵飞船上的设备。可是我需要派一个做事有条不紊，而且熟悉数据库系统的人，只有你才是最合适的人选。"

羿羲说："在座各位随便哪个都很合适；在没有出席的人里，过半数也能胜任。"

佛意漫说："索菲娅和如诗有类似的能力，这种能力是不可缺少的。所以她们两人一个人必须留守，另一个人必须上去。"

羿羲说："奥义克学习语言最厉害，就派他上去得了。"

佛意漫说:"我需要奥义克留在这里,我想让他和耶律迈一起学习掘客的语言。"

绿儿明白,每个人都明白,让耶律迈独自一人担任翻译的角色是不明智的。佛意漫不想把话说明,可是他不能完全信任耶律迈。而且,自从绑架事件以来,耶律迈整个人都变了,他甚至可能拒绝接受这个任务。

佛意漫继续说:"而且,那些掘客认识奥义克。"

羿羲说:"他们也认识纳飞。"

佛意漫道:"阿羲,你别这样子和我争。纳飞是他们眼中的神,所以决不能让他们经常见到纳飞。他们就继续参拜那个头像得了,我们要让纳飞本人神龙现首不现尾,始终保持神秘感。"

纳飞说:"换句话说,了解我的人都不会崇拜我了?"

佛意漫说:"就是这意思。"

绿儿用特别亲昵的语调说:"我崇拜你。"

纳飞报以一个甜蜜的微笑。

佛意漫说:"至于你埋怨用浮椅不方便,纳飞和我都确信我们可以在山顶附近安装一个电磁中继站,覆盖天使聚居的山谷以及整条峡谷通道,这样一来你的浮椅就能够正常工作了。"

羿羲说:"可是电磁信号会被树木阻挡。"

纳飞说:"那个电磁中继站有四个节点,所以总有一个冗余平行线路。一般的树木不会影响你,除非是一棵特别粗壮的大树。"

羿羲说:"如果磁场能够正常运作的话我就去。"

佛意漫说:"就算没有磁场你也会去的,只是在浮椅里你会埋怨更多罢了。不过你可以得到一个补偿性的奖励——索引归你了。"

纳飞说:"那就一言为定了。我们还是四人行,一对兄弟和一对姊妹。"

"我还是没有用处。"绿儿说这话的时候尽量冷静,可是言辞间还是流露出失望。

佛意漫说:"其实你不见得比纳飞差。他的皮肤再怎么发光发热,那些天使也不会像掘客那样敬畏他。而且他们和人类的初次接触竟以残忍暴力收场,所以就算有如诗和羿羲出谋划策,你们还是需要花心思想些奇思妙计才能让天使接纳你们在他们的地盘定居。亚赛和帕达洛都拍着胸口说那个受伤的天使没有使用任何暴力,可是这不等于其他天使也爱好和平。他们毕竟是有智慧的高等生物,所以他们就必然像人类和掘客那样良莠不齐,当中肯定不乏作奸犯科的成员。"

纳飞说:"干脆把他们都灭掉算了。"

人人都吃惊地看着他。

纳飞说:"我是说笑啦。"

佛意漫说:"你在天使面前可别开这样的玩笑!"

纳飞显出很厌烦的样子:"我负责做正经事的时候,当然不会开这些蠢玩笑。"然后他咧嘴一笑,"可这个会议是你主持的。"

佛意漫说:"我真要感谢你的鼎力支持。好了,其他人还有别的话题吗?"

谢德美说:"我还有话说。每个和掘客打交道的人,还有每个和天使打交道的人,尤其是后者,你们必须眼观六路耳听八方,仔细观察他们的一切。不仅要留意他们和我们的不同之处,还要留意他们和我们相像的地方。每注意到一件特别的事情,你们必须立即记录下来;否则年深月久就会习以为常,再也注意不到了。羿羲有索引,我在飞船上有计算机,我们应该每天晚上开会讨论写报告。"

奥义克问:"我们什么时候开始?"

佛意漫答道:"和掘客打交道的人可以马上开始了。至于天使方面,我们必须先把这个受伤的天使治好,或者至少先把他救活,然后再上山。目前来说,你们四个轮流过来陪伴这个离群索居的可怜家伙,在谢德美允许的范围内,尽量多抽点时间陪他。如果可能的话,和他交个朋友。"然后他的目光突然变得很严厉,"你们绝对不能带他去任何可能碰上耶律迈的地方。阿迈还是有权自由进出飞船,可是我会让他避开谢德美帮助天使康复的那一层,这就应该足够了。"

谢德美还说了另一件事情:"我很想了解这两个种族的性行为。繁殖与生存,这是推动物种进化的两个关键因素。为了从社会文化以及生物学的角度去了解他们,我必须首先知道他们在交配、繁殖、进食以及自卫等方面的规律和本能。另外,这些雕像在两个种族的文化里都有一席之地。"

纳飞装腔作势地唱道:"艺术乃生命……生命即艺术……"

绿儿用尽全力捅了纳飞一下,纳飞惨叫一声。她希望这下子能在他大腿上留下点瘀痕。

会议结束后,谢德美和羿羲逗留片刻,仔细研究掘客和天使的身体扫描图片以及各项数据指标。谢德美说:"有一件事情我本来想在全体会议上讨论的,可是今天这个小会的结果和我预想的不一样。我不知道佛意漫的计划是什么,不过现在最关键的是你了解这件事情;等你在峡谷顶上安顿好之后,就可以在天使那里寻找答案。"

羿羲说:"我还没答应上去呢。"

谢德美面无表情地看着他。

羿羲说:"唉,算了,你告诉我吧。"

谢德美说："你看这里，这是雄性的掘客；再看这里，这是我们那个天使，也是雄性的。"

"我不知道你指着什么。"

谢德美说："我也不知道这具体是什么，不过这里有一个很小很小的器官，可能是一个腺体吧，我不知道它的功能是什么。人类是没有这个腺体的，而且我扫描过的其他物种都没有这个器官。"

"那又怎样？就是他们和其他物种不一样呗。"

谢德美说："事情没那么简单。你想想，生物多样性源自物种的分化。不同的物种长出相似的器官，只有两个可能性。第一，它们有共同的始祖；第二，趋同进化，也就是不同物种在相似环境的压力下发展出相似的生存策略去抵御外力。我们先看第一种可能性，如果他们长出相同的器官是因为有共同的始祖，那么就应该有证据显示在同一时期从同一个始祖分化出去的其他种群也有这个器官。可是，羿羲，这个证据并不存在。在各个种类的老鼠、蝙蝠以及它们的近亲里，没有一例个体在身体这个位置或者附近长出和这个腺体哪怕有一点点相似的器官。而且我说的不仅仅是现在，我查了飞船上最古老的生物资料库，在四千万年前的个体身上，这个器官也是不存在的。"

"那就是趋同进化呗。"

"问题是，除了骨骼与肌肉结构之外，趋同进化只会造就功能相近的器官，却不会确保这个器官会长在相同的位置。"

羿羲说："除非这个器官与男性生殖有关，这样的话，阴囊上方就是唯一适合的位置了。"

"没错！以后你和我兵分两路，分别研究这两个种族，一起找出他们长这个器官的原因。你想想，地球上为什么只有这两个物种有这个器官？而为什么他们偏偏又是有智慧的高等生物呢？"

羿羲问："莫非这和他们的智力有关？"

谢德美说："我的第一反应也是这样想。不过我们还没机会看一看雌性的掘客和天使。她们也是有高等智慧的，如果她们没有这个器官的话……"

"或者也没有类似功能的器官……"

谢德美说："你看到这件事情的诡异了吧？这个器官来自哪里？有何功能？为什么只存在于两个智慧物种里面？而且它很可能只存在于雄性身上。它可能与智力有关；从它的位置来看，也可能与繁殖有关。"

羿羲咧嘴笑道："他们和人类的相似程度可能比我们设想的要更大呢。"

谢德美瞪了他一眼："你是说男人的智力与睾丸素有关联？"

羿羲说："我想说的比你这句话难听很多。"

谢德美说："当然了，当然了，你自己也是个男的。不过，正如你暗示的，人类的男性有过半时间都是用他们的第五肢去思考，而他们身上并没有这个奇怪的小器官。"

"谢德美，我是在说笑的，我又不是在进行严谨的科学论文答辩。"

谢德美挤出一丝笑容说："我知道，羿羲，所以我回答你的时候也是在说笑呀。"

羿羲也笑了，只是笑得有点勉强。

"羿羲，你就多留意一下吧，帮我找些答案和解释，我也就别无他求了。我会把我留意到的一切都输入数据库，就算你上山了，我们也能够通过索引共享资源。"

羿羲说:"如果我上山的话。"

谢德美说:"随便你怎么说吧。"

当羿羲和谢德美在电脑终端前面讨论的时候,索菲娅拦住绿儿,把她拉到一角,一直静静等到所有人都离开图书室以及离开飞船。

索菲娅问:"为什么爸爸今天开会的时候做那么多弱智的事情?尴尬死了!"

绿儿说:"弱智?呵呵,我倒不觉得,可能我见惯了,他总是这样。"

"我从来没见过他这种样子,而且他这样做一点也不好玩。"

绿儿说:"他觉得好玩……老实说,我也觉得挺搞笑的。"

索菲娅说:"我真的完全不了解他。"

绿儿说:"当然了,因为他是你爸爸。"

索菲娅快走到梯子那里的时候,绿儿才终于想到真正的答案:"菲娅,亲爱的,你从没见过他这个样子,原因很简单。他只有开心的时候才是这样子的。"

索菲娅扬起眉毛,若有所思地点点头,然后扶着梯子,像小孩子一样滑下去了。绿儿向下对她大声叫道:"小心!别忘了你还挺着个大肚子呢!"

"得了吧,妈妈!"索菲娅大声回答,她的声音在船上各层之间回响。

她自己也是半斤八两,还有脸谴责她爸爸弱智?绿儿摇摇头,抓牢了梯子的扶手一步一步慢慢向下走。

蒲头倒挂在树枝上,一双飞翼裹住身体,有点像古人穿的衣服。他一言不发,耐心地听完宝博一帮人长篇大论的血泪控诉。对方人多势众,而蒲头呢,一个为他仗义执言的人也没有。本来披头的妻子伊帼是很乐意为他发言的,无奈在这种情况下,苦主的妻子是没有发言权的,因为人人都知道她要说什么。所以伊帼只能和蒲头并肩倒挂在同一根树枝上面,陪他一起沉默。

不过,就算蒲头孤立无援,他还是有两个杀手锏。第一,人人都知道双生子相互之间的责任和义务。没错,宝博大可以把她的论据全部列出来——披头肯定已经死了;古人已经很生气,我们就别再去招惹他们了;古人抢走披头的尸体是为了拿去喂地鬼——可是议会中的每一个人,无论男女,心中总是对孪生的另一半怀着千丝万缕、难以割舍的深情。蒲头自己心中就百感交集,剪不断理还乱。当初披头不听蒲头的规劝,一意孤行,飞到山下古人的村庄里窥探;后来他再次无视蒲头的忠言,非要独自面对前来兴师问罪的古人,亲手把偷回来的谷物还给他们。可是无论披头再怎么不好,他始终是蒲头的孪生兄弟。当蒲头目睹那个怒气冲冲的胡子巨人把披头折磨得奄奄一息,当他看见披头的身躯好像干柴脆木一样被古人折断,他多么想怒吼着飞下去和那人同归于尽。可是这样做等于自杀,是被严令禁止的,所以蒲头只能竭尽全力逼迫自己藏在树上不出来。他们的原则是,如果你救不了已经落难的那个人,就不要再白白牺牲另一个。蒲头一生循规蹈矩、谨小慎微,这一次终究没有破例。过后有人称赞他处变不惊,沉着冷静,可是蒲头听了反而更加难受。他只能在心中声嘶力竭地叫唤:披头,你这个蠢货!唉,披头,我的双生弟兄!我多么希望代替你去死啊!

本来,命中注定蒲头才是短命的那一个。想当年他们才两岁——身体已经长得太重,父母不能单独携带他们飞行——地鬼大举杀到他们的栖息地,父母毫不犹豫地抓住披头的双脚跃上半空,向高处安全的地方飞去。那是相当长的一段距离，蒲头只能孤零零地待在枝头上等父母回来，而这时候有一只地鬼正在迅速往上爬。蒲头知道爸爸妈妈选择了他的孪生兄弟，而不是他。他万念俱灰之下几乎想留在原地等死——既然连爸爸妈妈都不珍惜他的生命，他又何必珍惜自己呢？可是蒲头的求生欲望还是占了上风，多亏了披头在空中大声喊道："小弟，你一定要活下来！"没错，他要顽强地活下去，不是为了父母——因为他在父母心中一文不值——而是为了孪生兄弟披头！

所以他一点点地朝着树枝的最远端移过去。地鬼哈哈大笑，开始慢慢地、小心翼翼地爬上这根树枝，步步紧逼。在地鬼的重压之下，树枝越坠越低；蒲头看到下面有另一只地鬼在守着，只等他再低一点就出手抓人。

果然，下面的地鬼等不及了，拼命向上一跳，两只利爪沿着蒲头的脑壳顶掠过。通常在这个时候，很多小孩子都会惊慌失措，不顾一切地冒险飞出去。可是他们的飞翼还没长成，软弱无力，根本飞不高，只能在地面附近摇摇欲坠地扑腾。下面的地鬼只要追上去，一跳起来就能把他们抓住，然后拖到洞穴里野蛮地生吞活剥，当作宴会上的一道大菜。

所以蒲头没有飞，而是鼓起勇气向着树枝上的地鬼移动。这样一来树枝稍稍升高，下面的地鬼就算跳起来也够不着他；可是树枝上面的地鬼却伸手来抓，那爪子横扫过来，两次都刚好擦到蒲头的双脚。第二下的时候，地鬼全身都绷直了，身体眼看快要失去平衡，岌岌可危。蒲头瞅准这个时机猛地一蹦，地鬼惨叫一声就从树枝上摔下去了。等那只冤大头千辛万苦再爬上来的时候，蒲头的双亲已经及时赶回，把他救走了。披头在安全地方等着，见他来了，马上送上一个热烈的拥抱。然后两兄弟窃窃私语，蒲头向披头详细讲述他死里逃生的经过。从那时候起，蒲头就知道，他捡回这一条命是为了终此一生守护着他的孪生兄弟；如果不是命中注定他要保护披头一生一世，蒲头肯定躲不过那一劫。他这个想法一直以来都得到众人的尊重和认同。

蒲头还有另外一个法宝。人人都知道，不论议会最终怎么决定，蒲头也会下山救人，甚至以身代死。所以议会要表决的议题不是蒲头应不应该去，而是他们需不需要撕破蒲头的一个飞翼，以防他擅自下山闯下更大的祸患。破翼是一个极端残酷的刑罚，通常只用在强奸犯身上，因为剥夺一个人飞行的能力其实是对他最大的羞辱。这个刑罚最终会导致一个惨绝人寰的结局：地鬼下次入侵的时候，被破翼之人会落在他们手里，受尽折磨而死。因为这人不是婴儿，所以地鬼不会把他带回地洞，而是一拥而上，当场就将他开膛破肚、生吞活剥。不过，地鬼忙着吃他的时候自然顾不上旁人，这样的话，有好几个小孩会因此而得救，这也算是作奸犯科之人为大家做的最后贡献吧。

可是蒲头并非奸恶之徒，他唯一的"罪"就是无视议会的决定，一心去救自己的孪生兄弟；破翼之刑用在他身上，未免过于残忍。其实在这个关头，就算蒲头否认自己打算违抗议会的禁令也没有好处——这只会让人觉得他爱法律多过爱自己的孪生兄弟，这简直是对他的一种侮辱。这就好比大家认定披头的妻子必然赞成救她的丈夫，所以干脆不让她发言一样，也不管她是否真的打算恳求救人。同样的道理，大家也认定一个男人为了拯救自己的孪生兄弟，必然会把智慧、法律、危险和恐惧都抛诸脑后，义无反顾地前去救人；因此不管他会不会真的抗命违法，反正是疑罪从有，先惩罚了再说。

如果大家不惩罚他,这就表明他们极端鄙视他,觉得他没有胆量为了孪生兄弟去冒险,这种鄙视比破翼更残酷。

所以现在议会要做出决定:对蒲头施以破翼之刑,还是任由他置集体安危于不顾,下山再次面对那些古人。

终于,宝博和她的支持者都说完了。他们一共有多少人呢?就算没有议会半数那么多,距离一半其实也不远了;只要有几个不曾发言的议员投票支持宝博,那么蒲头就会被破翼,而披头就永远禁锢在古人手上了。

轮到蒲头发言的时候,大家已经很疲劳了,所以他必须言简意赅:"我相信古人不是我们的敌人。没错,他们确实生披头的气,否则也不会专门追到峡谷这里来找他;而且,他们还拒绝了披头奉还的谷物。可是动手打披头的只有一个,其他古人都避开那个凶手或者伸手想阻止他……"

宝博打断他的话:"你怎么知道古人想怎么样?"

刚才宝博陈词的时候,蒲头恪守议会的规程,并没有插话。所以现在议会众人爆发出一阵愤怒的尖叫声,纷纷谴责宝博竟敢打断蒲头的发言。宝博万分窘迫,在众人的尖叫声中转头侧目,再不敢正眼看人。

蒲头继续说下去:"当时在场的不止我一个,其他人也看见那一幕了。那个胡子古人行凶的时候,其他古人看起来并不赞成他的做法。当时在场的哪一位没看见这一幕,请你现在就说出来,我允许你们发言。"

蒲头这个说法,就算当时在场的人不完全同意,他们也没有十足把握敢完全否定;尤其现在他是在为自己的孪生兄弟陈情,所以更加没有人愿意唱反调了。

"披头没有死，我亲眼看见他很勇敢地睁开眼睛，告诉我们他还活着。而那些古人也发现他没死，却没有因为他不是小孩就当场把他吃了。正相反，他们对披头很细心，将他放在古人自己的皮革里面运下山去。老实说，我也不知道他们的目的是什么。不过有一点可以肯定，虽然古人在皮革下面的身体也没有什么毛，可是他们的外形长相完全不像地鬼，所以他们的内心可能也和地鬼不一样。毕竟他们是从天上来的，对吧？很可能他们现在已经不生披头的气了，如果我去恳求，他们可能会让我带他回家，或者至少允许我留在他身边陪伴他走完最后一程。"

说到这里，蒲头咽了一下口水，努力回想着宝博提出的其他观点，好将它们各个击破："我觉得古人并没有生我们所有人的气，否则他们不会仅仅打伤了披头就罢手的。当时已经天亮，他们看见负责放哨的女人在村子上空盘旋，肯定也知道我们躲在什么地方；可是他们只是走到山脊顶上就止步了。这表明他们没有因为披头一个人的行为而怪罪我们所有人。因此，就算我这次下去又把他们惹恼了，也绝对不会连累大家。"

宝博他们还说了什么呢？他们一帮人虽然说了很多长篇大论，其实大部分都是反复叙述的老生常谈，该驳斥的都已经驳斥了。蒲头决定结案陈词："议会的诸位，最后我想说的是，我的孪生兄弟没有做错什么，他只是追随前辈的脚步而已。那个前辈就是他妻子的祖先，大名鼎鼎的克提！披头和克提一样，都是被古人所吸引。虽然披头的做法为我们带来风险，可是他并没有违抗议会的命令，因为当时宝博的禁令并没有得到议会的授权。她说在议会做出决定之前任何人不得擅自与古人接触，而议会始终没有正式颁布禁令。你们可以说披头鲁莽愚蠢，只懂逞匹夫之勇，可是你们不能否认他有过人的胆量,也有行动的决心;而且他这样做不是为了一己之私,而是为我们所有人谋福祉。这样一个勇士难道应该被抛弃吗?难道你们为了阻止兄弟团聚,不惜将他的孪生兄弟破翼吗?在座的各位,包括宝博在内,有披头这么勇敢的双生子,难道不感到自豪吗?我要成为披头真正的兄弟和朋友,请你们不要阻拦我。此去的风险尚未可知,难道我们因为害怕这些莫须有的危险就连众所周知的好事也不敢去做吗?"

说完,蒲头在枝头上转过身去,张开双翼,等待最终的表决。他听见宝博的支持者纷纷落到地上,有多少人呢?他们几乎是同时跳下去的,一下子就完了,再也听不到有人落地的声音。刚刚表态的这批人那么草率就做出决定,这可能意味着他们都是刚才发言支持宝博那一批人。

也可能不是。

和往常一样,索菲娅总是第一个醒来。其实在怀孕之前她总是比奥义克睡得多;可是怀孕以后,出乎她意料之外,肚里的胎儿严重压缩了她膀胱的体积,所以无论她是否情愿,每天天亮之前她总会被憋醒。索菲娅很想再多睡一会儿,可是醒了之后她就无法重新入睡了。与其躺在床上干耗着,还不如起来做点事情。

今天她做的事情就是背靠着墙坐在一张凳子上神游太虚。虽然她人在这座单间小木屋里,思绪却飘回了传说中的女皇城。索菲娅试图想象这座女人之城是什么样子的。妈妈告诉过她,那里有成千上万的建筑物,密密麻麻地挤成一大片,除了房子正面,其余三面都与邻居的房子紧靠在一起。有时候别人会在你房子正前方建一栋新的建筑物,把你的家门完全堵上,让你没办法走到街上;这时候你唯一的办法就是出钱找一群流氓把对方打跑。有人甚至会在街道中心建房子,把整条街拦腰截断。不过他们这样子阻街僭建,很容易惹起众怒,很多行人会在路过的时候顺手搞破坏,阻挠工程的进展。

索菲娅很难想象那么多人挤在一个地方。在她的一生中,她只认识这个殖民团队的成员。她新认识的人只不过是那些新生儿;她所见到过的房子仅限于他们亲手搭起的木屋,以及宇宙飞船基地里面的那些魔术般的神奇建筑物。不过那个基地不是城市,因为那里的全部人口索菲娅都认识。

可是那些掘客却拥有一个真正的城市,对吧?虽然这只是一座地下城,虽然它唯一高于地面的部分是那些隐藏在树干中的隧道入口,可是这始终算是一个名副其实的城市吧。索菲娅想象人类刚刚从和谐星球到达这里的时候给他们造成多大的混乱。人类一落脚就开始砍伐树木,将飞船降落的那片空地向外扩张。被砍倒的树木里,有一些连接着地道入口;掘客必须将这些地道都封死,防止人类从中空的树干向下看时发现隧道的入口。可是就算掘客封死了那么多地道,他们这座四通八达的地下城依然包含着数不胜数的洞穴。

索菲娅知道这确实是一座名副其实的城市,因为她能够看见很多掘客——甚至可能是大部分掘客——相互之间的联系,而且每时每刻总有成千上百条连线消散凝聚、变化无常。这是索菲娅见过的唯一一座真正的城市,可是她其实并没有亲眼目睹这座地下城的真容——可能永远都不会看见了。索菲娅死活也不愿意爬进那些隧道里面,她希望自己这一生也不需要爬进那个黑暗的空间。她的皮肤不像爸爸那样随心所欲地发光,她下去就意味着身处永恒的黑暗之中。除了黑暗之外,索菲娅还会被无数的陌生人包围着。掘客的外型与人类相差太远，太接近动物了，可是她并不介意这一点；她介意的是她不了解他们，无法预测他们的行为。就算是耶律迈、梅博酷和欧必忍这么危险、这么信不过的人，在她眼中还是比掘客安全，因为她了解他们；而掘客对于她来说是一个完全陌生的存在。

在女皇城中估计也差不多吧？没有人能够认识城里所有的居民，所以一个人走在街上就等于被陌生人包围着。你以前从没见过那些人，将来也不会再见。这些陌生人可以来自任何一个角落，心中可以有任何一种想法。他们当中肯定不乏心怀不轨者，暗自盘算着如何害你或者害你关心爱护的人，而你却无从得知……

生活在城市里的人是怎么熬的呢？他们怎么能够忍受在陌生人群中挣扎求全呢？为什么他们不躲回家中，把门堵上，然后龟缩在一个墙角里饮泣呢？

想到这里，索菲娅突然问自己，为什么我就没有躲起来呢？我也明知道四面八方都是掘客，我既不认识他们，也没办法预测他们的行为，而且他们完全有能力害死我和我关心爱护的每一个人——为什么我还能每晚安心入睡、每早正常起床呢？

这时候门外有人轻轻地拍手掌。

索菲娅站起来走去开门，原来是耶律迈。

他问："奥义克起床了吗？"

索菲娅说："呃……还没呢，不过也是时候了。"

奥义克躺在床上迷迷糊糊地说："我已经起床了……反正是睡醒了。"

索菲娅说："请进吧。"

耶律迈走进屋里站着。奥义克从床上坐起来，示意大哥坐在床尾，耶律迈这才坐下来。奥义克问："什么事？"

耶律迈说："佛意漫要我去和那些掘客人质打交道。"

奥义克说："如果你想的话……"

"我会做好我的本分工作，"耶律迈说着，脸上露出一丝奸笑，"因为我发过誓的。"

奥义克说："好吧，那么我们应该一起学习掘客的语言。"

耶律迈说："你已经有了一个好的开始，我想你把已经掌握的信息都教给我。"

"其实我也没掌握很多，只是几个单词罢了。我还不知道这门语言的语法结构。"

"你知道多少都教给我吧，我想蒲储诺也学习一下。你能不能给我们俩上一堂课？"

奥义克说："这主意不错啊，没问题。"

屋外传来人跑动的脚步声，噔噔作响，只见蒲储诺出现在门口。他叫道："爸爸。"

耶律迈站起来。

"有一只天使站在羿羲的屋顶上。"

"谁在值班？"奥义克一边问一边站起来穿衣服。

蒲储诺说："是摩亚值班，他派我来找你。"

耶律迈问道："找我？"

"嗯……找成年人。"

耶律迈说："他不是让你找我。"

"我就是要找你！"蒲储诺一脸挑衅的神情。

耶律迈说："快去找佛意漫。"

耶律迈竟然那么清楚自己在这个集体中的地位，而且还安心接受现状，索菲娅一直觉得很意外。最近这段时间，她看到耶律迈与绝大部分人之间的联系已经变得细若游丝，唯独与他的长子还保持着明亮和牢固的连线。可是耶律迈同时也让儿子目睹父亲的卑微，让儿子知道父亲并非像他想象的那么强大、那么骄傲。索菲娅觉得很悲哀，因为他这样做会在蒲储诺心中造成真正的痛楚。可是耶律迈很坦然地面对这一切，一点也不忌讳……

除非他是刻意让蒲储诺饱受痛苦的煎熬。

不，不会的。索菲娅不敢相信耶律迈竟然会处心积虑地在儿子心中种下刻骨铭心的仇恨。

这时候奥义克已经穿好衣服向门口走去。耶律迈好像并不打算跟着去。

索菲娅紧跟在奥义克后面，一边走一边问耶律迈："你不好奇吗？"

耶律迈说："我已经见过一只了。"

他们来到羿羲的屋子，只见一个天使僵直着站在屋顶上，一动也不动。羿羲、如诗和他们的儿女都站在屋外看着天使，其他人也开始聚集起来。索菲娅说："他看起来很害怕。"

"他不是怕我们。"奥义克一边说一边指着树林的方向，只见树梢枝头和灌木丛中影影绰绰，聚满了掘客，"他们把天使称作'空中肉兽'，意思是天上掉下来的肉。"

"他们吃天使？"

奥义克说："他们更愿意吃天使的小孩。我们这样说吧，掘客和天使之间的邦交还处于一种非常原始的状态。"

索菲娅这时候突然有了新的发现：一束亮线从站在屋顶的天使身上一直连到飞船里面，索菲娅从没见过哪两个人之间有这么明亮、这么牢固的连线。她说："他来是为了另一个天使，为了那个正在飞船里养伤的天使。"

奥义克说："应该是。"

索菲娅说："肯定是！"

"他正在祷告，求我们把他交给地鬼之前先让他和他的……他的兄弟见最后一面。可是……可是他们的关系似乎比兄弟更进一步。"

"那我们就带他去吧。"索菲娅说完，径直走到屋顶边缘下面，伸手攀住横梁，双脚蹬着木墙开始往上爬。

奥义克有点不满地说："菲娅，瞧你挺着个肚子……"

索菲娅说："没办法，你只是站在那里光说不动。"

很快，他们两人已经站在屋顶上。那个天使纹丝不动地看着他们，奥义克和索菲娅各自向他伸出一只手。

天使突然张开双翼，就像撑开一把伞似的，从一个浑身颤抖的小不点儿突然转变成一片妖气逼人的巨大魔影。这个变化相当震撼，奥义克和索菲娅都被吓了一跳。不过虽然他的双翼展开特别宽，他的躯干在巨大翼膜的映衬之下却显得特别瘦弱，就像蝴蝶一般。可是天使的身躯虽小，却有一个摇摇欲坠的沉重脑袋；他全身上下唯独这个大脑袋能与他巨大的双翼合衬。那个受伤的天使在健康和强壮的状态下想必也是这样子。

"嗯，看来我们不能抬着他走来走去。"奥义克说着就打手势让天使走近点。天使很不自然地向前迈出一步。奥义克说："他不是一只习惯走路的动物。"

索菲娅说："他不是动物，而是一个能够鼓起勇气直面恐惧的男子汉大丈夫，而且他非常爱他的兄弟。"

"不单纯是兄弟，而是'另外一个自己'。"奥义克纠正她说，"没错，在他们的语言里，这个词就是双生子。"

"我们带他去吧。"索菲娅走到屋顶边坐下来，攀着边缘荡回地面上；奥义克紧跟在她后面。过了不久，那只天使也来到屋顶边缘，张开双翼一下子扑下来，把好几个小孩吓得尖叫着跑开。

这时候，索菲娅看见树林里的众掘客靠近了一点，却始终徘徊在人类村庄的地界之外，不敢越雷池半步。

奥义克正忙着向纳飞和佛意漫解释他和索菲娅看到的东西以及他们两人的决定。

纳飞问道："我们让两个天使见面……这合适吗？如果他看到兄弟伤得那么重，会有什么反应呢？"

佛意漫说："那你还不如担心要是我们不让他见兄弟的话，他会有什么反应。"纳飞听了就点了点头，于是奥义克和索菲娅带着这个天使向飞船走去。

自从被古人带走以后，披头陆续醒过几次，可是每一次都仿佛还在梦境之中。他仰面朝天悬浮着，身体下面的空气好像变得很浓稠，竟然能把他承托在半空之中。披头不知道自己能不能动，因为他根本打不起精神去动，甚至连动一下嘴唇说句话也不想。在他睁开双眼的短短几个瞬间里，他总能看见一个女性古人；她似乎也是浮在半空，缓慢地在他的视线范围内进进出出。他头上的天空没有一点色彩，好像云神还没有决定天气的好坏。披头还感到微风吹拂，却分辨不出风向——莫非是从正下方吹上来的？就连嗅觉似乎也不好使了，他只能隐约闻到他自己的汗味和古人身上一股陈腐古旧的香味，除此之外再也闻不到一点生命的气息。就这样苏醒一会儿之后他又会慢慢地昏迷过去——不是睡着，而是真的不省人事。

难道这就是死亡吗？难道古人已经把我带到天国？在云中漫步

就是这种感觉吗?

散碎的记忆片段在半梦半醒之间飘过,披头已经数不清他到底梦见了多少旧忆。也不知道是在第三次还是第五次苏醒的时候,他突然意识到这里肯定是在古人的高塔里面,那片天空其实是屋顶。这算不算是一个隧道呢——地鬼也挖隧道,只不过古人的隧道是建在地面上。或者这是一个窝巢的顶篷——人们也在窝巢上面搭起篷盖给婴儿立足;小婴儿最初只能揪住妈妈的皮毛,稍稍长大之后才能倒悬在篷盖的小树枝上面。

古人到底像我们还是像地鬼呢?

说他们像天使吧,可是有一个古人在狂怒之下把披头的翼膜撕烂,再将他扔在地上等死——这样的暴行简直和地鬼没什么两样。

说他们像地鬼吧,可是其他古人却很细心地呵护披头。他们身上那张用茅草材质编成的皮革可以随意脱下来和披回去,他们就是用这张特殊的皮革抬着披头下山,以减轻披头的痛苦,让他终于能够陷入昏迷。披头到现在还活着,既没有被古人吃掉,也没有被他们碎尸万段,甚至没有像囚犯一样被关押起来。古人能做出这些善举,与我们何其相似!

或者有第三种可能性:他们和诸神很相像——他们的神力让我完全感觉不到痛苦。

可惜,疼痛终于在某一天又回来了,同时披头也在受伤之后第一次完全清醒过来。他的四肢和手指都恢复了知觉,甚至还能稍作活动;他也不再是轻飘飘地浮在半空,因为他体内每一根被折断的骨头都受到巨大的压力。披头的脑袋转了一下——没错,他能够转头了!他将背部向上移,刚好能看见他的各处断骨都有夹板包扎着,就像给树枝嫁接那样。那些夹板都很沉重,披头根本抬不起来;他只要一用力,各处伤口的隐隐钝痛在一瞬间就变成尖锐的刺痛。

为什么他们让痛苦重新降临在我身上?这是死亡的前奏吗?难道他们已经判定我没有继续生存的资格?或者他们决定把我从天国送回人间,让我和我的孪生兄弟、我的妻子、我的同胞们团聚?

披头听见一个尖锐而沙哑的嗓音——没错,这就是古人的声音。他们的语言虽然也带着一点音乐的色彩,可是也夹杂着地鬼特有的"咝咝"和"嗡嗡"的噪声。

这时候他耳边传来另一个声音:有人清清楚楚地说出了他的名字,语气中饱含关怀和挚爱。

那个声音说:"披头。"披头一听就知道这是谁——虽然难以置信,却千真万确。

他回答道:"蒲头。"随着一阵飞翼扑腾的声响,披头的孪生兄弟站到他身边,低头看着他。

蒲头说:"我叫你别去古人的高塔那里。"

披头说:"可是现在你自己也来了。"

蒲头说:"宝博为了阻止我来,还想破我的翼,吓得我几乎不等表决结果就飞走了。不过后来我想,如果你幸存下来的话,我希望你能够载誉而归,所以我没有逃走,而是等他们判决。大伙儿都支持我、支持我们!披头,你坦然接受那个愤怒古人的惩罚,这种气度和胆识,大家都看在眼里,大家都以你为荣!"

披头说:"那个古人是我见过的最恐怖的东西,比地鬼还恐怖得多!"

蒲头摇了摇头,说道:"我见过地鬼的脸,也看过其他古人的面容。我不觉得他们的恐怖程度有什么区别。"

"可是蒲头,那些地鬼,他们纯粹是渴望吃了我们,而心里对我们其实没有一点憎恨。至于那个古人，我还从来没有见过一个人那么苦大仇深、满腹怨恨。"

蒲头说："他们带我来找你，找我的双生子、好兄弟。他们知道我是谁、想要什么，所以他们就把我带到你这里。"

刚才那个古人又发出声音了，蒲头看了她一眼，然后再看看在座的其他人。披头也转头四顾，只见另外还有四个古人走进了这个——什么呢？是窝巢？还是隧道？随便吧，披头哪还有心思管这个！

披头只认得人群中的一张脸孔，前段时间他夜探高塔时就与这个古人有过一面之缘……那真是扭转命运的一晚。披头说："那天晚上就是他看见了我，就是他看见我偷稻草，后来发警报的肯定也是他！"

蒲头问道："可他并不是那个愤怒的古人吧？"

披头说："嗯，他和打我的那个古人不一样，他现在确实没生气。天哪，千万别让我再碰上那个愤怒的古人。"

奥义克说："太好了，他们终于说了一句类似祈祷的话。那些掘客说话的时候有一半时间像是在禀神祷告，所以我才听得懂；如果这些天使也有那么虔诚就好了。"

谢德美说："他们说什么？"

"他希望再也不会见到那个愤怒的……古人。"奥义克说到这里忍不住笑了，"我们当然是古人了，上古时代的人回来了。"

谢德美说："这件事情非常重要，千万不要掉以轻心，笑笑就忘了。纳飞、绿儿，你们谁去找如诗和羿羲过来？如果将来他们也上山去做天使联络员的话，那么现在就需要和这两个天使正式见一面了。"

纳飞说:"好的,我这就去。"

绿儿说:"纳飞,你别傻了,我去。"

奥义克说:"还是我去吧。"

谢德美说:"奥义克,我们需要你留在这里,万一你能听懂多一点呢?"

最后还是纳飞出去了。

绿儿说:"天使的语言就像唱歌一样,而且全是爆破音,对吧?好像小溪流水中冒出的泡泡,又像……"

索菲娅问:"又像什么,妈妈?"

"又像我浮在圣湖水面上、在半梦半醒之间听见的旋律。"

索菲娅说:"会不会真的是地球守护者把他们的歌声传给你了呢?"

谢德美说:"静一静!你们看,这两个天使长得一模一样,我猜他们是孪生双胞胎。"

奥义克说:"他们确实互相称呼对方为'另一个自己',而且他们比一般的兄弟亲近百倍。"

绿儿说:"可能我那对双胞胎相互之间也有这种感情。可惜他们年纪太小,不懂用语言去描述内心感受。"

谢德美说:"静一静!奥义克仔细听,其他人认真看,都别说话。"

可是索菲娅硬把最后一句话说出来才罢休:"这两人之间的亲情太浓了,人类当中没有哪两个人的关系能够比得上。"

蒲头说:"毫无疑问,你是所有男人里面最蠢的。"

披头说:"承蒙夸奖。你是所有男人里面最真挚的,希望有女士还能看到你坚强勇敢的一面,愿意下嫁给你。"

奥义克说:"那个受伤的天使刚才祈祷,希望有女性会欣赏另一个天使坚强勇敢,愿意和他成为配偶。不,应该说和他'结合'。"

索菲娅提醒他:"和他结婚。"

"嗯,也可能是结婚吧。反正那个单词暗含了编织、缠绕、打结的意思。"

索菲娅说:"我知道两个人之间的编织缠绕是什么,他说的就是结婚。那个健康的天使还是单身,而受伤的那个已经结婚了,因为他有一束非常牢固的丝线一直连到峡谷顶上。"

谢德美说:"你知道他们的名字没有?"

奥义克问道:"怎么?你想我学他们发的那种声音啊?"

"总有一天我们都需要学他们的话,你现在试一试又何妨?"

"那个健康的天使名叫乌——欧……每个元音前面都带着一个很小很快的辅音,突——头,蒲——头。"

"另一个呢?"

奥义克苦笑了:"一样,连名字都一样。"

谢德美喃喃自语:"难怪叫'另一个自己'。"

"噢,不对,有点不同。另一个好像叫蒲——他,健康的那个叫蒲——头。"

披头说:"你静一静,听!"

"听什么?"

"听古人说话,他们刚说起你的名字呢。"

两人仔细听着。

奥义克说:"蒲头……蒲头……"然后他含含糊糊地练习了几次,最后终于把名字清楚地说出来了:"蒲头,蒲头。"

披头说:"他们叫你呢。"

蒲头立即跳到地上,消失在披头的视野之外。可是披头听见他说:"古人,我就是蒲头。你要找我吗?请你们不要再伤害我的孪生兄弟!要惩罚就冲着我来吧。"

奥义克说:"他对着我们祈祷。"

谢德美说:"哈,太好了,可能我们在所有人眼里都成神仙了。"

"他说如果我们还想撕破飞翼的话,就撕他的,别再弄他的孪生兄弟了。"

索菲娅问:"他怎么突然说起这个呢?难道他以为我们又生气了吗?"

绿儿说:"他怎么知道我们在想什么呢?让我告诉他吧。"

只见她慢慢跪在地上,然后用两个膝盖在地板上蹭着向着天使走去,一边走一边用手指着自己,说道:"蒲头。"

天使转身背对着绿儿,伸展双翼,虽然没有完全张开,可是已经足够让翼膜垂下来展现在她眼前。

谢德美建议说:"你应该触摸一下他的飞翼,不过一定要轻轻的。虽然他的翼膜很坚韧,可是我不知道上面有没有痛觉神经。"

绿儿伸出一只手掌,轻轻地抚摸飞翼上的皮肤。接触之处一片光滑,有点像做鞋子用的皮革,不过更轻更有弹性。

天使好像还在等着绿儿下一步动作。可是等了一会儿也没有下文,他于是转身看着绿儿。

"蒲头。"绿儿又说了一次,然后向他伸出一只手,手掌打开,掌心向上。

天使仔细看着她的手,然后抬头逐个看着众人的脸,似乎想搞清楚绿儿这个手势的含义。也不知道他到底发现了什么,还是他自己给这个手势下了一个定义,总之最后他弯腰侧头,将脸颊贴在绿儿的掌心上。绿儿自然而然地将另一只手轻轻地放在他的另一边脸颊上面,将这个姿势保持片刻,然后松开双手。

这时候那个天使小声说起话来,不是对着绿儿,而是和他的孪生兄弟交谈。

"披头,她刚刚用手一上一下地包住我的脸,看来她是真心认了我做干侄儿。"

披头在他身后的床上答道:"蒲头啊,希望我们每个人都能从古人那里得到这份礼物。"

奥义克说:"床上的天使希望他的同胞都能从古人那里得到这样的祝福。"

谢德美说:"很好。"

绿儿说:"这还不够,我不想他们以为我们是神仙。"

她在天使面前低下头,让天使也将双手放在她的脸上。

蒲头紧张地叫道:"披头,我该怎么办?她对着我鞠躬呢!她的头没有侧过来,只对父亲才行这样的大礼啊。"

披头说:"如果古人要认你做干爹,你就快答应了吧!别惹他们生气,他们一生气就变得很恐怖了。"

蒲头说:"可是我怎么能做她干爹呢?这个……不合适啊。"

披头说:"当然合适了!她没有父亲,她的爸爸已经死了。"

"你就一破翼男,你怎么知道的?"

"蒲头,她的爸爸真的已经死了,这是我睡着做梦看见的。"

"跪在我面前的这个古人,你从来都没见过她。"

"我见过她,这里每个古人我都见过。"披头没有撒谎,他只是一直想不起来而已。那些梦、那些记忆在需要的时候才涌现在他脑海里。他在梦里看见过所有这些古人的面孔,甚至还包括那个愤怒的古人。不过在梦里面,他被他的儿女们簇拥着,一点也不愤怒。披头从绿儿的声音就听出她是哪一个:在披头的梦里,他的第一对双胞胎小孩就是站在绿儿的肩膀上:"有一天她会站在村子的草地里,而我的小孩会站在她的肩膀上。"

蒲头说:"好吧,我就认她做干侄女吧。"

披头说:"是干女儿!她没有父亲,你现在要做她的爸爸!"

蒲头说:"我连妻子还没有呢!日后谁想要做我的老婆,她也必须成为这个古人的干妈,你说还有哪个女士愿意嫁给我?"

披头说:"谁要是愿意嫁给你的话,她自然就不会介意。他们现在选了你做一个古人的干爹,你竟然还担心日后没人愿意嫁你?亲爱的傻弟弟,你想老婆想疯了?"

绿儿低声说:"他们听起来好像不高兴了。"

奥义克说:"先别动,我听懂了一点点。刚才你让他的头放在你的手里,就好像认了他做什么干亲,从此他就得到你的保护。而现在你也是在求他认你做他的亲戚。"

绿儿说:"呃……这个主意不太妙。"

谢德美说:"事情到这个地步你就照做吧,先别动,让他来决定好了。"

这时候两个天使之间的对话已经结束了。只见蒲头的双翼完全展开,将绿儿整个人——而不仅仅是她的头部——包在里面。绿儿觉得一层又轻又软的皮质翼膜裹在她身上,如果她随便伸出一只手臂,马上就会将这层翼膜捅破。可是绿儿知道,她这样做的话,毁掉的不是这个天使,而是她自己。

奥义克说:"他祈求自己能够做你的好爸爸。"

绿儿问:"爸爸?"

"他知道很久很久以前你的爸爸在一个遥远的地方去世了,他希望能代替他的位置。"

索菲娅问:"什么?妈妈,他怎么会知道呢?"

"他说他从此会好好活着,用他的生命去保护你不受那些饥饿地鬼的侵犯。虽然你不是婴儿,可我想这应该是他们领养小孩时候说的誓词吧。"

绿儿问:"在天使的语言里,父亲这个词怎么说?"

奥义克说:"嗯……我想……等他再说一次我听听……"

这时候那个天使又说了几句话。

奥义克说:"是贝特。"

索菲娅说:"什么?"

"父亲这个词的发音是'贝特'。"

在天使把飞翼松开之后,绿儿跪坐在脚跟上,看着他的双眼,指着他说:"蒲头,贝特。"然后她指着自己说:"绿儿。"

蒲头问:"她说什么?是不是告诉我她的名字呢?可是那个音节太奇怪了,我不知道应该怎么发出来。"

披头说:"玉……儿。"

"不对,在每个音之前还有点别的东西。幸好这也不是地鬼的音节,算是一种跑了调的音乐吧。乌……儿,玉……儿。"

奥义克说:"快听,他在尝试说你的名字呢。不过他们的语言里面没有 L 这个辅音。"

"玉儿就够好了。"绿儿点点头,算是接受了蒲头的称呼。她指了指自己,说:"玉儿。"然后指着蒲头,说:"蒲头,贝特蒲头。"

天使指正她说:"蒲头贝特。"

绿儿跟着说:"蒲头贝特。"

然后天使指着绿儿,说:"玉儿义高。"

绿儿指着自己,说:"玉儿义高。"

天使也点了点头表示同意,可是他做这个动作的时候显得特别夸张特别尴尬。看来他们并不习惯用点头来表示同意,他只是学绿儿的动作罢了。绿儿说:"聪明的家伙。"

然后她往另一个天使躺着的床指了指,问道:"蒲……头?"

蒲头说:"披头。"

绿儿答道:"披头。"

蒲头补充道:"披头贝特。"

谢德美说:"噢,如果一个天使认了你做干女儿,他的孪生兄弟也成为你的干爹了。"

奥义克说:"在他们的文化里,双胞胎似乎特别重要。"

这时候从床上传来破翼天使的声音:"玉儿义高。"然后他把舌头不知怎么卷起来,硬是说了一句:"绿儿义高。"

众人听了又惊又喜,一起拍手大笑。两个天使顿时吓了一跳,随即发现他们拍手同时也在点头，于是蒲头也开始学他们把两只手拍在一起。

就在这时候，纳飞回来了，身后还跟着羿羲和如诗。

他问："我错过什么好戏了？"

绿儿说："没什么。你快来参见我刚刚认的两个干爹，蒲头和披头。不过作为他们的女儿，我要称呼他们作蒲头贝特和披头贝特；而他们就叫我绿儿义高。"

奥义克说："绿儿义高的意思是你是他们的阿姨。别忘了，是你先认他们做干侄儿的。躺在床上的那个扑什么兔……"

"披头。"索菲娅纠正奥义克的发音。

奥义克说："那个受伤的天使，他很感激你。你认他们做干侄儿，他们已经觉得非常荣幸。后来你还认他们做干爹，这是一个更大的人情，他们当然受宠若惊了。我觉得你们建立的这种关系会永久持续下去的。"

如诗说："没错。索菲娅，你也看到了，对吧？"

索菲娅说："妈妈，他们已经让你成为他们生命中的一部分，从此你就是他们的亲人了。他们不是在说笑，你们刚才做的也不仅仅是一个仪式那么简单，因为现在他们和你的联系已经变成像你我之间的联系那么亲密了。"

奥义克说："他们以为这样一来，所有的古人都会永远和人们——就是天使——交好了。"

纳飞说："很好！我们已经有了一个好的开始，现在先让他们两兄弟单独说一会儿话吧。小谢，你把药柜都锁好，我们先出去几小时。"

"他的伤口会痛的。"

"你能不能给他止痛的同时还保持他清醒呢?"

谢德美说:"可以是可以,不过他那个双胞胎愿不愿意让我动手呢?"

一开始蒲头确实不愿意。可是绿儿在他面前又跪拜又鞠躬,还伸出双手呈乞求状,蒲头似乎明白了谢德美手中的工具并不会给披头带来什么伤害。谢德美把药注射在披头的一条胫骨上,然后和大伙儿一起离开了房间。

披头说:"看来他们信任我们。"

蒲头说:"否则我们都成囚犯了。"

披头说:"那么你去试一下他们。我知道,如果你表示要走的话,他们肯定不会拦你。"

"如果你不能和我一起走,我决不会一个人回去。"

"那我们真的成为囚犯了。不过禁锢我们的是我的伤势,而不是古人。"

蒲头这时候已经飞回床上,仔细查看披头的伤口。"披头,"他的语气充满了惊喜,"你飞翼撕开的伤口……正在愈合呢!"

披头说:"不可能,破翼是好不了的,破翼男注定要被地鬼吃的。"

"我是说真的,撕开的两边已经长起来,中间结了一条疤,就像身体别处的皮肤那样。古人竟然有能力治愈翼膜的伤口!"

"蒲头啊,现在还有谁敢说我当初不应该下来找古人呢?"

蒲头挖苦道:"那个宝博。"

披头问:"那你呢?你怎么说?"

"我说啊,我的孪生兄弟是我们的先驱者。多亏了你的勇气、胆识和反抗精神,否则我们至今和古人还是形同陌路呢!现在古人已经是我们的朋友了,其中一个还成了我们的阿姨,我们也做了她的干爹。"

对于耶律迈来说,学习掘客的语言仿佛让他回到了年轻的时候。虽然他是韦爵的长子继承人,可是耶律迈决心通过自己的打拼,实至名归地获得这个地位。所以他长年奔波在外,不畏艰险,勇敢地磨炼自己。那时候他敏而好学,特别擅长掌握新语言;一路上无论是雇工、向导还是客栈的老板,都是他的语言老师。最初几门外语需要特别努力,可是后来耶律迈逐渐掌握了不同语言的内在规律和固有模式,一切都变得简单起来。比如说,博卓兹语和希尔米语就很相像,区别在于前者把所有的 B 音都变成 P 音,而且所有的长元音后面总加上一个 U 音,变成双元音。还有一些单词在不同语言里有不同的含义,就像"Olpoic",这个单词在博卓兹语里并不是"家"的意思;如果你叫一个男的带你回他的"Olpoic",他可能会出刀子捅你。总的来说,只要你发音准确,并且注意单词的不同意思,你就可以畅通无阻了。经过多年的磨炼,学习外语已经变得非常容易;虽然耶律迈对自己的语言能力相当自豪,可是他对这件事情实在提不起兴趣。

如今耶律迈已经被剥夺了长子继承人的地位,他再也不能像以前那样自由自在、海阔天空地翱翔。就算他还能飞,天下之大,已经没有他的容身之所了。他的妻子在这个星球的全体人类面前把他贬得一文不值,现在他唯一能做的就是跟那些活在地底的大老鼠学习它们的鼠语。

没关系,大丈夫能屈能伸!就算跟着奥义克入门也没关系,虽然他是纳飞的跟班小弟弟,可他毕竟不是纳飞本人。如果当初的事态没有恶化,奥义克长大之后有可能会成为一个健康版的羿羲:虽然聪明机智却不嚣张逞能,既服从兄长也有自己的主见和担当;勇敢而不莽撞,自信却不自夸。耶律迈其实挺喜欢奥义克,可是奥义克却明显不信任他,甚至害怕他。没错,当年在飞船上的时候,耶律迈确实出手重了一点,那只是他一时生气,控制不住脾气罢了。其实耶律迈当时只是恨纳飞欺骗了他,而并不是针对奥义克。如果那么多年来纳飞显示出哪怕一点点的迹象,表明他能变得像奥义克那么好,耶律迈就会和他成为真正的朋友了。不过现在跟奥义克解释这些也没有用,耶律迈从来不会刻意讨好谁。目前只要跟他学习掘客的语言,帮他解决疑难问题,一起寻找语法规则和结构模式,这就足够了。

掘客的语言确实有模式和规则可循。这门语言有独特的发展历程,完全不受人类的影响,所以它与和谐星球上的各种语言都大相径庭。可是不同的语言总会有共通之处:比如说每一种语言都需要描述时间,需要表达过去、现在与将来,也需要描述因果、动机和意向;另外,每一种语言都必须建立一个主谓语法系统,用来描述某个主体的某个行动。耶律迈宝刀不老,丝毫不比年轻时候逊色;他很快就建立了语感,并且逐渐找到了这门语言的精髓。森林边上有很多掘客在观察着人类,耶律迈和奥义克一起去找他们聊天。耶律迈看得出来,那些掘客很欣赏他的声线和说话的方式,甚至因为有一个神仙愿意说他们的语言而受宠若惊。

耶律迈还察觉出奥义克有一丝妒忌:毕竟耶律迈是他带入门的,可是几周之后,学生反而变成了老师。虽然耶律迈还不能教他每个单词的具体含义,可是他已经能在语法规则、发音规律以及习惯用语等方面指导奥义克了。奥义克并不笨,不过这是他第一次学外语,当然不能和耶律迈相提并论;假以时日,他也能掌握学习外语的窍门。值得称赞的是他的态度:奥义克没有说什么,只是称赞耶律迈的能耐。关键是没有迹象表明奥义克试图抵制这种师生关系的转换,而且他还是知无不言言无不尽,没有对耶律迈留一手。如果纳飞当初有奥义克这种克己自制的能力……

终于,耶律迈觉得火候已经够了,他已经有信心去和飞船上的俘虏交涉了。那九个掘客里面,有四个已经放回去了——就是执行战王命令处决绑架者的那四个士兵。剩下的五个俘虏里面,有四个是绑架者;剩下那个,也就是最重要的一个,是幕后主使,血王的儿子伏森。佛意漫盼咐道:"我要让他改邪归正。他本来是想害我们的,能够与他修好才是最重要的。我要他把人类的文化传递给掘客。"

所以耶律迈必须和伏森交朋友。他说:"爸爸,这件事情必须按照我的方式去做,否则我干不了。"

"你的方式是什么呢?"

耶律迈说:"爸爸,伏森是一个性情暴戾、脾气暴躁的人。"

"所以我们必须引导他向善。"

耶律迈说:"我们首先必须让他知道谁是老师,然后我们才能够着手引导他接受另一种生活方式。"

佛意漫虽然心存疑虑,不过最后还是同意了。他说:"可是,阿迈,你不能伤害他。他和我们之间的关系已经够僵了,你千万不要再火上浇油。"

耶律迈答应不伤害他——或者说,至少不会对他造成永久性的伤害。不过除此之外,佛意漫答应让他全权处理,见机行事,而且还不派人在一旁监视。

不过一开始他必须在飞船上和伏森等掘客见面,全程都被那台名叫上灵的计算机监视着。幸好,上灵在地球上的威力远不及他在和谐星球上的万一。哼,就让它看去呗,尽管向佛意漫、纳飞和羿羲汇报去吧,这件事情又不是什么见不得人的秘密。而且阿飞和阿羲两人根本就没精力管耶律迈,他们整天忙着照顾那对天使双胞胎。这些恶心的小动物,骨头就像枯枝脆木一样,碰一下就断;不过他们飞起来的时候还是挺好看的。最近他们和纳飞一伙打得火热,尤其是纳飞的贱人老婆,还和那双胞胎认了干亲,成了一家人。纳飞天生就么蠢,竟然不知道和弱者结盟没有一点好处。这些天使被掘客称作"空中肉兽",可见他们根本就没用。为什么他们还没有绝种呢?耶律迈觉得这是因为掘客留着他们作为一个稳定的肉食来源。这些天使只是一盘有智慧的菜,一锅会飞的炖肉,而纳飞和羿羲偏偏要和他们做朋友。

和天使相反,掘客是一个勇猛强壮的种族;而飞船里囚禁着的正是他们当中最强壮、最勇猛、最有野心的一个。爸爸,求你不要让我和他做朋友吧!耶律迈几乎大声笑出来。老头子为了建立和平而绞尽脑汁、机关算尽,可是他竟然让耶律迈和地球上唯一值得结交的种族来往,让他成为"人鼠关系专家";可怜纳飞只擅长和废物打交道——那些天使既没脑也没腰骨,天生就是掘客的猎物。

耶律迈先对奥义克说:"现在我要开始和飞船里那些俘虏打交道了,你就继续在外面和这些自由的掘客来往。我想以后每天和你讨论一下当天的收获,谈谈各自学到的掘客语言和文化。"奥义克很爽快地接受了这种安排,并没有表示要和耶律迈一起见飞船里的俘虏。真是个出类拔萃的好孩子!

然后耶律迈去找谢德美的说道:"你先把那四个动手绑架的掘客弄醒,我要先和他们练习一下。我准备在旁观察他们相互之间的交流,从中学到点东西。而且我要完全控制他们身处的环境,如果事情闹得不愉快的话,至少他们不能溜之大吉跑进树丛里。"

谢德美说:"他们其实很强壮,可能会出乎你的意料之外。"

耶律迈说:"我本来就知道他们很强壮,所以不会觉得意外。"

谢德美说:"我的意思是你可能不想单独一人对付他们四个。"

耶律迈说:"我的意思是我不能示弱,决不能让他们以为我怕了他们。我一生中再狠毒的人也见过,那些人来自完全陌生的文化,我对他们一无所知;有时候直到对方突然动起手来我才算是对他们有了一点初步的了解。比掘客危险百倍的人也逃不出我的掌心,因为这是我的专长!就像你的基因学领域,我可没有多管闲事乱插手,对吧?"

谢德美听了之后显得很惭愧,只能乖乖地把四个掘客逐个唤醒。耶律迈守候在旁,确保他们苏醒之后第一眼看到的是他的脸。然后耶律迈用非常粗暴的方式对待他们。他用力揪住掘客的肩膀,推推搡搡地驱赶他们穿过飞船里的走廊;在爬梯那里,耶律迈抓住他们的脚跟往上推,逼他们爬上他指定的那一层。这里既是学校,也是谈判桌,更是监狱。

耶律迈花了四个星期与他们相处,把所有能学的都学会了。每天他都掌握新的词汇以及越来越复杂的语法规则;晚上把俘虏关起来之后,他就把当天学到的知识一丝不苟地传授给奥义克。除了语言之外,他还了解掘客的文化习俗和地下城的运作方式。在两个王里面,血王掌管宗教事务,是最神圣的。他不但主持所有少年男子的成年仪式,还负责在空中幼兽的盛宴上给各位猎手评分。通常那些能够一击致命、不拖泥带水的猎手都会得到奖赏；可是最高的奖赏总是颁给那些兵不血刃就将猎物生擒活捉的高手。战王则掌管军务、任免军官，训练年轻人技击、追踪和杀戮的本领；他还率领士兵捕猎，不管猎物大小全部通杀。不过捕猎之后的册封嘉奖仪式还是由血王主持，到底哪个是勇士哪个是孬种，最后还是由血王说了算。

穆夫汝主是一个伟大的战王，可是有人说他做错了一件事：与艾米斯母结婚。当然，他其实也是迫于压力才娶艾米斯母的。当年这个女人既能得到诸神的托梦，还能听到诸神的声音，所以大家奉她为圣母，也就是地下城的最高统治者。圣母过于强势，削弱了战王的地位；而战王对这个女人百依百顺、言听计从，于是忽略了手下将士的意见。这样一来，在他们的权力架构当中就出现了一个真空。

伏森的父亲术司门本来应该利用这个权力真空扩张势力，帮助族里的男人摆脱艾米斯母的压迫，重拾那一股正逐渐被圣母榨干的阳刚之气。可惜术司门和穆夫汝主一样，都被艾米斯母洗了脑。不过也难怪他们，因为她预言了那个没人碰过的大神会从天而降，结果他真的来了。人们看着大神被众多神仆和半神簇拥着，举手投足间散发着威严和力量。所以虽然艾米斯母鼓吹的那一套让人们变得软弱和被动，大家还是不敢质疑她的权威。她让他们看、让他们等、让他们学，却不许他们动手。于是大家乖乖地看，耐心地等，直到有一天伏森挺身而出，大声质问他们："你们是男人还是女人？如果你们是女人，怎么不抱个婴儿喂奶去？如果你们是男人，为什么你还在看还在等？你们明明知道那些婴儿在哪里，也知道他们看管得一点都不严密。他们既没有在地底挖隧道，也没有在树上筑窝巢，所以那些婴儿整天都在地面上,你们为什么还不去拿了献给血王?"

"可是血王没有说要他们的婴儿,战王也没有命令我们动手。"

"那是因为他们都被女人骑在头上!我是堂堂男子汉,决不听女流之辈的命令!如果我的上级不是男人,那么我就只听自己的命令!这些根本就不是神,就算他们是从天上下来的又怎么样?他们不也和我们一样把尿撒在地上?他们不也和我们一样吃喝拉撒?他们不也和我们一样需要呼吸空气?他们有什么神圣的?"

"这些都是伏森说的谎话!我们也是上了他的当。"那几个俘虏都想撇清关系,所以对耶律迈如是说,"我们现在才知道原来你们真的是神仙;要是我们早知道的话,根本就不会理他。全能的神啊,请原谅我们吧!请不要让你们那个会发光的大神惩罚我们。"他们就这样絮絮叨叨不住地求饶。耶律迈看着这帮卖主求荣的软骨头,越看越生气,简直想亲手把他们勒死。

虽然他们这样背叛伏森非常卑鄙,可是耶律迈并没有流露出不满。正相反,他让几个掘客以为耶律迈想让他们永远向那个会发光的神仙效忠。哼,什么神仙?不就是纳飞这个欺世盗名的小杂种嘛!当耶律迈从他们身上再也挖不出什么有用的东西时,他就告诉佛意漫,他觉得是时候放他们离开飞船去见其他人了。谢德美、奥义克、索菲娅、亚赛他们想深入了解掘客的文化习俗,现在就可以和这几个掘客交流沟通了。

佛意漫等人对耶律迈的工作成果都十分满意。那四个掘客表现得温顺纯良,特别使劲地取悦大众,和众人交谈的时候知无不言言无不尽。四个掘客还把自己的妻子都接过来参加座谈会,人鼠和平共处,其乐融融。谁还能想起,就在不久之前,这四个掘客曾闯进耶律迈的家中偷走了他的小宝宝?佛意漫说:"儿子,我为你感到自豪。他们曾经伤害了你和你的家人,可是你不计前嫌,以德报怨,与他们化敌为友。你做得很好!"

耶律迈心知肚明,如果他真心实意与这几个掘客化敌为友,那才是真正的耻辱呢。他知道那几个绑架者的真面目:他们都是背信弃义的懦夫。当初他们在伏森的威逼之下作奸犯科;现在他们在耶律迈的打压之下又心甘情愿地背叛了旧主。如果伏森有哪怕一点点判断力,就应该在上台之后把这四个家伙干掉。

没错,伏森会上台的,耶律迈对这一点深信不疑。他从几个绑架者口中听得越多,就对伏森越了解。伏森的思维方式,他的感受,他的渴望和追求,以及他为了达到目的愿意做出什么样的事情……这一切耶律迈都了解得一清二楚。

他要的东西很简单:权力。

为了得到权力他会怎么做?不择手段。

是的,耶律迈很了解伏森,因为他自己就是伏森。耶律迈要让血王的儿子看清形势,学他那样卧薪尝胆。

终于到了唤醒伏森的那一天。谢德美将他的冬眠舱准备好。

耶律迈说:"他苏醒的时候我要单独和他谈谈。"

谢德美目不转睛地看着他,问道:"为什么?"

耶律迈说:"因为我了解他。从其他人的描述看来,这是一个危险分子。要驯服他,我就必须让他看清楚到底是谁说了算。如果你在场的话,他就会看到有别的人类也在参与这件事情,他就不怕我了。我必须让他知道他这条小命完全在我的掌握之中,你明白吗?"

谢德美说:"我明白,可是我不同意。"

耶律迈说:"不过你还是会让我和他单独相处的。"

"我会的,因为佛意漫盼咐过,这件事情让你全权处理。"说完她转身走了。

过了一会儿，舱盖滑开，伏森躺在耶律迈面前，眨了几下眼睛，试图搞清楚四周的状况。耶律迈伸出一只手，捏住他的喉咙，把他提起到一个半坐半躺的姿势，用最恶毒的掘客语言吼道："你竟敢偷我的女儿！你打算吃我的女儿！你只敢欺负小婴儿，在真正男子汉面前就马上变成软骨头！你这样子算什么英雄好汉？"

让耶律迈欣慰的是，伏森的第一反应不是害怕，而是狂怒。他刚刚醒转，麻醉药效还没过，两条手臂还软弱无力，竟然伸手去挖耶律迈的心脏。很好，不是一个软骨头！

"蠢货，你现在竟敢和我动手！"耶律迈一手捏住他的喉咙，另一只手把他整个从冬眠舱里揪出来，用力扔到对面墙上。

嘿嘿，不错，这个家伙毕竟不像那些弱不禁风的天使。只见伏森从地上翻身而起，没有一点损伤。他龇着牙，拉开架势准备动手；可是他还很虚弱，连站也站不稳。这根本不是一场公平的决斗，可是耶律迈要的就是这种效果！现在耶律迈不是追求正义和公平，而是要树立权威，要立足于统治支配的地位。如果耶律迈追求正义的话，他就会趁着伏森昏迷的时候把他勒死了。

伏森突然飞身向耶律迈扑过来。这一下飞扑出其不意、来势凶猛，幸好耶律迈让那几个俘虏给他演示过掘客打斗的惯用招数，否则还真的有可能被伏森突袭得手。耶律迈当时对几个俘虏说，他只是想学习具体某个动作的名称；结果他既学会了名称，也想到了克敌制胜的招数。所以伏森这一下非但没有得手，反而被耶律迈借力打力，利用伏森自己的重量把他顺势甩了出去。这次伏森飞进了走廊里，在地上磕磕碰碰连翻带滚，最后整个人撞在了走廊尽头的墙上。

哪知他怒吼一声，竟然马上跳起来，再次扑向耶律迈。可是飞船里的地面非常光滑，他总是脚下打滑，没办法累积足够的动量把耶律迈撞得失去平衡，更不用说把他掀翻在地了。就这样，伏森屡战屡败，被耶律迈不断地戏弄和羞辱，到药效完全退去的时候，他已经累得筋疲力尽了。

终于，伏森累趴在地上一动不动，耶律迈抓住他一条后腿，拖着他穿过走廊，一直走到中心爬梯；然后耶律迈把伏森扛起来，沿着梯子爬到囚禁他的那个房间。一路上他任凭伏森的脑袋和身体磕磕碰碰，也不给他机会保护一下自己。来到牢房，耶律迈将伏森一把扔进去，然后他也跟着走进房间，把门关上，站在一旁哈哈大笑。

虽然人类笑起来和掘客不一样，可伏森也看得出耶律迈是在耻笑他。他从地上爬起来，双脚直立，袒露着光秃秃的粉红肚皮，说道："你要给我一个男子汉的了断吗？来，有种你就把我胸膛切开，掏我的心肝内脏出来，再当着我的面吃掉！别以为我怕了你！我还要跟你抢着吃呢！"

伏森是真的不怕死还是装出大无畏的样子呢？耶律迈一眼就瞧出来了："我宁愿吃我自己的大便也不想被你这个懦夫的污血弄脏了我的嘴唇。"

"那你是想让我像懦夫一样死掉吗？好，给我喉咙这儿来一刀，我才不怕呢！反正我活着也没有什么意思。你们这些神仙来了之后，男子汉都不见了，剩下的全是女人和一些长着两条尾巴的懦夫。"

耶律迈忍不住又笑了。这家伙死到临头还在挑衅，虽然嫩了点儿，可是毕竟勇气可嘉。如果他做出别的反应，耶律迈反而会觉得失望。换了欧必忍早就趴在地上求饶了；如果是费雅思就会强压着怒气不说话；梅博酷则会讨价还价，试图和对手达成交易。可是伏森在大势已去的时候还竭尽全力去减少耶律迈的胜利喜悦,确实是个男子汉。

耶律迈用掘客语说道:"蠢材!我不是要杀你,我要你上台做大王!"

这句话比什么都有用,伏森马上安静了。

耶律迈说:"你的老头子一点用也没有,竟然被艾米斯母骑在头上作威作福。穆夫汝主也不是带兵打仗的料,看他的所作所为就像一头没长翅膀的空中肉兽。我本来以为你那几个动手抢人的手下算有种,哪知他们也不是男人。他们为了保命,敲锣打鼓地把你卖了,还顺手将所有责任都推在你头上。"耶律迈学他们的声音,故意喘着气扮成娘娘腔:"啊,伏森欺骗了我们。我们是被逼的,这件事情和我们没有关系啊!我们那时候不知道你们真的是神仙嘛。"

伏森气得咝咝作响,口水四射,把耶律迈站着的那半边房间喷得四处都是。在掘客里面,吐口水是表达极大的蔑视;如果耶律迈是掘客的话,马上就会和他拼命。

可是耶律迈不是掘客。他不怒反笑道:"如果你的口水有毒,那喷我身上还有点用处。可是你没必要和我过不去,如果你想拯救你的族人,不让他们被我们奴役,我就是你唯一的希望了。"

"如果你是我的希望,那我就没希望了。"

"你真是一条蠢货,是吧?不过我还能指望你什么呢?说到底我是一个神仙,而你只是一条啃泥的虫子。"

"我不是虫子,你也……"

"说下去呀,伏森,可爱的小神童,无助的小宝宝,把这句话说完呀。"

伏森摇了摇头。

"你本来想说的是'你也不是神仙',对吧?我们就打开天窗说亮话吧。"

伏森说:"你的手打在我身上的时候,我能感觉到,那不是神的手。"

耶律迈说:"哼,好像你以前老是被神仙殴打,所以一碰就知道似的。"

伏森无言以对。

"我告诉你,我的手是男人的手,这个男人比你更快、更强、更聪明,也比你背负着更多的仇恨。"

伏森仔细品味着耶律迈的话:"男人?你说你是人?"

耶律迈说:"没错,我是一个男人,而不是神仙。"

伏森说:"没错,今天你是比我强比我快,可能也比我聪明,不过仅仅是今天罢了。"

耶律迈说:"伏森,不仅仅是今天,而是永远!我现在知道的东西,你们全族人一万年也学不会!"

伏森退让了一步:"就算你比我聪明,可是你心里的仇恨决不可能比我多。"

耶律迈说:"哦,是吗?那我们比一比谁更惨,好吗?"

两人促膝长谈,互诉衷肠。一天下来,当耶律迈终于把晚餐送来给伏森的时候,他们的关系已经不再是囚犯和看守,也不是俘虏和主人,更不是人和神;他们已经成了盟友。这两个被各自族人放逐的失败者决定互相扶持,找机会打倒各自的对头,然后东山再起。这一切需要精心计划,需要耐心和时间。时间,他们有的是;耐心,他们可以一天一天地学。耶律迈不也正在学吗?伏森也能够学会的。

就在伏森稀里哗啦地埋头大嚼的时候,耶律迈告诉他:"如果将来哪一天你突然起了歹心想过河拆桥,你记住了,你干什么都逃不过我的双眼!就连你心里的歹念我也会比你先知道。所以你想对我捅刀子的时候,你会发现你身上已经中了我的刀。"

伏森发出掘客特有的那种喘气似的咝咝狂笑声:"好,我知道了,我可以把我这条命托付给你。"

耶律迈说:"你就尽管托付吧。可是我要告诉你,我永远也不会把我的性命托付给你。"

纳飞、绿儿、羿羲和如诗出发前往天使的村庄。他们把工具背在身上——当然,羿羲的行李是放在他身后的椅子上。一个星期之前,亚赛和奥义克已经去指定的地方建好了电磁中继站,所以羿羲能够沿着小路一直飘上山。不过他还是带着浮椅防身,万一天气不好或者有人趁他睡着偷了浮子,羿羲也不至于动弹不得。

他们最年幼的小孩都留在村子里给其他人照顾。如果他们和村里的天使初次会面顺利的话,他们就可以建造房屋,然后回去把小孩都接上来,顺道把谷物种子、御寒衣物和教学材料一起运过来。他们希望在那个海拔高度的生长季节到来之前建立一个成规模的农庄——当然,前提是一切都进展顺利。

披头和蒲头在前方带路,不时冲上云霄盘旋片刻,等后面四个人赶上来之后再飞下去交谈几句。他们都知道,很多天使很抗拒和人类——也就是传说中的古人——交往,可是纳飞他们已经精心准备了一场好戏,希望借此把心存芥蒂的天使都争取过来,或者至少说服他们允许四个人类搬进村庄里居住。

一行人终于到达峡谷顶上的大草坪。当初披头就是在这里血溅当场，惨遭破翼碎骨的横祸。他们停下脚步，正式上演这幕好戏。

披头和蒲头分别降落在纳飞和绿儿的头顶。他们的双脚轻轻用力，牢牢地抵住两个人类的下颌；然后收起飞翼，裹住两人的肩膀，既像一件斗篷，也像一个帐篷。

绿儿说："就像一个窝巢。"

纳飞点头称是。虽然他们从来没有亲眼见过天使的窝巢，可是他们听过披头和蒲头的详细描述，也看过双胞胎画出来的示意图，后来连地球守护者也给他们报梦了。他们在梦里看见的天使窝巢是用柔软的嫩枝和青草编织而成，层层叠叠地铺在树枝顶上，实际上是一个屋顶，这片屋顶下面就是母亲和小孩栖息的树枝。她们睡觉的时候头冲下倒挂在枝头，一双飞翼裹住自己的身体，就像包在一张毯子里面。

纳飞一行人知道，在山顶这里四面八方都是天使；他们此刻正躲在树梢枝头，一边观察一边给这群人打分。

羿羲滑翔着飘到一行人的最前头，双脚一直没有接触地面。如诗跟在他身后，低声告诉他各个天使躲藏的方位，其中哪些和披头兄弟的关系并不密切——这些正是他们要争取的对象。在他们几个人里面，只有羿羲能够悬浮在半空中；他这招独门绝技，别说其他人，就连纳飞身披星舰宝衣也做不到。让羿羲打头阵正是利用他会飞的优势，造成天神下凡的气势，一上来就把所有天使都震慑住。

"伊帼在哪里？她的丈夫回家与她团聚了！"羿羲用天使的语言高声喊着。他知道自己的声音太低沉，那些天使未必能听得清；所以他特意加快语速，突出每个单词的辅音，希望这样能够帮助听众听懂他的话。

不出所料，没有天使从树林里现身。

"披头是个勇于探索的男子汉！虽然他的飞翼被撕破了，可是现在已经被我们治好。我们连破翼也能治好，难道还会伤害你们吗？"

还是没有天使出来。

"那个愤怒的古人打伤披头，是因为他以为你们抢走了他的小孩。那时候我们还不知道在黑暗的地底藏着那么多地鬼。"

当初绿儿反对用天使的口吻称呼掘客，可是羿羲坚持要使用天使听得懂的词汇："迈哥和小奥跟掘客说起天使的时候，还不是照样把他们叫作空中肉兽？"羿羲这样一说，人人都觉得"地鬼"总比"空中肉兽"好听一点。

羿羲继续对着躲在暗处的天使们喊话："可是现在我们已经看到真相了！你们决不会下来谷底偷我们的小孩。我们看到的是一个勇敢的男子汉蒙冤受伤；而他那个同样勇敢的孪生兄弟不畏艰险，冒死前来相救。"

终于，有一些天使陆续现身了。他们跳到空地边缘最外围的枝头，有一些直立在树枝上，有一些则倒挂着。后者让羿羲看着也觉得头晕，不过他还是继续大声说："现在我们知道了，你们本来可以不让勇敢的蒲头下山，可是你们最终还是选择放他走，可见你们是真心想和我们做朋友。没错，我们就是古人，我们在地球守护者的指引下终于回家了。"

他们本来对这句话的使用也有分歧，因为天使对"地球守护者"毫无概念。可是纳飞坚持要在一开始就把这个名堂介绍给他们。"他们很快就会发现我们并不是神仙，所以我们千万不要落人口实，让他们说我们存心欺骗。"

绿儿温和地反问："那为什么我们要骗掘客呢？"

纳飞指出:"因为我们不是想从天使手里救回被绑架的小宝宝,而是想和他们建立真正的友谊。我们给他们的第一印象已经是既残暴又没脑,所以现在决不能再装神弄鬼欺骗他们了。充其量让羿羲耍一下飞行把戏,但求吸引他们的注意力,这就足够了。"

现在羿羲用天使语言说出的"地球守护者"这几个字是披头和蒲头两兄弟教的。纳飞等人向两个天使解释地球守护者到底是何方神圣,然后披头两兄弟就把这个概念翻译成天使的语言。天使语言特别难学,纳飞等人只是刚入门,很难把地球守护者的来龙去脉解释清楚,所以这个翻译其实有相当的局限性。

"请求你们原谅我们古人的过错。以前我们对你们缺乏认识,可是通过这两位品行高尚的勇士,我们已经了解你们了。现在我们治好了披头的飞翼,希望你从这件事情看清我们的诚意,并允许我们四人在这里定居。不过,首先请伊帼出来和她的丈夫团聚吧!伊帼,请你出来仔细看看,我们带给你的披头是千真万确的,他已经完全康复了。"

羿羲讲完之后,四个人再也没说话,只是默默地等待着。披头和蒲头偶尔小声地安慰他们几句。耐心点,要有耐心;他们其实很为难,让不让伊帼出来,这个决定实在是不容易。

终于,伊帼来了。只见她扑腾着从树林边缘的枝叶下面飞出来,很笨重地降落在空地上。他们发现那是因为有两个天使宝宝挂在她胸前,让她飞的时候很难掌握平衡。

披头很意外,顿时张嘴结舌;蒲头则兴高采烈地唱起歌来:

  夫君破翼,尚能痊愈

  娘子苦等,奉上双儿

  去时贤妻,归已良母

别后重逢，喜上加喜

披头在歌声中反应过来，立即从绿儿的头上跃下，落在伊帼的身边。两夫妻窃窃私语，语速极快。虽然没有一个人听得懂他俩在说什么，可是大家都觉得他们的声音就像二重唱那么好听。正说着话，伊帼开始检查披头的伤口，尤其是被撕破的翼膜；披头则仔细端详着站在脚边草地上的那对刚学站还不能飞的双胞胎。虽然这对小宝宝还在牙牙学语，却已经懂得叫披头爸爸了。披头喜极而泣，一点也不怕丢人。他一边用指尖抚摸着小孩，一边用舌头轻舔着他们，还让他们爬到他身上，钻进他的翼膜里嬉戏打闹。

过了许久，伊帼终于转身向着还在观望的众天使说："本来不能治好的重伤已经痊愈了，本来已经失去的爱人也已经找到了。各位，让我们原谅那些本来不能原谅的过错，让我们用友谊接纳来自远方的贵客，让我们用心把古人迎进我们的林、我们的巢、我们的家。"

这是伊帼向议会提出的正式动议，纳飞他们遵从披头兄弟的指导做了那么多事，为的就是这个提议。投票开始了，只有少数天使因为心怀不满或者心存疑虑而从树上飞下来，也就是投了反对票。投票结束之后，所有留在树上投了赞成票的天使一起飞出来，在草地上空盘旋飞舞、放声高歌。众天使还轮流俯冲下来，用双手和双脚轻轻触碰古人，仔细端详他们的面容，聆听他们的声音——听他们挣扎着很艰难地说出天使的语言。

可是天使也没办法发出纳飞名字中的鼻音和摩擦音，所以只能叫他作"大呎"。他们也没办法发出绿儿名字中的"L"音，所以只能用喉咙深处的爆破音来代替，于是绿儿就成了"酷儿"。同样道理，"羿梯"就是羿羲，"库哧"就是如诗。披头之前就忍不住抱怨古人好像专门起那些让天使没办法说出来的名字。

不过"大呸""酷儿""羿梯"和"库哧"这几个称呼已经够接近了,关键是天使已经说出他们的名字并且欢迎他们留下来。于是纳飞一行四人,再加上一张浮椅,跟随着漫天飞舞的天使走进另一个山谷——那里就是他们的家。

第十三章 杀 戮

费雅思并没有恶意；他只是有同情心，而且观察入微，仅此而已。自从上次耶律迈因为虐待那只貌丑会飞的所谓天使而惨遭艾雅当众羞辱，至今已经好几个月了，费雅思留意到耶律迈和艾雅之间的寒冰一直没有消融。实际上，就他所见而言，这两人再也没有和对方说过一句话，耶律迈几乎从不和艾雅共处一室。其实费雅思平常也不会老是去打探别人的行踪，他只是"偶然"看到耶律迈整天都和掘客俘虏混在一起，还在学说掘客话，不停地发出那些"嗡嗡嗡"和"咝咝咝"的噪声；同时费雅思还留意到艾雅已经失去了生命中的另一半，变得孑然一身。

其实，费雅思也是一样的形单影只。他那个贤良淑德的老婆莎芙，以前在女皇城中总是习惯性出轨，背叛了费雅思的感情。如今，在生了三个小孩之后，莎芙已经变得大腹便便、人老珠黄——这，何尝不是另一种方式的背叛呢？回想刚结婚那几年，费雅思痴狂地爱着光彩照人、千娇百媚的莎芙。当时莎芙是明星歌手万人迷，能够得到她的垂青，费雅思觉得人生最大的成就莫过于此。谁料昔日的佳人如今已成明日黄花，过往的千般好处万种魅力也烟消云散、无迹可寻。

那么多年来，莎芙一直没有开口唱歌，这一切都始于柔珂撞破她和欧必忍奸情的那个夜晚。当时阿珂对姐姐大打出手——她一生中最嫉恨的人就是莎芙，所以她这个举动与其说是警恶惩奸、伸张正义，还不如说是狂怒之下情绪失控。阿珂的重拳狠狠打在莎芙的咽喉上，从那一刻起她就再也没有唱过歌了。其实莎芙的伤并不是永久性的：她可以正常地说话，发出各种声调，还能哼着摇篮曲哄小孩子睡觉；不过她再也没有像以前那样放开喉咙纵声高歌。失了声的莎芙也失去了名声和地位。费雅思本来一直沉醉在莎芙的光环背后，仿佛这片阴影也是明亮的；失去这个光环之后，莎芙顿时变得不再吸引人。可是很不幸，她是华纱的女儿，所以连累费雅思也被拽到大沙漠里，从此被困在一个无法逃脱的婚姻陷阱之中。莎芙的妹夫欧必忍是一个可悲可耻可恨的可怜虫，莎芙竟然为了这样一个蠢货而背叛费雅思，亲手将费雅思的满腔爱火扑灭。从那个夜晚开始，他们的婚姻变得名存实亡。

所以费雅思和艾雅同是天涯沦落人，有着相同的际遇和不幸：他们的配偶都是道德上的残疾人，浑身上下没有一丝善良的人性。

费雅思一直默默忍受着这一段没有爱情的婚姻，甚至还让那个贱人怀上了他的骨肉，可是没人能猜到，其实他连碰一下莎芙都觉得特别憎恶。没错，莎芙的腰身已经变成了水桶；没错，当年粉饰了他们生命的女皇城名利场已经遥不可及；然而，对于费雅思来说，真正锥心刺骨的是莎芙与欧必忍四腿相缠、肉搏骨拼的那个画面。费雅思知道，莎芙这样做甚至不是为了背叛丈夫，而纯粹是为了激怒她那个资质平庸却心肠刻毒的妹妹柔珂；当莎芙行苟且之事的时候，她心里根本就不会想起费雅思的存在……

很多年了……这些都是发生在很多年以前的事情了：他们在沙漠荒野流浪了很久，然后在茫茫星际飞行了一百年，如今在地球上也过了将近一年。然而对于费雅思来说，所有那些往事都好像刚刚发生在昨天——是的，它们已经永远地定格在昨天！想当初他为了维护自己男子汉大丈夫的尊严，精心策划要杀死欧必忍和莎芙，却因为耶律迈从中作梗而功亏一篑。当时费雅思发了一个誓，至今他还清清楚楚地记得那个誓言：等耶律迈年老体衰、无力反抗的那一天，费雅思就会拨乱反正，一雪前耻。他会先把欧必忍和莎芙干掉，然后去找耶律迈，让他看看自己手上的鲜血。

可能耶律迈会取笑他：怎么，你还记得这件事情？你还是把他们杀了？已经过了那么久……

费雅思会告诉他：一点也不久！这件事情发生在这辈子里，所以我一定要在今生今世把它了断。耶律迈，他们两人该死，那是因为他们给我戴上了一顶绿帽子；你也该死，因为你当年阻挠我报仇雪耻。如今新仇已经冷却成旧恨，必须流更多的血才能彻底了断。现在轮到你了，耶律迈！当年你亲手摧毁了我的尊严，今天我就取你的狗命！

从那天起，费雅思脑中一直反反复复地想象着这个场景，至今已经不下千百万次。这么多年来，耶律迈总是试图加害纳飞或者佛意漫，却屡战屡败，一次次地被打倒、被羞辱。费雅思冷眼旁观，心中默默地祈祷：别杀他，把他留给我！他还无数次想象着欧必忍临死前痛哭求饶的样子。至于莎芙……莎芙一直瞧不起费雅思，所以她一开始肯定不相信费雅思真的敢动手；她会出言讽刺，态度傲慢，直到发现刀子已经捅进心窝，她脸上才会显示出难以名状的惊恐神情。嗯，一定要用刀，因为刀子才有手感！费雅思需要仔细体会复仇的快感：利刃插入她身体，将皮肉割开，在鲜血的滋润下摧枯拉朽，一路深入，直达心脏。在那一瞬间，莎芙的鲜血会喷涌而出，溅满费雅思一手一身；而这个贱人也会在最后的高潮中结束她可悲的一生。

费雅思想，这一天总会到来的。在这之前，为什么不好好准备一下呢？

既然耶律迈觉得费雅思头顶的绿帽不算什么，那么让他自己也戴一顶试试，岂不是公道？当耶律迈奄奄一息等死的时候，我在他临终一刻告诉他，耶律迈，老朋友，你还记得我的老婆做的好事吗？哼哼，你的老婆也给你做了一顶绿帽，而且是和我一起做的。耶律迈会看着我的双眼，他知道我说的是实话，然后他才意识到他低估我了。那么多年来他一直当我是一条任他差遣使唤的走狗、一件没脑的工具，临死前他才发现自己大错特错了。

要实现这个梦想，唯一的难度就在艾雅身上。她就算没有和耶律迈一起，也不见得一定会看上费雅思。费雅思不是笨蛋，他心思缜密、观察入微，仅此而已。艾雅正处于脆弱的时候，而费雅思则充满同情心，他去找艾雅不是为了报复耶律迈。不，不是的，他是以一个朋友的身份去找艾雅，在她需要安慰的时候送上一个强壮的臂弯；然后假以时日，顺理成章地，艾雅就会……费雅思也博览群书，知道这种好事时有发生，为什么就不能发生在他身上呢？为什么他就不能和艾雅相好呢？虽然艾雅生的小孩是莎芙的两倍，可她的腰身却还是那么纤细。而且艾雅还会唱歌，虽然她的嗓音不如著名歌星莎芙专业，却别有一种朴实亲切的光彩，能够唤醒一个男人心中的所有渴望。是的，艾雅，我听过你的甜美歌声。我知道，总有一天你的喘息声会在我耳边响起，你会激动得仰望苍穹，你的身躯会跟着我一起颤抖……

"什么事？"艾雅问道。

费雅思还没拍手掌呢,艾雅肯定远远就看见他走过来了。费雅思觉得很尴尬,说道:"艾雅。"

艾雅又问了一次:"什么事?"

费雅思问道:"我能进来吗?"

艾雅问:"出什么事了?"费雅思看得出艾雅正在脑子里逐个点着她几个小孩的名字。

费雅思说:"没出什么事情,不过我有点担心你。"

艾雅看起来很迷惑:"担心我?"

费雅思问:"请让我进来好吗?"

艾雅笑笑,不过还是让他进屋了。"请进吧,费雅思。不过我不是很明白你说什么。我没什么不妥,只是整天都很累,不过说起来哪一个人不累呢?如果你来帮忙切菜做饭,我就感激不尽了。"

费雅思问:"你真的要我帮忙切菜吗?"

"噢,不,不,我是打比方罢了,我其实是在做针线活儿呢。佛意漫逼我们学用那些很差劲的骨头针,这些针太粗了,每逢一针就在布料上划开一个大洞。可是佛意漫坚持说总有一天钢针都没了,所以——其实我想不明白,就算在沙漠里我们也不至于——噢,我这样絮絮叨叨把你闷坏了吧?"

费雅思说:"对不起,我听你说话的时候其实更留意你的声线,所以我一点也不觉得闷。请原谅我的唐突,可是你平常说话也像唱歌那么好听,耶律迈有你这样的妻子,真是一个幸运的男人。"

艾雅听了他的恭维,一开始有点迷惑不解,然后轻轻地笑了一声,答道:"耶律迈可不这样觉得。"

费雅思说:"那么耶律迈就是一个笨蛋,他竟然不去珍惜这么美好这么……"

"费雅思,你想勾引我吗?"

他被问个措手不及,在慌乱中只能矢口否认:"不,我想不到……我竟然让你误会了……噢,这太尴尬了。我只是来和你聊一下天的,我只是自己一个人挺寂寞,想着你可能……不过如果你觉得我们两人独处一室不合适的话……"

艾雅说:"没关系,我知道我的名节不会因为和你在一起受到损害。"

费雅思挤出一副最苦的笑容:"这不是明摆着的吗?无论谁和我在一起,她的名节也不会受到损害。"

艾雅说:"可怜的费雅思,我们真的是同病相怜啊。"

"是吗?"费雅思想,其实艾雅会不会也对他有意思呢?刚才他真不该断然否认此行的真实意图。

艾雅说:"我的意思是,除了有目共睹的那些事情之外,我们好像都只能在自己的自传里担任配角。"

艾雅说完这句话,似乎等待着费雅思用笑声做回答。于是费雅思干笑了几声,说道:"你的意思是……"

"嘿,我们都是身不由己,命运操纵在别人手里。你说,为什么我们会被人带上一艘宇宙飞船呢?你能想出一个原因吗?这只能说是命数使然,造化弄人。我们都是生错年代爱错人……"

费雅思说:"我明白你的意思了。你说得固然不差,可是,那些叱咤风云的主角们在历史舞台上向着子孙后代发出最强音的时候,我们这样的小角色能不能在黑暗角落里找一个小舞台上演我们自己的好戏呢?虽然没有观众,可是我们连苦中作乐也不行吗?"

艾雅说:"我不是那种躲在黑暗角落里苦中作乐的人。我嫁错人了,从一开始我就知道我嫁错人了。恐怕你也觉得自己遇人不淑吧？可是他们不仁，不代表我们就一定要不义。我不想为了报复他们或者追求一时慰藉而毁了我和我儿女的未来。我只会光明正大地找寻快乐，决不做苟且的事情，所以现在小孩子就是我的一切。费雅思，你也有儿有女，他们都很乖，你也应该从他们那里得到安慰才是。"

"我爱我的小孩，可是我还渴望别的爱。"费雅思意识到艾雅已经看穿了他的企图，再拐弯抹角也没有用了，所以干脆把话挑明了。

艾雅温和地说："费雅思，我一直以来都很钦佩你的坚韧和沉着，你总是默默地承受一切，毫不畏缩。你的坚强和耶律迈的彪悍，孰优孰劣，我也看得很清楚。可是我们千万不要学他们那样。虽然他们伤害了我们，可是如果我们自贬人格，也做出那些下三烂的事情，那我们就真的是罪有应得了。"

费雅思不是一个粗心大意的人，所以他马上意识到艾雅说的不是发生在女皇城的陈年往事，而是最近发生的一些事情。艾雅似乎想当然地以为费雅思知道一些事情，可是实际上他什么也不知道。"耶律迈这样伤害你，我真替你觉得不值。"他希望这句话可以引艾雅透露多一点。

这招果然凑效了。艾雅说："莎芙这样对你，我也替你觉得不值。我以为那么多年来她终于吸取教训了；可是有些女人就是不懂学好。"

费雅思顿时觉得天旋地转。一直以来他总记挂着多年以前莎芙和欧必忍的奸情，所以完全没想过莎芙会再和另外一个人上床。仔细想想，她偷腥的机会实在太多了！费雅思和其他人轮班下地耕种，也轮流值夜；有两次他还跟随司徒博开着宇宙飞船自带的飞行器去周边地区测绘。在他离开的时候，莎芙有可能……不，不可能！她不可能重蹈覆辙，因为她已经失去太多，连歌声也没了……

可是害她失声的不是我，而是柔珂。等莎芙的声音好了之后，我们已经离开女皇城，在外面漂泊了。莎芙得到的教训可能是不要招惹柔珂，可是她从来没有学会害怕我！

费雅思知道，现在已经到算总账的时候了。这一次，他不会再耐心等待；这一次，就算耶律迈也不能阻止他。莎芙和欧必忍死定了！然后他回头干掉耶律迈，为艾雅除去这个禽兽一般的丈夫。当所有障碍都扫清之后，艾雅自然感激费雅思让她重获自由，然后就以身相许……

或者她还是不会以身相许。不过谁在乎呢？费雅思根本不介意别人是否爱他，是否认同他的做法；他行事处世不是为了赢取谁的爱慕和崇敬，而是为了尊严和自爱。他的尊严已经失落太久，是时候重拾了。

费雅思说："很难想象她还会和欧必忍勾搭上。那家伙已经老了，就算他年轻时候有一丁点儿魅力，到现在也都没了。我还以为莎芙到现在早就看透他……"

艾雅笑了一声，脸上却显示出一丝疑惑的神情。这又是什么意思呢？

这意味着奸夫不是欧必忍！莎芙又出轨了，不过这次是和别人。这时候费雅思突然想起艾雅刚才说的一句话：她说起两人同病相怜的时候，提到"除了有目共睹的那些事情"。什么事情有目共睹呢？为什么费雅思却看不见呢？除了他，每个人都知道！每个人！

艾雅肯定看见费雅思的脸上那一副恍然大悟的表情，所以她也好像突然受了重重的一击："噢，费雅思，我以为这件事情你早就知道了，我以为你来找我是为了报复他们两人。可是，你看看，我已经不生气了。我本来就不想再和他同床共枕,所以也不在意他和谁在一起。然后我想……不知道为什么我总以为你的态度也和我一样……可是现在我才发现原来你一直不知情。真的很对不起,我……"

费雅思没听艾雅说完就站起来走出了她的房子,走出了耶律迈的房子。

"费雅思,别做蠢事……"艾雅轻声说了一句。可是她知道费雅思很可能马上就要做蠢事了,所以连忙出去找人帮忙。一定要告诉佛意漫这里正酝酿着一场恶斗,他肯定知道怎么阻止悲剧发生。其实很久以前艾雅就应该这样做了。在这样一个小团体里面,通奸是一种很严重的恶行,所以很多年前耶律迈就宣布实施沙漠的法律。可是艾雅并没有抱怨什么,因为她真的不想耶律迈靠近自己。以前在飞船上,他用这双手去虐待和恐吓每一个人;在地球这里,他又用这双作恶多端的手去残害一条无辜的生命。艾雅宁愿抱着孤枕入眠,去梦中与她认识的唯一真正男子汉相聚。这个男人还是男孩子的时候就爱过她,渴望得到她的芳心。可是如今他与艾雅相见只有淡淡一笑,再也不见昔日的情意了。

艾雅不在乎耶律迈在外面胡来,原因是她终日沉浸在对纳飞的依恋之中;可是费雅思对耶律迈和莎芙的奸情不置一词,原来是因为他根本不知情——这一点是艾雅从来没有想过的。他怎么连这事都看不出来呢?男人的眼力真的比女人差那么多吗?就算费雅思不再想和莎芙有肌肤之亲,难道他因此就以为莎芙也变得无欲无求了吗?

这件事情闹下去恐怕会出人命的。艾雅从没见过费雅思脸上出现这种极端愤怒的表情；在耶律迈身上她倒是司空见惯，不过耶律迈早已习惯了愤怒，也学会如何约束内心的情绪。可是费雅思从来没有这方面的经验。

在赶去佛意漫家的路上，艾雅遇见了梅博酷。今天早上他和几个掘客在山中打猎，杀了一只野山羊，这时候正在把羊皮晾起来。梅博酷问："啥事那么急？"

艾雅说："你也一起来帮忙吧，费雅思刚刚发现了莎芙的奸情，可能要动手。"

梅伯的脸色霎时变得惨白，艾雅明白了，莎芙原来是一双玉臂千人枕，半点朱唇万客尝。她说："不是你，他不知道你也有份。"

梅伯很疑惑地问："那还有谁？"

艾雅冷笑道："难道每个男人都像你和费雅思那么蠢吗？你们都以为天上的明月是自己的私人财产，却不懂得千里共婵娟的道理。"

梅伯笑了："这么说来，他是去搞耶律迈咯？"

"我这就去找佛意漫主持大局，一定不能让费雅思动手。"

"哈，我肯定会去帮忙！你放心吧，这么热闹，我无论如何也不会错过的。"

可是梅博酷并没有跟着艾雅去佛意漫的屋子。他双手握住一把大锤子，心中拼命在想费雅思会先去哪里。没错，他肯定先去工具棚找武器。费雅思本来就不是那种赤手空拳上阵打架的好汉；如果他心里起了杀意，那就更需要武器了。费雅思知道自己的弱项，梅伯也很清楚自己的弱点；费雅思需要一件长柄的利刃，而梅伯则手持一把大锤；费雅思向来爱面子，所以他会指名道姓地喊对手，先唠叨一番再动手；而梅博酷根本就没有面子，所以他会从背后偷袭，或者躲起来打对方一个措手不及。梅博酷一点也不以为耻，因为他知道，如果公平决斗的话，面对一个志在必得的敌人，他必败无疑。打架不是他的强项，梅博酷本是一个演员。如果上灵是真的神仙，而不是一台蠢电脑，那么梅伯此刻肯定还在女皇城的舞台上发光发热、扬名立万，每晚的枕伴和玩伴常换常新……可惜他被困在这条肮脏的小村落里，天天在泥尘之中打滚，干活干得满身是汗，还要忍受着蚊叮虫咬。现在可好，再加上一个极度愤怒的绿帽男。不管这个冤大头是否知情，总之梅伯敢肯定，最近一个和费雅思老婆上床的人就是他自己。

他会去找莎芙！没错，他当然要回家了。

可是费雅思的房子空荡荡的。莎芙不在，应该是和其他女的一起出去了。噢，对了，她去教书了！这个钟点应该是轮到她给小孩子上课。哼，好像读书还真的有用似的。他们读些什么书呢？地洞里面一只文艺老鼠刚刚写就的鸿篇巨制？不过莎芙因为去教书而捡回一条小命，可见这也不完全是坏事，对吧？莎芙的床上功夫相当不错，她毕竟在年轻时学过好些招数，所以跟狄傲丽相比，和她上床简直是一个解脱。狄傲丽总是欲求不满，有时候挺讨厌；她太黏人、太饥渴、太自私、太笨……

当然，就算梅伯必须随时随地满足狄傲丽的需求，他也不会十分介意——他毕竟还不算老。现在耶律迈已经没有再盯住那条禁止通奸的法律，所以除了通奸者本人，其他人好像都被蒙在鼓里。只让那些相信法律的人去执行法律，这样做的好处在于，他们往往不会怀疑别人触犯法律——因为犯法这个念头从来就没有在他们纯真无瑕的幼小心灵里出现过。

如果费雅思找不到莎芙，而他也不知道梅博酷也有份，那么他肯定要去找耶律迈算账了。耶律迈正在飞船上和俘虏在一起，这就是说，费雅思正赶去飞船那里。

去飞船的路上，梅伯经过欧必忍的屋子，只见门开着。奇怪，昨晚欧必忍值夜，现在肯定还没睡醒，门怎么会开着呢？莫非……难道费雅思隔了那么多年还在恨欧必忍？难道费雅思以为莎芙经过那次惨案之后还会和欧必忍偷情？莫非是新仇勾起了旧恨？

就算欧必忍睡得正香，他也肯定不想错过这出精彩的大戏；而梅伯为了安全也不介意身边多一个人，就算这人是一个靠不住的胆小鬼也好。梅伯想，我自己就是一个靠不住的胆小鬼，哪还有脸去说欧必忍呢。

梅伯走进屋子里，只见欧必忍躺在床上，双目圆睁，两手捂住胸前的伤口。这个伤口好像并不能让他立即断气，可他的喉咙被切开了一个大口，那才真正要了他的命。哼，做得挺干净利索嘛！从前胸的伤口看来，武器应该是一把鹤嘴锄或斧头，肯定不是一般的锄头；再看喉咙的伤口，很可能用了一件有刃的兵器。莫非是镰刀？不对，应该是斧头——只有斧子才既有足够锋利的刃割喉咙，也有足够的重量劈开胸膛。可怜的欧必忍……如果费雅思追杀的人是我，那我就惨了，锤子怎么能和斧头对劈呢？大概我最好先等爸爸做决定，让纳飞回来用他那件魔术衣服电一下可怜的费雅思。

事后他们会怎么处置杀人凶手呢？

梅伯听见远处佛意漫屋子那里传来很响亮的说话声，可他还是直奔飞船。费雅思赶那么急，耶律迈就在飞船里……他把那掘客关在哪一层呢？我以前应该多留意一下的……如果我及时赶到救了耶律迈一命，他肯定会对我感激不尽；就算来不及，我也能找机会伏击费雅思。嘿嘿，如果杀人凶手含笑而终，爸爸的难题就完满解决了。

耶律迈和伏森正在你一句我一句地辩论着，耶律迈说掘客语，伏森则尽量说人类的语言。按照他们的协议，伏森把掘客语毫无保留地传授给耶律迈，连最细小、最微妙的细节也不放过；而耶律迈也必须教伏森讲人话。伏森说："既然你们不是神仙，那么你们的语言就不是神圣的，我学一下也不见得有罪吧？"耶律迈只能同意了。

可是伏森没有耶律迈学习外语的技巧，也缺乏这方面的锻炼，所以进展很慢。耶律迈能够流利地说出各种复杂的长句，而伏森只能结结巴巴地讲一些最基本的词语。今天也不例外，所以整个上午伏森都沉浸在郁闷和幽怨当中。有时候他实在忍不住用掘客语爆出连串的句子，耶律迈脸上就会露出轻蔑的微笑；伏森连忙住嘴，然后老老实实地挣扎着继续讲人话。每当伏森气急败坏的时候，他就会抱怨人类语言很多音节很像空中肉兽的叫声——也就是动物的叫声。

耶律迈一直很享受，直到费雅思突然出现在门口，手上还拿着一把滴着血的斧头。这个场景并不在耶律迈今天的计划当中。他问："你用那斧头干吗了？"这浑蛋不会已经把莎芙杀了吧？莎芙今天要教书，费雅思不会当着小孩子面动手吧？是谁告诉他的呢？这件事情持续了那么久，为什么他们今天突然告诉他呢？

费雅思说："很多年以前你不让我杀欧必忍和莎芙，现在我就要把你也杀了！耶律迈，我从来没有忘记你当初是怎么羞辱我的！可是那还不够，你竟然还和莎芙上床？就算艾雅不让你碰，为什么你不能随便干一个母掘客？你不是最爱搞那些没开化的小动物吗？她们才适合你啊，耶律迈！"

耶律迈用掘客语问伏森："你能帮得上忙吗？我大概指望不上你吧？"

费雅思喝道:"你给我讲人话!"

耶律迈问:"怎么了,难道你没有乖乖地学讲掘客话吗?"

这时候,伏森终于想出怎么用人类语言去回答耶律迈的问题:"我想帮你,可是这疯子有斧头。"

费雅思冷冷地看了伏森一眼,说道:"小老鼠,算你聪明。只要你不多管闲事,我就放过你。"

耶律迈又用掘客语说道:"实际上,他杀了我之后就会立即把你也干掉。别人问起的话,他就说是你用斧头劈死我,然后他把斧头抢过来再杀了你。"

伏森瞪了耶律迈一眼,还是用人类语言回答,好让费雅思也听见:"这斧头上面有血,所以他在飞船外面已经杀过人了。"

耶律迈问:"费雅思,你杀谁了?我认识吗?"

费雅思说:"欧必忍。我先在他心脏那里劈了一下,然后再把他喉咙割开。"

耶律迈笑道:"太妙了,以前他让你心碎,现在你也让他心碎。"

耶律迈并非觉得费雅思不敢杀他;正相反,他知道费雅思这次肯定要动手了。其实耶律迈目前的处境非常不利:他赤手空拳坐在地上,没有丝毫的优势;费雅思的斧子劈下来的话,耶律迈可能连反应的时间也没有。

费雅思说:"笑?你觉得这件事情很有趣吗?"

"不止有趣,而且很哀伤。可怜的莎芙,我死了她怎么办?她只能回去找你这个三分钟先生将就一下了。"

费雅思说:"我会把她也杀了。"

"然后呢?然后你还要杀谁?你总不成把每个人都杀了吧?费雅思,你已经完蛋了。你本来应该更聪明些,再忍耐一阵子。"

"我已经忍够了!"

"你本来应该把这事情弄得像是一桩意外;如果你还能够装成想要救我一命,那就更妙了。你应该神不知鬼不觉地把我们一个一个搞定,而不是举着一把斧头四处乱劈。你看,居然被欧必忍的血溅了一身,怎么那么笨呢?费雅思,他们现在非要杀你不可了,大家总不能让一个杀人凶手逍遥法外吧?"

费雅思说:"要死也是你先死。"

"对啊,我先死——那又怎样?你会好过点吗?你猜他们会怎么处死你?勒死你?淹死你?或者谢德美有些药可以让你先睡着了再死,没有一点痛苦;这样的话,你咽下最后一口气的时候,可能还会梦见我呢。"

费雅思说:"我根本就不怕死!"

耶律迈说:"是吧?我可怕死了!你知道为什么?因为我怕死后有来生,我怕我重新投胎之后的身体比不上现在这么舒服。如果我得到一副像你那么孱弱的臭皮囊,那可怎么办呢?"

耶律迈说这话的时候,尽量使用最轻蔑、最厌恶的语气。可是这一招对费雅思没有任何作用。

费雅思说:"你想把我气急了贸然出手?哼哼,没门!我知道你在盘算着趁我劈你脑袋的时候出手抢斧头,可是为什么我要劈你脑袋呢?你两条腿就像树枝一样摊在地上,我能够一下就劈断五公分粗的树枝,你猜我要几下才能砍断你的脚腕呢?"

耶律迈说:"不,你砍不断。"

"你以为你的动作真的那么快?你以为你坐在地上还能阻止我吗?自大的蠢材!"

耶律迈说:"我不用出手阻止你。"

费雅思说:"对啊,因为你出手也阻止不了!"

耶律迈说:"虽然我不行,可是梅伯可以。他现在拿着一把大锤子站在你身后,我猜他打算像钉钉子一样把你的脑袋砸进肩膀里。"

费雅思懒得转身:"反正你也是胡乱编一个人出来吓唬我,为什么不干脆说我后面站着纳飞呢,他才是这里唯一的真汉子,梅伯算什么?能吓着我吗?"

耶律迈说:"没错,梅伯本来一点也不可怕,大部分时间他只是一粒没用的老鼠屎。可是现在他拿着一把大锤子站在你身后,这就有点可怕了。可是,梅伯啊,没用的,费雅思的小脑袋不够硬,还没砸进肩膀就已经先爆开了,就像甜瓜一样……而且他的脑浆会溅得四处都是。"

费雅思说:"别做梦了。我这就把你的脚砍下来!"说完他将斧子举过头顶。

耶律迈说:"梅伯也和莎芙上床了。你听到这消息心情好点儿没有?"

费雅思犹豫了,手中的斧头没有抡下去。耶律迈继续侃侃而谈:"你的小娘子太寂寞了,随便什么东西假扮成男人她都愿意干,最后居然连梅伯也不放过。你说梅伯多没用,躲在你身后却不敢动手。喂,梅伯,那锤子是干吗用的?是你用来插屁眼解痒痒的吗?"

梅伯用幽怨的眼神瞪着他——耶律迈知道梅伯最恨被人嘲笑和摆布。

耶律迈说:"嘿,梅伯,快点儿吧,把你手上那东西抡一下就完事了!"

梅伯出手了。耶律迈虽然低估了梅伯挥锤的力度,却说中了费雅思脑浆四溅的惨状。他在重击之下倒地,梅伯却不罢手,而是抡圆了锤子继续砸，两下，三下，四下，五下……最后费雅思的脑袋被砸成血肉模糊的一团，脑浆和碎骨溅得满屋子都是，现场一片狼藉。当然了，梅伯冷静下来之后，看到自己做的好事，当场开始呕吐，好像费雅思的脑袋不是被他砸烂，而是自己爆成这样子的。可是耶律迈并不担心梅伯，却把注意力放在伏森那里：伏森从费雅思的尸体那里挑起一点脑浆放进嘴里品尝。

耶律迈用掘客语说："伏森，你别吃上瘾了。"

伏森说："味道和野猪脑差不多。我挺喜欢吃野猪脑的……"

"伏森，如果你敢害人，我就把你千刀万剐！"

"如果我害的是纳飞呢？"伏森说的时候语带嘲弄。

虽然纳飞大部分时间都待在峡谷顶上教那些空中肉兽耕田，不过伏森已经看出人类社会的内部矛盾了。

耶律迈说："尤其不能是纳飞！他是我的！"

这时候梅伯已经吐完了："你们说什么？我听到纳飞两个字。"

"噢，我和伏森说起，你一辈子只能做一件有用的事情，竟然浪费在费雅思身上，真是可惜啊。"

梅伯问："浪费？我把朋友杀了还不是为了救你的小命！你竟然说浪费？"

"你救我的命？他根本就近不了我的身，我本来就已经准备好动手干掉他了。"耶律迈自己也不知道这句话是真是假，不过关键是梅伯相信就行了，"至于你说费雅思是你朋友，嘿嘿，我可不打算陪你流眼泪。昨晚他值班的时候，你和莎芙鬼混，你身上现在还带着她的气味呢。"

梅伯说："哼，凭这句话我就看得出你什么也不知道。昨晚我哪有时间去找莎芙？艾雅纠缠了我好几个月，昨晚我终于心软答应了……"

可是他没办法将这句话说完,因为他发现自己突然被耶律迈按在墙上,斧柄压着他咽喉,几乎喘不过气来。

耶律迈说:"我知道你在说谎,可是将来哪天万一我信以为真了,你就会苦苦哀求我给你一个痛快,就像你杀费雅思那样。不过,梅伯,这种死法太便宜你了!"

等梅伯喘过气来,他说的第一句话是:"我在说笑的,你这个浑蛋!"

耶律迈说:"别浪费时间向我道歉了,我们还得向他们解释费雅思是怎么死的。听见没有?爬梯那里传来脚步声了。"

梅伯说:"有什么难解释的?就是我救了你的命呗。"

"噢?那为什么费雅思要杀我呢?为什么你突然对我那么关心体贴呢?"

梅伯说:"他要杀你是因为你跟他老婆上床;我出手阻止是因为你是我大哥,我和你手足情深。"

此时传来艾雅的声音,她正沿着走廊向他们走来:"梅伯,这就是你最精彩的演出吗?幸好我们及时离开女皇城,不用看你在公众场合出丑。"

佛意漫、奥义克和帕达洛紧跟着她走进来,他们手上都拿着各种工具。本来这些工具用来做武器也是相当就手,可惜拿武器的人都是满嘴仁义道德的软骨头。

艾雅问道:"这里怎么变成一团糟了?费雅思呢?"然后她看见地上的尸体,那团被砸烂了的脑袋还歪歪扭扭地耷拉在肩膀上,艾雅吓得连忙向后缩。

她低声对耶律迈说:"你都做了些什么好事?"

梅伯说:"其实是我干的……他当时正要把耶律迈的脚腕砍下来。"

可是艾雅根本不理梅伯。她冷冷地盯着耶律迈的双眼,说道:"一条人命就这样没了,都怪你非要和别的女人上床不可。一个月不鬼混你都活不了吗?"

耶律迈微笑着说:"你搞错啦。自从我和你结婚以来,亲爱的,我的床上就从来没有睡过另一个女人。"

艾雅说:"你真的很邪恶,可你并不是史诗里面记载的那种摧毁一切、震动世界的枭雄,你只是一条躲在阴暗角落搞破坏的蛀虫。"

耶律迈说:"把你能想到的最难听的话说出来吧,我知道你其实是看见我还活着,所以乐极忘形。"

艾雅说:"我的小孩竟然是和你生的,这就是我这辈子犯下的第二大错。可怜我的小孩,他们都是无辜的。"

耶律迈说:"那么你犯下的第一大错又是什么呢?尽管说出来吧,我既勇敢又坚强,身上还沾满了费雅思的鲜血和脑浆,还有什么我受不了?"

艾雅的嘴角现出一丝微笑——她知道自己接下来要说的将会是耶律迈一生中听过的最刻毒的话:"我一生中犯下的最大错误,就是当我还在华纱学校的时候,明明发现纳飞已经爱上了我,可我却没有和他结婚。耶律迈,其实远在我和你结婚之前,我就已经意识到这个错误了;可我还是决定嫁给你,因为我想利用你去接近纳飞罢了。我成天都在祈祷,希望我的小孩长大了能够像纳飞,而不像你。每次做爱的时候,我都想象面前的人是他而不是你;我唯一能做的就是强忍住不把他的名字喊出来。"

佛意漫说话了:"够了!今天已经发生了这么可怕的事情,你们还为了家长里短的事情吵架,浪费大家的时间!"

耶律迈很顺从地放弃了争执,老老实实地接受佛意漫的问话。可是他已经清清楚楚地听见艾雅的话了。是的,他听见了,而且他永远也不会忘记。

上山送信的任务落到了奥义克的头上。其实谢德美可以用飞船的计算机传信给羿羲的索引,可是佛意漫坚持这个消息一定要由信使当面说。本来佛意漫最初的想法是让索菲娅上山给父母送信,可是她眼看就要分娩,所以只好派她丈夫代劳了。奥义克很不满:"这里刚刚出了人命,戾气太重,我不放心就这样走开。"

佛意漫说:"我觉得杀戮已经结束了。"

"如果你错了呢?"

司徒博说:"你实际点看,当初有欧必忍和费雅思做他的爪牙,耶律迈尚且没有轻举妄动;现在只剩下梅伯一个成年人帮他,难道耶律迈还敢动手吗?这打打杀杀的事情已经告一段落了。"

华纱插嘴道:"如果通奸的人不受惩罚的话,迟早还会出人命。"

佛意漫说:"我倒是觉得通奸的后果已经明明白白地摆在大家面前了。"

华纱说:"我觉得没有。你的两个儿子亲口承认了他们通奸,我的两个女儿也应该一起受到审判。"

佛意漫问:"那你到底想我怎么样?难道要我杀了他们?我们一行十六人开始这次远征,难道结束的时候要留下六具尸体吗?"

"六具尸体换来人人都遵守的严明法规,还是两具尸体搭上法律陪葬,佛意漫,你自己说,哪一个结果更差?"

奥义克说:"妈妈,你真不愧是铁娘子女强人。可是通奸死罪只是在沙漠里面实施，在这里用不上。"

华纱说："这里和沙漠相比不过是多了些树木河流，难道通奸对我们这个集体的损害会因此而减少吗？奥义克，你从小到大我是怎么教你理性分析问题的？难道我教给你的都白费了吗？"

佛意漫说："到此为止吧，奥义克要启程上山报信了。"

华纱说："我觉得他应该把艾雅也带上。"

人人都看着华纱，好像觉得她疯了。奥义克说："她对耶律迈说了那番话，你还让我带她去见纳飞，你是想亲手给她的棺材钉上盖吗？"

华纱说："难道把她一个人留在这里就很安全吗？"

佛意漫说："当然了。如果艾雅上去投奔纳飞，即使他们两人明明是清白的，耶律迈也会认定他们真的有奸情。华纱，你就不要乱出主意好心办坏事了。"

华纱大怒："我提出的方案才是长远之计，不像你们这帮人，鼠目寸光，只顾眼前安逸，不管身后洪水滔天！"说完她气鼓鼓地冲出了图书室。

佛意漫叹道："每一个领袖都有人批评，可是通常来说，那些批评者不会在领袖府中等着他晚上回去算账。"

谢德美说："华纱说得很对，而你的决定也没错。"

佛意漫苦笑道："小谢，有些事情是没有中间选项的。"

"我不是在和稀泥。你的决定是对的，因为在这一刻，你没有别的选择；可是华纱所说的后果也没错。从此莎芙和柔珂会继续和耶律迈与梅博酷鬼混，甚至连从门前经过的适龄男掘客也不放过；而耶律迈和梅博酷就会继续背叛妻子，在伤害她们的同时，心里还会埋怨她们。"

佛意漫问道:"那我能怎么做呢?"

谢德美说:"你什么也做不了,只能眼睁睁看着我们的社会秩序逐渐崩溃。"

奥义克说:"小谢阿姨,有时候你理性过头了。"

谢德美说:"不是的。你别忘了,我自己的儿女也活在这个新的社会秩序当中。如果你们仔细想想,这一刻其实是耶律迈战胜了他的父亲。虽然他以往每次阴谋都破产,虽然他还发誓服从佛意漫,可是今天他终于亲手把他父亲建立的秩序给毁了。从现在开始,这个社会正式转型为'耶律迈'式的国度,因为我们其他人都狠不下心去维护法律,将他处死。"

佛意漫说:"对啊,我们其他人都狠不下心,你能吗?"

谢德美立即答道:"我也不能。所以正如我所说的,这个决策虽然后患无穷,却是你能做出的唯一决定了。现在就让奥义克启程吧,其他人也该准备一下把尸体火葬;至于我,我还有一间血肉模糊的房间要清洗呢。"

奥义克站起来准备离开,"我这就上山,可是在这个时候撇下索菲娅一人,我真不放心。"

索菲娅小声说道:"我没事的。"

奥义克说:"其实我担心的不是耶律迈,也不是梅博酷,更加不是通奸什么乱七八糟的东西。"

佛意漫问道:"噢?那你担心什么呢?快说出来吧,我很开心又多一件事情让我晚上睡不着……"

"伏森目睹了费雅思被杀死的全过程。"

佛意漫说:"我们从来也没有装成刀枪不入,长生不死。"

奥义克摇了摇头:"费雅思被杀的时候伏森也在场,总有一天我们会知道,这才是今天这件惨案最严重的后果。"

他回家简单收拾了一些干面包,一刻也没有耽误,马上就出发了。从村庄到峡谷顶之间已经有了一条小路,这是他们披荆斩棘开凿出来的。奥义克只用了两个小时就走到峡谷的顶部;然后他穿过树林,又走了一个多小时,终于到达了天使的村庄。

在过去几个月里,纳飞他们教给天使很多改善生活的方法,使这座村庄发生了翻天覆地的变化。以前天使只是知道方圆二十公里之内每一种有用植物的分布,可是现在他们砍伐树木,开垦耕地,种下芋头、木薯、甜瓜和玉米;这些农作物在开阔地带充分接受阳光雨露的滋润,逐渐茁壮成长。在以前,天使为了不让食草动物吃有用的植物,为了不让食肉动物走进他们的家,他们必须在村子外围的每一条小路上设置机关陷阱;可是现在他们只需要在耕地四周建起一圈护栏就可以了,而火鸡和山羊晚上也可以圈在畜栏里。现在他们的庄稼收成足够养活两倍的人口,而且吃不完的那些食物大部分都能够储存起来。

可是天使们并不满足于农业的技术革新,他们想在生活中的方方面面都向古人学习。比如他们学古人在地面上建造房屋;可是天使天生乏力,搭起来的房子都是豆腐渣工程,一阵强风就能刮倒。天使们也心知肚明,所以天气不好的时候他们就乖乖地回到树上倒挂着。可是对于他们来说,能够拥有一座古人风格的房子实在是很重要,所以纳飞早就不再劝阻他们了。

奥义克找到阿飞和如诗,他们正在教几个天使制造工具。

如诗一见奥义克就立即问道:"出什么事了?谁死了?"

奥义克说:"你怎么知道的呢?"

如诗说:"就凭你的神情,还有你脸上的恐惧。"

"是爸爸吗？"纳飞问出了最要紧的一个问题——如果佛意漫去世，那么一切都会改变了。

奥义克说："爸爸没事。费雅思杀了欧必忍，很明显是为了报仇，他还记恨当年在女皇城中欧必忍和莎芙给他戴绿帽。然后他赶去杀耶律迈——这是为了最近发生的奸情。梅伯溜到他身后突袭，把他给杀了。"

"耶律迈没有杀人？"

奥义克说："没有。不过如果他有机会的话，应该也会动手吧。还有一件事，梅博酷杀费雅思的时候，伏森也在场，就在眼前瞧个真真切切。当时梅伯手持一个用来打木桩晒兽皮的大锤子。"

"费雅思怎么杀欧必忍的？"

奥义克说："用斧头，先砍胸口再割喉咙。有关系吗？"

纳飞说："有的，我想知道掘客到底学会了多少种杀我们的方法。"

奥义克苦笑道："我也是这么担心的。"

如诗说："你上来还有别的东西要说吧？"

奥义克说："是的。"然后他把艾雅对耶律迈说的话原原本本地复述了一遍，包括她说自己身在曹营心在汉，还说希望小孩长大之后能像纳飞那样。

纳飞说："她为什么不干脆来割我喉咙呢？这样可以节省大伙儿的时间嘛。"

如诗说："那她割了你喉咙之后还必须抹自己脖子，因为从耶律迈的角度看，你们两人实际上和通奸已经没什么区别了。这个世界上最痛恨通奸的人自己肯定就是通奸者。"

纳飞说："唉，我们改掉女皇城的习俗才没多少年就已经闹成这样子，你说可笑不？这些事情要是发生在女皇城中就简单了，艾雅只要不和耶律迈续婚约就可以了，而莎芙和柔珂肯定也已经嫁了七八次，没有人会因此而丧命。"

如诗说："你以为那种生活就一定比我们现在更加文明吗？在城里，每个丈夫、每个妻子都渴望配偶对自己专心一意；要是得不到，他们一样会愤怒，只是这些愤怒被压抑着没有发泄出来罢了。欧必忍被杀，不是因为他在沙漠里做错了什么，而是因为他当年在女皇城中犯下的一个错误。"

纳飞说："可是他并没有死在城里……算了吧……哦，对了，既然掘客已经知道人类也可以被杀死，我们最好也向天使坦白一下。幸好我在山顶这里不需要扮神仙，所以他们知道真相之后也不会太震惊。还有，我们要下山出席葬礼，我会带上一些天使，让他们看看我们的火葬仪式。"

如诗说："让他们知道那么多，不是很妥当吧。"

纳飞问："为什么不妥？难道你觉得有些天使正在暗中计划着要把古人都赶尽杀绝吗？"

如诗说："当然不是。我其实是觉得天使越来越依赖我们，指望我们帮忙阻挡掘客的进攻，不让掘客把他们的小孩子偷回去吃，还把骨头堆成神像宝座。可是如果天使看到我们原来也会被打残打死，他们肯定会觉得大厦将倾、前途一片灰暗。"

"对啊，如果他们知道费雅思怎么死的，就会更沮丧了。"纳飞和如诗逼奥义克详细描述费雅思的死状，可是听完之后马上就后悔了。

纳飞说："这次正好让天使知道我们的弱点，让他们意识到他们必须依靠自己的力量，以及地球守护者的智慧和庇佑。"

奥义克问："守护者？他们也知道守护者吗？"

纳飞说："这名堂是我们教的，他们本来并没有这个说法。不过一直以来，很多天使都能收到守护者的报梦。绿儿以前还是女皇城圣湖先知的时候，通过入定来和上灵沟通；她把这种方法教给天使，其中有好几个已经能够通过入定来接收守护者的信息了。而我正在研究开发一些天使能够使用的武器，万一打仗的话，他们也能够和掘客抗衡。"

奥义克问："难道你觉得我们不能够让他们双方和平共处吗？"

纳飞说："我们连自己内部也不能和平共处……这不已经死两个了吗？"

如诗说："我可不会怀念这两人……你们说我是不是很坏？"

纳飞说："如果你怀念他们反而出奇了。不过我觉得费雅思其实是有心向善的。"

奥义克轻蔑地说："纳飞，如果他有心向善，自然会行善。所谓相由心生，行随愿至，就是这个道理了。"

如诗说："你这个看法相当严厉嘛。照你这样说，你是觉得人们应该为自己的行为负责吗？"

奥义克反问："难道不应该吗？"

"你有没有见过一个三岁小孩做错事之后的反应？他会随便逮住身边一个人，不管是大人还是小孩，揪住就嚷嚷说'都是你害的'。在费雅思、欧必忍、莎芙和柔珂的世界里，这就是他们的道德准则。"

在葬礼上，柔珂暗中不停地盯住莎芙，哪怕是一滴眼泪或者一声叹气也要和她媲美。柔珂想，现在我也守寡她也守寡，这老贱人肯定又想从中多捞点好处，趁机抢我风头。哼，决不能让她得逞！

说到底是她老公杀了我丈夫，我才是受害者。其实，如果不是她奸情败露，费雅思又怎么会走上绝路呢？我还没离开和谐星球的时候就已经和耶律迈上床了，根本就没有人发现；可是莎芙怎么那么笨呢？她被人捉奸在床好像已经习惯成自然了。嗯，可能她是故意走漏风声的。这人心肠恶毒，刻意做一些事情让别人抓狂难受、暴跳如雷；她就在旁边看好戏。

当年在女皇城，我就中了她这条毒计！她先是把我气得发疯，然后年复一年地扮可怜。她的嗓音明明在第一年就恢复了，她却始终不肯开口唱歌。妈妈总是唠叨着说她以前唱歌有多么好听，什么《苏丽泰的绮梦》，什么《毒死一只知更鸟》，可是她偏偏不肯再唱，害得我也没法唱。

柴堆被点燃，火化仪式正式开始。四周的天使开始发出一种特别难听的呻吟声——这些恶心的小动物，哪懂得什么叫哀伤。

不过他们的歌声——如果这也算歌声的话——让柔珂突发奇想，随即付诸行动。《毒死一只知更鸟》向来是莎芙的首本名曲，讲的是一个凄美的爱情悲剧。虽然这首歌和葬礼没关系，可是它旋律优美，催人泪下，在这个场合唱出来再合适不过了。这首歌最美妙的一段是由长笛给莎芙伴奏。当年柔珂反反复复地听这首歌，暗地里默默练习，却始终不敢公开演唱，就是因为怕别人说她嫉妒姐姐、班门弄斧。其实柔珂对这首歌的每一个音符都记得滚瓜烂熟；现在仔细想想，她发现她竟然也记住了长笛伴奏的那部分旋律。

于是柔珂别出心裁地唱起了那段没有歌词的长笛伴奏曲，让自己的声音承载着一个个本应由笛子奏出的音符破茧而出、直冲云霄。当然了，柔珂没办法真的唱出长笛的音高，所以她偷偷降了调；可是莎芙缺乏练习，而且年纪老迈，肯定也不能像年少时候唱得那么高了。柔珂这样做是为了逼莎芙开口,可是她不想被别人发现,所以她唱的时候始终没有偷看莎芙一眼。从别人看来,柔珂是因为看见丈夫遗体被吞没在熊熊烈焰之中,肝肠寸断,情难自已,所以才用歌声去表达心中的哀伤。

柔珂把整段伴奏曲都唱完了,莎芙还是没有加入。可是柔珂看见所有人都听得出了神,甚至连那些天使也安静下来——她知道这一步棋走对了,她终于得到了其他人的认同和赞许。当柔珂再一次从头开始唱伴奏曲的时候,莎芙终于开始唱主旋律了。本来柔珂唱的那段伴奏曲的旋律相当古怪,现在突然变成和声,顿时和主旋律配合得天衣无缝。莎芙只唱了几句,众人的眼眶就充满了泪水——那两个死掉的废物可没这么强大的催泪功效。当年在剧院里并没有躺着死人,莎芙尚且能够把观众唱哭,更何况是现在呢?此时此刻,欧必忍和费雅思的儿女们哭声震天,正在哀悼那两个百无一用、只懂谋杀和通奸的狗屎废人。小孩的哭声衬托着遗孀的歌声,再加上直钻鼻孔的烧烤人肉香味,在这种气氛里,大家能忍住眼泪吗?

柔珂觉得自己的声音在莎芙的映衬之下显得特别好听。莎芙的声音已经变得更加浑厚、更加老成,可是柔珂的声音却没有变老,还保持着年轻时候的那一份单纯和干净,就像笛声那么清脆悦耳。今天,柔珂终于不需要再刻意模仿莎芙,而莎芙也不必再介意柔珂的声音与她相近。两姊妹的声音现在已经是迥然各异,可是她们双剑合璧的时候却相得益彰,有如天籁之声。

一曲终了,接下来的动作自然是水到渠成,这一次莎芙没有让柔珂失望。两姊妹同时伸出双手,一边哭泣一边拥抱对方。众人看到两姊妹终于冰释前嫌,不约而同地发出一声叹息,柔珂听在耳中,美在心上。她能想象妈妈牵起佛意漫的手轻轻捏一下,佛意漫则在妈妈耳边低声说，我多么希望我的儿子也能学你的女儿那样重归于好啊。

姊妹两人紧紧地拥抱着，分担着彼此的哀伤。就在这个破镜重圆的美好一刻，莎芙在柔珂耳边低声说："小丫头，我现在要正式做耶律迈的小三了，你就死心吧。"

柔珂也低声答道："这么巧？我也正有这个打算。不过他很厉害的，一王双后也绰绰有余，对吧？"

莎芙低声说："想二一添作五吗？"

"我敢打赌，我肯定抢在你前面给他生个大胖小子。"柔珂其实根本不打算给耶律迈生小孩，这么说只是激将法。如果莎芙中计，真的怀上耶律迈的小孩，那就妙不可言了。她才生了三个小孩就已经变得又胖又丑，要是再来一个的话简直就是雪上加霜！哼，老贱人，你就抢着去给耶律迈生个小杂种吧！这个比赛我让你赢，可是真正的胜利还是属于我的。虽然我给欧必忍生了五个小孩，可我还能保养得那么年轻。嗯……这五个小孩都是欧必忍的吗……

她们停止了拥抱，稍稍分开一些。

莎芙说："柔珂啊，我的妹妹！"话音未落又开始失声痛哭。

讨厌！这一下挺难超越的。

柔珂伸手从莎芙的脸颊沾下一颗泪珠，任其留在指尖上闪闪发亮："亲爱的莎芙姐姐，我再也不会让你多流一滴眼泪。"

众人的叹息声对于柔珂来说就是最动人的掌声。莎芙，我又赢了，你根本就不是我的对手。

欧必忍和费雅思的死让伏森学会了两件事情。

第一，他知道原来人类不过是凡人。他只要有合适的武器，懂得合理使用，再加上足够的力量，就完全可能杀死人类。关于这一个信息，他并没有打算立即学以致用；不过在接下来的岁月里，伏森会花费大量时间就这个问题进行思考和筹划。

第二，他领悟到杀戮是一件强有力的杀器，决不应该轻易使出，以免浪费。你必须在合适的时机杀合适的人，以达到某个重要的目的。所以伏森被放回去之后，反而刻意与南恩结交。南恩是圣母艾米斯母和战王穆夫汝主的长子，天资聪慧，才智过人，被视作下一代的希望所在。他和奥义克来往，把人类的语言说得几乎和伏森一样流利。在艾米斯母和穆夫汝主的强迫之下，伏森的父亲、血王术司门公开宣布禁止绑架和吃那些空中幼兽。于是南恩走出来，把"无人触碰的神像"下面那个骨头神台踹散。他还大声疾呼："愿我们与天使之间的友谊长存！"在那个举世欢腾的时刻，伏森当然也跟随着每个人一起欢呼雀跃。在苦心经营之下，他获得了南恩的信任，成为他的左膀右臂。

有一天，伏森与南恩结伴出猎。他们一手拿着尖石长矛，一手拿着狼牙棒，穿行在矮树丛中，追踪一只野猪。他们离猎物的距离相当近，不时还能听见野猪哼哼的喘息声。突然，不远处出现了一只黑豹，也在追踪这只野猪。伏森知道，他的机会来了。众所周知，黑豹涉猎广泛，虽然它正在追赶野猪，可是如果有别的肉送上来，它当然会笑纳——前提是这猎物必须是活的。所以当伏森出手偷袭的时候，并没有用尽全力，以免把南恩打死。南恩一头栽在地上，却立即用手肘撑起身体，发出呻吟的声音。这样一来，伏森甚至不需要扔块石头去吸引黑豹的注意力，那黑豹一下子就扑到南恩身上，咬断了他的喉咙。伏森这才出手，把尖石长矛从黑豹身侧的肋骨下面刺进去，正插中心脏——伏森都忍不住替自己喝了一声彩。然后他用狼牙棒不停地砸黑豹的脑袋，砸得血肉模糊、一片狼藉。这样一来就没有人能够在狼牙棒上发现南恩的血迹、毛发和气味了。

几分钟之后，伏森踉踉跄跄地回到地下城。他在众人面前号啕大哭，让大家看看他的悲伤是何等情真意切；他还埋怨自己没有能力尽朋友的责任，只能眼睁睁看着英明神武的南恩死在他面前。"还有比我更不像话的朋友吗？求求你们杀了我吧！南恩因我而死，我也不想活了！"当众人视察惨案现场之后，一致认定伏森没有罪责。正相反，伏森因为挚友暴毙而痛不欲生，这段佳话传遍了全城。南恩的光辉也有一部分洒在了他生前好友伏森的身上；现在南恩已经去世了，很多人开始把希望寄托在伏森的身上。

第十四章　文字记录

这个梦是守护者还是上灵发过来的，抑或是他自己日有所思夜有所梦呢？纳飞始终想不明白。他心中有一个疑惑：他们把知识传授给天使和掘客，还给人类下一代传道授业，可是他始终想不明白为什么要学习读书写字。

读书写字有什么用呢？能让庄稼长得好一点？能让家畜乖乖待在圈里过夜？能把凶禽猛兽赶走？能让小孩子不生病？

当纳飞和绿儿说起这个话题的时候，绿儿好像一点都不担心："阿飞，我们不打算也不能够在这里重建女皇城。下一代人会缺少很多东西，所以我们必须教他们识别疗伤治病的草药；我们要教他们最基本、最重要的卫生知识，以免他们不小心弄脏自己的水源；我们还必须……"

"我们必须让他们成为真正意义上的人。"

"人不是靠读书写字来定义的。"

纳飞问："不是吗？那用什么定义呢？"

"掘客和天使是有智慧的高等动物，也能称得上是'人'，可是他们也不会读书写字啊。"

绿儿的话让纳飞无言以对。从她的态度看得出，绿儿完全不觉得这是个问题。既然是这样，为什么他们还教下一代读写呢？他们在航行途中冒着船毁人亡的危险教小孩使用计算机,让他们在浩瀚书海中学习人类的文化和历史。可是,难道这一切到头来全部都白费吗?人类的文化难道在第四代人身上就要灭绝了吗?

是的,第四代人早已降生了。他们降落地球已经五年,奥义克、索菲娅这一代人已经成家立业,生儿育女。第四代小孩都在茁壮成长,可是等他们七八岁的时候,还有机会坐在教室里学习文化知识吗?恐怕很难了,因为他们首先要做的是在劳动实践中学会生存技能。他们将会在室外与掘客和天使并肩工作:在树林里采摘,建造栏杆和围墙,在地里播种、除杂草、捡拾落穗、收割庄稼,将兽皮晒干加工成皮革,将羊毛去绒之后卷成丝线——干这些活儿的时候,他们需要看书吗?在飞船上的时候,纳飞让第三代小孩读书,是因为他未雨绸缪,想让小孩及早准备,更好地适应新的世界和新的生活。现在他们已经定居在这个新的世界里,第四代小孩将会在实践中向成年人学习,而不需要埋头钻在故纸堆里。

其实这也没什么不妥。只要教会了他们生存所需的知识和技能,其余的还有什么要紧呢?

可是纳飞始终无法摆脱心中的一丝不安。在和谐星球的四千万年里,人类一直没有丢掉读写的技能。口语会随着时间流逝与地域迁徙而改变,可是文字记录却能够保存历史,裨益后人。只有文字记录才能把群体的记忆从各个当事人和旁观者的脑中提取并且保存起来。

我的子孙后代经过多少年之后才会把我忘记呢?我、绿儿、爸爸、妈妈……我们这些人的故事能够流传多少年才完全湮没在时间的废墟里呢?

想到这里,纳飞不禁暗笑自己太虚荣。他希望后人不辞劳苦去读书写字，竟然是想让他们记住他曾经活在这个世上。身后名真的那么重要吗？今天发生的这一切，恐怕在十代人之后就已经变得微不足道了。

从着陆第六年起，纳飞开始反复做一个梦。在梦里，他看见一个人领导着一个伟大的国家。这个国家由人类和天使做主导，辽阔的国土被一条大河贯穿；放眼望去尽是绵延千里无边无际的农田。空中有天使在翱翔；地面的路上有山羊拉车狗拉撬；河面上驶过千帆，船员里有掘客也有天使。国境边上还遍布着高耸入云的瞭望塔，哨兵时刻警惕着，防止敌国偷袭。

可是这个国家的领袖却心力交瘁、夙夜忧虑，因为他的国家正处于内忧外患之中。四面八方固然有强敌环伺，国内的各派势力也钩心斗角、错综复杂，这个国家随时都有分崩离析的危险。那些曾经独立的城镇忘记了自己在归附这个国家之前也曾在饥荒中挣扎过。那些小国君主和领主诸侯的后代忘记了自己的先祖也曾被外敌屠戮，也忘记了他们的子民全仗着这个泱泱大国的护荫才得以在乱世中苟存。还有很多贪心的人不择手段地争名夺利，极尽阴谋奸诈之能事，为了铲除对手不惜付诸暴力与杀戮。这本是一片美丽的土地，如今却每况愈下；这个人勉强挣扎着要保持她的美丽，却无法阻止局势继续恶化。他已经绝望了。

在孤立无援之中，他忧心忡忡地走进一间小屋，在一罐干玉米粒中掏出一个盒子。他打开盒子，取出厚厚的一沓金属片，金属片的边缘还穿着几个金属环。纳飞意识到，这些金属片上面刻满了文字，应该是一本书。梦里面的那个人把书打开，开始翻页了。

很奇怪，纳飞居然知道书上的内容，也知道这个人的眼中所见和心中所想。这个人正在阅读佛意漫的故事；佛意漫在沙漠中看见大石上的一根火柱,然后回城警告众人,女皇城很快就要毁灭了。接下来是纳飞和几个哥哥回城取索引的故事。当读到纳飞让贾霸横尸街头的时候,这人点了点头。是的,为了顾全大局,决策者有时候必须牺牲某些个体。对于一个好人来说,这种抉择总是很困难,当然能免则免。可是为了大众的利益,在必要时他也能够硬起心肠下狠手。他不会在责任面前畏首畏尾,也不会假他人之手去作恶,更加不会在事后遮掩或者逃避。

纳飞想,这一切都是他从我这里学到的。然后纳飞突然意识到这本书正是他写的!在书中,他记录了自己的人生故事,还有这个团体所有成员一生中的种种行为和事迹,包括他们做过的坏事和壮举、他们在逆境中心存疑虑的时刻,以及他们在顺境时所取得的惊人成就。眼前这个人,这个领袖,这个国王,他正从书中汲取养分。书里的故事帮助他认清形势、想出对策;书中包含着前人的智慧,让他的决心更加坚定;字里行间流露出深沉的大爱,让他学会悲天悯人;最重要的是这本书给予他希望,就算这些希望最后未必能实现,可他还是会为之奋斗一生,留下许多可歌可泣的英雄事迹。

醒来之后,纳飞想:这个梦那么清晰,肯定是来自上灵或者地球守护者。

然后他又想到,我一直想让人们学习读写,这个梦和我的愿望那么吻合,很可能是我自己日有所思夜有所梦罢了。

可是我的这个愿望又是从哪里来的呢?为什么我那么渴望把文字记录留给子孙后代呢?这个愿望难道不可以来自地球守护者吗?

不,这些渴望其实是来自我的记忆片段——确切来说,是我站在贾霸尸体前面的那一幕。我杀他是为了拿到索引,可是索引有什么用呢?有了索引,我——我们——才能够进入宇宙飞船的海量数据库，它是打开上灵知识宝库的钥匙。可是如果我们不会读不会写，那么这个数据库又有什么意义呢？对于文盲来说，这个索引一文不值，那我为什么要为了它而杀人呢？我做这个梦只是为了说服自己，我杀贾霸是正当的。

可是纳飞知道，就算他暂时将这个梦抛诸脑后，他最终还是会付诸行动的。

纳飞没有向任何人解释，连绿儿也没有，他只是向爸爸告了一个假，就开着飞行器离开了。按照测绘图的指引，他找到一处金矿。这一带的矿床是在过去四千万年中由于地壳变动而被挤上地面的，含金量极其丰富。纳飞从飞船上带来了一套完整的冶金工具，一个人忙了两天，从山侧的露天矿床那里挖取矿石，又花了一天时间提炼成纯金。然后纳飞以飞行器坚不可摧的金属表面为砧座，把金块锻造分割成扁平光滑的薄片。虽然每一片金页都很薄，可是摞在一起还是非常沉重的。纳飞用了整整三天制造这些金页，其间饿了就在附近随便找些食物果腹。顾不上太多了，做正经事要紧！

开始写字了。在最初的几次试验当中，纳飞发现，那一套在和谐星球上使用了几万年的字母有太多弯曲的笔画，很难用手刻在金页上。他必须把这些字母都转化为方形，同时必须保留各个字母之间的区别；而且，有一些单词的拼写过于繁复，浪费很多字母去表达某些音节。所以纳飞对原有的拼写方法做出修改，创造了五个新的字母去表达一些本来需要两个字母去拼写的音节，从而形成了一套精简版的文字系统。在书写过程中，纳飞对其做出了进一步的精减缩略，只用两三个字母去指代那些最常用的单词。纳飞一边做一边扪心自问：我怎么能这样篡改语言文字呢？这世上有谁看得懂呢？

很明显，人们必须由纳飞亲自传授才能明白这些符号的含义，从而掌握这门语言的读写。同样重要的是反向破译：学会金页语的人应该很容易从中破译出和谐星球惯用语言里的大部分字母，这样的话他们才能看懂飞船数据库里的信息。如果将来纳飞的后代发现这艘飞船的话，只要他们的语言没有发生重大改变，他们还是能够顺利继承纳飞留给后世的文化遗产。

纳飞希望这本书能够成为流传万代的稀世珍宝，所以用黄金来打造确实再合适不过了。可是纳飞选择黄金并不是看中其作为交换媒介的价值，而是因为黄金软硬适中，既能保持形状，也有相当程度的可塑性，而且不受腐蚀，不会腐烂、降解或者失去光泽。在人类历史上，大部分文明不约而同地选择黄金做货币，就是基于这个原因。哪怕纳飞去世多年之后，这本金书上面的字母也会长久保留在页面上。

纳飞把所有金页和用剩的纯金都搬上飞行器，然后启程回家。当他把飞行器停回飞船上的时候，他没有向任何人解释这几天去哪里做什么了。纳飞不是存心瞒骗，也不是信不过爸爸妈妈和绿儿等人；他只是觉得很害羞，因为他们肯定会笑纳飞这么做很傻。

不，不是的，事实完全不是这样！纳飞自己心知肚明。

融化的油脂盛了满满的一个陶杯，灯芯浮在油脂的表面，发出闪烁跳动的光芒。纳飞坐在灯光下，一边奋笔疾书，一边细细品味着这件壮举的无穷威力。我其实是把我自己以及我对身边事情的观点和看法投射到未来。总有一天我写下来的这些记录会成为这段历史的唯一版本，我们的子孙后代只会通过我一个人的眼睛去看待这段历史。所以，将来活在他们记忆中的人是我，在那个伟大领袖耳边轻声低语的人也是我——当然，前提是这本书确实有真知灼见，而且还能流传后世。

写下这本金页书，我就不朽了。当所有人都化作尘土之后，唯独我一人永垂不朽，闪耀千古！这才是我秘而不宣的原因。我这人太任性、太自我、太没心没肺了。

你错了。

我知道自己心里的真实想法，我也不怕承认自己动机不纯。

你做这件事情其实称得上福荫后世、功在千秋。你让十代、二十代以后的子孙了解他们的过去，了解为什么人类、掘客和天使会在这里共存。

如果这本书是由耶律迈去写呢？那将会是一个完全不同的版本了，对吧？

他的版本将会充斥着谎言。

一个故事从讲故事的人嘴里说出来，总难免会产生偏差和变形。就像我写这本书的时候，在不知不觉中就会把事情塑造成我理解的样子，这又何尝不是一种谎言呢？不同的人对同一件事情会有不同的描写，我这个版本不一定就是最好的。

你这本书将会成为神圣的宝物、权力的象征，世世代代地流传下去，就像索引一样。索引已经流传四千万年了。

纳飞笑了。他很小心，所以没有发出声响。自从他和绿儿搬上山与天使同住之后，他们又生了三个小宝宝；此刻绿儿正和小宝宝熟睡。阁楼上面是双胞胎，这两个小恶魔肯定连做梦也想着新的恶作剧或者各种意外事故，让身为父母的纳飞和绿儿永世不得安宁。

虽然你笑，可是你知道我说的是事实。

上灵，老朋友，那个梦是你发给我的吗？

不是。

那就是地球守护者了？

你也知道，地球守护者干什么和不干什么，我一点也不清楚。

那就有可能是我人到中年，感觉到死亡的气息已经喷在我的脖子后面了，所以才会突发奇想。

就算是这样，这件事情也是有百利而无一害。这是一份留给你的子孙后代最好的礼物。

我必须教某个人读懂这本书，并且将这本书交给这个人流传下去。

你会找到这个人的。可能现在这个人还是小孩吧，不过当时机合适的时候，你自然会知道应该托付给谁。

我把一切都写进去了。后人看的时候会说，为什么他当时不闭嘴呢？为什么他总是要画蛇添足呢？我犯过的错误都会暴露无遗，他们肯定会看不起我的。

就算他们看不起你又如何？反正你已经不在世了。

你也知道，如果这本书给耶律迈发现，他会先杀了我，然后把书毁掉。

所以我建议你就别给他看了。

可能我压根儿就不应该给任何人看。我花在这件事情上面的时间和精力——难道都是浪费吗？

是吗？

纳飞不回答，而是继续奋笔疾书。越往后字越小越密，每一页上面的字越来越多，而对事件的描述也越来越简略。

他到底在写什么呢？一开始是那些和他切身相关的故事，从他在女皇城中的生活到沙漠之旅，然后是发现乌萨卡的宇宙飞船基地。可是当他们到达地球之后，故事就不再围绕着纳飞一人，而是变得包罗万象。纳飞把他们从掘客和天使那里学到的知识按照发现的顺序逐一写进书里。司徒博开着飞行器四处测绘和收集动植物样品给谢德美研究,这些测绘和研究成果也被写进书中。还有天使和掘客的文化,以及他们对人类带来的文化革新的态度和反应。此外,诸神宗教的毁灭也打破了掘客和天使这两个群体之间的平衡状态,在这个动荡的过程中,三方势力各出奇谋、钩心斗角,纳飞也把这一切都详尽记录下来。

没错,他们正在逐步摧毁旧的那一套诸神宗教。纳飞认为,当人和神的距离太近,信仰就会消亡。在最初的绑架事件圆满解决之后,人类和掘客之间的危机已经过去,纳飞随即向他们道出实情:他和佛意漫并不是神仙,他们的神通其实是后天学习的结果,是高科技的结晶;实际上,他们根本没有能力去复制飞船里各种精密复杂的器械设备。可是纳飞能够感觉到,很多掘客知道真相之后,反而心怀怨恨,尤其是艾米斯母。纳飞告诉她,她穷尽一生精力去珍藏和崇拜的那个黏土塑像,其实只不过是一个叫作克提的心灵手巧的天使雕出来的精美工艺品罢了,并没有什么神秘。艾米斯母并没有因此感谢纳飞,她听了之后好像被人狠狠地打了一巴掌。她用很苦涩的语气反问纳飞:"这么说来,我应该把这个神像打烂吗?"

纳飞说:"这么一个巧夺天工的艺术品,打烂了岂不可惜?更何况这个神像还帮助你成为一个伟大的领袖,你忍心打烂它吗?"

虽然纳飞说得很真挚诚恳,可是这时候艾米斯母已经认定了他只是讲好话安慰她,所以她的痛苦和怨愤并不曾稍减半分。纳飞已经拒绝了她的供奉和崇拜,这是对她最残酷的打击,艾米斯母一下子苍老了许多。虽然她还在苟延残喘,还继续以过人的智慧和强力的手腕领导着众掘客,可是她的心已经死了。纳飞摧毁的不仅仅是她的信仰，还有她一生的希望。

相对掘客而言，天使对于这种转变接受得更加容易一点。他们对人类的第一印象是耶律迈的狂暴，所以当他们知道人类并不是神仙之后，心中都暗自松了一口气。然而人类知道那么多秘密，还利用自己的知识和智慧帮助天使改善生活、救死扶伤，所以在天使和人类的关系中还是包含着一点点崇拜的成分。正因如此，每当有人类给天使出了一个馊主意，或者对事情的结果预计错误，或者做某项任务的时候失败了，天使们总会感到一丝——或者不止一丝，而是很多——的失望。

纳飞在写的过程中意识到，掘客、天使和人类需要的是一个独立于三者之外的个体，他们需要把心中对智慧和光明的渴望倾注在这个个体身上。地球守护者就可以充当这个角色了。他们必须开始相信，只有地球守护者才是永远正确的。

纳飞自己并不了解地球守护者，地球守护者的声音从来不像上灵的声音那么清晰。实际上纳飞从来不能确定他到底有没有听过地球守护者的声音，有没有接收过地球守护者发送的梦；他甚至不知道地球守护者到底是什么。他只知道，地球守护者是真实存在的，否则人们就无法解释为什么纳飞刚刚踏上宇宙飞船启程来地球的时候，地球上的天使竟然能够雕出他的头像。同样地，人们还在和谐星球的时候就做了很多关于天使与掘客的梦，上灵根本就不知道这些生物就是地球上的居民。如果不归功于地球守护者，这些梦就没办法解释了。不过那些梦总是模糊不清，掺杂了做梦人本身的愿望、恐惧和记忆；所以，在这些梦里，地球守护者的信息在哪里结束，做梦人自己的思维又是从哪里开始，他们永远也无法确定。

然而，尽管纳飞对地球守护者的认识有限，他知道地球守护者能够在他们的社会里担任一个举足轻重的角色。地球守护者将会成为最高的权威、真理的源泉，以及辨别是非的准则。当天使和掘客意识到就算最聪明的人类也并非无所不知、无所不晓，最不可思议的奇迹也只是由机械设备或者科技知识实现的，地球守护者就能够防止他们心中滋生幻灭和失落的感觉。关键是让人人都认识到，在地球守护者的眼中，人类、天使和掘客是平等的；和地球守护者相比，这三个种族都是那么无知、脆弱和愚笨。

纳飞向绿儿解释了这些想法，绿儿也完全同意他的观点。于是她开始向女性天使灌输地球守护者的概念，将天使们信奉多年的多神宗教纳入一个全新的一神体系当中，把所有善良的神仙转换成地球守护者的不同方面。纳飞向男性天使传道时则采用更简单粗暴的方法：他将他们长久以来信奉的诸神全盘否定，只保留少量古老的传说。尽管纳飞对地球守护者的了解相当有限，可他还是将这些传说故事的内核都成功嫁接到地球守护者身上，从而赋予了它新的生命。

然后纳飞和绿儿把这个宗教改革计划告诉奥义克和索菲娅，责成他们分别向男性和女性掘客传道。奥义克夫妇也用同样的方法把掘客原有的信仰纳入地球守护者的框架体系当中。他们也向掘客坦然承认，人类其实对地球守护者所知甚少，可是有一点可以肯定：地球守护者希望人类、掘客和天使和平共处。

这场宗教改革产生了一个意想不到的后果。在一年一度的交配季节，天使会制造大量雕像；按照掘客的传统，他们也会在每年这个时候出动，把那些雕像抢回地下城。可是随着旧宗教的消亡，参与这项行动的掘客逐年减少。结果是掘客的出生率开始下降，而天使的人口大量增加，甚至到了需要敲响警钟的地步。在掘客当中开始流传一种说法：信奉地球守护者的新教其实是人类和天使的阴谋，他们想让掘客亡国灭种，好让他们平分天下。虽然相信阴谋论的掘客并不多，可是也足以引起纳飞等人的担忧了，因为肯定会有人利用这个理论兴风作浪并从中获益。有传言说，并不是所有人类都参与了这个惊天大阴谋，想让掘客灭绝的仅仅是纳飞和他的支持者而已。纳飞从这些传言看得出，阴谋论的幕后推手正在利用掘客大众的恐惧心理捞取好处、积累资本。

这些年来，尽管掘客人口的营养水平越来越高，可是他们的出生率却持续下降。与此同时，掘客不再捕食年幼的天使，也不再攻击成年天使；结果天使的双胞胎都能存活，他们的人口出现大爆炸。他们必须扩张地盘，烧伐树林，增加耕地面积。

在登陆地球的第十二个年头，谢德美召开了一次会议，全体成年人都出席了。她宣布，过了那么多年，很多谜团终于解开，但同时也出现了很多新的谜团。而且，他们必须做出一些非常重要的决定。

谢德美说："我们这回恐怕是好心办坏事了。你们都看到了，掘客的出生率持续下降，很多掘客已经忧心忡忡。"

佛意漫说："我们也很担心。"

"是的，不过现在我已经知道事情的起因了。这是我们引起的。"

众人都等着谢德美说下去。终于，梅博酷忍不住说道："小谢，你真懂得吊听众的胃口。我们要抻长脖子等多久你才愿意揭开谜底呢？"

"这只是第一个谜，后面还有更多的难题呢。"人群中传出一阵不安的笑声，"各位都知道，自从我们让掘客放弃了多神教，他们就不再参拜神像，也不再从天使那里偷新造的神像。这就是问题所在，也就是他们无法生育的直接原因了。"

耶律迈大笑道："你是说他们的多神教到头来竟然是真的吗？"

谢德美说："在某种意义上说，没错。我们观察本地的掘客和天使部落已经很多年了，其间司徒博和我也去别的掘客、天使聚居地进行抽样调查。现在我们已经有足够理由相信我们已经发现了一个跨地域的普遍模式。首先，每一个天使村庄附近总有一个掘客地下城，每一个掘客地下城旁边也总有一个天使村庄，两者之间只有几小时的步行距离。这绝对不是巧合，因为掘客离开了天使就无法生存。确切地说，掘客进行繁殖的时候，如果他们不参拜天使塑造的雕像就不能生育。"

华纱问："我觉得这件事情并不是什么怪力乱神，应该能从生物学角度解释，对吧？"

谢德美道："你说得对，只是这些黏土雕像乍看之下很难发现其中隐藏着什么生物学的机制。这是司徒博最先提出来的，他说，从生物学的角度看，在这些雕像的塑造过程中，最重要的不是它们的艺术价值，而是天使的唾液。男性天使把黏土含在嘴里，弄湿了吐出来，捏成一团之后才开始雕塑。在雕塑过程中，他们还不时制造新的黏土添加进去。所以他们的唾液遍布整个雕像的里里外外。"

各位听众脑子都在飞快地转动，努力把这些线索综合起来。德莎问："你是说掘客需要把天使的唾液抹在身上，只有这样才能生育？"

谢德美说："也不尽然。我们第一次检查天使和掘客的身体结构时，发现他们的胯下有一个小器官——其实是一个腺体。虽然这两个物种没有共同的祖先，他们各自的祖先也没有这个器官，可是现在天使和掘客身上的这个器官却一模一样。这个现象当然很奇怪，不过我们已经发现了这个器官的作用。它持续不断地分泌一种抑制精子的荷尔蒙。不，让我说清楚一点，这种荷尔蒙完全停止了精子的产生。也就是说，只要这个器官在运作，男性的天使和掘客就完全没有生育能力。"

"这个小器官真是太有用了。"奥义克低声说着，然后大声问，"为什么他们会进化出这样一个器官呢？"

司徒博说："这还不算最奇怪的。"

"有一种很小的、只能用显微镜观察的扁形虫，遍布在这个地壳板块的淡水河中。在雨季涨潮的时候，这种扁形虫钻进河床的黏土层中产下了数以百万计的卵；这些卵在潮湿环境中是不会成长或者孵化的。在干旱季节水退的时候，虫卵开始成长，形成一层硬壳，保持卵中的水分。这些胚胎长成之后，随时都能孵化成虫。可是它们没办法挣破这层硬壳，所以始终不能孵化，只能在壳内冬眠，仅靠卵黄的营养维持。这些胚胎的营养消耗非常小，所以卵黄可以支撑它们二三十年。第二年的雨季并不能让这些虫卵孵化，因为外面的硬壳不溶于水。你们猜猜什么东西可以溶化这层硬壳？"

奥义克说："天使的唾液。"

谢德美说："聪明！你真是尖子生！"人群传来一阵笑声，笑完之后大家都等着谢德美把故事说下去，"除了天使的唾液，没有别的液体能够溶解那层硬壳。因为天使嘴巴里面的唾液腺体能够分泌一种酶，这种酶在天使体内没有任何作用，却能溶解扁形虫卵外面那层硬壳。所以当男性天使把黏土放进嘴里的时候，他们不但把黏土变软，而且也溶解了数以百万计扁形虫卵的外壳。更巧的是，被溶解的硬壳会释放出一种化学物质，这种酶能够抑制男性天使和掘客胯下那个避孕腺体的运作。这种促进怀孕的化学物质分解得很慢，在那些雕像里面可以保存五到十年……"

这下子人人都明白了。

"所以当掘客把雕像抹在身上的时候……"

"天使有没有把这种化学物质吞进肚里？"

"这种化学物质要多少才能生效呢？"

谢德美举起手把提问和评论的声音都压下去："是的，你们都明白了。男性天使通过嘴巴吸收这种促进生育的酶，只需吸入少量就能够让那个避孕腺体停止工作。这个腺体失效之后，需要两三个星期才能重启；在这个时间窗口内，天使就可以顺利地进行繁殖了。至于掘客，他们的下腹部靠近胯下的地方有一片特殊的区域可以将这种化学物质直接吸收进血液里。他们把雕像在肚皮上面摩擦的时候，汗水会溶解一部分黏土，助孕酶于是被吸收进血液。和在天使身上一样，这种酶使避孕腺体停止运作，男性掘客的生育能力也就恢复了。只是因为他们吸收的助孕酶数量很少，所以他们的生育窗口只有几天。其实这也不成问题，因为掘客和天使不一样。天使一年只做一次雕像，所以他们必须抓紧那一次机会繁殖后代；而掘客能够随时参拜神像。那些神像使掘客在任何时候都能够繁殖生育，只要他们事前先去祈祷参拜一番就可以了。"

羿羲说："这是我听说过的最复杂、最荒谬、最不可思议的生物机制。"

谢德美说："说得好！这套系统是决不可能自然进化出来的。为什么掘客和天使会各自进化出一个相同的避孕器官呢？从进化角度来说，这个器官有百害而无一利。为什么天使在塑造雕像这个行为成型之前没有灭绝呢？为什么掘客在发现用雕像擦身的好处之前没有死光呢？为什么会有一种扁形虫刚好需要天使唾液里面的某种特殊化学物质才能孵化呢?为什么天使体内会产生一种对自身毫无作用、却能溶解扁形虫卵硬壳的化学物质呢?"

奥义克说:"大自然无奇不有啊。"

谢德美说:"当然,我说这机制不可能是自然进化而成的时候,不应该把话说死了。只是至少对于我来说,这种巧合的概率太小,我很难相信这是自然形成的。所以我觉得,这个机制是由某种力量强加到天使和掘客身上的。"

司徒博说:"不过目前最要紧的不是这个机制的成因,而是我们必须把真相告诉掘客,让他们重新开始参拜神像,同时还要去收集新的雕像。"

帕达洛说:"可能我们可以让天使把雕像送给掘客。反正那些女士选婿之后,这些雕像就没用了。"

谢德美说:"这是治标不治本。我们这次干扰了他们固有的社会模式,而掘客并不是唯一的受害者。掘客和天使之间的这种关系已经持续了千百万年……准确来说,是四千万年。在过去的无数代人当中,有一些特定的模式已经成型了,比如说,天使的双胞胎生育模式。为什么她们每次怀孕的时候总能怀两个胎儿呢?这并不是偶然的。在我们多年观察中,仅仅在别处的村庄发现过两次例外;当胎儿不是双生子的时候,他们会立即将小婴儿杀死,并且从此禁止这个母亲再怀孕。也就是说,天使的社会是严禁单胎生育的。对于这种风俗,我的看法是,这其实是应付掘客纠缠的对策。你们想想,掘客为了得到雕像,必须如影随形地跟着天使。在这个过程中,他们总难免把天使看作一种随手可得的食物来源,尤其是天使的婴儿。在某个尴尬的年龄段,天使幼儿还没掌握飞行技巧,却已经长得太重,成年天使没办法独自带着这种幼儿飞行。于是双生子就能保证每个家庭的下一代至少有一个小孩能够存活；再加上部落成员之间互相协作，长远来说，有三分之二甚至四分之三的双胞胎能够长大成人。可是如今在我们这座村庄里，每一对双胞胎都顺利成长，而所有的老弱病残也不会死于非命，这完全是因为本地掘客不再攻击天使。简而言之，天使进化出一种超生繁殖策略，用来补偿掘客捕食造成的人口下降；当掘客停止攻击之后，天使的人口就爆炸失控了。"

司徒博说："这是一个非常精密的自调节平衡系统。我曾经在别的地方见识过这个系统在危机中是如何运作的。在那个地区，掘客不加节制地攻击天使，他们不仅仅捕食幼儿和老弱病残，而且系统性地对该地区的天使进行种族灭绝。当我到达的时候，那里幸存的天使只剩下寥寥可数的十几户，可是掘客的报应马上就来了。他们当时虽然还有很多旧塑像，却已经找不到新的，所以在其后的五年里，该地区掘客的出生率大幅下降。这就和本地区的情况有点相似，只是没有我们这里那么突然，因为那个地区的掘客毕竟还保持着参拜神像的习俗。那些神像里带有的助孕酶逐年减少，所以出生率也就随之下降了。如此同时，参与捕猎天使的掘客减少了，天使的数量也开始迅速恢复。当天使数量增加之后，掘客的人口也会慢慢复原。"

谢德美接着说："相信你们也看出来了，在平衡状态下，掘客不能大肆捕食天使，否则他们会因此而失去生育能力。这是一个自调节系统。"

蒲储诺问："为什么天使不迁居到一个没有掘客的地区呢？有什么阻力吗？"

谢德美说："没有什么特别的阻力，而且天使迁徙这种事情肯定已经发生过不止一回了。可是天使离不开那些带有扁形虫卵的黏土，这就意味着他们必须住在某些特定的地区。这些地区必须在雨季和旱季有潮涨潮落，而且地势一定要够高，这样那些扁形虫才能存活，所以他们的可选择范围其实挺窄的。这种地形虽然在我们身处的这个大陆板块随处可见，在别的大陆却相当罕有。而掘客的人口分布很广，遍布整个大陆，所以无论天使迁到哪里，早晚会被某一个掘客发现。这个掘客会马上回城报告，说他找到了另一个受诸神青睐的地区；然后他们就会出发去那里建立新的殖民地。其实这对天使是有好处的，如果没有掘客捕食他们的幼儿，他们的人口就会迅速饱和。"

纳飞说："你的意思是我们应该让掘客继续捕食天使的幼儿？"

谢德美说："这回我们左右为难了，是吧？"

索菲娅问道："我在想，天使和掘客之所以能够进化成有智慧的高等生物，其原因和我们刚才讨论的问题有没有什么关联呢？"

谢德美说："我觉得多少有一点吧。比如说，女性天使的择夫标准是看他们的雕像是否美轮美奂，是否惟妙惟肖，是否具有原创精神。很明显，一个聪明的、有创造力的男性天使能够更早地开始繁殖生育，他传宗接代的机会也就更多。至于掘客，他们就有点不一样了。要捕杀天使，掘客必须想出各种阴险毒辣的计策，所以他们必须具有相当高的智力。这一点我们现在未必看得出来，因为当初掘客太聪明，天使几乎已经放弃抵抗，转而采用逃跑策略了。可是大家都见过天使村庄外围的那些陷阱，当初大概有些比较笨的掘客会失手被困；而现在他们都能看清陷阱，很轻易就避开了。可能他们的智力就是这样进化发展出来的：只有聪明的掘客才能避开陷阱、收获神像和天使幼儿。"

索菲娅说:"换句话说,天使和掘客的智力是自然进化而成,可这两者之间的共生关系却不符合自然规律。"

谢德美说:"岂止不符合自然规律,这种关系绝对是人为的!"

蒲储诺问道:"你怎么知道是人为的呢?"

"因为我们相信这种共生关系不是自然形成的,同时我们还知道在大逃亡时期,人类迁居和谐星球以及其他行星,从此地球上再也没有人类的踪迹。我们用索引搜索飞船的数据库,竟然找不到人类在大逃亡时期的详尽历史。"

说到这个话题,轮到档案管理员司徒博接话了,"我们一直假设,大逃亡年代历史的缺失是因为人类想刻意忘记这段不堪回首的恐怖岁月。有些记录暗示人类打仗的时候曾经使用某些可怕的武器,把整个地球变成一个巨大的冰球。上灵也同意我们的假设。可是有一次纳飞对我说了一句话,让我觉得这种信息真空状态有可疑,纳飞说:'那些离开地球、拯救人类的幸存者怎么甘心被后人完全遗忘呢?'我听了也觉得有道理,他们当然不甘心。所以我仔细搜索飞船上面那些没有和上灵连线的计算机,结果真的发现了一个连上灵也不知道的数据库。这个数据库的名称,我粗略地翻译过来,就是《世人罪过录》。"

梅博酷问道:"罪过?"

"嗯,这是最简约的翻译。准确来说,那个名堂是'刻意犯下的错误',或者'本可避免的疏忽之罪',不过我觉得用'罪过'二字就可以涵括这些意思了。"

纳飞说:"这本罪过录里面都记录了什么罪过?"

"我才发现不久,还没有详细看呢。如果你们当中哪一位有空、有兴趣帮我翻译一下,那就再好不过了。这本书所用的语言是一种古语，和几门已知的语言相当接近。上灵一直不知道这本书的存在，所以没有将它翻译成较新的常用语。值得注意的是，在这本书里面，我发现了关于天使和掘客起源的解释。这原来也是人类的'罪过'之一。"

司徒博在身边的一个计算机屏幕上打开一份文档，然后开始大声朗读。

"我们有罪！我们随意玩弄动物的基因，给予它们智慧，却剥夺他们的自由；给予它们才华，却剥夺他们的权利；给予它们欲望，却破灭他们的希望。我们把他们豢养起来用作消遣娱乐，欣赏他们的绘画、雕塑、音乐和舞蹈，却把画家、雕塑家、音乐家和舞蹈家禁锢起来。就算他们逃脱了，自由也毫无价值，因为他们只有在牢笼之中才能生儿育女。这种恶行神憎鬼厌，最终招致地球守护者的惩罚。他将制造奴隶的人和禁锢奴隶的人全部赶走，让弱者获得自由新生。"

谢德美说道："我觉得掘客和天使之间的关系应该不难看出来。时至今日，天使还在从事艺术创作，当初人类改造它们的基因大概就是出于这个目的。可是掘客呢？司徒博和我都想不出人类改造它们的基因是为了什么。"

耶律迈说："为了挖掘。"

谢德美道："有可能。关于人类改造动物基因、培养智慧生物这个话题，虽然《世人罪过录》里面只提到消遣娱乐这个原因，可是除此之外应该还有其他目的。比如说让转基因动物服侍人类，行使奴仆的职责；或者让他们去地底查探矿藏分布；或者只是让他们专职挖隧道。"

耶律迈说："或者清理下水道。"

谢德美道:"正如我刚才说的,我们不敢确认。我觉得掘客祖先的智力不见得很高,他们的基因改造只是加强体格,却没有提高智力水平。至于他们为什么能够存活至今,可能当初他们的智力已经达到了一定程度,所以意识到他们必须在天使附近才能生存;也可能是他们的运气特别好,刚好住在天使村庄附近,还鬼使神差地把雕像往身上抹。"

司徒博说:"或者是因为他们活在地洞里,而天使活在山洞里,所以在地球的冰封期,这两个种族都在地底下存活并且形成一种共生关系。"

绿儿说:"或者他们是在梦里学会这一切的。"

谢德美说:"说到底,这一切有可能完全是在地球守护者的计划和控制之中。当年地球守护者将人类赶走之后,大概计划用新的物种来代替我们的祖先。她可能暗中操纵着这两个种族,让他们一同进化,慢慢发展成高等智慧生物。"

司徒博接着说:"与此同时,让他们建立共生关系,使他们离开对方就无法独自存活。人类创造了那种扁形虫,迫使天使通过雕塑来繁殖后代。至于掘客,可能人类当初根本就没打算让他们自行获得助孕酶;只是掘客后来另辟蹊径,想办法搭上了天使的顺风车。谁敢打包票说这一切绝对不是地球守护者策划的呢?人类为什么懂得创造一种扁形虫去做天使助孕酶的载体呢?难道地球守护者才是幕后推手吗?可能这一切都是地球守护者计划好的。"

梅伯说:"也不知道这个地球守护者是什么。"

耶律迈说:"我有另一个想法。如果根本就不存在地球守护者呢?还记得你们当年在和谐星球做的那些梦吗?为什么你们那么确信那些梦是来自这个所谓的地球守护者呢?那是因为上灵不知道掘客和天使的存在。可是我们现在发现,这方面的资料其实一直保存在上灵的数据库里,而上灵却毫不知情。所以那些梦有可能也是上灵发送的,只是他自己不知道罢了,对吧?这样的话,我们就不用想象某种在地球与和谐星球之间发送超光速信息的机制了,这岂不是省心?"

谢德美说:"你的理论好是好,却解释不了为什么克提能在我们到达的一百年之前就造出一个和纳飞一模一样的头像。"

佛意漫冷冷地说:"没错,我们是发现了某些现象的内在原理和机制;可是如果我们因此就妄下定论,说地球守护者不存在,那就未免太不明智了。我们至今也不知道守护者的威力到底有多大,其覆盖范围有多广;如果有人说地球守护者唯一的本领就是报梦,这也未必是错的。关键是我们不应该先入为主,不能戴着有色眼镜去看现实。虔诚信神的人如果太过沉迷于主观臆测,就会凭空造出虚假的神祇;同样地,无神论者如果一味闭门造车,也不可能正确认识这个世界。"

梅伯说:"爸爸,你说话太深奥了,我会铭记在心的。"

耶律迈笑而不语。

谢德美说:"先把神学理论放一边吧,我们现在有两个选择。其一,我们向天使和掘客详细解释这一切。从此掘客可以恢复参拜神像的习俗;至于天使,为了控制人口增长,他们可以减少生育——比如说男性天使隔一年才做一个雕像。我们总不能让掘客重新开始捕食天使幼儿吧。问题在于,这个做法可能只在本地区有效,其他地区的人口问题还是没有解决。不过这可能正是地球守护者让我们在这里定居的真正原因,她希望我们能够教掘客和天使学会避免杀戮,在和平中共存。"

梅伯说:"你不是说把神学理论放一边吗?"

谢德美说:"另一个选择就是把那个绝育腺体根除。"

佛意漫问:"把它根除?"

"我已经找到了制造这个腺体的基因片段了——这段基因是人为植入的。我们用没经过基因改造的老鼠和蝙蝠与掘客和天使进行对比,很容易就在他们的基因序列中找出所有改造点。然后我们把这些改造点逐一应用在普通老鼠和蝙蝠身上,看看哪一例长出绝育腺体,这样就成功定位和隔离了绝育基因片段。找到这个基因片段,我们就能够将这个腺体根除了。"

佛意漫问:"具体措施是什么呢?"

"培养一种细菌,让它携带一种特定的酶;这种酶的唯一功效就是搜索绝育基因片段并将其消除。这其实是我做基因改造的常用方法,不过我以前用的通常是良性细菌,而这次的细菌会有传染性,他们感染之后还会有一些症状。掘客的症状是轻度的关节硬化和鼻腔发炎,天使则是流几天眼水。等所有掘客和天使感染之后,他们的繁殖生育再也不受扁形虫的限制。从此以后,天使当然还能随心所欲地玩雕塑,不过就算他们停工也不要紧了。天使和掘客在感染了细菌之后生出的小孩就没有这个绝育腺体了;可是如果女方感染细菌的时候体内正好有几个星期大的男孩胚胎,那么这个胎儿很可能会自然流产。不过总的来说,只需要一代人,这个绝育腺体就会消失了。"

奥义克说:"我觉得这样做不是很妥当。地球守护者设立了这套维持平衡的自调节机制,我们却要把这套机制毁灭。"

索菲娅说:"小奥,话可不是这样说。按照《世人罪过录》的记载,这个系统其实是人类建立的,也为地球守护者所不齿。她带我们回来可能正是为了铲除这个邪恶的系统呢。"

谢德美继续道:"正如我所说的,我们目前有两个选择。我个人更偏向于后者,铲除绝育腺体就像打烂奴隶身上的枷锁。他们被禁锢了四千万年,也是时候该解放了吧,你们说呢?"

耶律迈说:"那就放手去做呗,别再浪费我们的时间讨论地球守护者是不是赞成了。"说完他就站起来离开了。

耶律迈走了之后,他们还继续讨论了几个小时。这问题之所以悬而未决,完全是因为蒲储诺提出让掘客和天使自己决定命运。可是后来大家意识到,无论是天使还是掘客都缺乏充足的理论框架去理解基因方面的概念。

佛意漫下决定的时候说道:"他们不会认为这是科学,因为他们没有科学。他们只会把这件事情看成一个宗教难题,这样一来就必然在他们内部引起争吵和分化。最终他们可能会恨上我们,甚至会爆发内战。我觉得,要让他们自主选择,前提是他们真正明白他们的选择是什么。比如说刚学走路的小婴儿吧,我们不会让他们自主决定是否跳进小溪玩,只是禁止他们走近水边就是了,我们甚至不需要向他们解释'溺水'这个概念。等他们长大之后,我们才会详细解释清楚。"

梅伯讽刺说:"按你的说法,掘客和天使都是小孩子啦?"

佛意漫说:"当初我们的祖先把他们当作奴隶和玩物,而现在我们把他们看成自己的小孩,这难道不是一种进步吗?就这么决定吧!我们只能在他们的理解能力范围内进行解释。奥义克负责向掘客解释,纳飞负责天使,其余人等一概不得多言。谢德美,希望你能尽快把细菌同时散播到两个群体当中。"

谢德美说:"这其实很简单的。我马上就让在座的各位感染这个细菌，大家会流一点鼻涕，有些人可能会发低烧。你们只要像往常一样跟掘客和天使接触，这个细菌自然而然就会散播出去了。来吧，这里有些软膏，拿棉签蘸一点抹在鼻翼内侧就可以了。"

有一个年轻女子说："太恶心了。"

蒲储诺说："如果你用别人用过的棉签，那当然恶心了。"

梅博酷说："唉，最让我揪心的是那些扁形虫，怎么就没有人可怜可怜它们呢？我们对大型动物太偏心了，难道微观世界的居民就没有生存权了吗？"他一边说一边咧嘴笑，其他人也跟着乐。

他们开他们的全民大会，耶律迈却有自己的小会要开：与伏森密谈。伏森的父亲去世不久，他刚刚当选新任血王。

耶律迈说："我有个礼物送给你。"

伏森问："你还有什么东西是我想要的？"

"噢，有人很了不起嘛！做了国王就翻脸不认人了是吧？"

伏森低声咆哮了一下，说道："耶律迈，我再也不是你的俘虏了。我有我的生活，也有我的责任。"

耶律迈说："你还有权力。我觉得权力对你来说应该是多多益善的，所以这就是我送给你的礼物，更多的权力。"

伏森说："是吗？我还真不知道你手上原来还有多余的权力可以送人哪。"

耶律迈说："我有知识，据说知识能够转化成权力。我现在就有一些很重要的知识要传授给你，不过前提是你必须先答应我，你回去之后告诉族人，这些知识是从我这里学到的。"

伏森问："什么知识？"

"你先发誓。"

伏森说:"我发誓。"

耶律迈问:"你是诚心发誓还是随口敷衍我?"

伏森说:"如果你是存心戏弄我的话,这礼物你自己留着吧。"

"嘿,人家现在贵为血王,位高权重啊,连老朋友开个玩笑也受不了。"

伏森说:"耶律迈,你从来就不是我的朋友,你只是一个有利用价值的知识来源罢了。"

耶律迈说:"现在呢?可能现在我们可以做朋友了吧?"

"哼,你那些知识,要说就快说,不说就拉倒吧!"

耶律迈说:"你马上去那个不可触碰的神像那里。"

"你是说你那个闪光弟弟纳飞的头像?"

耶律迈没有被他的话激怒,还是心平气和地说:"没错,就是那个。你马上去雕像那里演讲,听众越多越好。你告诉大伙儿,你们祀奉这个神像的方式错了,所以才导致这几年的新生儿越来越少。然后你就把神像往身上抹,爱怎样做就怎样做。"

"你想我死吗?"

"你是血王,他们不敢当场杀你。而且你在动手之前先向围观群众承诺,在你参拜了不可触碰的神像、将骗子纳飞的脸孔抹掉之后,真神就会散播一场轻微的瘟疫,把族人体内的最后一丝邪恶也清除干净。有少量不够纯洁的男孩胚胎还会因此而流产。这场瘟疫过后,每个人都必须严格按照传统方法参拜诸神,一直坚持到死为止。而瘟疫之后出生的小孩已经得到诸神的保佑,天生纯净,一辈子也不用参拜了。"

伏森说:"你说这些废话是想忽悠我吗?以前是你自己亲口告诉我,你说这些宗教的东西都是胡说八道。"

"可是你的族人却相信这一套，对吧？你就告诉他们，不管奥义克、索菲娅或者其他人说什么，我跟你说的才是真相。而且你要让他们觉得，是你的行动解放了他们，从此他们再也不需要跑上峡谷那里从空中肉兽手中抢夺神像。因为新出生的小孩以及他们的后代都是天生纯洁，诸神再也不会苛求他们卑躬屈膝地参拜空中肉兽做的那些东西。既然空中肉兽再也没有利用价值，你们以后就可以放心把他们赶尽杀绝了。"

"我为什么要信你说的这些话？"

耶律迈说："你爱信不信，我才不管呢。你要是疑神疑鬼错失了良机，奥义克就会在你之前发表声明；然后所有的权力都会被他抢走，再通过他集中到艾米斯母手上。如果你相信我，及时出手，在别人开口之前就付诸行动，那么你和我就会成为掘客族的解放者和大救星。老实告诉你吧，世界马上要变天了，你干吗不趁机捞点好处呢？你可以让族人觉得你拥有的强大神力超过了以往的历代血王。再说了，艾米斯母那么多年来一直禁止人们动那个不可触碰的神像，现在你闹个天翻地覆，岂不痛快？等你的预言成真之后，人们就不再相信她了。伏森，你也大可以袖手旁观，眼睁睁看着这个千载难逢的好机会白白溜走，然后在下半辈子捶胸顿足，悔恨当初为什么不珍惜我送给你的这个礼物。你打算怎么做，我一点也不在乎。"

伏森说："哼，其实你比谁都在乎！放心吧，我一定会把你的名号亮出来，我会跟他们说，这些都是你告诉我的。如果计划失败的话，我就把一切都推到你头上，我或者还能自保。"

耶律迈说："我们的计划成功之后，你的族人就会知道在人类里谁才是你们真正的盟友。"

伏森说："哼，你这个出卖同类的骗人精。我知道你打什么主意,你是想将来动手的时候借助我们掘客的兵力。"

耶律迈说:"有什么问题吗?"

伏森说:"一点问题也没有。不过到时候你得记住,谁才是掘客的国王。"

耶律迈说:"我会记住的,我什么都会记住的。"

于是伏森径直走到地底深处的神殿那里,公开发表演说,然后当众亵渎那个不可触碰的神像。艾米斯母随即派人把他五花大绑关进牢房里。没过多久,奥义克召开元老会议,告诉他们一场轻微的疫症即将爆发,疫症过后出生的小孩就不用再参拜神像了。他说:"是地球守护者把你们从古老的诸神手里解放出来的。"可是很多人私下觉得解放他们的不是什么地球守护者,而是伏森。在群情汹涌之下,伏森被拥护者从牢房里放出来。艾米斯母想阻止也无能为力,只好眼睁睁地看着他成功复辟。

就像伏森预言的那样,疫症在几天之后爆发。可是除此之外再也没有发生别的灾难,看来伏森参拜不可触碰的神像并没有亵渎神灵。很多人还说,是耶律迈向他们透露了这个秘密:纳飞根本就不是神仙,他甚至没有足够的法力把自己的面容保存在雕像上面——那个神像已经不是他的模样了。人们还说,伏森是真正的血王;艾米斯母虽然贵为圣母,却对不可触碰的神像完全不了解。

不久,战王穆夫汝主也去世了。大家都说,伏森当年杀了黑豹为好友南恩报仇,现在还将我们的子孙后代从空中肉兽信奉的那些邪恶诸神手中解救出来,他德才兼备,完全可以同时担起血王和战王的职责。于是,在众人的拥护下,伏森也登上了战王的宝座。

至此,艾米斯母长达数十年的统治正式结束。虽然她在女人当中还有巨大的影响力，可是男人们都死心塌地地追随伏森；而伏森也开始加紧训练，准备开战了。

纳飞和奥义克连续几个月沉浸在《世人罪过录》里，日夜钻研其中内容，希望能够学到尽可能多的知识。这本书讲述了人类进化的历史和科技发展的历程，也描写了人类如何利用先进科技为非作歹。在书中，他们看到人类穷兵黩武、自相残杀，导致哀鸿遍野、白骨累累；社会充满着压迫和不公，堪称"朱门酒肉臭，路有冻死骨"；人类还过度开采和恣意浪费自然资源，将肥沃的大地榨成一片瘠土。

这本书的最后一段是这样写的：

"地球守护者劝世人向善，无奈人类不听教诲。他们将地球守护者报的梦抛诸脑后，犯下罄竹难书的滔天罪过。最后地球守护者忍无可忍，终于出手扫荡尘寰，扑灭人类的罪行。霎时间大陆漂移，乾坤颤抖，天摇地动；万千火山同时爆发，浓烟滚滚遮天蔽日，所有植物灰飞烟灭；世界终于覆盖在寒冰之中，地球陷入了史上最漫长的冰封世纪。只有少量人类侥幸逃过大难，可是他们明白，地球守护者再也容不下他们，人类没有资格继续留在这里。他们建造了七支舰队，相继离开地球故乡；剩下的人都不知所终。我们知道，在我们的新家园和谐星球，我们将会建造一个上灵。作为地球守护者的忠实仆人，上灵将会对人类严加看管，确保我们的子孙后代在作奸犯科之时无法祸及全宇宙。至于地球，她已经重新回到守护者的怀抱。除非守护者宽恕我们、召唤我们，否则人类再也不会踏上故土一步。"

纳飞和奥义克分别翻译了最后这一段，然后互相对照。

奥义克问："这本书是谁写的呢？他怎么知道地球守护者有这么大威力呢？地震，火山爆发，大陆漂移……"

纳飞说："嗯，大陆板块其实是漂浮在岩浆上面，大概地球守护者能够影响地壳下面的岩浆对流，比如说让对流速度骤然加快。"

奥义克说："有一点可以肯定，我们必须让所有人都了解这本书的内容，并能从中吸取教训。我们不必确切知道地球守护者是什么，我们只需要知道他对我们的期望到底是什么。"

纳飞问："你说'所有人'的时候，是专门指人类吗？"

奥义克说："当然不是了。我想，地球守护者带我们回来，除了让我们把天使和掘客从古老枷锁当中解放出来之外，还要我们教他们学会和平共处，以免地球守护者将来再一次把地球变成人间炼狱。"

纳飞说："我觉得你说得对。可是无论我们怎么说怎么做，这一套理论始终会变成一个宗教。虽然我们尽量用自然科学的理论去解释这一切，可我们的祖先在这本书中所写的一切太过匪夷所思；别说是天使和掘客，就算是我们自己读起来也会觉得神秘莫测。"

奥义克说："变成宗教……这有什么不妥吗？"

"怎么说呢，宗教本身倒没什么不妥，我只是担心我们的后人会被宗教的表象蒙蔽了双眼，最后反而看不见内在的真相。就像掘客那样，按照他们的宗教，他们必须把混杂了天使唾液和扁形虫硬壳的黏土抹在身上。可是他们这样做的同时却并不知道其中的真正原因，所以他们其实已经变成了这个宗教的奴隶。而我们呢？如果我们只是把各种条框和规矩硬生生地灌输给我们的子孙后代，那么真正的原因始终会被淡忘，甚至被转变成怪力乱神的传说故事。"

奥义克问:"那我们应该怎么做呢?"

纳飞说:"我们可以写一本书。"

奥义克问:"你是指你正在写的那一本吗?"

纳飞瞪了他一眼,悻悻地说:"我早该知道什么都瞒不了你。"

奥义克说:"对啊,你早就应该知道。其实我是没办法,你刚想到这个念头的时候,连续几个星期天天和上灵热烈讨论,我想不听也不行。不过我知道,等时机合适的时候你肯定会告诉我的。"

纳飞说:"没错,现在时机就合适了。我知道我们的子孙后代不会接触到飞船的计算机系统,他们当中的大部分人都不会掌握读写的技能。可是总会有少数人懂得阅读和写作,这样才能把我们学到的知识流传下去。所以我们要把这次远征的起因、经过和结果、我们成长过程中学到的知识,以及我们这么多年来做过的一切事情都尽可能清晰地写下来。这本书由父母托付给儿女,代代交接,薪火相传。只要我们把事情的真相用白纸黑字记录在案,就不怕被人歪曲和篡改了。"

奥义克说:"什么东西都可以被歪曲和篡改。"

"可是只要原始记录还保留着,那么就算隔了几代人,我们的子孙还是能够从原书中发现真相,这就和我们现在研究《世人罪过录》的道理是一样的。"

奥义克说:"行,你说得有道理,可你不是已经保留着一份记录了吗?"

"我固然保留着一份记录,可是我觉得我们还需要另外一份。我手头上这一份记录涵盖了所有细节,事无大小,只要我想起来的都写进去了。可是昨晚我做了一个梦……"

"哈,又做梦了!"

"奥义克,我知道你很渴望做那些梦,可是……"

奥义克说:"我还哪用自己做梦,有你们的就够了。你梦见你写了一本书,然后交给我和索菲娅,却没有托付给查维亚和妮丝娅。"

纳飞说:"我打算把这本书也刻在金页上,这样就不怕腐蚀,而且后人不用电脑也能阅读了。这本书包含了《世人罪过录》的内容,我们把这部分封存起来,后人就不能增改其中内容了。书中余下的篇幅也是用来记录我们的历史,不过这不是涵盖一切的人类通史,而仅仅描述我们是如何与上灵和地球守护者打交道的。这其实是……"

奥义克说:"其实是宗教神学的典籍。"

纳飞说:"在掘客和天使的眼里,这本书的内容确实像是神学。"

奥义克说:"在我们的子孙后代眼里也一样。他们没有在宇宙飞船里生活过,没机会接触飞船上的图书室,甚至连计算机是什么也不会知道。"

纳飞点头道:"那么说你也得出和我一样的结论了?"

"不是,我只是看到你、绿儿和索菲娅都做着同一个梦。你们都梦见飞船离开地面绕着地球转圈,所以我知道这艘飞船始终是要走的。我们必须与过去的高科技一刀两断,从此就活在当前的科技水平之中。"

纳飞说:"我们的祖先有能力把飞船藏在和谐星球的表面;可是我们没有那么高的科技。"

奥义克说:"我会协助你写第二本书。你先起个头吧,看看什么合适就写什么,比如说我出生之前发生的事情。同时我也把《世人罪过录》抄到金页上,然后等你吩咐我就接手继续写。"

纳飞说:"没错,你可以开始抄《世人罪过录》了。还有,你应该将守护者发给我们的梦都记录下来，尤其是那些还没实现的预言。要是我们想猜测地球守护者计划让我们做什么，这就是唯一的指引了。"

奥义克说："《世人罪过录》和《守护者报梦录》，我马上就开始写。你就继续写你的《纳飞之书》。"

纳飞说："我还要抽空给天使设计一些能够在飞行中使用的武器，这样他们才有可能以弱胜强，杀死掘客。"

奥义克点头说："这么说，你觉得你做的那些有关天使掘客战争的梦也是来自地球守护者的吗？"

"不管这些梦是地球守护者发过来的，还是源自我心中的恐惧，我也必须未雨绸缪吧？我有责任让我的支持者做好准备，以防万一。"

奥义克又点了点头，说道："纳飞，我对掘客已经有感情了，我不想在他们和天使之间取舍。"

"奥义克，这不是你能决定的。爸爸去世之后，所有人都必须在耶律迈和我之间做出选择。"

"耶律迈？他已经一蹶不振了，还能兴风作浪吗？"

"奥义克，耶律迈并非一蹶不振。他只是学会了卧薪尝胆，耐心等待时机。而且如诗告诉我，他和伏森之间有着很强的联系，虽然两人相互之间心存不满，却早已经是拴在一根绳子上的蚱蜢了。你们夫妻二人在掘客那里生活了那么些年，索菲娅肯定也留意到了。"

奥义克说："她是留意到了，可是我们想不出耶律迈能够怎么利用这种联系去捞好处。"

纳飞说："耶律迈不需要刻意利用什么，他只要摸准掘客的心理，带着他们去做他们本来就很渴望做的事情，自然会一呼百应。"

奥义克问:"他们渴望做什么事呢?"

"屠杀天使。现在他们没有雕像也能够繁殖后代,所以就不需要再给天使留活口了。"

奥义克皱眉道:"那么我们把避孕腺体铲除,这一步是走错了?"

纳飞说:"不,我们让双方都获得自由,这是对的。不过现在我们必须帮助他们重新建立一个以尊重和忍让为基础的全新的平衡体系。"

奥义克说:"可是掘客把天使看成猎物,天使将掘客当作魔鬼,这些观念根深蒂固,我们任重而道远啊。"

纳飞说:"我知道,所以我们必须持之以恒地教化他们。而且这项事业不是一代人能够完成的,我们的后人也必须继承我们的遗志,努力为地球守护者效劳。与此同时,我必须设计一些武器来维持天使和掘客双方势力的均衡。如果掘客胆敢挑起战争的话,天使可以利用这些武器把他们都赶回地洞里。"

"那么天使就成了一方主宰了,这对局势有什么帮助吗?"

纳飞说:"天使不会主动去猎杀和捕食掘客,他们根本就与世无争,只想自己好好地过。从我看来,在双方的争端之中,天使是站在道德制高点上的。"

奥义克说:"可是掘客也并不是怪物猛兽,他们的某些行为,一方面是受到先天基因的限制,另一方面是受到后天文化的熏陶,实在是身不由己。难道他们因此就理应受到天谴吗?"

纳飞说:"这个我也知道,所以我们必须竭尽全力教化他们,同时也维持一个势均力敌的局面。"

奥义克说:"我不想在两者之间做出选择。"

纳飞说:"你必须做出取舍,没有别的选择。当耶律迈带领掘客开战的时候,你也是他的攻击目标之一。到时候你只能投靠天使,否则只有死路一条。"

奥义克问:"这些都是你在梦里学到的?"

"有些事情我能够自己想出来,不需要地球守护者的提示。"

奥义克将脸颊上的一滴泪水抹掉,说道:"如果你早杀了耶律迈,今天就没有这些烦恼了。为什么你当初有机会的时候却不下手呢?"

纳飞说:"因为我爱他。"

"你这份爱到底要害死多少掘客和天使呢?他们都是你我的朋友啊!"

纳飞说:"虽然这件事情耶律迈有参与策划,可是就算没有他,伏森和他的同伙照样会煽动族人造我们的反,照样会挑起与天使的战争。你难道还不了解人性吗?"

奥义克说:"掘客不是人。"

纳飞说:"可是他们一样会有憎恨、嫉妒和愤怒,这些是掘客和人类的共性。"

奥义克说:"同样地,他们也有爱、有智慧、有尊严,他们也懂得信任,懂得慷慨……"

纳飞说:"没错,所以掘客也好,天使也好,他们和人类并没有什么区别。"

"这么说来,我们的祖先在四千万年前被赶出地球,今天我们和他们相比,有什么长进吗?"

纳飞说:"我不知道。希望假以时日,我们和掘客、天使能够找到一种和平共处的生活方式。"

奥义克说:"你嘴上说和平,却打算设计武器。"

纳飞说:"我正在考虑设计一种能够发射飞镖的吹箭筒,不过我怕威力不够,还没想好要不要淬毒。"

奥义克说:"你在想什么呀?你计划着要杀的都是我的朋友啊!"

纳飞说:"那你就尽力劝你的朋友向善,让他们痛恨战争,让他们觉得吃天使婴儿肉是一件可憎的事情,这样才能确保他们不会死在天使的飞镖之下。"

第十五章　分道扬镳

当和平的局面全靠一个人的健康去维持，那么每一天都成了死亡倒计时。人们做计划安排的时候，总会考虑这个因素：这件事情能不能在他在生的时候完成呢？每一个新生命来到世上的时候，父母都会祈祷：希望小宝宝能够平平安安地多活一年，多活一个月，多活一个星期……

佛意漫已经病痛缠身、老态龙钟；他的背也驼了，走路的时候缩成一团，稍微干一点体力活就喘不上气。开会的地点已经从飞船的图书室换成学校教室，因为佛意漫再也不能爬梯子上飞船了。大家看在眼里都心照不宣，默默地把恐惧和遗憾埋藏在心里；他们只能欺骗自己说佛意漫能长命百岁，目前还没什么可担心的。

不久艾米斯母就去世了，伏森从此在掘客城中独大，集军、政、教三权于一身。当年爱子南恩在打猎时被黑豹袭击而死，艾米斯母就已经心碎了；然后不可触碰的神又被赶下神台，她在这个重大打击之下终于彻底心死；后来她的丈夫穆夫汝主去世之时，艾米斯母已经悲伤得麻木了。对于她来说，这个世界早已幻灭。艾米斯母，你的丈夫一死，那个自称想救你儿子的坏蛋伏森就同时当上了血王和战王；等你去世之后，他必然会把你穷尽毕生心血营造的和平付诸一炬。你还能怎么办呢？你只能教导女人们在心中保留着一点希望的火种,希望在遥远的未来总有一天和平会重新到来。无奈愿意听你说教的女人已经寥寥无几了,在你风烛残年的时候,只剩下纳飞一个人还尊敬你。纳飞,这个人类,正是他的脸孔造就了你一生的荣耀和救赎。

油尽灯枯的艾米斯母躺在黑暗的卧室里,在剧烈的咳嗽当中耗尽最后一点生命。陪伴她身边的是几个默默无言的女人;还有几个男人也在一旁等候着记录她离世的确凿时刻,然后就正式开始毁坏她的身后名。当大限来临之时,艾米斯母尝到了一丝苦涩,却又感受到一种解脱。你为什么拖了那么久才带我走呢?南恩和穆夫汝主在哪里?我的妈妈在哪里?为什么我努力了一生,到头来竟死得这么不值呢?

就在弥留之际,艾米斯母在不知不觉中进入了一个梦境。她看见一个人类、一个掘客和一个天使一起站在山坡顶上。这三个种族的成员聚集在他们四周,欢呼雀跃,喜极而泣;他们纷纷涌上前触碰这三人,然后异口同声地高声唱出同一首欢乐颂歌。那三个站在巅峰的人类、掘客和天使一起看着临终的艾米斯母,对她说:谢谢你,圣母,谢谢你把族人引上了正途。

南恩没有因为这个梦死而复生,艾米斯母也没有因为这个梦而相信伏森的统治不会血腥和恐怖,她也更加不会因此而逃脱死亡。可是在梦境里,艾米斯母脸上终于露出了欢容,她的心里也充满了自豪;死亡仿佛带着一丝甘甜的滋味,她含着笑迈进了那片未知的黑暗之中。

伏森厚葬了艾米斯母。在悼词中,他高度评价了艾米斯母的贡献。他说虽然艾米斯母误解了神意,可是她帮助族人为人类的到来做好准备,功不可没。在接下来的几天之内,伏森的几个对手都相继失踪，从此音信全无。他要传达的信息很清楚：在掘客城中，伏森就是法律；他集血王、战王、圣母于一身，他就是天神下凡。年青一代掘客对伏森奉若神明：那么多年来，他们在人类的阴影之中委曲求全，在女人的颐指气使之下忍气吞声；如今有了伏森，他们终于能够扬眉吐气、重振雄风。伏森得到了年青一代的支持，其他人就算不满也不敢有异议了。

伏森很客气地要求奥义克不要再向他的族人灌输"地球守护者"这么荒诞不经的谬论；然后他私下告诉索菲娅，她再也不用去教导掘客女人安全储藏和保存食物的方法了，因为她每次出现总给掘客妇女们带来很大压力。就这样，伏森把其他人类一个一个地请走，最后只允许耶律迈、梅博酷和蒲储诺与掘客打交道。

佛意漫能有什么对策呢？他叫耶律迈向伏森提出抗议。耶律迈答应了，然后回来说他已经向伏森表达了不满，而伏森也保证说他们没有别的意思，只是觉得教育掘客的重任应该由他们自己承担。"爸爸，他说我们现在可以把更多时间花在自己的家庭上面，我们应该开心才对。"

伏森的所作所为有理有节，不显山露水，佛意漫明知不妥也无从干涉。他知道——每个人都知道——掘客实际上已经在公然反抗人类的统治地位了。最讽刺的是，在他们反抗之前，人们并没有把自己当成高高在上的统治者，也没有把掘客看成低人一等的子民。本来奥义克和索菲娅是人类在掘客城中的最高代言人，可是现在所有与掘客接触交流的渠道都牢牢掌控在耶律迈手中。人人都知道，这是耶律迈发起的一次政变，他肯定已经筹划准备多年了。回想起来，二十年前伏森被关押的时候，耶律迈向他学掘客语言，并且肩负起与掘客建立友好邦交的重任；他肯定是在那时候和伏森达成了某种秘密协议，所以才造成今天这个局面。

索菲娅觉得不可思议，"伏森绑架了耶律迈的小孩，耶律迈怎么还会和他交朋友呢？"

奥义克说："我觉得，耶律迈知道伏森选择绑架对象的时候并不是针对他，这里面并不存在私人恩怨。再说了，他们之间的关系并不是我们所理解的那种'友谊'。"

如今大局已定，他们怎么想也改变不了这个事实了。这时候人们才开始认真关注佛意漫的身体状况，而佛意漫也开始私下找一些亲信商量后事了。

他把纳飞、如诗和索菲娅叫到一起，列出一份名单，把效忠纳飞与效忠耶律迈的人名分别列出来。索菲娅说："想不到我们又要重新分裂成'纳飞党'和'耶律党'，我一直以为那段日子已经成为历史了。"

佛意漫眉宇之间带着一点忧伤，却并没有怨恨。他说："我知道耶律迈已经变了。不过他学会的是耐心隐忍，而不是改过从善。上灵一直以来都知道他的本性。"

在人类里面，纳飞党人的数量远远超过耶律党徒；尤其是能上阵厮杀的壮年男子，更加是强弱悬殊。可是人人都知道，如果真的开打，这场战争将会是纳飞党人对阵伏森的掘客军团。对比之下，纳飞的士兵充其量只能算是少数；至于天使，就算他们愿意出力，可是他们到底能帮上多少忙，谁也没有信心。这场仗决不能打，纳飞和他的支持者必须逃亡。

在柔珂和莎芙的儿女当中，有过半是忠于纳飞的，其中有部分原因是他们不满耶律迈与妈妈勾搭。如诗说："现在最复杂的是，在那么多人里面，最忠于纳飞的人竟然是艾雅。她希望带走尽可能多的儿女和孙辈。"

纳飞问:"他们当中有多少人愿意跟我们走呢?"

如诗说:"大部分!在耶律迈的子孙里面,除了蒲储诺和纳迪亚两家人,其他的都愿意追随你。可是如果你带走他们当中的任何一个,哪怕你只带走艾雅,耶律迈也决不会善罢甘休,我们走到天涯海角他也会追杀过来。如果我们带上艾雅,就永无宁日了。"

佛意漫听完他们的讨论,最后做出了决定:"对纳飞忠心不二的人,只要他们想跟着,你们就必须带着一起走。你们要信任地球守护者,他一定会帮助你们的。"

有些人心里想:佛意漫,你说得倒容易;真正开打的时候,你已经眼不见心不烦了。不过他们当然没有把埋怨的话说出来。

随着佛意漫的身体健康每况愈下,他开始单独召见每一个人进行长谈。虽然他说这只是一次简单的谈话,可是人人离开的时候都深受震撼。佛意漫和他们促膝而坐,把心中对此人的看法毫不掩饰地说出来,坦诚到了将近残忍的程度。逆耳的忠言固然刺痛,可是当他称赞每个人的优点、天赋和成就的时候,听者都觉得字字珠玑、如沐春风。当然,有些人只记住了批评的话语,有些则记住赞美的言辞。每一次谈话都被记录下来,过后纳飞或者奥义克就把谈话内容都写在金页书中。将来某一天,如果他们想回忆一下佛意漫的语录,这本书就可以派上用场了。

佛意漫其实是在和每一个人告别,这已经是一个公开的秘密了。当他开始发病的时候,佛意漫加紧了脚步。他在家中会见了披头和蒲头——两兄弟必须从山谷下来,因为佛意漫身体已经太虚弱,去天使村庄的旅途太劳累,就算坐飞行器也折腾不起了。他们告诉佛意漫:"我们决心参战!我们愿意为纳飞流尽最后一滴血。"

"我不想你们流血牺牲,而且非迫不得已你们决不可轻易言战。老朋友,真正的难题在于,你们的族人是否愿意追随纳飞迁徙到另一片土地,重新开始,在荒野之中建立一个全新的家园?"

披头说:"我们宁愿像男子汉大丈夫一样和地鬼决一死战。纳飞教会了我们使用新的武器,我们已经能够把跑动中的黑豹射死。所以我们可以在空中发动攻击,他们完全没有还手之力!"

佛意漫说:"掘客比黑豹聪明很多。"

蒲头说:"可是天使也比掘客聪明很多。"

佛意漫说:"你们没有明白我的意思。我说掘客比黑豹聪明,意思是他们的性命也更加珍贵。你们就算有能力杀死掘客,也不应该引以为豪,因为他们是人,不是动物。"

披头和蒲头两兄弟大窘,无言以对。

"你们的族人是否愿意跟随纳飞往更高的山地迁徙呢?"

披头答道:"佛意漫老父,我可以向您保证,就算是上刀山下火海,我们族人也会跟着纳飞。而且我们会乞求纳飞做我们的国王,因为我们知道,在他的治下,我们必然可以安居乐业。"

佛意漫问道:"如果纳飞身上没有那件星舰宝衣呢?"

他们互相看了一眼,然后蒲头终于想起来了,"噢,您是说那件让他可以随心所欲像萤火虫一样发光的东西?"

披头说:"那件什么宝衣对我们来说没有一点意义。佛意漫老父,我们拥戴纳飞并不是因为他拥有什么魔术神力,而是因为他、绿儿、羿羲和如诗是我们认识的最善良、最聪明的人。而且他们爱我们,我们也爱他们。"

佛意漫点头道:"好!那么我们就是一家人了!就算我不在了,你们也永远是我的好儿女!"

他们回村之后随即把消息传开，大家开始为远走高飞做准备。他们选出要带走的东西，收拾行装；然后把种子和根茎植物打包，还准备好充足的食物，保证在旅程中以及在庄稼收成之前不用挨饿。父母们开始把儿女往山上运，送到一天路程以外的山峰之上。这样一来，等大部队出发的时候，小孩都已经在安全的地方了。

每个人都问披头和蒲头："佛意漫老父还能活多久呢？"

他们能怎么回答呢？他们只能反反复复地告诉每一个发问的人："时间不多了。"

终于，佛意漫和每一个人都道别了，该送的祝福也送出去了，所有的希望、回忆和亲情也表达了，可他还是咽不下最后一口气。华纱去找谢德美，说道："小谢，老佛爷和阿飞想见你，请马上过来。"然后她微笑着对司徒博说："这一次他们想单独见她。"司徒博点头称是。

谢德美跟着老太太来到佛意漫的卧榻之前，只见他双眼紧闭，胸口一动不动。

谢德美开口问："他是不是……"

佛意漫轻声答道："还没。"

这时候纳飞正坐在角落的一个凳子上。华纱离开房间，临走时说了一句："快点。"

他们知道，华纱希望留在丈夫身边陪伴他走完最后一程。

佛意漫低声说："纳飞，把星舰宝衣交给她。"

谢德美说："什么？"

佛意漫说："谢德美，你把星舰宝衣穿上，学习怎么使用它。然后把飞船开上天空，不要让任何人接触和使用飞船。宝衣能够让你长命百岁，你要好好地活着，照顾好地球。"

"照顾地球？我怎么能胜任呢？那是地球守护者的职责。"谢德美话虽这么说，可是她心中却万分欢喜。佛意漫想把星舰宝衣送给我！他要把飞船送给我！我将会拥有这个世界上唯一一个设备精良的实验室，而且还有无穷无尽的时间去使用它。

佛意漫说："地球守护者也需要协助。如果他能够独力照顾地球，他就不会把我们叫回来了。"

纳飞一边站起来一边脱衣服，说道："如果我愿意给，你也愿意接受，那么这件宝衣就会从我的身体转移到你的身上。"

谢德美问："你愿意给吗？"

纳飞说："这个世界就是你的花园，好好照顾它吧！还有，在我长眠之后，请你帮我照料我的子孙后代。"

当晚，佛意漫与世长辞，华纱陪伴他走到了尽头。破晓时分，这个消息传遍了四方；从位于掘客城最底部的洞穴，到天使村里最高处的窝巢，人人都听到了佛意漫的死讯。真切的哀伤之情迅速弥漫在天使之中，而那些不想打仗的掘客也心有戚戚。他们都爱戴和尊敬佛意漫——不是因为他的权威，而是因为他善用权力的方式。不过他们都知道，和平年代已经结束了。

在华纱的要求之下，他们没有将佛意漫火化，而是按照掘客的习俗把他埋在土里。

两天之后，耶律迈就开始挑战纳飞的权威了。其时纳飞正准备回天使村庄与绿儿会合，耶律迈来了。他两旁站着梅伯和蒲储诺，身后带着十几个掘客士兵，在树林边上把纳飞拦住了。

耶律迈说："请你不要离开。"

纳飞说："绿儿正在等我，你有什么要紧事吗？"

耶律迈说:"请你不要离开这里,我会派人请绿儿回来。从今天起你们就搬回村里居住,那些空中肉兽已经不需要你们了。"

耶律迈把话说得很客气,态度也彬彬有礼。如果纳飞反抗的话,反而会显得是他而不是耶律迈在挑起争端。可是耶律迈要传递的信息也很清楚:他已经掌权,纳飞已经成了阶下囚。

纳飞说:"这是好消息嘛。我原来以为还有很多工作要做,不过现在看来我可以退休了。"

耶律迈说:"嘿嘿,退休?你搞错了。在村庄里还有很多活儿要干呢,比如说开垦田地,挖掘坑道,活儿总是干不完的。纳飞,你的腰背还挺结实,我看你还能为大家贡献很多劳力。"

他们把纳飞押去佛意漫的屋子。华纱一眼就看出不妥,大怒道:"耶律迈,我知道你总是蛇蝎心肠!可是我以为你很久以前就已经吸取教训,知道把纳飞关起来是没用的。"

耶律迈说:"我没有把纳飞关起来。他和别人一样,都是普通公民,都要为这个社会做出贡献。"

华纱说:"什么?难道你还指望我摆出一副彬彬有礼的样子,装作相信你的谎话吗?"

耶律迈说:"华纱女士,虽然纳飞是我的弟弟,可你并不是我妈妈。"

"感谢上灵的恩典,幸好我没有你这样的儿子。"

纳飞终于打破了沉默:"妈妈,请你冷静。耶律迈自以为得势,其实是痴人说梦。这世界不是他的,也不是任何人的,这世界属于地球守护者。耶律迈在这里没有任何权力。"

在以前,耶律迈听了这些话就会当场暴怒、咆哮不已,继而出言恐吓,甚至大打出手。可是现在他已经革心洗面、百炼成钢。今天的耶律迈，克制、冷静、睿智、无情，所以他一言不发，只是默默看着纳飞走进亡父的房子里。然后他派了两个掘客士兵守在门外。

华纱去飞船找谢德美求助："谢德美，耶律迈应该不知道你已经拿了星舰宝衣。现在只有你可以制止他，快出手干掉他吧。"

谢德美摇头道："我还在学习当中，现在还不懂得怎么操纵呢。这件宝衣其实是个可怕的负担，我不知道纳飞是怎么熬过来的。"

"你看不出纳飞很无助吗？耶律迈要害他，很可能今晚就动手了！他不会让纳飞活到明天的。"

谢德美说："我知道，羿羲刚刚用索引发了信息给我。有了宝衣，我现在可以直接听到他说话了。他说绿儿昨晚收到报梦，她梦见所有掘客士兵以及耶律迈的追随者都睡着了；而你、纳飞以及所有忠于纳飞的男女老幼趁着他们昏迷不醒，沿着山谷往上走，翻山越岭，一直到达一片新的土地。"

"这个梦是什么意思呢？"

"我觉得——绿儿、羿羲和上灵都觉得——这是地球守护者发来的梦。虽然上灵只能让人类昏睡不醒，可是既然这是地球守护者报的梦，我们就必须相信她也有能力让掘客睡着。"说到这里，谢德美继续说道，"但我对这些东西不是很在行。你也知道，我只是做过一个关于花园的梦，除此之外，从来也没见过什么幻象。"

司徒博坐在一个角落里，酸酸地说："她不肯带我走，却一定要我跟随纳飞去开拓另一个见鬼的殖民地。"

谢德美说："你也不是非跟纳飞走不可。"

司徒博说："要不就留在耶律迈这里——你觉得我能选这条路吗？华纱，请你跟她讲讲道理，我只是一个图书管理员。"

谢德美说："我只是按照上灵的建议行事。她说纳飞建设新家园需要司徒博出力。"

司徒博质问道："可是你考虑过我的想法吗？华纱女士，你评评理，这么多年来，难道我没有信守当初对纳飞的承诺吗？难道我没有尽力支持他吗？"

华纱说："当年你在航行途中做了一件错事，纳飞二话不说就原谅了你；现在大概是你报答的时候了。"

司徒博低头不语。

华纱问："你就不能带上他吗？"

谢德美小声说："我也想啊，可是上灵说现在不行。"

华纱说："那你就告诉他现在不行呗！他还以为你永远丢下他不管呢。"

角落里的司徒博又开口了，这一次他已经泣不成声："谢德美，我那么爱你，难道你还不知道吗？没有了你，我一个人活着还有什么意思？你还不明白我的心意吗？"

谢德美也热泪盈眶，她低声对华纱说："我从来没想到他会……"

"爱你？我们大家都爱你，只是你没想到罢了。谢德美，就让他跟你走吧，上灵并不是什么都明白的。你也知道，她其实只是一台计算机。"

华纱对上灵的信仰根深蒂固，怎么会真心相信她只不过是一台计算机呢？谢德美虽然知道华纱言不由衷，却也感激她的用心。她很严肃地点了点头，说道："司徒博，你能不能用飞行器把华纱女士送到峡谷顶上，顺便把最重的行李也运上去，然后把羿羲、浮椅和华纱女士从峡谷顶上运到纳飞开拓新殖民地的地点呢？"

司徒博说："好的。"

"等纳飞不再需要用到飞行器的时候，你就行行好，把它开回飞船这里,我们就一起升空进入近地轨道。"

司徒博微笑着拥抱谢德美。

她说:"你得知道,星舰宝衣会维持我的身体健康,延长我的自然寿命。而且我打算经常冬眠,这样才能在数十代人的时间跨度内采集数据,研究生命的进程。"

司徒博说:"我不介意死在你前面。实际上,这正是我想要的。"

谢德美说:"我们的工作会很繁重。"

"那你就更加需要一个秘书和档案管理员了。"

谢德美说:"这份工作的薪水也很低。"

司徒博答道:"你就是我的报酬。"

夜色降临之际,佛意漫故居门外的掘客士兵都睡着了。纳飞马上走出来,挨家挨户地敲门,低声嘱咐他的支持者,让众人去树林边缘集合。虽然大家都尽量安静,却还是发出许多声响。毕竟有那么多小孩子,父母不可能让他们保持沉默,也没办法禁止他们哭闹。可是在喧闹声中,竟然没有一个敌人警醒。

索菲娅站在纳飞身边,发现他和那些留在村庄沉睡不醒的人之间还是有很强的联系。她说:"那些睡着的人,是不是上灵不想他们跟你走呢?"

纳飞说:"这一次我不管上灵怎么想,谁希望跟我走我都会带上,一个也不能少。"

索菲娅点头道:"嗯,这样的话,我就必须告诉你了。你和艾雅以及她的三个子女之间的联系还是非常强的。"

纳飞点点头,说道:"我不需要去唤醒她。看到没有?她来了。"

确实,艾雅正带着年轻的伊斯迪纳和帕里曼亚兄弟信步走来,身边还有更年轻的芝芙娅，也就是二十年前被掘客绑架的那个小女孩。伊斯迪纳和帕里曼亚还带着各自的妻子；可是芝芙娅的丈夫穆哲茨夫却没有跟来。她眼中含着泪水解释道："他睡着了，我没办法叫醒他。"

纳飞说："你可以留下来陪他，没有人会埋怨你的。"

芝芙娅摇头道："我知道穆哲茨夫是怎样一个人。当初跟他结婚的时候我还不太了解，现在总算看清楚他的为人了。在他的内心和灵魂深处，他和爸爸那伙人是一丘之貉。"说着她把双手放在肚子上，"可小宝宝是我的！"

艾雅扶住纳飞的手臂，说道："纳飞，你并不是非带我们走不可。我知道我们这样做会连累你，他一辈子也不会原谅我们，他会以为你和我……"

纳飞点头道："他是认准了你和我会学他和柔珂、莎芙甚至狄傲丽那样做出苟且的事情。不过你和我都清楚，我们从来没有、将来也永远不会这样做。"

艾雅知道纳飞这是在婉转地暗示，她这次随行，只是作为这个集体的普通一员，而并非纳飞的情人。艾雅微微一笑作为回应，可是笑得很苍白。

索菲娅说："那么人都到齐了。"

纳飞说："还没到齐，我必须叫上两个姐姐。"

索菲娅说："爸爸，她们和耶律迈有奸情呢！而且这两人信不过。"

纳飞问："难道我们只收留那些身强体壮和道德高尚的人吗？你也知道她们本来就不是什么贞妇烈女，更何况她们守寡那么多年……不过就算她们的道德再败坏，她们始终是我的姐姐。"说完他就向村里走去。

这座村庄仿佛变成了一个鬼城。很多屋子的门都开着；村子里的大部分居民都离开了，只剩下少数还在家中昏睡不醒。纳飞走到莎芙的屋子，发现她正站在门口，满脸疲惫和愕然。纳飞走到她面前，只听见她说："我做了一个梦，却想不起梦见什么。可是这个梦把我弄醒了，而你却在这个时候出现。"

纳飞说："我们要走了，我们要在耶律迈动手害我之前离开这里。所有不愿意被他统治的人都跟着我一起走，还包括了全体天使。我们要去一个很遥远的地方重新开始。"

莎芙说："他是不会善罢甘休的，就算你跑到天涯海角，他也会追杀你。你不知道他有多恨你。"

纳飞说："我知道的。你愿意和我一起走吗？"

莎芙哭了，"过去我这样对待你，你还愿意带上我吗？"

纳飞问："你真的愿意来吗？在这个危急关头，你真的愿意支持我吗？"

莎芙说："我其实很怕耶律迈。可是我的大女儿费思敏娜和二子乌弥内却对他无比崇拜，他们简直觉得连太阳也是绕着耶律迈转的。"

纳飞说："可是你的小女儿帕妮蔓娅却愿意和我们一起走。"

莎芙说："我也愿意。"

他们于是一起走到柔珂的住处，只见屋门大开，可是柔珂却没有像莎芙那样站在门前。他们静静地走进屋里，发现床上竟然还有别人。梅博酷赤条条地在柔珂身边熟睡，全身大汗淋漓；而柔珂却睁开双眼看着两人走进来。

他们怕吵醒梅伯，所以不敢说话。柔珂在黑暗中凝视着两人，眼睛一眨一眨的。纳飞向她点点头，打了个手势，然后就带莎芙出去了。他们在距离屋子几步的地方等着，很快柔珂就出来了，一边走还一边整理着衣服。她轻声说："我梦见你们要走了。"

纳飞问："你愿意和我们一起走吗？"

柔珂眼睛瞪大了看着莎芙，问道："我们？"

莎芙说："柔珂，如果你愿意的话就留下吧，我觉得他对你动真情了。"

柔珂说："他对谁也没有动过真情。"

莎芙说："我不是说梅伯。"

柔珂说："我知道你说谁。可是如果我愿意的话，我能跟你们走吗？"

纳飞说："我们这一走就没有回头路了。而且在新的家园，人人都要遵守法律。"

她们明白纳飞的意思。莎芙说："我觉得，可能我们这一辈子已经享受够了。"

柔珂翻着眼珠说道："享受怎么会够呢？不过我知道我们去的地方不是女皇城，我会安守本分的。"

纳飞问道："你要想清楚，你留下来会不会更加快乐一点？"

柔珂问："你想不想我们和你一起走？"

纳飞说："我当然想了。"

柔珂说："既然是这样，就请你对我们有点信心吧，纳飞。你和耶律迈谁优谁劣，谁是龙谁是虫，我们心中其实都有数的。"

纳飞说："好，那我们就动身吧，今晚还有很长一段路要走呢。"

当纳飞回到树林边缘的时候，奥义克已经率领大部队出发了，所以在场只剩下少数几个人,包括谢德美以及坐在飞行器上面的华纱和司徒博。

纳飞说:"你把飞船的入口封闭,他们就进不去了。"

谢德美说:"我知道。你放心吧,飞船很安全。"

纳飞说:"你不要逞英雄,我们能够应付的。"

谢德美说:"仅仅一晚是不够的,你们需要更多的时间。"

纳飞摇摇头,还想争辩。可是谢德美伸出手,把手指放在纳飞的唇上,让他别再往下说了。"阿飞,亲爱的老朋友,现在我是舰长了。你可以专心率领大伙儿跋山涉水;至于怎么保护飞船,怎么使用星舰宝衣,这些事情就让我来操心吧。"

华纱和司徒博拥抱了谢德美之后就驾驶飞行器升到树梢上方,绝尘而去,将在地面上迤逦而行的大部队远远地甩在身后。目送他们远去之后,谢德美拥抱了纳飞,然后就回飞船去了。

纳飞是最后一个上路的。他本来以为四下无人,却猛然发现四周出现了几十个掘客。纳飞第一反应是:地球守护者失败了。虽然上灵能够让他在人类里的敌人昏睡,可掘客终究还是醒了。纳飞心中暗叹,想不到我计划周详,最后还是功亏一篑。可是他随即发现,这些掘客都没有带武器,而且将近一半是女的。

其中一个用掘客语说:"请你带我们走吧。"

虽然纳飞不像奥义克那么精通掘客语,可他还是明白了他们说什么。

纳飞问:"你们愿意和天使一起生活吗?请记住了,他们永远也不会信任你们。"

开口说话的那个女性掘客回答道:"我们情愿服侍那些……天使。"纳飞留意到了,她没有说"空中肉兽",而是按照天使语言的发音，很艰难地从唇齿之间挤出"天使"两个字，"伏森是最可怕的凶神。"

纳飞点头道："和天使一起生活，对于你们来说将会很不容易。可是我会保护你们，也会信任你们，希望你们不要辜负我的信任。你们愿不愿意发誓，从此服从我的命令，永远不伤害我的同伴，包括人类和天使？"

在场的掘客都发誓了，然后纳飞带着他们一起上路。当他们到达天使村庄的时候，众天使顿时陷入恐慌。纳飞为这些掘客作保，而这些掘客也低声下气地哀求；众天使虽然心存不满，可还是接纳了掘客，答应和他们一起出发，去异乡建立一个全新的国度。大伙儿趁着夜色启程，在天亮之前，这座村庄已经变成空荡荡的一座死城。

经过许多天的艰辛跋涉，他们终于到达了目的地——这片土地是纳飞在多年以前选定的，其实就是特意为了今天这个大逃亡做准备的。披头和蒲头举行了一个庆典，他们说："每个地方都应该有一个名字，既然我们永远都是'纳飞党'，我们提议，从此就把这个地方命名为纳飞国。而你，纳飞，我们都推举你做我们的首领！"在天使的口音里，"纳飞党"这几个字听起来更像"大呸党"，可是大家都听懂了他们的意思。

他们的话音刚落，现场顿时欢声雷动、响彻云霄。纳飞知道人心所向、却之不恭，于是站出来微笑着大声说："各位好朋友竟然用我的名字为你们的新家园命名，这真是莫大的荣幸，我衷心感谢各位的抬爱！"虽然他的言辞很谦卑，可是人人都知道这个命名仪式背后的含义：从此纳飞就是他们的国王，也是他们的战王，他们都愿意为纳飞鞠躬尽瘁、死而后已。

第十六章 舰　长

谢德美听见羿羲通过索引对她说:"小谢,现在已经天亮了。虽然我们已经离开村庄很远,可是我们的行进速度太慢,一支掘客军队在中午之前就能赶上来。"

谢德美答道:"不会有追兵的。今天不会有,明天也不会有。"

羿羲说:"小谢,记住了,我们所有人的安危都系在你一个人身上!你现在是以寡敌众,不成功便成仁,所以千万别逞英雄,更不要和他们讲道义,最重要的是要赢!"

"说得好,阿羲!我会按照你的吩咐行事的,你就放心上路吧。"

虽然谢德美很有信心,可是她走出宇宙飞船,把舱门封死的时候,心中还是忐忑不已。星舰宝衣让她觉得自己和飞船的各部分建立了相当紧密的联系,可是除此之外,谢德美其实没觉得和以前有什么不同。她的工具、她的图书室、她的工作和她的职业,这一切都在飞船上,甚至连她自己也是属于这艘宇宙飞船的;离开了飞船,谢德美仿佛就不再是自己了。此刻她独自走在空荡荡的村庄里,只见四处都是人去楼空的房子,昔日的繁华热闹只剩下一片苍凉。可是她顾不上触景伤情,因为她的注意力都集中在星舰宝衣的能量之上。她想:宝衣让我充满能量,给我自信,让我觉得一切尽在控制之中。以前纳飞肯定特别欣赏这种感觉,可是我却一点也不稀罕。

我没有兴趣知道我的身体能够聚集和激发多少能量，更不想去了解我发射一道闪电的强度要多大才能既把对手击倒却又不伤他的性命。

平心而论，纳飞未必一定喜欢这些感觉。可是无论他心肠有多好，纳飞始终是一个男人；而男人似乎天生就争强好胜，总能在击败对手的过程中获得一些不可告人的快感。而谢德美不爱争斗，她只有强烈的求知欲。大概这并不能上升到男女差别的高度，可能只是谢德美这个人比较另类。她向来不会和某个人建立特别紧密的联系；她的最爱是工作，她的目标是了解生命的真谛，她的一生都将奉献给科学研究。

谢德美忽然想道，我真的和他们不一样吗？纳飞和耶律迈天生都是领袖之才，而且他们都决心要把对方踩在脚下；而我呢？我其实也觉得自己是领袖之才，不过我统治的不是男人和女人，而是各种有机生物体和生命形态；小到基因代码，大到生态系统，全是我的子民。而且我要成功的决心一点也不比纳飞和耶律迈小。

不过今天的难题不是耶律迈，而是掘客。谢德美不费吹灰之力就可以制服耶律迈一伙人，可是她不可能把伏森的全部士兵都拦住。纳飞的大部队扶老携幼，带着辎重和供给，还赶着牲口家禽，根本走不快。双方一旦交战，负责厮杀的主力军正是伏森的部下。无论如何，谢德美必须说服掘客按兵不动；只要掘客不出兵，耶律迈就必须等。

不久，昏睡的人陆续醒了，村子里顿时炸开了锅。耶律迈、梅博酷和蒲储诺带着人逐家逐户地搜查，还不停地高声痛骂着那些弃他们而去的亲朋戚友。梅博酷眼尖，在一片混乱之中竟然看到谢德美。他先是高声喊谢德美，然后转头大呼小叫着跑去找耶律迈，一边跑一边嚷嚷:"谢德美没走!她舍不得宇宙飞船!飞船是我们的!实验室是我们的!电脑都是我们的!连上灵也归我们所有啦!"谢德美现在没空搭理他,过一会儿再慢慢驳斥他不迟。

谢德美根本没有正眼看一下这帮人;她信步穿过人群,径直走到昨晚驻扎在村里的那批掘客士兵面前。这帮士兵正在惊慌失措地商量对策。他们值班的时候竟然睡了整整一夜,大部分人类都溜走了,他们居然什么也没看见,什么也没听见。伏森知道之后,会怎么处置他们呢?

谢德美用掘客语结结巴巴地说道:"伏森决不会放过你们!你们死定了。"

他们用人类语言回答道:"我们该怎么办?发生什么事情了?有人给我们下蒙汗药了吗?"

谢德美听到他们用人类语言回答,心中有一点感激。她说:"这一切都是地球守护者在显神通。你们之所以受到地球守护者的惩罚,完全是因为你们拥护一个杀人凶手做血王和战王。"说到这里,谢德美使了一把劲儿,全身开始发亮,"伏森当初猥亵不可触摸的神像,你们以为地球守护者会善罢甘休吗?"

其实她很讨厌装神弄鬼。他们花了多年心血才帮助掘客破除迷信,可是现在她要亲手重新点燃埋藏在掘客心底已久的信仰和恐惧。问题是谢德美现在势单力薄,除此之外实在没有别的办法能够有效地控制掘客。

谢德美一发亮,在场的所有掘客一起仰卧在地,把肚皮亮出来以示臣服。

谢德美说:"我不要你们光秃秃的肚皮!都给我站起来!你们都是男子汉大丈夫吗?如果当年你们能拿出男人的勇气站出来,地球守护者现在就不会发怒了。"

"大人啊，我们应该怎么做呢？"

"当年南恩在打猎的时候被他的朋友害死了，你们把那个凶手给我抓过来！"

此言一出，这些掘客士兵像触电一样惊骇不已。他们说："原来害死南恩的不是黑豹！不是黑豹！"

谢德美说："虽然当时有一头黑豹在附近，不过南恩是先被人偷袭，受伤倒地，然后才死在黑豹爪下的。"她一边说一边想，我说的是真的吗？如果是真的，我又是怎么知道的呢？

她脑中响起上灵的声音，清晰而且嘹亮。

我也只能推测而已。

她问：事情的真相就是这样吗？

我只负责监视人类。你们的祖先只是改造了人类的基因，让你们可以听见我说话，也让我可以接触你们的思维。

谢德美说，我们发射了十二颗人造卫星上天，就算你听不见他们的思想，至少能看到当时发生的事情吧？

他们给我设置的程序并没有包括监视动物这个任务。

谢德美很生气地回应：行！那我就修改你的程序，让你把掘客和天使当成人类这么看待。

他们不是人类，所以我不能把他们当成人类看待。

谢德美默默地说：那我换个说法吧。人类现在必须跟掘客和天使共同生活，他们能不能安全地活下来完全取决于你是否能够监视那些有高等智慧的异族，所以你必须通晓全局，掌握所有种族的动向。

我现在比不上当年在和谐星球的时候。我在地球这里资源匮乏，能力有限，根本没有足够的内存、速度和视野去监视所有种族。

尽你所能吧。

而且，当你让我进行数学演算以及运行搜索对比程序的时候，谢德美，我完全没有额外的资源去执行监视任务。

那么就请你在力所能及的范围内，按照合理的先后顺序调配资源，尽力而为吧。

先后顺序……我们需要尽快就这个话题好好商量一下。

别再装可怜了。我知道你是什么，也知道你是谁；你根本就不需要我去解释什么比什么更重要。我现在需要马上想出对付耶律迈的办法，请你尽力帮我了解他的想法。

别杀他。

谢德美几乎马上回答：我没想过要杀耶律迈。可是她随即意识到，她在心底竟然一直计划着杀死耶律迈以绝后患。如果耶律迈和伏森都死掉，那么纳飞党人就安全了。

为什么不杀他呢？

奥义克现在正向纳飞和羿羲解释，因为掘客需要约束。如果没有一个强人管着他们，掘客就会恣意妄为，不但屠杀天使，连人类也不放过。他们嗜血的天性被压制了这么多年，已经在他们心中积起了极大的怨愤。掘客好战并不是伏森造成的，伏森只是利用族人的好战来维持自己的统治。他就像是骑着一头黑豹，却不加控制，放任它四处乱跑；而现在你还把他拽下来，这头黑豹就完全不受控了。

我还没对他做什么呀。

那些士兵在城里四处说你——高塔上的女人——如何震怒，如何全身发光；还说伏森背信弃义，连累他们所有人都被大神诅咒。现在整座掘客地下城都已经翻天了。

你怎么知道的？

是奥义克说的，因为他听到众多掘客心中的祈祷和咒骂。我告诉过你了，我没有眼睛，所以看不到掘客在地下城的所作所为。

这么说来，纳飞认为我需要耶律迈去约束那些掘客？

纳飞说，一旦他们安全抵达新的家园，就能够借助天时地利抵御任何攻击。他选的那片高地，居高临下，地势险要；掘客进攻的时候必须向上攀爬，所以完全暴露在天使的飞镖之下。这些天然的屏障就足够了，当然前提是他们能够安全到达目的地。

纳飞早就计划好这一切了，是吧？他把星舰宝衣给我的时候就已经预料到他需要我的帮助才能安全抵达。

这个当然。不过，这实际上是我出的主意。谢德美，如果现在换成他站在你这个位置，他就非杀耶律迈不可了。过去那么多年来，耶律迈三番四次地栽在纳飞手里，这一次他是无论如何也不可能屈服的了。可是现在换成你身披星舰宝衣，耶律迈应该能够再受一次打击。更何况你现在是要送好处给他，怎么说他也算是惨胜。

惨胜？他怎么胜呢？

你帮他击败了唯一一个能和他争抢王位的对手。

众掘客把伏森从一个地洞里揪出来，横拖竖拽地押解到谢德美面前，再将他手脚摊开，仰面按倒在地。伏森虽然被擒，却骂不绝口，还对着谢德美呲呲作吼。谢德美用最弱的闪电给他来了一下，伏森顿时全身痉挛，抽搐不已。

谢德美说："你闭嘴。"

伏森乖乖闭嘴了。

谢德美让他们把伏森押到人类聚居的村庄里。耶律迈和蒲储诺率领着留下没走的全体人员迎上来。

梅博酷打算在背后暗算你。

谢德美对耶律迈说:"耶律迈,你叫梅博酷光明正大地走出来站到你身边,否则我就要拿他杀一儆百,到时候他就自讨苦吃了。"

耶律迈大笑道:"想不到我们的谢德美文静害羞的外表之下还藏着一颗女王的心呢!手上刚有了一点点能耐,瞧你,马上就变成世界霸主了。"

正说着,梅博酷从一座房子后面溜出来,走到耶律迈身后站定了。他抱怨说:"纳飞把我们的女人都拐走了。"

谢德美答道:"你请教一下蒲储诺吧,他会教你怎么做才能减轻失落的痛苦。"蒲储诺闻言,立即对谢德美怒目而视;梅博酷反应慢了半拍,过了好一会儿才面露愠色。

耶律迈指了一下被抓起来的伏森,说道:"看来你已经控制了掘客。"

谢德美说:"正相反,我谁也没有控制。我只是正式指控这个人——伏森——害死他的朋友南恩。"

伏森说:"我没有杀他。"

谢德美说:"伏森知道当时有一只黑豹在跟踪着他们,所以用木棒把南恩打倒在地。当他确定南恩已经被黑豹咬死之后,才出手杀了黑豹。"

耶律迈问:"你为什么和我说这个?"

谢德美问:"地球守护者选中你将人类和掘客联合起来,让你建立耶律帝国,你还不明白吗?"

耶律迈干笑了几声,说道:"嘿嘿,当然了,当然了,舰长大人向来都苦心栽培我。"

"舰长大人等夫君乘着飞行器回来之后,就会把飞船开回空中。"

"噢?这个普天同庆的日子什么时候才来到呢?"

"就在纳飞王国脱离危险的那一天。"

耶律迈说:"只要我活着,就不会有这么一天。"

上灵说得不错,如果换了是纳飞,他确实没有别的选择,只能大开杀戒了。谢德美说:"我也不奢望他们能得到百分之百的安全。不过你我都清楚,如果你带兵攻城的时候屡战屡败,输几次之后你的手下就会哗变了。耶律迈,你天生就是领袖之才,你应该明白,劝说、驱赶和鞭策总有个限度,你不可能把手下人逼得太紧。所以我敢保证,纳飞和他的追随者是安全的。"

"说吧,多少天?"耶律迈知道,现在是讨价还价的时候了。

"我觉得你至少需要八天的时间去调查这个叛徒犯下的种种罪行。伏森在艾米斯母去世之后策划了好几起暗杀行动,你必须在他的士兵里找到证人,说服他们公开指证伏森。维护正义,任重而道远,不是一两天就能够完成的。"

"八天!"

"或者等到飞行器回来为止。还有,为了避免飞船起飞的时候造成人命伤亡,你还要把村庄搬迁到别处。"

"看来你已经把我的任务都安排好了。"

蒲储诺大怒:"爸爸,你不会接受这么恶心的条件吧?那个蛇蝎心肠的纳飞拆散了你半个家庭,也拐走了我一半的家人……"

谢德美打断他的话:"每一个人都是自愿跟随纳飞离开的。"

蒲储诺说:"你说这废话想哄谁?就算爸爸愿意接受你的条件,换来对这帮废物——"说着他很轻蔑地指着四周的掘客,"——的统治权,可我还是会追杀他们,我要亲手把纳飞的心肝挖出来!"

谢德美说:"那么你打算把你妈妈的心肝也挖出来吗?她是宁死也不愿意回到耶律迈身边的。"

蒲储诺大声尖叫:"她早就已经死了!她根本就没有灵魂!"

耶律迈连忙圆场:"我的小孩受刺激太深,请你务必原谅他。"

谢德美道:"他还不知道自己在和谁作对。"说完她向蒲储诺伸出一只手。

耶律迈大叫一声:"不要!"可是他的话音未落,空中已经闪出一道电光。蒲储诺整个人凌空飞起,四肢疯狂地摆动着,随即重重地摔下来,全身不停地抽搐。他躺在地上,一把眼泪一把鼻涕地抽泣,不断地发出尖细的呻吟声,逐渐变得气若游丝。

耶律迈低声说:"原来你也是一个贱人。"

谢德美答道:"我为地球守护者效力,她当然不会让我手无寸铁地站在这里;现在人人都看到地球守护者赐予我的威力,事情就好办了。轮到你了,耶律迈,让大家都看一下你是怎么主持正义的。你要召集证人,要和掘客的各位元老协商,还要在八天之内审个水落石出。所有人都在看着你,看你有没有资格成为耶律帝国的战王。如果掘客和人类一致拥护你,那么我就会册封你为战王,只有这样你才能名正言顺地成为他们的首领。"

耶律迈知道谢德美其实是用这些掘客的自由来换取纳飞党人的安全。他向谢德美笑了笑,然后弯腰把儿子扶起来。蒲储诺勉强站住了,全身还在不停地颤抖。

谢德美说:"不过你记住了,我说的是战王!在这个国度里,再也不会有血王了,你听清楚没有?"

人人都听清楚了。

"血王的宝座已经被伏森污染,再也没有存在价值了。我宣布,从这一刻起，严禁吃天使肉或者人肉；犯禁者就等同于吃自己的亲生儿女，为天地所不容。这条法律适用于这个世界上的所有人，你们必须确保每一片土地上的每一个掘客都严格遵守，不得有违！"

耶律迈轻声说："多谢你给我分派这个好差事。"

谢德美也轻声答道："不让他们把人类当美食，你应该看得出我这样做的聪明之处吧？耶律迈，一旦他们开始吃你的敌人，你觉得再过多久他们才会想起吃你们呢？"

耶律迈说："我早就明白了，你还有别的什么要吩咐吗？"

谢德美说："你不能派掘客跟踪纳飞他们。"

耶律迈问："你以为我们八天之后就找不到他们的去路了吗？"

谢德美说："也不能派刺客暗杀。"

耶律迈说："我知道你开出的条件，我也知道这一次我还是一败涂地。纳飞拐走了我的妻子和我一半的家人，你还把我的儿子打倒在地。可是这一切我都忍了，因为你让我拥有了一个国家，尽管这个国家的子民都是活在土里的老鼠。当年我在和谐星球统领商队的时候，更下贱的人我也见过，那些人不过是一些长着人样的禽兽罢了。谢德美，不管你怎么想，总有一天我会站在纳飞的尸体前面。不过我向你保证，我不会吃他，我也不会让任何人吃他；我只会把他的尸体留给乌鸦和秃鹫。"

"看来你也懂得以和为贵的道理嘛，我很欣慰。"

耶律迈笑了笑，转身走到押着伏森的掘客士兵面前，大声说道："把这个囚犯押到我的屋里，然后把所有愿意指证伏森罪行的人都带给我。"他转头看了谢德美一眼，"恐怕这项工作就足够我忙一整天了。"

谢德美把视线从耶律迈转向蒲储诺，只见他脸颊上的泪痕还没干。

蒲储诺有气无力地呻吟道:"你不应该这么对待我,你这样做是不对的。"

谢德美和颜悦色地说:"小子,你其实很有前途。你的父辈争斗了一辈子,你才是最大的受害者。"

蒲储诺一下子又暴跳如雷:"谢德美,我一定要杀了他!我要把他们都杀了!一个也不放过!"

"听你这么说,你是看准你老爸肯定会失败了?"

"我是说我要把他杀剩的那些都干掉!"

"蒲储诺,你是个明白人。希望你不要终日沉溺在报仇雪恨的想法里面,而是好好学一下治国御民的方略。你的老爸需要报仇雪恨,可是你的人民更加需要一个贤明的君主。他做那么多事情,只不过是为了争权;现在他已经大权在手,得偿所愿。所以你看着吧,虽然你的爸爸会发动战争,可最后还是会一败涂地,因为他最大的渴望已经满足了,他已经没有动力了。"

蒲储诺骄傲地说:"你不了解我爸爸,你也不了解我。"

谢德美说:"没有人了解你们父子俩,或者你会给我们一个惊喜吧。"

八天之后,司徒博驾驶着飞行器回到女皇城号宇宙飞船。他到达的时候,刚好赶上伏森的死刑。伏森的一个亲兵把他的喉咙割断,再将尸体挂在树枝上,不让尸体的任何一部分玷污神圣的土地。

谢德美全身发着光,走到人群之前,为耶律迈主持加冕仪式,正式册封他为战王。耶律迈在众人的欢呼声中登上了王位。然后大家默默地看着谢德美和司徒博驾驶飞行器升到半空,开进了位于飞船上部的巨大机库里面。

机库大门徐徐关上，耶律迈随即率领两百士兵启程。他任命梅博酷的幼子、二十三岁的穆哲茨夫在他离开的时候主持大局。当耶律迈的军队走到峡谷半山腰的时候，宇宙飞船发出巨大的轰鸣声，缓缓飞上了半空。

宇宙飞船变成了夜空中的另一个亮点，绕着地球转圈，不时换一下位置。这艘飞船叫作女皇城号，可是随着年月流逝，后人渐渐忘记了它为什么取这个名字，也忘记了这颗亮点到底是什么；最后再也没有人记得，在人类阔别地球四千万年之后建立的第一个村庄里面，曾经矗立着这样一座高塔……

耶律迈的军队沿着纳飞迁徙队伍走过的路紧追不舍，最后来到了一片石崖前面——这里是通往南部峡谷高地的必经之路。他们向上攀爬的时候遇到了天使的袭击，天使从空中向他们发射飞镖，全部钉在掘客士兵无遮无掩的背部。耶律迈军伤亡惨重，二十个掘客士兵当场毙命，另外还重伤了四十余人。他们狼狈逃窜，好不容易回到村庄；耶律迈马上开始教掘客制造盔甲，准备明年再次讨伐。

就这样，年复一年，双方战争不断。不过就在这些徒劳无功的战乱之中，两个国家逐渐成长壮大。他们各自派遣商人和教师去四面八方游历探索，把先进的农业技术、新式的武器和战术以及新的神话传说和宗教典籍传播到世界上的每个掘客城和天使村。

许多代之后，人类从寥寥几百发展到数以万计；每一个掘客城的顶上都有人类建造的房屋，每一个天使村的晚唱都伴随着人类的歌声。当掘客和天使说起人类的时候都称呼他们为"中间人"，因为天使飞在空中，掘客出没在土里，而人类则处于两者中间。

在天上，女皇城号宇宙飞船虽然孤独地绕着地球转圈，可是飞船上却充满了生机。谢德美和司徒博经常长时间地冬眠；偶尔醒来一下，开着飞行器四处探索。他们一边采集当地标本，一边引入新的变种，让地球花园的规模越来越大，同时变得更加多彩多姿、生趣盎然。随着时间流逝，司徒博渐渐老去，终于离开了人世。谢德美把他埋在一片鲜花丛中，这些花都是她从和谐星球带过来的。现在谢德美孑然一身，醒来的次数远不及以前频繁了；可她仍然不时地回世间游历一番，收集一下动植物样品，尽一下"地球园丁"的责任。她默默地看着人类在地球表面开枝散叶；每一次重逢她都发现他们变得比前人更加聪明，也更加狂躁；而且人类世界里的战火从来就没有熄灭过。

除此之外还会发生什么呢？都无所谓了，毕竟，人类已经回到故乡。

译名注释

如诗与羿羲

长女：德莎（德莎莎）

次子：萨克笑（笑笑）

三女：杜莎（莎妲）

四女：吉奥妮丝（妮丝娅）

五子：斯高迪亚（高迪亚）

六子：施奥普（小菩提）

华纱与佛意漫

三子：奥义克（小奥）

四子：亚赛（亚亚）

五女：倩旖旎（小妮子）

绿儿与纳飞

长女：索菲娅（菲娅）

次子：查维亚（小亚）

三子：摩提噶（摩亚）

四女：伊素查娅（素娅）

双胞胎幼子：希尔普（小普），希普尔（小尔）

艾雅与耶律迈

长子：蒲储诺（蒲亚）

次子：纳迪斯尼（纳迪亚）

三子：伊斯迪纳（伊斯塔）

四子：帕里曼亚（曼亚）

五女：芝芙娅

柔珂与欧必忍

长女：喀纱缇娅（喀丝）

次女：扎娲柔诺（诺基娅）

三子：帕弗丁（帕维亚）

四子：司诺基亚（基亚查）

五女：诺迪安（迪安玛）

狄傲丽与梅博酷

长女：芭丝丽姬娅（小丝卡）

次女：萨拉托娅（托娅）

三女：缇熙（缇娅）

四子：穆哲茨夫（穆子亚）

五女：伊丝古斯妮（斯古妮雅）

莎芙与费雅思

长女：费思敏娜（小娜）

次子:乌弥内(小鸟)

三女:帕妮蔓娅(帕妮娅)

谢德美与司徒博

长子:帕达洛(洛奇)

次女:妲布丽奥塔(妲比亚)

EARTHFALL By ORSON SCOTT CARD
Copyright: ©
1995 BY ORSON SCOTT CARD
This edition arranged with BARBARA BOVA LITERARY AGENCY
Through BIG APPLE AGENCY,INC,LABUAN,MALAYSIA.
Simplified Chinese edition copyright:
2019 New Star Press Co.,Ltd.
All rights reserved.
著作权合同登记号：01—2019—1215

图书在版编目（CIP）数据

失控的地球／（美）奥森·斯科特·卡德著；仇春卉译．——北京：新星出版社，2019.8

ISBN 978—7—5133—3423—5

Ⅰ.①失… Ⅱ.①奥… ②仇… Ⅲ.①科学幻想小说－美国－现代 Ⅳ.①I712.45

中国版本图书馆 CIP 数据核字（2019）第 010792 号

幻象文库

失控的地球

[美] 奥森·斯科特·卡德 著；仇春卉 译

出版统筹：姜　淮
责任编辑：黄　艳
责任校对：刘　义
责任印制：李珊珊
封面设计：冷暖儿

出版发行：新星出版社
出 版 人：马汝军
社　　址：北京市西城区车公庄大街丙3号楼　　100044
网　　址：www.newstarpress.com
电　　话：010-88310888
传　　真：010-65270449
法律顾问：北京市岳成律师事务所

读者服务：010-88310811　　service@newstarpress.com
邮购地址：北京市西城区车公庄大街丙3号楼　　100044

印　　刷：北京美图印务有限公司
开　　本：910mm×1230mm　　1/32
印　　张：12.75
字　　数：290千字
版　　次：2019年8月第一版　2019年8月第一次印刷
书　　号：ISBN 978-7-5133-3423-5
定　　价：49.80元

版权专有，侵权必究；如有质量问题，请与印刷厂联系调换。